Leo P. Ard / Reinhard Junge

Meine Niere, deine Niere

Kriminalroman

KLARTEXT

Die Hauptpersonen:

Hamid Ghaeni (25),	
Asylbewerber:	hat was mit der Niere
Thomas Nordhues (34),	
Freiberufler:	hat was mit dem Herzen
Rolf Kaiser (34),	
Fotohändler:	spielte mit Nordhues im Sand
Rolf Martens (42),	
Sicherheitsexperte:	kämpfte mit Nordhues beim Bund
Rudolf Schöps (55),	
Taxiunternehmer:	verliert einen Neffen
Dr. Paul Pelster (57),	
Arzt:	gewinnt einen Patienten
Falko Gottschlich (47),	
Wessi:	verkauft neue Kartoffeln
Dr. Rolf Suermann (49),	
Jurist:	verkauft neue Nasen
Lusebrink & Haggeney (82),	
Ordnungshüter:	können es nicht lassen
Lukas Siedhoff (60),	
Polizeipräsident:	kann es nicht fassen

I. Kommissariat Recklinghausen:

Horst Lohkamp (47):	Erster Kriminalhauptkommissar
Lothar Hänsel (52):	Oberkommissar
Martina Langer (32):	Kommissarin
Reinhold John (24):	Kommissaranwärter

Pegasus Film & Video GmbH Dortmund:

Susanne Ledig (35):	Chefin
Klaus-Ulrich Mager (40):	Kameramann
Holger Saale (30):	Redakteur
Karin Jacobmayer (26):	Sekretärin

Statt eines Vorworts

Hiermit geben wir unser kriminelles Ehrenwort, daß wir auch bei der Arbeit an diesem Roman lediglich unserer Phantasie freien Lauf gelassen haben. Besonders die geschilderte Renovierung des Hafens von Datteln verweisen wir ausdrücklich ins Reich der sozialen Utopie. Sollte uns dennoch in dem einen oder anderen Punkt die Wirklichkeit längst eingeholt haben, zeigt das nur, daß wir nicht mehr die Jüngsten sind.

Leo P. Ard & Reinhard Junge

1.

Hamid Ghaeni war spät dran. Ungeduldig sah er aus dem Fenster der S-Bahn auf die grünen Ruhrauen hinab. Die Hügel am Westufer des Flusses warfen bereits lange Schatten ins Tal, und Ghaeni befürchtete, das Abendessen im Wohnheim zu verpassen.

Den Nachmittag hatte er in Essen verbracht. In der Teestube eines evangelischen Gemeindehauses hatte er jene Freunde getroffen, mit denen er vor einem halben Jahr aus dem irakisch-türkischen Grenzgebiet geflüchtet war. Sie hatten sich zu fünft nach Deutschland durchgeschlagen, in der Hoffnung auf politisches Asyl. Ob man es ihnen jemals gewähren würde, war zweifelhaft. Doch vorerst freuten sie sich darüber, daß man sie nur dreißig Kilometer voneinander entfernt untergebracht hatte. Jeden Freitagnachmittag gab es ein Wiedersehen mit lauwarmem Tee und heißen Erinnerungen…

In Hattingen-Mitte stieg Ghaeni aus. Ursprünglich hatte die Strecke wohl noch weiter, bis nach Sprockhövel, geführt, aber die Bundesbahn hatte sie längst stillgelegt. Wie die Einheimischen ärgerte sich auch der Erdölarbeiter aus dem fernen Kurdistan regelmäßig darüber, daß er hier in einen der unbequemen Busse umsteigen mußte, die nach Wuppertal, Ennepetal oder in die Elfringhauser Schweiz fuhren.

Ghaeni seufzte, während er die Treppen der Fußgängerbrücke erklomm, die zum Busbahnhof führte. Das Land, in dem er sich befand, galt als zivilisiert. Doch statt des Guerillakrieges stand Ämterkampf auf der Tagesordnung. Das Leben in den Asylantenheimen war oft riskanter als ein Picknick auf dem Kölner Autobahnring. Und dann gab es noch jene, die ihm selbst die zwölf Quadratmeter nicht gönnten, die er sich mit drei anderen Männern teilen mußte. Zweimal hatten ihn glatzköpfige Jugendliche dermaßen aufgemischt, daß ihn ein Internist gründlich durchchecken mußte…

Die enge Bundesstraße, die sich von Hattingen nach Süden schlängelte, lag bereits tief im Schatten des Schulenburger Waldes. Auf der Gegenfahrbahn stauten sich Kolonnen blankpolierter Autos hinter einem Sattelschlepper, aber in Richtung Sprockhövel kam der Bus zügig durch. Bis nach Bredenscheid brauchte er keine sieben Minuten.

Ghaeni sprang hinaus. An der Bredenscheider Sparkasse vorbei lief er auf die Einmündung der Elfringhauser Straße zu, die erst zu einer Siedlung mit Luxuswohnungen und dann übers freie Feld in die Hattinger Karpaten führte. Abseits der Landstraße hatte die Stadtverwaltung dicht nebeneinander zwei Einrichtungen versteckt, die auf keinem Stadtplan verzeichnet waren: ein Ausländerwohnheim und die Mülldeponie.

Schlimmer als der Schmerz, den die Skins Ghaeni zugefügt hatten, war die Demütigung gewesen, vor ihnen im Dreck zu liegen. Er war ein Mann von 28 Jahren, der in seinem Dorf als einer der stärksten und geschicktesten Kämpfer galt. Mit seinen einsachtzig war er für einen Kurden recht groß; sein gleichmäßig geschnittenes Gesicht, die klaren braunen Augen und, vor allem, seine athletische Figur hatten ihm zu Hause die bewundernden Blicke der Dorfschönheiten eingebracht. Aber gegen die Brutalität von sechs bis acht angetrunkenen Catchertypen halfen auch seine muskelbepackten Oberarme nicht...

Schräg gegenüber der Post bog Ghaeni ab. Fast einen Kilometer ging es über das Pflaster der Bürgersteige und durch den Staub des Straßenrandes den Berg hoch, dann konnte er eine angenehme Abkürzung wählen: Quer über das Feld und durch ein Wäldchen hatten die Kinder der im Buchengrund untergebrachten Ausländer einen Trampelpfad angelegt. Wenn der Wind den Gestank der Müllkippe nach Süden oder Osten trieb, war dieser Weg beinahe schön.

Die lange Steigung trieb Ghaeni den Schweiß auf die Stirn. Obwohl die Sonne längst hinter dem nächsten Hügel verschwunden war, wurde es nicht kühler. Die Hitze des Maitages glühte von den Häuserwänden zurück bis auf den Gehsteig. Noch zweihundert Schritte, dann hatte er den Ortsausgang erreicht. Wie oft er diesen mühsamen Weg schon gegangen war! Doch der Kurde sah für sich keine Alternative – zurück in die Heimat, wo ihm die Geheimpolizei die Hölle heiß machen würde, wollte er auf keinen Fall.

Das Abendessen war die einzige erfreuliche Abwechslung, die es in den Bruchbuden im Buchengrund gab. Ghaeni verstand nicht genug Deutsch, um den Zynismus zu bemerken, der darin lag, diese Elendsquartiere »Heim« zu nennen. Aber es reichte ihm auch so: Dünne Wände, zugige Fenster, von Schimmel befallene Tapeten – kein Deutscher würde dort einziehen. Statt dessen hatte ein gleichgültiger Verwaltungsbeamter einen Koreaner, einen Tamilen, einen Libyer und ihn, den Kurden, auf dasselbe Zimmer der billigen Dreiraumwohnung gelegt – die Küche teilten sie sich mit einer sechsköpfigen Familie aus Serbien, die in den beiden anderen Räumen zusammengepfercht war.

Die vier Männer hatten sich achselzuckend angesehen und das Beste daraus gemacht: Allen religiösen und politischen Unterschieden zum Trotz bildeten sie eine kulinarische Leidens- und Genießergemeinschaft: Sie legten ihre Lebensmittelgutscheine zusammen und zauberten abwechselnd Gerichte ihrer Heimat auf die Resopalplatte des kleinen, quadratischen Tisches, der den Mittelpunkt ihres Zimmers bildete. Die Konversation bestand aus einer an Mißverständnissen reichen Mischung aus Gesten und Wortfetzen und kostete Zeit – aber das war das einzige, was alle vier bis zum Überdruß besaßen.

Der Kurde blieb stehen und atmete erleichtert durch. Er hatte jene enge Rechtskurve erreicht, an deren Ende die Abkürzung zu seinem Quartier begann. In fünf Minuten würde er tamilisch essen können.

Ghaeni hatte jetzt zwei Möglichkeiten: Er konnte im Staub des Straßenrandes dem Verlauf der Kurve folgen oder einfach geradeaus weitergehen. In diesem Fall stieß er zwanzig Meter weiter auf einen schmalen Feldweg, der nach links hinab zum alten Bredenscheider Bahnhof, aber nach rechts zurück zur Landstraße führte. Diese beiden Wege bildeten zusammen mit der Landstraße eine dreieckige Verkehrsinsel, die mit Birken, Vogelbeerbäumen und dichtem Buschwerk bewachsen war. Und an ihrem Schnittpunkt stand eine schattige Bank, von der aus man einen weiten Blick ins Tal hatte.

Ghaeni ließ einen braunen Ford Sierra passieren, der in den Feldweg einbog, und folgte lieber dem Verlauf der Kurve. Für eine kurze Pause auf der Bank hatte er sowieso keine Zeit mehr, und außerdem würden die Leute aus dem Sierra sie jetzt besetzen. Bei den Rentnern und Liebespaaren der Umgebung stand der Platz hoch im Kurs: Von der Straße aus konnte niemand sehen, wer dort saß…

Dreißig Sekunden später hatte der Kurde das andere Ende der Kurve und den Beginn des Trampelpfades erreicht. Von Bäumen halb verdeckt, lagen jenseits des Tals, auf dem Gegenhang, die rot und gelb getünchten Blöcke des Ausländerquartiers.

»Herr Ghaeni?«

Er blieb erneut stehen und wandte sich um: Aus dem Schutz der Büsche, von der Bank her kommend, trat ein Mann im hellen Sommeranzug auf ihn zu. Ghaeni spannte alle Muskeln.

»Ja?« fragte er und ließ die Luft langsam wieder ab. Der Mann war ein Stück kleiner als der Kurde und, soweit Ghaeni das beurteilen konnte, mindestens zwanzig Jahre älter. Auch das Fettpolster auf den Hüften sah gut aus. Was immer der Mann wollte – er konnte kaum gefährlich werden.

»Sie sind doch Herr Ghaeni?« fragte der Fette noch einmal und tupfte sich mit einem Taschentuch den Schweiß aus der Stirn. Seine kurzen, weißblonden Haare klebten platt auf dem quadratischen Schädel.

Der Kurde nickte, und der andere lächelte: »Das Amt schickt mich. Es geht um Ihren Antrag.«

So schlecht sein Deutsch war – die Schlüsselworte kamen Ghaeni bekannt vor.

»Ich habe ein paar Fragen«, sagte der Fette und deutete mit seinen wasserblauen Augen lächelnd nach hinten, wo der Weg zum Bahnhof ins Tal hinabfiel. »Setzen wir uns doch auf die Bank.«

Diese Deutschen, dachte Ghaeni genervt. Doch dann verspürte er so etwas wie Zufriedenheit darüber, daß er den Unbekannten verstanden hatte, und setzte sich in Bewegung. Hoffentlich dauerte es nicht zu lange.

»Bitte«, sagte der Dicke und wies auf die Bank. Doch Ghaeni setzte sich nicht, sondern starrte auf den braunen Ford. Den Bug bergab zur Landstraße gerichtet, parkte er in der anderen Ausfahrt, leer. Und dann fiel Ghaeni ein, wann die Beamten Feierabend machten…

Als er herumfuhr, war der zweite Mann schon bei ihm und preßte ihm einen weichen, nassen Schwamm ins Gesicht. Ghaeni riß den Kopf zurück und wollte die Fäuste heben. Doch dicht hinter ihm stand jetzt der Fette. Seine Hände umklammerten die Gelenke des Kurden.

Ich Idiot, dachte Ghaeni, als er den süßlichen Geruch spürte, den der Schwamm verströmte. Er wußte, was es war.

2.

Der Mann lag auf dem Bauch, die Arme ausgestreckt und die Beine gespreizt. Der Kopf ruhte, von einem Grasbüschel leicht in den Nacken gedrückt, auf der rechten Wange – eigentlich hätte der Typ die beiden Jungen sehen und auf sie reagieren müssen.

Auf den ersten Blick sah es so aus, als wäre der Mann mitten im Lauf gestolpert und überlegte noch, wie er am einfachsten wieder aufstehen könnte. Beim zweiten Hinsehen fiel der Zustand seiner Kleidung auf: Der lehmbespritzte Lederblouson war unter dem linken Schulterblatt zerfetzt, die braune Hose zerrissen und ausgebleicht, der rechte Schuh fehlte. Und beim dritten Herzschlag war ihnen klar, daß dieser Mensch tot war: Kopf, Hände und Unterarme waren bis auf die Knochen freigelegt, die Augenhöhlen leer, und der kleinere der beiden Jungen hatte das Gefühl, daß der Tote schlimmer stank als alles, was er je gerochen hatte.

»Ekelhaft«, sagte der Ältere, ohne daß er es geschafft hätte, seine Augen abzuwenden. »Wie bei Steven King…«

Der andere sagte gar nichts. Er preßte seine Lippen fest zusammen und atmete ganz flach. Die Nase filtert, hatte ihm die Biologielehrerin erzählt, aber durch den Mund schlucke ich noch diese Bazillen…

»Wir – wir müssen etwas tun«, sagte der erste. Er war etwa einssiebzig groß und vierzehn Jahre alt – einen halben Kopf größer und anderthalb Jahre älter als der andere.

»Die Bullen?« quetschte der Jüngere durch die Zähne. Auch er hatte kurze blonde Haare, freche blaue Augen und Sommersprossen – eindeutig dieselbe Firma.

Der andere nickte stumm.

Sie starrten sich an und dachten nach, als wäre ihnen noch unklar, was schlimmer war: der Anblick der Leiche oder ein Anruf bei der Polizei.

»Vatta fragen!« schlug der Kleinere vor, doch der Große schüttelte sofort den Kopf: »Du weißt doch, wir dürfen nicht hierher. Weil keiner weiß, was hier drunter liegt.«

»Der hier oben reicht schon!« flüsterte der andere. »Komm!«

Ohne sich nach seinem Bruder umzudrehen, rannte er durch die Büsche davon. Geschickt schwang er sich auf die hohe Zechenmauer, sprang hinab und hetzte die Katharinenstraße hinauf: die lange Mauer entlang, unter der Zechenbahn durch, auf die Kreuzung mit der Suderwicher Straße zu. Die ganze Zeit über spürte er das Keuchen des Älteren in seinem Nacken, und er hatte nur den einen Wunsch, als erster an der Telefonzelle zu sein.

Besetzt!

Keuchend blieben die Jungen stehen und starrten durch die Glastür auf die beiden Mädchen: Sie waren etwa fünfzehn und kabbelten sich noch darum, wer den Hörer halten durfte. Endlich rückten sie so eng zusammen, daß beide hören konnten, was am anderen Ende der Leitung gesagt wurde. Die Jungen verstanden kein Wort, aber es war wohl ungeheuer lustig: Das alberne Quietschen der Mädchen war trotz des Verkehrslärms bis auf die Straße zu hören.

»Muß Liebe schön sein!« sagt der Kleinere verächtlich. »Hast du drei Groschen?«

Der Ältere schüttelte den Kopf: »Brauchse jetzt doch nicht. Notruf!«

Entschlossen riß er die Tür auf und quetschte sich zu den Kichertanten in die Kabine. Ehe sie protestieren konnten, drückte er die Gabel nach unten und grabschte sich den Hörer: »Raus, ihr Weiber. Ich hab' was Wichtiges!«

Eines der Mädchen boxte ihn in die Rippen, doch dann erkannte sie die Ziffern, die er wählte: 110.

»Auf König Ludwig, unten an der Henrichenburger Straße. So zwanzig Meter hinter dem ersten Tor. Da liegt ein Skelett.«

3.

Die Familie versammelte sich in der Küche. Das frisch gebratene Lamm roch verführerisch. Der Duft von Korinthen und Kurkuma kitzelte seine Nase.

»Noch etwas Knoblauch«, sagte die Mutter zu Aisha. Hamids Schwester löste eine Zehe von der Knolle, zerteilte sie geschickt und reichte der Mutter das Brettchen mit dem zerhackten Gewürz. Die Holztür knarrte, und ein kühler Windzug wirbelte die Asche an der einfachen Herdstelle auf.

»Schließ die Tür!« rief die Mutter. Der Vater legte ein Bündel trockener Zweige neben dem Herd ab und verriegelte den Eingang. Hamid rief nach den beiden Kleinsten, ohne seinen Blick von dem dampfenden Kessel zu nehmen.

Nur der Wellengang machte ihm zu schaffen.

Dann nahm die ganze Familie Platz. Der Vater füllte die Teegläser. Hamid freute sich aufs Essen, doch der Wellengang wurde immer stärker. Das Bild flimmerte und riß.

»Hallo, Sie! Geht's Ihnen nicht gut?«

Nur schwer konnte sich Hamid Ghaeni von den Erinnerungen an die heimischen Düfte trennen – der Traum war so nah und gegenständlich gewesen, daß er sich wirklich zu Hause gewähnt hatte.

»Was ist mit Ihnen?« fragte dieselbe Stimme. Sie klang nicht unfreundlich, hörte sich aber unerträglich laut an. Und sagte Worte in einer Sprache, die er nicht verstand.

Verzweifelt versuchte Hamid, die Augen zu öffnen. Als er es endlich schaffte, ließ ihn das helle Licht eines Sommertages blinzeln.

»Was – ist?«

Ein verwittertes Altmännergesicht schob sich vor den blauen Himmelsteppich, zwei graue Augen blickten ihn durch eine runde Hornbrille skeptisch an. Als der Mann seine Fäuste von Hamids Schultern löste, hörte auch das Schaukeln auf.

»Geht es Ihnen nicht gut?« fragte der Alte wieder, diesmal betont deutlich. Er war über siebzig, Berginvalide und freute sich über jeden Monat, für den er der Bundesknappschaft noch Geld abnehmen konnte.

Ghaeni fiel aus seinem Traum in den deutschen Nachmittag. Er hob den Kopf und sah dem Mann ins Gesicht. So freundlich hatten in dieser Sprache nur wenige mit ihm geredet.

»Was ist mit Ihnen? Brauchen Sie Hilfe?«

Der Kurde bewegte seine Hände und spürte das glattlackierte Holz einer Parkbank. Mühsam richtete er sich auf und stöhnte unwillkürlich los: Ein tiefer Schmerz schnitt sich von der linken Flanke her durch seinen Leib. Das war die Stelle, an der er die Stiefeltritte der Skins gespürt hatte.

»Alles gut!« sagte er trotzdem. Es war die erste deutsche Formel, die ihm einfiel.

»Ich weiß nich', Junge. Siehs ja ganz schön mitgenommen aus!«

»Alles gut!« wiederholte Ghaeni und versuchte ein Lächeln.

Dann biß er die Zähne zusammen und richtete sich auf. An dem Alten vorbeisehend, prüfte er die Aussicht. Der Blick über die beiden Täler, die Hügel links und die Müllberge gegenüber – das kannte er. Hier war er schon gewesen.

»Na?«

Auch das ins Tal absinkende Feld mit dem dürren Sommerweizen war noch da, der Vogelbeerbaum über ihm und die Birke zur Rechten – an dieser Stelle endete alles, woran er sich erinnern konnte.

»Na, siehsse, jetzt bekommse sogar wieder Farbe ins Gesicht!«

Der Invalide nickte freundlich, ehe er sich zum Gehen wandte, und Ghaeni lächelte zurück, während er dem leicht gebeugten Rükken hinterhersah. Dann fiel ihm der schwitzende fette Mann mit den kurzen weißblonden Haaren ein. Aber von ihm und dem braunen Ford Sierra war nichts zu sehen. Oder?

Ghaeni drückte sich hoch, doch der stechende Schmerz in der Seite zwang ihn sofort auf die Bank zurück. Verflucht – was war das?

Als der Schmerz ein wenig abflaute, versuchte er, sich zu erinnern. Es fiel ihm nichts ein.

Mechanisch tastete er seine Jacke ab, suchte die Brieftasche. Die abgegriffene schwarze Lederhülle war noch da.

Er nahm sie heraus und öffnete sie. Die Papiere? Paß, Aufenthaltserlaubnis, Einweisung, Lebensmittelgutschein – alles da. Und das Geld? Im nächsten Fach mußte noch einer von diesen blaßgrünen Zwanzigern sein.

Ghaeni zwängte die Finger hinein und traute seinen Augen nicht. Der grüne Schein war noch da – und hatte Gesellschaft bekommen. Zehn blaue, und auf allen stand eine Eins mit zwei Nullen.

Fassungslos hielt er das Geld in der Hand und grübelte. Doch was zwischen seiner Begegnung mit dem Fetten und diesem Augenblick mit ihm geschehen war, lag tief im Nebel. Nur eins fiel ihm ein: der süßliche Geruch des Chloroforms, mit dem sie ihn wehrlos gemacht hatten...

Langsam spürte er den Schmerz wieder und tastete vorsichtig seinen Körper ab. Taille und Brust waren mit einem dicken Verband umwickelt.

Panik überfiel ihn: Schweiß auf der Stirn und unter den Achseln. Er stand auf. Seine Füße fühlten sich taub an, aber er riskierte einen Schritt, mußte sich jedoch sofort auf die Lehne der Parkbank stützen. Ihm war schwindelig, aber er zwang sich, stehen zu bleiben, und holte Luft. Dann stieß er sich ab. Gekrümmt wie ein Alter taumelte er vorwärts.

Er spürte, wie der Verband unter seinem Hemd naß wurde. Er tastete mit den Fingerspitzen danach und prüfte das Resultat. Blut.

»Au Mann, geht wohl doch nicht?«

Der Alte war noch da und musterte ihn. Als er das Blut an Ghaenis Fingern sah, runzelte er die hohe Stirn: »Mein Gott, was haben sie denn mit dir gemacht…«

Er hob die Stoffjacke des Kurden hoch und wurde blaß: »Ach, du grüne Neune. Komm mit…«

Der Deutsche zog Ghaenis rechten Arm über seine Schulter und humpelte mit ihm davon: Nicht quer über das Feld, zum Quartier, sondern die Straße entlang, auf das alte, ockerfarbene Häuschen gegenüber der Bushaltestelle zu. Es waren keine zweihundert Meter, aber dem Kurden schienen sie länger als ein Marathonlauf. Als sie ankamen, war er völlig durchgeschwitzt, und vor seinen Augen flimmerte es.

»Halt durch, ich muß nur noch aufschließen…«

Als der Mann die Türen aufstieß, taumelte Ghaeni hinein. Vom Flur aus ging es gleich in eine dämmerige, kühle Wohnküche. Dicht hinter der Tür stand ein tiefer, bequemer Ohrensessel. Stöhnend ließ sich Ghaeni in das Polster sinken.

»Siehste, das wäre geschafft. Und jetzt gucken wir mal, watte hass. Oder willste erst einen Schluck trinken?«

Hamid Ghaeni verstand kein Wort. Aber seine Augen starrten gebannt auf den Kalender, der neben der Küchentür hing. Die obere Hälfte der Pappe wurde von einem bunten Foto von Maria Laach beherrscht, unten stand fett und rot der Name einer Hattinger Apotheke. Doch das alles interessierte Ghaeni nicht die Bohne. Was ihn faszinierte, war der Abreißblock zwischen Kloster und Reklame. Die Datumsangabe war schwarz und zeigte Mittwoch, den 27. Mai.

In Ghaenis Leben fehlten fünf Tage.

4.

Der Wagen schoß über die B 235, als ginge es darum, die Rallye Paris-Dakar zu gewinnen. Zwar tauchten am Straßenrand ab und zu runde Blechschilder mit einer rot umrandeten 50 auf, aber der Fahrer des Geschosses widmete sich voll und ganz dem Geschehen auf der Fahrbahn: Für Sekunden zog die Tachonadel auf eine dreistellige Zahl.

Das sollte bei diesem Fahrzeug etwas bedeuten. Der Prototyp hatte einmal die Wahl zum Auto des Jahres gewonnen. Das war 25 Jahre her, und da hieß er noch Fiat.

Seitdem ging es nach Ansicht des ADAC mit dem einzigen PKW ohne computergestyltes Outfit ständig bergab. Daß er immer noch Käufer fand, lag an seinem sehr günstigen Kaufpreis, seiner taigatauglichen Heizung und dem großen Kofferraum. In diversen deutschen Fachzeitschriften, für die ein Auto erst beim GTI begann, wurde er als »rasch rostendes russisches Billigangebot mit schlechter Verarbeitung, Steinzeitkomfort und unbefriedigendem Fahrverhalten« verteufelt.

Den stämmigen Fahrer dieses Fahrzeugs, ohnehin allen benachteiligten Randgruppen zugeneigt, verband jedoch eine echte Freundschaft mit seinem roten Lada-Nova. Die »Russenschleuder« hatte den Mann mit dem Vollbart stets treu zu den Stätten seines Wirkens getragen, und wenn er etwas an dem Fahrzeug vermißte, dann war es höchstens die bewährte 85 mm-Kanone eines T 34 – um arroganten Piloten einheimischer Luxuskutschen eine finale Lektion zu verpassen…

»Scheiße, Scheiße!« fluchte der Fahrer und starrte auf die endlose Blechschlange, die sich von Ampel zu Ampel durch Castrop-Rauxel nach Norden schob. Vor dem Feiertag war die B 235 noch voller als sonst, und der Fahrtwind in den kurzen Sprintphasen reichte gerade, um die Hitze im Wageninneren nicht bis zum Siedepunkt ansteigen zu lassen.

Der Fahrer nützte einen Stopp, um sich eine weitere seiner filterlosen Zigaretten anzuzünden. Während sein Zeigefinger durch den Ascheimer fegte, um Platz für weitere Glimmstengel zu schaffen, blickte der Mann am Steuer kurz zu seinem Beifahrer hinüber. Der schlanke Co-Pilot hatte seinen Sitz in Schlafposition gestellt und versuchte, die Hitze mit einem der Bewußtlosigkeit ähnelnden Tiefschlaf zu überleben. Nur hin und wieder, wenn sein Kopf beim Anfahren oder Bremsen gegen das Seitenfenster schlug, gönnte er dem Mann am Steuer ein unwilliges Knurren.

Am Ortseingangsschild knuffte der Fahrer dem Schläfer seinen Ellenbogen in die Seite: »Ey, du Arsch! Wir sind gleich da!«

Der Beifahrer hustete sich wach und starrte durch die mit Insektenleichen verklebte Scheibe nach vorn: »Datteln?«

»Yeah«, grinste der Fahrer. »Unsere zweite Heimat hat uns wieder!«

Der dunkelblonde Fahrer des Wagens hieß Klaus-Ulrich Mager und war vor 40 Jahren in Dortmund ans Tageslicht befördert worden; sein schwarzhaariger Kompagnon war zehn Jahre jünger, hieß Holger Saale und stammte aus Hamburg.

Beide Männer waren Journalisten. Sie arbeiteten für eine Filmagentur namens PEGASUS, deren Hauptquartier in einem 87 Jahre alten Zechenhaus im Dortmunder Westen lag. Mager war der Kameramann, Saale im Prinzip der Chefrechercheur, wurde aber im Einsatz aus ökonomischen Gründen als Kameraassistent, Toningenieur und Oberbeleuchter verschlissen. Gemeinsam bildeten sie 100 % der männlichen und 50 % der Gesamtbelegschaft des Unternehmens, zu dem noch eine echte Chefredakteurin und eine Bürogehilfin gehörten.

Obwohl kein Globetrotter sich der Mühe unterziehen würde, Dortmund-Kley auf der Landkarte zu suchen, strahlte der Ruf der Firma weit ins Land hinaus. Emsig belieferte das Viererteam alle Sender, die sich nicht dagegen wehrten, mit aktuellen Beiträgen von den Brennpunkten der Weltpolitik – ganz gleich, ob es sich um Bochum-Harpen, Hagen-Haspe oder Witten-Annen handelte.

Den bisher größten Erfolg hatte PEGASUS jedoch in der schönen Kanalstadt Datteln erzielt: Dort hatte es die Truppe nach jahrelangem journalistischen Guerillakrieg geschafft, den machtlüsternen Bürgermeister Roggenkemper auszutricksen und abzuschießen.

»Scheiß was auf Datteln«, sagte Holger Saale, der unter dem Einfluß Magers mehr und mehr seine vornehme hanseatische Erziehung vergaß. Er gähnte noch einmal, rieb sich die Augen und starrte erst auf die Uhr im Cockpit, dann auf die spitze Nase seines Chauffeurs: »Mager?«

»Wat iss, Saale?«

»Könnte es sein, daß du vergessen hast, die Sommerzeit einzustellen?«

»Wieso?«

»Es ist kurz nach vier!«

»Ich weiß!«

»Um vier sollte die Chose beginnen!«

Mager holte hörbar Luft: »Weiß ich.«

»Und?«

Der Chauffeur deutete mit der Nasenspitze nach vorn auf die Piste: »Guck doch raus: Mobilmachung! Jeder Bauerntrampel fährt seinen Jauchewagen spazieren.«

Der Schwarzhaarige ließ die Rückenlehne in die Normalstellung schnellen: »Die ziehen uns beim Sender die Hammelbeine lang, wenn wir das Material nicht bis...«

Magers Nervenzustand hatte die Sicherheitsgrenze erreicht. Er lenkte hart rechts ran und stieg voll auf die Bremsen. Der Lada kam genau gegenüber einer Grillstube zum Stillstand.

»Was ist jetzt los?« fragte Saale schockiert.

»Mir reicht's!«

»Was?«

»Dein ewiges Genörgel! Ich kämpfe mich hier wie ein Idiot durch den Stau, und was macht inzwischen der Herr Redakteur? Knackt, wacht auf und labert mich voll!«

Mager drückte seine Kippe so kraftvoll im Aschenbecher aus, daß die Halterung knarrte. In Minuten wie dieser wünschte er seinen Job zum Teufel. Aber er war an die Firma, für die sie arbeiteten, angekettet wie seine Klassenkameraden und Studienkollegen an ihre Reihenhäuser: Dreißig Prozent der Schulden, mit denen PEGASUS bei den Banken im Soll stand, gehörten ihm.

»Komm, Alter!« sagte Saale sanft und legte seinem Fahrer die Hand auf die Schulter. »War nicht so gemeint. Kommt auch nicht mehr vor!«

Noch immer gekränkt, starrte Mager aus dem Fenster. Einen Meter vor dem Wagen zog ein lässiger Typ mit knallbunten Shorts und Goldkettchen am Fußgelenk seinen Dobermann über die Straße. Mißtrauisch sah der Kameramann hinter dem Pärchen her.

Saale wagte einen zweiten Anlauf: »Sind doch nur zwei Minuten. Das kriegen wir noch hin, auch wenn wir die Rede verpassen. Ein paar Schüsse von den Hafenanlagen, einen O-Ton vom neuen Bürgermeister... Wie heißt der noch?«

»Mutius oder so ähnlich!« knurrte Mager, ohne Goldkettchen und seinen Köter aus den Augen zu lassen.

»Also, was ist?« bohrte Saale nach, während die Töle mitten auf dem Bürgersteig anhielt und ihre Hinterläufe krümmte. Gelangweilt sah Goldkettchen zu, wie die Bestie ein bis zwei Kilo Giftmüll auf dem Pflaster ablud.

»Abschlachten!« zischte Mager und kloppte den ersten Gang in das kreischende Getriebe. »Aber alle beide!«

5.

»Arme Sau«, sagte Lohkamp düster, als der Zinkbehälter mit dem Toten vorbeigetragen wurde. Dann starrte er wieder durch die Büsche zu der kleinen Lichtung hinüber, auf der die Leiche gelegen hatte. Das fahle, plattgedrückte Gras in der Mitte hielt den Schatten des Körpers fest.

»Mitten ins Herz und hinten wieder 'raus«, sagte Kotte, der die Spurensicherung organisierte. »Vorbehaltlich dessen, was die Gerichtsmedizin sagt.«

»Wenn sie überhaupt was dazu sagt. An dem Mann ist doch kaum noch was dran, was du obduzieren kannst.«

»Jede Wette«, sagte Kotte und spähte argwöhnisch die enge, unbefestigte Ausfahrt zur Henrichenburger Straße entlang. Seine Leute hatten die Reifenspuren, die von dort tiefer ins Gelände führten, abgesichert und nur einen schulterbreiten Pfad zwischen Trassierband und Buschwerk freigelassen. Die Träger hatten Mühe, den Engpaß zu passieren, ohne neue Spuren zu legen oder das eingepackte Skelett in ein Knochenpuzzle zu verwandeln.

Als sie, ohne sichtbaren Schaden anzurichten, hinter der Zechenmauer verschwunden waren, setzte Kotte seinen Vortrag fort: »Sein Pullover hat zwar jede Menge Löcher – aber nur eins sieht nach einem Einschuß aus. Und hinten in der Jacke – da kam das Projektil wieder 'raus.«

»Entfernung?«

Der Kriminaltechniker zog die Schultern hoch: »Ein paar Schritte. Mindestens. Aber die Kleidung ist in einem Zustand – vielleicht finden die Laborfritzen noch Spuren von einem Nahschuß.«

»Brieftasche, Papiere...«

»Nichts«, sagte Kotte. »Alle Taschen leergeräumt...«

Als wollte er weitere Fragen abblocken, wandte er sich halb von Lohkamp weg. Beinahe amüsiert musterte er den blutleeren Jüngling, der ein paar Schritte weiter in die Hocke gegangen war: Kommissaranwärter Reinhold John, der seit vier Wochen in Recklinghausen sein erstes Praktikum absolvierte. Er hatte sein Kantinenessen ausgekotzt und wischte sich »Pikantes Gehacktes mit Nudeln« von den Schuhen ab.

»Das nächste Mal schlucken Sie es einfach 'runter«, empfahl Kotte dem Neuen. »Sonst müssen wir auch noch Ihr Frühstück untersuchen.«

Grinsend schob er die Äste einer jungen Birke beiseite und ging mit einem von seinen Männern wieder an die Front: »Mal nachsehen, was unter dem Mann gelegen hat!«

Lohkamp zuckte die Achseln. Außer Ameisen und Käfern war da nichts mehr zu erwarten; die Maden mußten inzwischen verhungert sein. Statt dessen beschäftigte ihn eine ganz andere Frage: Wo war der Mann erschossen worden?

Das riesige Gelände der alten Zeche König Ludwig war noch immer weitgehend ungenutzt: Nach Norden, Osten und Westen erstreckte sich eine wilde Brachlandschaft, und jenseits der kilometerlangen Parallele von Zechenmauer und Alleelinden lagen weite Pferdeweiden, auf denen sich das trockene Gras langsam gelb färbte.

»Habt ihr vor dem Tor etwas gefunden?« rief er. Kotte stand auf und kam näher.

»Bis jetzt nicht. In der Zufahrt wenden alle, die ein Stück zu weit gefahren sind. Und der da«, er deutete zu der Stelle, an der die Jungen den Toten entdeckt hatten, »lag schon eine ganze Weile da...«

Lohkamp nickte abwesend. Für einen Augenblick wünschte er sich, diese Blagen hätten den Toten zwei Stunden später gefunden.

Dann säße er jetzt mit seiner Frau im Wagen, um sich für vier Tage nach Holland zu verziehen: Am Donnerstag war Himmelfahrt, den Freitag hatte er freigenommen, und zusammen mit dem Wochenende war das ein lohnender Kurzurlaub. Aber so, wie es aussah, konnte er den Strand vergessen.

Über den Trampelpfad kam der Staatsanwalt herangeschlendert, jung und schlank, Polaroidbrille in der Stirn, Kaumgummi im Mund, die Hände lässig in den Taschen einer weiten Sommerhose vergraben. Sein buntes Zuhälterhemd zeigte auch unter den Achseln keine Spur von Schweiß.

»Mahlzeit. Haben wir uns nicht schon mal hier getroffen?«

Lohkamp unterdrückte das plötzlich aufwallende Bedürfnis, den Mann auch in einen Zinksarg zu packen, und sah zu der Böschung hinüber, die den Blick nach Norden begrenzte: »Weiter oben, hinter der Zechenbahn. Eine Frau...«

»Diese Nutte?«

»Callgirl«, verbesserte Lohkamp sanft. Ein Kommunalpolitiker aus Bochum hatte die Frau in seinem Wochenendhaus erschossen und die Leiche auf der Zechenbrache deponiert.

»Haben Sie schon eine Vorstellung, wann und wo es passiert sein könnte?«

Lohkamp starrte ihn an. Am interessantesten waren immer die Fragen, die jemand *nicht* stellte. Offenbar hatte er sich vor dem Tor schon gründlich informiert.

»Zwei, drei Monate«, sagte der Hauptkommissar dann und verstummte, Kotte mit einem Blick das Wort überlassend.

»Könnte sein, hier drin«, vermutete der Kriminaltechniker. »So, wie der gelegen hat, hat man ihn nicht von der Straße aus in die Büsche geschleift.«

Er deutete auf ein Schild, das die Fundstelle eines Schuhs markierte: »Das da spricht auch dafür. Der Latschen lag weiter vom Tor weg als die Leiche. Und vielleicht erzählt uns der Dreck an der Sohle noch was...«

Gelangweilt seinen Kaugummi folternd, musterte der Staatsanwalt das Umfeld: Zwanzig, dreißig Meter tiefer im Gelände teilten sich die von Bäumen gesäumten Fahrspuren und schienen danach wie eine Querverbindung nach Osten und Westen weiterzuführen; dahinter war der Bewuchs deutlich niedriger, und auf der

Böschung im Norden schimmerte überall Lehm durch das dünne Gras.

»Aber wo ist er gestorben? Gleich hier in der Einfahrt?«

»Wir suchen ja«, versicherte Kotte und breitete die Arme aus. »Aber wir sind erst eine Stunde hier…«

Sonnenbrille nickte. Auch er kannte sich in Leichensachen aus und mußte wissen, wie gering die Chancen waren: Nur wenn der Mann hier gestorben war, wenn man ihn darüber hinaus nicht mit einem Revolver erschossen hatte und wenn der Täter außerdem so rücksichtsvoll gewesen war, die Patronenhülse liegen zu lassen – nur dann konnten sie etwas finden. Vielleicht. Und mußten immer noch hoffen, daß die Waffe schon erfaßt war.

»Ohne Glück läuft hier gar nichts«, prophezeite Lohkamp. »Auch wenn es kaum geregnet hat – die meisten Spuren dürften weg sein.«

»So ist es«, bestätigte Kotte und machte eine Bewegung, als wollte er wieder beim Ameisenfangen helfen.

»Aber falls es irgendwo hier passiert ist«, beharrte der Staatsanwalt, »wie ist er überhaupt hierher gekommen? Zu Fuß die Straße entlang?«

Gar nicht so blöd, dachte Lohkamp und sah auf Kotte. Der Kollege blieb stehen und seufzte. Wischte sich den Schweiß von der Stirn, überlegte und winkte einen Streifenpolizisten heran, der im Schatten der Zechenmauer herumlungerte: »Holen Sie doch von draußen ein paar Leute herein. Wir brauchen Ihre Hilfe…«

Langsam kamen die Kollegen heran. Sie hatten bereits ein paar Stunden in den glühenden Streifenwagen gesessen und hätten sich über eine längere Pause nicht beschwert. Aber Kotte grinste nur, als er ihre Gesichter sah.

»Wir müssen diesen Dschungel absuchen. Könnte sein, daß hier ein Fahrzeug versteckt ist. Sie und Sie«, teilte er die Leute ein, »gehen mit Herrn Lohkamp und dem Staatsanwalt nach rechts, Sie kommen mit mir und Herrn John nach links.«

»Also los!« knurrte Lohkamp und setzte sich in Bewegung. Die Idee mit dem verlassenen Auto war bis jetzt genau so vage wie ihre Spekulationen über den Tatort. Aber früher oder später mußten sie das Umfeld sowieso genauer untersuchen.

Er und eine gemischte Streifenwagenbesatzung bildeten eine lokkere Kette und durchkämmten das Gelände in Richtung Katharinenstraße, den Mann mit der Sonnenbrille im Nacken. Lohkamp hätte wetten mögen, daß der Typ den Schutz seiner verspiegelten Brillengläser nutzte, um den Hintern der Kollegin zu studieren.

Birken und Blechbüchsen, Brombeersträucher und Bettauflagen, Holunderbüsche und Autoreifen versperrten ihnen den Weg. Dazu kam die für Ende Mai ungewöhnliche Hitze. Schon nach wenigen Metern sehnte sich der Hauptkommissar wieder nach einem sauberen Sandstrand und einem kühlen Glas Pils.

»Herr Lohkamp, Herr Lohkamp!« schrie John plötzlich und trabte winkend heran: »Wir haben die Kiste!«

Knapp fünfzig Meter hinter der Weggabelung stand Kotte und starrte in den Urwald. Mitten zwischen dem Weiß-Grün der Birken schimmerte etwas Dunkles: die staubige Außenhaut eines großen Wagens.

»Siehst du«, grinste Kotte und rieb sich die Nase. »Feeling ist alles...«

»Er hatte die Idee«, widersprach Lohkamp und deutete leicht zu dem Paragraphenmann hinüber. Doch Sonnenbrille verzog keine Miene, sondern richtete seinen Blick stumm auf den PKW. Wahrscheinlich hatte er diese Langweilerpose vor dem Spiegel geübt.

Zwei, drei weitere Leute vom Erkennungsdienst kamen heran und nahmen sich die Schneise vor, die der Bug der Limousine vom Feldweg aus in die Büsche gebrochen hatte. Als der Fotograf seine Pflicht getan hatte, näherte sich Kotte zusammen mit einer lang aufgeschossenen Beamtin dem Gefährt, um es in Augenschein zu nehmen.

Während Sonnenbrille noch immer so tat, als wartete er hier auf den nächsten Autobus, mußte sich Lohkamp beherrschen, um den Technikern nicht in die Quere zu kommen. Doch John, den plötzlich das Jagdfieber gepackt hatte, teilte seine Bedenken nicht und wollte los. Lohkamp hielt ihn am Ärmel fest.

»Was ist?«

»Bist du schon mal einem bissigen Hofhund begegnet?«

John nickte verwirrt.

»Und was macht man da?«

Der Anwärter schwieg, doch bevor Lohkamp es ihm verraten konnte, nahm ihm der Staatsanwalt die Arbeit ab.

»Abstand halten«, sagte er, ohne seine Stimmbänder übermäßig zu belasten. »Kettenlänge plus Kopf und eine Daumenbreite – sonst schenken Sie Ihre Rente dem Staat!«

Es war ein anthrazitfarbener BMW der Fünfer-Reihe. Die Metallic-Lackierung glänzte nicht mehr, sondern war über und über mit Staub, Regenspuren und Blattwerk bedeckt; die Reifen enthielten nur noch wenig Luft. So brutal, wie der Wagen in die Taiga getrieben worden war, mußte seine Vorderfront aussehen wie nach einem mittleren Auffahrunfall.

Kotte schaute herüber: »Das Kennzeichen?«

Lohkamp nickte und stieß John in die Seite: »Mitschreiben und überprüfen!«

Als John sich auf den Weg zu einem Streifenwagen gemacht hatte, zogen sich Kotte und die Kollegin endlich die Plastikhandschuhe an, öffneten die Wagentür und spähten in das Innere des Fahrzeugs. Nach der ersten Inspektion würden sie den BMW zur Werkstatt schleppen und ihn bis zur letzten Schraube auseinandernehmen.

Plötzlich kam Bewegung in die Gruppe der Techniker, und Kotte rief: »Meine Fresse, ein Terminkalender...«

Zwei Blitzlichter flackerten durch das Innere des Fahrzeugs, dann holten sie das Teil heraus und schickten sich an, es in eine ihrer unvermeidlichen Plastiktüten zu stecken. Lohkamp wünschte sich einen Hals wie eine Giraffe.

»Neugierig, was?« fragte der Spurenmann, als er den Blick bemerkte, und grinste. Er kam näher und hielt Lohkamp das gute Stück vor die Nase. Braunes, von Feuchtigkeit leicht verfärbtes Leder, genauso aufgequollen und wieder getrocknet wie die vielen Seiten dazwischen.

Lohkamp tat ihm den Gefallen und nickte: »Vielleicht steht ja ein Name drin...«

Kotte seufzte und schlug das Teil vorsichtig auf: »Nordhues, Thomas. Nelkenweg 18, Herdecke, Telefon...«

»Danke«, sagte Lohkamp und nickte dem Mann vom ED zu. »Für eine Kopie...«

»Zwei Kopien«, korrigierte Sonnenbrille und nahm endlich das Kaugummi aus dem Maul.

»Gebongt. Machen wir drinnen als erstes…«

»Wir telefonieren«, sagte Lohkamp zum Staatsanwalt und stapfte, mit einem leichten Kopfnicken entlassen, davon. Kurz vor dem Zechentor kam ihm John entgegen: »Der Fahrzeughalter heißt…«

»Thomas Nordhues!« meinte Lohkamp trocken.

John schluckte – es war nicht sein Tag. Sein Boss schlug ihm aufmunternd ins Kreuz: »Spuck schon aus – seit wann wird er vermißt?«

»Dritter Februar«, antwortete der Bursche. »Drei Monate und drei Wochen.«

6.

Ganz Datteln hatte sich am Kai versammelt, um den neugestalteten Hafen zu bewundern.

Jahrzehntelang hatten mit Kohle und Baumaterial beladene Frachtkähne die Wasserfläche unter den Schleusen des Wesel-Datteln-Kanals beherrscht. Uferbefestigungen aus Stahl und Beton sowie schmucklose Schuppen hatten eine funktionale Kunstlandschaft mit wenig Freizeitwert geschaffen. Jetzt aber war das Umfeld restauriert worden: Am Wochenende konnte man Surfen üben und Tretbötchen fahren, Uferpromenaden luden zum Spaziergang, neue Ausflugslokale zum Verweilen ein. St. Tropez hatte Konkurrenz bekommen.

Dem Anlaß angemessen war der Aufwand. Eine Bergmannskapelle spielte »Auf der Reeperbahn nachts um halb eins«. Die Kinder drängelten sich um die Losbuden oder beim Torwandschießen, die Mütter um die Straßenhändler mit Ohrringen und Armreifen, die Männer um die Bierpilze, während sich im Hafenbecken Windsurfer, Ruderer und Einhandsegler tummelten. Sogar aus dem benachbarten Haltern waren Scharen von Radfahrern herübergekommen: Seit man die Treidelpfade vom Schotter befreit und gepflastert hatte, konnte man den weiten Weg ohne Reifenschaden überstehen.

»Guckt mal!«

Der Kern der Rathausopposition hatte sich an einer Würstchenbude versammelt und beobachtete gespannt den weißen Wohnwagen, von dem aus ein Festausschuß das Geschehen steuerte. Wochenlang hatte man protestiert: anfangs gegen die Feier überhaupt, dann gegen den Termin und schließlich gegen den Skandal, daß zum erstenmal seit Politikergedenken ein Fest am Kanal ohne Bundeswehr stattfinden sollte. Nun war der große Tag trotzdem gekommen, und so lauerte man darauf, daß irgend etwas Wichtiges schiefging. Wie es aussah, hatte der Herr ihre Gebete erhört. Am Eingang der Blechkiste herrschte Panik.

»Wo ist Mutius?« fragte der breitschultrige Landrat Schatulla und starrte das Festkomitee an. Es handelte sich um vier städtische Bedienstete, deren Gesichter der Opposition noch nie so gut gefallen hatten wie in den letzten zwanzig Minuten: blaß, gereizt und ratlos.

»Unterwegs«, knirschte Stadtoberinspektor Müller-Siebeck und zog Schatulla ein Stück zur Seite, um das Dilemma zu erklären: Der neue Bürgermeister war vormittags zu einem Rapport beim Landesfürsten beordert worden. Mit dem Hinweis auf das feierliche Ereignis hatte er sich zwar rechtzeitig in Düsseldorf absetzen können, war aber vor dem Oberhausener Kreuz in einem fünfzehn Kilometer langen Stau versackt.

»Und?« hakte der Landrat nach.

»Vor einer halben Stunde hat er mitgeteilt, daß er wieder auf freier Strecke ist. Aber…«

»Komm schon!« drängte Schatulla und schlug mit seinen Bergarbeiterpranken gegen die Blechwand des Wohnwagens. Innen hörte es sich an, als erschüttere ein Erdbeben die Stadt.

Müller-Siebeck zog die Schultern hoch: »Gerade hat sein Fahrer angerufen. Sie sind bei Gelsenkirchen gegen die Leitplanke geknallt. Mutius wird ambulant versorgt.«

Schatulla zog ein Gesicht, das sonst nur die Fraktionschefin der Grünen zu sehen bekam, und hörte sich auch noch den Rest an: Die Festrede lag im Aktenkoffer des Bürgermeisters, der Fraktionschef lag mit Angina im Bett, und der Stadtdirektor war dienstlich in Venedig, um der »Stadt mit den tausend Kanälen« eine Partnerschaft anzubieten.

»Vielleicht springt der stellvertretende Bürgermeister ein«, dachte Müller-Siebeck laut nach.

»Ausgeschlossen!« fuhr Schatulla hoch. Diesen Posten hatte man im Rahmen eines Stillhalteabkommens der Oppositionspartei zugeschanzt – aber das hieß noch lange nicht, daß man dem Mann gestattete, sich bei einem solchen Anlaß zu profilieren.

»Wir müssen aber etwas tun!« drängte der Oberinspektor und deutete mit der Nasenspitze zum Pressezelt hinüber. Das gute Dutzend einheimischer und angereister Journalisten hatte sämtliche Keks- und Kaffeevorräte vertilgt und wurde langsam aufsässig.

»Bald!« präzisierte Müller-Siebeck, und Schatulla nickte, während er sich gereizt umsah. Ausgerechnet jetzt spielte die Bergmannskapelle die neue Hymne des Ruhrbergbaus: »Das Wandern ist des Müllers Lust!«

Schatulla brütete, die Oppositionellen an der Würstchenbude feixten, und im Festkomitee kam Suizidstimmung auf.

Eine städtisch bestellte Hostess kam vorbei: »Kann ich irgend etwas für Sie tun?«

Normalerweise wäre Schatulla auf diese Frage so manches eingefallen, aber diesmal hielt er ihr lediglich seinen leeren Bierbecher hin: »Auffüllen!«

Das Mädchen schwebte davon, und Schatulla starrte sehnsüchtig auf ihren Hintern. Und da wußte er die Lösung.

»Vielleicht improvisieren wir einfach!« setzte er an, ohne gleich mit der ganzen Wahrheit herauszurücken.

Die Viererbande scharte sich um den bulligen Kerl und hängte sich an seine Lippen wie an den Mund des Propheten.

»Wir haben doch prominente Festgäste hier. Zum Beispiel aus Baltimore – unserer Patenstadt in Brandenburg…«

Müller-Siebeck zuckte zusammen. Er ahnte, was jetzt kam, sagte aber keinen Ton. Auch die drei anderen schwiegen.

»Warum sollten wir nicht dem neuen Bürgermeister unserer Patenstadt die Ehre erweisen…«

Den vier Beamten wurde plötzlich kalt. Sie wußten, wie der neue Stadtvater von drüben hieß.

»Roggenkemper hat doch das Projekt hier in Auftrag gegeben. Wie ich Gerd kenne, kann der aus dem Stegreif eine flotte Rede hinlegen, und die Sache ist erledigt…«

Schweigen, Naserümpfen, Kopfkratzen. Immerhin war der Ex-Bürgermeister von Datteln und Neubürgermeister von Baltimore im vergangenen Jahr wegen des Besitzes von Betäubungsmitteln verhaftet worden. Während halb Datteln schadenfroh auf den Prozeß wartete, war Roggenkemper gegen Kaution freigelassen worden und zeigte jetzt den Ossis, wie er sich den Aufbau eines demokratischen Gemeinwesens vorstellte. An den Prozeß verschwendete er keinen Gedanken: Die Staatsanwaltschaft, hatte man ihm versichert, war mit einem Freispruch »mangels an Beweisen« einverstanden...

»Ich weiß nicht«, zweifelte der Oberinspektor. Dattelns Ansehen hatte an der Rauschgift-Affäre so sehr gelitten, daß besorgte Parteifreunde – allen voran Mutius – Roggenkemper nach fast zwanzig Dienstjahren aus dem Amt drängen konnten. Sicher: Bei Soldaten, Polizisten und Krankenschwestern, denen er jedes Jahr am Heiligen Abend Pralinen und Blumen vorbeigebracht hatte, besaß Roggenkempers Name noch einen guten Klang – aber selbst der Chefredakteur der Dattelner Morgenpost war froh, daß er Roggenkempers Igelfrisur nicht mehr jeden Tag auf die erste Seite des Lokalteils schmuggeln mußte.

»Also«, sagte Schatulla und sah die Viererbande entschlossen an. Wie alle Rathausangestellten waren sie nicht dazu erzogen worden, selbständig Entscheidungen zu treffen; aber sie brauchten wohl noch ein letztes Argument, das ihr Gewissen beruhigte.

»Roggenkemper«, sagte Schatulla, »ist der einzige hier, der kompetent ist, sich über die Historie des Hafens zu artikulieren.«

Von so vielen Fremdwörtern geschockt, schwieg das Quartett. Im Hintergrund erklang »Die Gedanken sind frei«.

»Meinetwegen!« meinte Müller-Siebeck schließlich. »Aber er soll sich kurz fassen.«

»Keine Sorge!« Schatulla stellte sein Bier ab. »Roggenkemper wird's schon richtig machen!«

7.

»Spitzenmäßig!« verkündete John begeistert, als er, einen Stapel Kopien im Arm, vom Erkennungsdienst zurückkehrte. Er hatte zu seiner normalen Gesichtsfarbe, einem blassen Beige, zurückgefunden und sah damit fast lebendig aus. »Dieser Nordhues hat jede Menge Geld kassiert...«

Die drei anderen Polizisten sahen sich stumm an. Wie immer, wenn sie sich im kleinen Kreis trafen, tagten sie in Lohkamps Büro: Wenn er im Haus war, ließ er sein Telefon nur ungern im Stich.

»Kollege John«, sagte Hänsel endlich, »ich wäre Ihnen sehr verbunden, wenn wir diese Materialien erst lesen dürften, bevor wir uns darüber unterhalten müssen…«

Das Gesicht des Neuen überzog sich mit einem flammenden Rot – ein Farbreichtum, den Lohkamp ihm nie zugetraut hätte. Er nickte und verteilte seine Beute so sorgfältig auf vier Stapel, als stünde die entscheidende Runde nach einem langen Doppelkopf-Abend bevor.

Während Lohkamp sich die ersten Blätter heranzog, bevor der Neue mit seiner Arbeit fertig war, wartete Hänsel, bis er einen fertigen Satz bekam. Penibel bis zum Exzeß, war der zweiundfünfzigjährige Oberkommissar auch bei dieser Hitze nicht bereit, auf seine Krawatte zu verzichten. Sein Schreibtisch nebenan war stets so sorgfältig aufgeräumt, als sollte er für einen Möbelkatalog fotografiert werden, und statt eines Gehirns mit Gedächtnisschwächen schien er eine Festplatte zu besitzen, von der man keinen Eintrag löschen konnte. Jetzt begann er damit, die Kopien mit einem sorgsam gespitzten Bleistift zu numerieren.

Kommissarin Langer unterdrückte ein Grinsen und rückte ihre blau-grün geränderte Brille zurecht, bevor sie mit dem Lesen begann. Der ED hatte nur jene Seiten aus dem Kalendarium kopiert, auf denen Nordhues Eintragungen vorgenommen hatte, und das waren für den Januar gerade mal vierzehn:

MO, 06. 01.:	14.00 Köln, A. K., (neg.)
DI, 07. 01.:	Sauna
MI, 08. 01.:	14.00 Bad Homburg, S. P., 20.000
DO, 09. 01.:	20.00 Haren-Rütenb., C. I., 20.000
SO, 12. 01.:	SANDRA 28 !!!
MI, 15. 01.:	14.30 Dortmund, J. R., 20.000
DO, 16. 01.:	17.00 Essen, P. V., (neg.)
FR, 17. 01.:	Inspektion
DI, 21. 01.:	11.30 Offenbach, A. M., 20.000 Sauna
MI, 22. 01.:	11.30 Friseur

MO, 27. 01.:	15.00 Dortmund, U. C., 20.000
DI, 28. 01.:	Sauna
MI, 29. 01.:	14.00 KK Datteln, Dr. Weiß
FR, 31. 01.:	15.30 Lünen, R. H., 20.000
	20.00 Castrop, B. W.

Der Stapel für den Rest des Jahres war verständlicherweise kaum dicker: Nordhues mußte es bereits am 31. Januar erwischt haben – nach seinem Besuch bei R. H. und vor seinem Treffen mit B. W. Eine für Samstag, den 1. Februar, um 11.00 geplante Begegnung mit einem Mann namens Rolf hatte wohl auch nicht mehr stattgefunden...

»Was meint ihr?« fragte Lohkamp, als Hänsel als letzter von seinen Kopien aufsah.

»Was könnte die Abkürzung KK am 29. Januar bedeuten?« fragte John.

»Falls Sie sich jemals fortpflanzen sollten«, sagte Lohkamp, »werden Sie mit dem armen Kind garantiert da landen.«

Diese Erklärung war zu kompliziert; hilfesuchend sah der Neue die Langer an.

»Kinderklinik«, erläuterte sie und stellte ihre erste Frage: »Dieses Haren...«

»Wie London an der Themse liegt Haren an der Emse«, zitierte Hänsel ein bekanntes Heimatlied. Selbst aus dem nördlichen Münsterland stammend, kannte er sich in der Nachbarschaft seiner Kindheit aus. »Zwischen Meppen und Papenburg...«

»Also«, wiederholte Lohkamp seine Frage. »Was meint ihr?«

Die Langer zuckte die Achseln: »Seltsam. Den Abkürzungen nach hatte der Mann ein Gedächtnis wie Kollege Hänsel. Aber warum mußte er sich dann seine regelmäßigen Sauna-Termine notieren?«

Keiner antwortete. Hänsel hatte inzwischen begonnen, auf einem Extrablatt irgendeine Strichliste anzufertigen. Lohkamp sah ihm dabei zu, ohne sich zu äußern. Die Langer putzte zum drittenmal ihre Brille, und John zappelte vor Ungeduld: »Was ist nun mit dem Geld?«

Kindskopf, dachte die Kommissarin. Der Neue brauchte erstaunlich lange, die Rituale des Teams zu begreifen: Erst wurde das Unwichtige und Offensichtliche geklärt.

»Diese beiden Abkürzungen in den Klammern – sind wir uns einig, daß sie für ›negativ‹ stehen?« fragte Hänsel, ohne auf Johns Bemerkung einzugehen.

Die anderen nickten.

»Gut. Dann hat Nordhues also acht Leute aufgesucht, um dort jeweils 20.000 Mark zu kassieren. Während zwei von ihnen nicht wollten, hat der Rest gezahlt. 120.000 Mark in 23 Tagen.«

»Wieso kassiert?« fragte die Langer. »Er könnte doch auch ausgezahlt und die anderen nicht angetroffen haben...«

»Könnte«, sagte Hänsel. »Aber beachten Sie die Art der Notizen: Zeiten, Orte und Namen breit, mit Tinte, aber die Ziffern und die Negativvermerke mit verschiedenen Geräten: Kuli, Bleistift, dicke Mine, dünne Mine... Und wenn er hätte auszahlen wollen, stünde auch hinter den anderen Namen eine Ziffer. Und dann ist da noch die letzte Seite...«

Sie blätterten in den Unterlagen. Ganz hinten im Kalender hatte Nordhues in einer zweispaltigen Tabelle seine Monatseinnahmen und seine Ausgaben aufgelistet: Sprit, Hotel in Haren, Telefonkosten.

»Wo sind die 20.000 Mark eigentlich?« fragte John plötzlich.

Die anderen sahen ihn an.

»Die er in Lünen kassiert hat. Wenn er die nicht mehr bei sich hatte...«

Ohne Kommentar griff Lohkamp zum Telefon und rief beim ED an. Während er es durchläuten ließ, vervollständigte die Langer ihre Checkliste: In der linken Spalte standen die geklärten Fakten, rechts die offenen Fragen. Die letzte lautete: »Geld???«

Lohkamp legte auf und blickte auf seine Armbanduhr: Vier war längst vorbei. Vor dem Feiertag hatte es jeder eilig, nach Hause zu kommen.

»Ich frage gleich Freitag morgen nach«, sagte die Langer und deutete mit einer leichten Kopfbewegung zu John hinüber: »Wenn er recht hat – 20.000 Mark wären ein starkes Motiv.«

»Stimmt schon«, meinte Hänsel und dachte noch einen Augenblick nach, bevor er aufstand und an die große Karte trat, die neben der Tür hing: »Hier ist Lünen. Hier ist Castrop-Rauxel. Angenommen, er hat den kürzesten Weg gewählt: Weshalb haben wir Nordhues dann in Suderwich gefunden?«

»Kaffeepause«, vermutete John.

»In Suderwich?« fragte Hänsel. Aus der Bergarbeitersiedlung war in den letzten Jahren eine Art Schlafstadt geworden, die mehr und mehr ihre Konturen verlor und außer einer Diskothek nichts Nennenswertes zu bieten hatte.

»In Recklinghausen«, beharrte John. »Zwischen seinen beiden Terminen lag viel Zeit.«

Das klang plausibel – aber was hatte ihn gestoppt? Oder wer?

»Eine hübsche Tramperin«, meinte die Langer.

Hänsel dachte nach und runzelte die hohe Stirn. Seit er Geheimratsecken bekam, hatte sich diese Fläche enorm vergrößert. Und jetzt perlte auch bei ihm der Schweiß über die gebräunte Haut.

»Glaube ich nicht«, sagte er schließlich. »Ende Januar, Anfang Februar. Das Nebelwochenende. Welches Mädchen könnte so verrückt sein, auf dieser Strecke zu trampen...«

Mein Gott, dachte die Langer erschlagen, wie kann man sich über ein Vierteljahr merken, wann es nebelig war?

»... und wieso hatte sie rein zufällig eine Waffe mit?« vervollständigte Hänsel seinen Einwand.

»Außerdem«, meldete sich John, »ein Tramper wäre mit dem Wagen abgehauen. Aber dieser Täter brauchte den Wagen wohl nicht mehr...«

Hänsel nickte. Die Langer schob ihren Stuhl zurück und ging in die Ecke mit dem Spülstein, wo die Kaffeemaschine stand. Aber die Thermoskanne war leer. Mit Nachdruck setzte sie das Gefäß vor die Nase des Neuen: »Mach mal...«

John sah überrascht auf, bevor sein Blick zu den Männern schwenkte. Doch Lohkamp grinste ihn an: »Was immer sie dir beigebracht haben – hier macht das immer der Jüngste.«

Während der Anwärter schmollend begann, seine Pflicht zu tun, zog Lohkamp ein erstes Fazit: »Wir haben diesmal zwei Fragenkomplexe zu klären. Erstens: Die Tötung selbst. Wer war der Täter? Wo lag sein Motiv? Wo und wie geschah es? Warum lag die Leiche nicht im Auto?«

Er machte eine Pause, damit die Kommissarin alles notieren konnte.

»Zweitens: Bei wem hat Nordhues Geld kassiert? Und vor allem: Wofür?«

Keiner widersprach.

»Schutzgelderpressung fällt wohl aus«, meinte die Langer. »Dafür lagen die Orte zu weit auseinander. Und die Eintreiber gehen immer zu denselben Adressen…«

»Trotzdem riecht es nach Erpressung«, meinte Hänsel. »Aber wer kann schon so viele Leute erpressen, die so weit voneinander entfernt leben? Mit solchen Beträgen? Und womit?«

Schweigen.

»Wir müssen ’rauskriegen, wer diese Leute sind«, meinte Lohkamp.

»Lieber warte ich auf sechs Richtige im Lotto«, stöhnte die Langer, doch Hänsel widersprach sofort: »In den kleineren Orten könnte das klappen. Dieser Vorort von Haren… Rütenbrock. Da wohnen höchstens tausend Leute.«

Erneutes Schweigen: Lohkamp dachte an die langen Wege, Hänsel daran, wie man ohne Verletzung irgendwelcher Vorschriften effektiv mit der Kripo eines anderen Bundeslandes kooperieren konnte, und die Langer an ihren Urlaub: Als Unverheiratete war sie noch vor den Sommerferien in den Schulen dran.

»Sie haben eine Frage vergessen«, meinte die Kommissarin, während sie in ihrer Schultertasche nach einem Erfrischungstuch suchte. »Selbst wenn wir die Sache mit dem Kassieren klären: Hat das wirklich etwas mit der Tötung zu tun?«

»Ganz nebenbei bemerkt«, ergänzte Hänsel, »müssen wir erst noch *beweisen*, daß der Tote und Nordhues identisch sind.«

»Logo«, meinte Lohkamp und sah erneut auf die Uhr: Wer würde jetzt noch freiwillig mit zu Sandra Nordhues fahren, um ihr zu sagen, daß sie aller Wahrscheinlichkeit nach seit drei Monaten Witwe war?

»Vielleicht – vielleicht hat dieser Nordhues gar nicht erpreßt«, meldete sich John plötzlich aus seiner Ecke. Mit dem Kaffeefilter in der Hand trat er ein Stück vor. »Vielleicht hat er ja auch Gebühren kassiert. Oder Beiträge.«

»Kommen Sie bloß nicht mit der Stasi-Nummer«, warnte Hänsel. Ein Hauch von Röte auf den Wangen des Neuen zeigte, daß er genau daran gedacht hatte. Hänsel winkte ab.

»Aber vielleicht etwas anderes? Irgendeine exclusive Loge? Oder eine Sekte?«

Die anderen verzogen das Gesicht. Aber so weit John auch danebengeschossen hatte – er war von allen der Lösung noch am nächsten.

8.

»Schwarz-braun ist die Haselnuß«, wimmerte die Kapelle, als Roggenkemper das Holzpodest mit den Mikrofonen erklomm, »schwarz-braun bin auch ich...«

Kaum tauchte die Igelfrisur des Ex-Bürgermeisters über dem Rand des Rednerpultes auf, brach die Kapelle ab. Landrat Schatulla schob seinem Seilschaftsführer noch schnell einen umgekippten Bierkasten unter die Füße – dann waren auch Roggenkempers grüne Augen, sein schmaler Mund und die prächtige Seemannskrause zu sehen. Wie in alten Zeiten zog Roggenkemper lässig das Mikrofon heran und begann warm und herzlich: »Meine lieben Freunde!«

Seine Löwenstimme dröhnte weit über das Wasser, und alle Gespräche erstarben. Die Oppositionspolitiker ließen das Bier stehen und drängelten nach vorn, dem versprengten Häufchen Grüner verschlug es den Atem, und in der Mehrheitspartei bahnte sich eine Spaltung an: Die Anhänger des neuen Bürgermeisters zeigten Schatulla die Fäuste, aber die treuen Fans des abgesetzten Kanalvogts jubelten.

Roggenkemper lächelte leicht, als er das Echo hörte, und ließ den Hall nachklingen, bevor er fortfuhr: »Es ist schön, mal wieder hier oben zu sein – wenn auch nur als Ersatz...«

Die Getreuen vor dem Podest lachten, und die Opposition grinste.

»Fast wäre ich geneigt zu sagen: Die Bürgermeister kommen und gehen – aber der Hafen –, unser Hafen, der bleibt!«

Schmunzeln, vereinzelter Beifall, doch aus dem Häufchen echter Brandenburger, die er mitgebracht hatte, gellte ein empörter Pfiff herüber: Der letzte Satz kam jemandem vertraut vor.

Roggenkemper stellte sich auf die Zehenspitzen und beugte sich nach vorne: »Es ist so üblich, daß man sich nach der Fertigstellung eines Bauwerkes bedankt. Bedankt bei denen, die es gebaut haben. Und so möchte ich mich – stellvertretend für den Rat der Stadt – bei den Dattelner Bürgern und Bürgerinnen bedanken. Sie, liebe Dattelner, haben etwas Großes vollbracht!«

Der Redner musterte die Gesichter der Zuhörer, und er spürte, daß er es wieder einmal geschafft hatte. Sie hingen an seinen Lippen, klatschten Beifall, jubelten ihm zu. Und ihm kam das unsägliche Wort in den Sinn, mit dem seine achtjährige Enkelin ihre Gefühle beim Ponyreiten beschrieb: »Geil!«

»Besonders freue ich mich aber darüber«, fuhr er fort, »daß nicht jene obskuren Gestalten gesiegt haben, deren Anti-Initiativen allen Fortschritt in diesem Land unmöglich machen sollen. Wenn wir auf diese Antis hören, dann gibt es keine Müllverbrennung mehr, keine Industrieansiedlung und keinen Straßenbau. Es gäbe steigende Arbeitslosenquoten, höhere Müllberge und immer geringere Dienstleistungen der Städte und Gemeinden. Das alles habt ihr, meine lieben Dattelner, beim Hafenausbau verhindert...«

Während Roggenkemper aus dem Gedächtnis aufzählte, an welchen Stellen im Landkreis Recklinghausen sich diese »Anti-Initiativen« tummelten, ließ er seine wachen Augen über die Menge schweifen. Daß die Leute jedes seiner Worte aufsaugten, war in Ordnung. Daß der Chefreporter der »Dattelner Morgenpost« wie in alten Tagen seinen Kuli über den Notizblock rasen ließ, erfüllte ihn mit Befriedigung. Aber etwas, spürte er, fehlte noch, um seine Rede über die Grenzen dieser Stadt hinauszutragen.

»Im Osten, wo ich jetzt tätig sein darf«, schlug er ein neues Thema an, »da haben wir es nicht mit diesen unbegründeten Fortschrittsängsten zu tun. Da denkt auch keiner daran, mit kleinkarierten Widersprüchen die Pläne der Politik zu stören und der Mehrheit seinen Willen aufzwingen: Wo gebaut werden muß, da wird auch gebaut; wo man eine Straße braucht, da kommt auch eine hin; und wenn eine alte Eiche der Zukunft im Wege steht, dann wird sie auch gefällt...«

Am linken Rand der Menge entstand Bewegung. Über den Köpfen der Menschen hinweg schwebte eine Fernsehkamera auf das Rednerpult zu, und Roggenkemper wuchs im selben Augenblick um mindestens einen halben Zentimeter. Er war wieder da, und im Land würde man es merken – wenn er den Fernsehhaien das Futter bot, das sie suchten. Und Roggenkemper wußte, was sie wollten.

»Unser neuer Hafen«, dröhnte er übergangslos, »macht auch die Arbeitsplätze in Datteln und im Umland sicherer...«

Was jetzt kam, konnte er noch in Vollnarkose singen, und so beugte er sich wieder ein wenig nach vorn, um den Redakteur ausfindig zu machen, der den Film drehte. Er kannte ganze Kompanien von Journalisten, und die meisten bekamen eine geistige Erektion, wenn man ihnen während der Rede einen kurzen Wiedersehensgruß zublinzelte.

»Und Arbeitsplätze«, betonte er, während er furchtlos das blinkende rote Lämpchen über dem Objektiv ins Auge faßte, »Arbeitsplätze sind Dattelns Zukunft!«

Das Gesicht des Kameramanns wurde vom Okular verdeckt, und es stand niemand hinter oder neben ihm, der ihm die üblichen Anweisungen ins Ohr flüsterte. So schwenkten Roggenkempers Katzenaugen ein paar Strich weiter nach Backbord, aber auch dort war niemand zu entdecken, der wie ein Redakteur aussah...

Bevor der neue Bürgermeister von Baltimore die Blickrichtung ändern konnte, schob sich etwas Rotes vor sein Gesicht: prall und porös, lang und steif, mit einer Riesenknospe an der Spitze. Auf den ersten Blick wirkte der Gegenstand ungeheuer obszön, entpuppte sich aber als harmloses Mikrofon, das ihm von der Seite an einem blitzenden Galgen angereicht wurde.

»Datteln und der Hafen«, sinnierte Roggenkemper, und seiner Stimme merkte man an, wie sehr ihm dieses Thema am Herzen lag. Sein Blick wanderte den Galgen entlang, immer noch auf der Suche nach einem Reportergesicht, das er kannte. Und am Ende der Stange entdeckte er eins...

Ihre Blicke trafen sich, und Roggenkemper stockte mitten im Wort.

»Ja, die Arbeitsplätze...«, begann er erneut.

Kein Zweifel – das war dieser Saale!

»Arbeitsplätze sind in der heutigen Zeit...«

Saale von PEGASUS, dieser Scheißfirma, die seiner Amtszeit in Datteln ein so jähes und würdeloses Ende gesetzt hatte!

»Arbeitsplätze, die wir...«

Düsseldorf, vor achtzehn Monaten. Handschellen legten sich

um seine Gelenke. Ein Kripobeamter führte ihn ab. Schubste ihn auf den Rücksitz eines Autos...

»Arbeitsplätze... Datteln!«

Die ersten Verhöre. Scharf und unversöhnlich. Hartes Licht in den Augen. Und diese Fragen: Immer und immer wieder...

»Ich war es nicht!« schrie er.

Die Zelle. Schmutzig, dunkel, eng. Zusammen mit einem gewöhnlichen Kriminellen. Einem Zuhälter...

»Ich bin Abgeordneter... Ich besitze Immunität!«

Den Menschen an den Imbißbuden blieben Pommes und Currywurst im Halse stecken. Die Viererbande vom Festausschuß stand starr wie ein Wehrmachtsdenkmal, und nur Schatulla kratzte sich irritiert den Hinterkopf.

»Ich weiß von keinem Rauschgift!« schrie Roggenkemper in die Mikrophone. »Ich besitze Immunität!«

»Au Backe«, murmelte Schatulla und setzte sich endlich in Bewegung. Roggenkempers Augen waren weit aufgerissen, rote Flecken überschwemmten sein Gesicht, seine Hände zuckten wie in Fieberkrämpfen.

»Ich bin unschuldig!« schrie er, grinste und lachte gackernd los. Die Lautsprecher verstärkten das Kreischen, und jenseits des Hafenbeckens startete ein Möwenschwarm in den blauen Maihimmel.

Im Publikum lachte niemand. Alle starrten gebannt auf das Bühnenschauspiel. Stadtinspektor Müller-Siebeck war neben dem Igelkopf aufgetaucht und zerrte an Roggenkempers Ärmel. Aber der Mann reagierte nicht.

»Ich bin das Opfer einer Intrige!« schrie er.

Irritiert ließ Saale das Mikrophon sinken und zerrte am Verbindungskabel, doch Mager ließ die Kamera auf der Schulter und hielt weiter voll drauf. Politikerabstürze gehörten zu seinen Lieblingsfilmen.

»Hör auf«, zischte Saale, doch der Kameramann wollte nicht.

»Ton!« blaffte er.

Neben Roggenkemper tauchte jetzt Schatulla auf. Obwohl er keinen Bierkasten unter den Füßen hatte, überragte er den Igelkopf noch um zwei Handbreit. Seine Pranke, groß wie eine Pannschüppe, legte sich auf Roggenkempers Arm.

»Komm, Gerd!« tönten die Lautsprecher über den Platz. Seine

Stimme klang dumpf und sanft zugleich. »Es ist alles gut. Ich bringe dich nach Hause!«

Roggenkemper ließ das Rednerpult los und drehte sich um. Wie in Trance folgte er der Hand, die ihn führte. Die Dattelner bildeten eine stumme Gasse.

»Los!« zischte Müller-Siebeck und blickte den Chef der Bergmannskapelle an. »Haut rein!«

Die Knappen waren so überrascht, daß sie nur noch die nächste Nummer aus ihrem Programm abrufen konnten. Der Einsatz hörte sich zuerst noch etwas unkoordiniert an, aber nach dem dritten Takt klang es richtig gut: »Muß i denn, muß i denn zum Städele hinaus…«

9.

In zahlreichen Spitzkehren führte die Berliner Straße zu dem gewölbten Rücken des Ardeygebirges hinauf, das der Ruhr über viele Kilometer den Weg nach Norden verwehrt. Die meisten Anwohner hatten ihre Häuser vornehm hinter dichten Hecken versteckt, aber was Lohkamp dennoch von ihnen zu sehen bekam, reichte ihm: Hier war bereits ein Gäste-WC so teuer wie eine ganze Etagenwohnung im Dortmunder Norden.

Auf der Ringstraße bog er nach rechts ab und zog den Wagen bis zur Bergkuppe vor. Dort blockierte ein mehrstöckiger Klotz den Weg. Allen Miethaien der Nachbarschaft mußte das Ungetüm wie ein zu Stein gewordene Provokation erscheinen – es roch verdächtig nach sozialem Wohnungsbau…

»Rechts vorbei«, sagte die Langer. Lohkamp gab Gas, mußte aber sofort wieder auf die Bremse treten. Mit kreischenden Reifen zwang er den Ford um eine scharfe Rechtskurve und ließ den Wagen dann langsamer rollen, damit die Langer in Ruhe nach den Hausnummern suchen konnte.

»Stopp!« befahl die Kommissarin endlich und deutete auf einen weiß verklinkerten Neubau, der auf der linken Straßenseite lag.

Lohkamp stellte den Motor ab, zögerte. Die Langer sah ihn fragend an.

»Lieber eine Woche Nachtschicht als das, was jetzt kommt«, sagte er.

Von außen wirkte der Klinkerbau wie ein Einfamilien-Bungalow, aber auf dem Klingelbrett standen fünf weitere Namen. Der Hang war hier so steil, daß zwei Etagen unter dem Niveau der Fahrbahn lagen: Hinter der Haustür ging man hinunter und nicht hinauf.

Sandra Nordhues wohnte in der mittleren der drei Etagen. Sie war Ende zwanzig und rund einsachtzig groß – ihre langen Beine waren, wie Lohkamp fand, für hautenge Leggings wie geschaffen. Jetzt aber trug sie ausgeblichene Jeans und ein altes T-Shirt, saß heulend zwischen einem Dutzend halbgepackter Umzugskartons und starrte immer wieder auf die Fotos, die Martina Langer vor ihr ausgebreitet hatte: Ein Goldkettchen, der Pullover, das verschmutzte Firmenschild aus dem Inneren der Lederjacke, die Schuhe. Daß man ihr nur Gegenstände zeigen konnte und kein Gesicht, machte die Sache vielleicht noch schlimmer.

»Und seit wann ist er tot?« fragte sie schließlich.

»Möglicherweise war er es schon, als Sie zu unseren Kollegen gingen...«

Sie heulte noch einmal auf und wischte sich dann über die Augen. Ihr Make up blieb als schwarze Spur auf dem Handrücken zurück.

»Scheiße«, sagte sie. »Was habe ich den Kerl in den ersten Wochen verflucht. Als ich zur Polizei ging, dachte ich noch, er hätte eine andere, und wollte ihm nur eins auswischen. Aber jetzt...«

Ist alles ganz anders, dachte sich Lohkamp die Fortsetzung.

»Hatten Sie Grund für Ihren Verdacht?« fragte die Langer. Sie saß mit übereinandergeschlagenen Beinen in einem der tiefen Ledersessel und hatte das Notizbuch diskret auf ihrem rechten Oberschenkel plaziert. Sie hatte in den letzten beiden Jahren deutlich abgespeckt, gab mehr Geld für Kleidung aus und entfernte neuerdings auch die dunklen Haare von den Beinen.

»Grund?« fragte die Nordhues. »Er war oft unterwegs. Und ich glaubte nicht, daß es nur Pilgerreisen waren...«

Lohkamp reichte ihr einen Satz Kopien – die Januarseiten aus dem Terminkalender: »Ist das seine Schrift?«

Sie wischte sich über die Augen und warf einen kurzen Blick auf die ersten Blätter, dann nickte sie: »Bestimmt.«

»Die Geldbeträge, die da eingetragen sind – können Sie damit etwas anfangen?«

Sie blätterte die Kopien durch und schüttelte den Kopf.

»Hören Sie«, sagte die Langer und beugte sich weit vor. Ihre Brillengläser blitzten. »Sie wollen uns doch nicht erzählen, daß eine Ehefrau nicht weiß, womit ihr Mann die Brötchen verdient.«

»Doch«, sagte die Nordhues und sah die Langer offen an: »Sie brauchen gar nicht aggressiv zu werden. Auch wenn Sie mich jetzt für bescheuert halten: Was er zuletzt gemacht hat, hab' ich nicht gewußt.«

»Nie danach gefragt?«

»Doch. Aber Thomas hat nur gegrinst: Geht dich nichts an, Schätzchen…«

»Und Sie haben nie nachgeforscht?«

Die Nordhues stand auf und marschierte in die offene Küche hinüber, die von dem riesigen Wohnzimmer nur durch einen bombastischen Tresen abgetrennt war. Glas klirrte, dann stand eine eckige Flasche auf der Balustrade. Das bunte Etikett ließ darauf schließen, wie der Inhalt schmeckte.

»Sie auch?«

Lohkamp und Langer schüttelten die Köpfe.

»Was anderes?«

»Wenn Sie Sprudel hätten«, sagte die Langer.

Sandra Nordhues brachte ihr ein Glas, dann schüttete sie sich selbst aus der eckigen Flasche ein. Sie kippte den ersten Schluck auf Ex, goß nach und kam mit dem vollen Glas zurück. Einen Augenblick lang blieb sie vor der Glasfront stehen und ließ die schwerflüssige gelbe Brühe kreisen, während sie gedankenverloren über den Balkon hinweg auf das nierenförmige Becken des Harkortsees hinabstarrte. An ihr vorbei hatte Lohkamp einen weiten Blick bis tief ins Sauerland.

»Schade«, sagte sie. »Ich habe gerne hier gewohnt…«

Sie drehte sich herum und beantwortete die Frage der Polizisten, bevor diese sie gestellt hatten: »Fünfzehnhundert Mark kalt. Kann ich nicht mehr bezahlen.«

»Und wohin ziehen Sie?«

»Zu meiner Mutter. Nach Bochum.«

Die Langer notierte die neue Adresse und nickte. Der Umzug von Herdecke nach Riemke war wie der Absturz aus der Bundesliga in die Kreisklasse.

»Was war Ihr Mann von Beruf?« fragte die Langer.

»Versicherungskaufmann.« Sie nannte den Namen einer dieser Gesellschaften, die den größten Teil der Prämien in teure Werbespots steckten. »Dort hat er gelernt und ein paar Jahre im Außendienst gearbeitet...«

Sie überlegte einen Augenblick und goß sich den dritten Drink ein. Wenn sie so weitermachte, würde sie an diesem Abend nicht mehr mit dem Packen fertig werden.

»Und dann?«

Die Nordhues lachte bitter und tastete nach einer Packung mit langen, ultraleichten Zigaretten. Lohkamp gab ihr Feuer und steckte sich eine von den eigenen an.

»Letztes Jahr, im Januar, hat er sich selbständig gemacht. Wollte im Osten Wohnungen und Bauland vermitteln. Aber der Markt war schon aufgeteilt, und ihm fehlten die richtigen Verbindungen. Im Juni war er pleite...«

Sie starrte in das leere Glas und stellte es auf der Armlehne ihres Sessels ab.

»Danach kam eine Durststrecke. Mehrere Freunde haben Thomas Jobs angeboten, aber mit dem Verdienst hätten wir die Wohnung auch nicht halten können. Und von hier wollte er nie wieder weg.«

Vor dem Fenster tauchte die Silhouette eines Bussards auf, der über dem Steilhang kreiste, um in den Gärten nach Beute zu suchen. So, wie in solchen Siedlungen mit Bodenfliesen, Rasenmähern und Herbiziden gearbeitet wurde, würde er nicht mal eine Wollmaus finden.

»Im November hatte er dann plötzlich diesen neuen Job. Er mußte ab und zu weg, zahlte aber die Schulden ab und gab mir genug Geld für den Haushalt. Alles sah wieder wie Sahne aus. Bis...«

Sie brach ab.

»Und Sie haben wirklich keine Ahnung, was er gemacht hat?«

»Nein.«

»Und bei seinen Sachen war auch nichts?«

Sie deutete auf eine fertig gepackte Umzugskiste: »Da sind alle seine Akten drin: Steuern, Versicherungen, Miete usw. Ich hab' alles durchgewühlt – Zeit genug war ja. Aber es gibt nichts über seinen letzten Job. Alles, was er dazu brauchte, hatte er in seinem Diplomatenkoffer. Und die Ziffern für das Schloß hat er mir nicht verraten.«

Ein Diplomatenkoffer hatte nicht im Wagen gelegen... Lohkamp sah zur Langer hinüber, doch die schrieb schon. So stand er auf und trat auf die Kiste zu: »Das ist alles?«

Die Nordhues nickte.

»Kein Büro? Kein Schreibtisch?«

»Der Schreibtisch steht im Schlafzimmer. Aber alles, was da drin war, ist in dieser Kiste.«

Lohkamp bückte sich und versuchte, die Laschen zu öffnen – aber seitdem er das zum letztenmal gemacht hatte, waren schon ein paar Jahre vergangen.

»Warten Sie...«

Sandra Nordhues sprang auf und öffnete die Kiste. Selbst beim Packen trug sie ein schweres Parfüm. Aber das konnte Lohkamp nicht von dem ablenken, was er ganz oben auf den flachgelegten Aktenordnern sah: Einen hellbraunen, ledernen Terminkalender für 1991. Den Vorgänger des Exemplars, das sie in dem verlassenen BMW gefunden hatten...

»Darf ich?«

Die Witwe nickte: »Aber da stehen auch nur solche Abkürzungen drin wie auf diesen Kopien...«

Lohkamp setzte sich wieder in seinen Sessel und blätterte, während ihm die Kommissarin über die Schulter sah.

Es war so, wie die Nordhues gesagt hatte. Etliche Reisen quer durch Deutschland, von Frankfurt bis Nordhorn, von Mülheim bis Plau am See. Aber ganz hinten, auf dem letzten Blatt für den November und für den Dezember auf der dritten Umschlagseite, hatte Nordhues wieder Plus-Minus-Tabellen angelegt: Etliche 20.000 DM-Beträge als Einnahmen, abzüglich 5 % Provision und aller Unkosten.

Die Tabellen sahen genauso aus wie ihre Fortsetzung auf den Kopien, die ihnen der Erkennungsdienst geliefert hatte. Bis auf einen Unterschied: Jemand hatte den Erhalt der Restsumme quittiert. In einer lässigen, großzügigen Handschrift stand da ein Männername: Rolf.

Lohkamp und Langer starrten sich an, ehe sich der Hauptkommissar an die Nordhues wandte: »Wissen Sie, wer das ist?«

»Keine Ahnung. Doch – ein Mann mit diesem Namen hat zweimal hier angerufen, im Februar. Hat wohl gedacht, Thomas wär' mit dem Geld durchgebrannt. Beim zweitenmal hat er es mir wohl geglaubt, daß Thomas weg war…«

»Nur Rolf? Hat er keinen Familiennamen genannt?«

»Er hat zuerst überhaupt keinen Namen genannt«, bekräftigte die Nordhues. »Erst als ich selbst nachgefragt habe, meinte er, ich sollte sagen, Rolf hätte angerufen. Thomas wüßte dann Bescheid…«

Sie atmete tief durch.

»Ich habe dann alle Rolfs in der Bekanntschaft abtelefoniert, aber angeblich weiß keiner, was Thomas gemacht hat.«

»Diese Männer«, fragte die Langer. »Haben Sie ihre Stimmen wiedererkannt? War einer von denen der Anrufer von Anfang Februar?«

Die Nordhues rieb sich die Stirn und dachte nach, kam aber erst zu einem Ergebnis, als sie sich den vierten Drink genehmigt hatte: »Ich weiß es nicht…«

Lohkamp sah sie an – zum erstenmal glaubte er ihr nicht.

»Gucken Sie selbst – wir haben so'n Funktelefon. Da liegt immer dieses Rauschen drauf.«

Schweigen.

»Geben Sie mir trotzdem die Namen«, sagte die Langer. Sie bekam sie, samt den Adressen.

Während Lohkamp sich tiefer in die Bürokiste des Toten hineinwühlte, ging die Langer mit Sandra Nordhues die Telefonlisten aus den beiden Terminkalendern durch. Dem ersten Eindruck nach waren alle Nummern bedeutungslos.

»Sagen Sie, Frau Nordhues«, fragte die Langer. »Wenn ich es recht verstehe, war Ihr Mann so ein richtiger Bruder Leichtfuß…«

Die Nordhues schien einen Augenblick darüber nachzudenken, wie dieser Ausdruck gemeint war, und nickte dann.

»Was haben Sie eigentlich an ihm gefunden?«

Sandra Nordhues starrte der Kommissarin erst in die Augen, dann auf den Ringfinger.

»Geschieden«, sagte die Langer und lächelte.

Die Nordhues lächelte einen Augenblick zurück: »Wissen Sie, diese Frage habe ich mir in den letzten Monaten auch schon gestellt. Nicht nur einmal, sondern hundertmal. Aber ich hab' nur eine Antwort gefunden…«

Geduldig wartete die Langer ab.

»Er war der beste Bumser, den ich kenne.«

10.

»Morgen, Klaus!«

»Moin«, murmelte Mager. Er schob den Besuchersessel so nah ans Fenster, daß ihn die Morgensonne erleuchten konnte, und ließ sich nieder. Die Beine ausgefahren und die Hände im Nacken verschränkt, demonstrierte er seine Unlust auf jede Form ehrlicher Erwerbstätigkeit so deutlich, daß er aus einer normalen Firma sofort geflogen wäre.

Die schmale Blonde hinter dem Schreibtisch musterte ihn. Sie hieß Susanne Ledig, war mittlerweile fast 36 Jahre alt und die Chefin von PEGASUS. Vor sieben Jahren hatte sie die Firma zusammen mit Mager gegründet, um dem kritischen Journalismus im Ruhrgebiet zum Durchbruch zu verhelfen. So weit sie auch von diesem Ziel entfernt waren – PEGASUS hatte bis jetzt alle Gefahren überstanden.

»Was paßt dir denn heute nicht?« fragte sie sanft. Sie kannte den Kameramann seit zwanzig Jahren und wußte, wann sein Lebenswille nur noch an der Illusion hing, die Umwelt nähme seine Launen ernst.

Mager sah überrascht auf: »Das fragst du noch?«

Seine Augen fixierten wieder das Fenster und nahmen einen derart verträumten Ausdruck an, als läge dicht hinter den mit Schlieren überzogenen Scheiben das Paradies.

»Wenn du dich so weit erinnern kannst: Gestern, am Donnerstag, war Himmelfahrt. Ein gesetzlicher Feiertag, der auch bei PEGASUS Beachtung fand. Doch was ist heute? Selbst Kalles Schule hat frei. Damit Lehrer und Schüler samt ihren glücklichen Eltern ein verlängertes Wochenende genießen können. Das halbe Ruhrgebiet sonnt sich in diesem Augenblick in Holland am Strand. Wer fehlt, sind die Beschäftigten von Opel, Hoesch und PEGASUS: Firmen, in denen das nackte Profitprinzip regiert. Findest du das in Ordnung?«

Nach Zustimmung suchend, sah er sich um. Doch Holger Saale kannte diesen Film schon und starrte stumm an die Decke. Und auf die vierte Person im Raum, mit der Mager sich das andere Büro teilte, konnte er in solchen Fällen ohnehin kaum hoffen: Karin Jacobmayer, 26, rothaarig, hatte nach wenigen Semestern Germanistik ein nur bei PEGASUS gültiges Diplom als Chefsekretärin und Cutterin erworben – und wußte genau, wer den Laden regierte.

»Du weißt, daß wir diese Firma nicht mit Faulenzerei so weit gebracht haben...«

»Ist doch Quatsch«, meinte Mager und rümpfte die Nase. »Wir verdanken unsere Existenz nur noch dem Landesrundfunkgesetz.« Dieser Einwand entbehrte nicht einer gewissen Berechtigung. Die privaten Fernsehanstalten bekamen die Sendelizenz für Werbespots, Game-Shows und Tittenparaden nur, wenn sie regionale Nachrichtenmagazine ins Programm nahmen. Die dazu nötigen Berichte lieferten zahlreiche freischaffende Teams wie PEGASUS. Und so bezahlten Mager letztlich jene, die er seit Ostern '68 enteignen wollte: die Medienkonzerne.

»Aber wir leben davon«, erklärte Susanne geduldig. »Und das mittlerweile nicht einmal schlecht...«

Das stimmte auch wieder, denn PEGASUS trickste die Privaten mit dem System der Mehrfachverwertung aus, das Saale beim vorletzten Druckerstreik entwickelt hatte: Nach einem Interview mit einem Betriebsrat hatte er einfach den Mikro-Windschutz mit dem Senderetikett ausgetauscht und demselben Mann dieselben Fragen noch einmal gestellt. Ganz koscher war die Sache nicht, doch da die Verantwortlichen in den Sendern nur ihr eigenes Programm verfolgten, fiel der Schwindel nicht auf. So brachte ein PEGASUS-Einsatz das doppelte, manchmal sogar das dreifache Honorar – und seit Einführung dieser Methode waren auf den Firmen-Konten bereits mehrfach schwarze Zahlen gesichtet worden.

»Peanuts«, meinte Mager, starrköpfig wie immer, doch Susanne widersprach: »Denk an die neue Kamera...«

»Und den Umbau des Schnittplatzes«, ergänzte Saale.

Mager verkroch sich in sein Innerstes. Immerhin hatten diese Investitionen vor allem seine Arbeitsbedingungen verbessert. Aber zu einem neuen Dienstwagen hatte es immer noch nicht gereicht, und auch die kesse Werbegrafik auf den Türen – ein davonfliegendes Pferd und die Aufschrift PEGASUS – konnte nicht darüber hinwegtäuschen, daß der Lada seine besten Jahre hinter sich hatte.

»Trotzdem läge ich jetzt lieber auf Ameland am Strand«, maulte er.

»Gut«, sagte Susanne und blickte die Rothaarige scheinbar ernsthaft an. »Schreib's ins Protokoll, Karin.«

Mager ignorierte den Spott und hielt seinen Bart wieder in die Morgensonne. Mit geschlossenen Augen lauschte er Susannes Anweisungen für das Arbeitsprogramm.

»Zuerst schneidet Karin den Film über den Bisamrattenfänger von Waltrop; Holger und Klaus fahren zum Technologie-Zentrum und lichten den Forschungsminister ab. Während Holger den Beitrag textet, fahre ich mit Klaus zum Kommunalverband Ruhr. Die stellen dort ein neues Freizeit-Programm vor...«

»Apropos Freizeit!« meldete sich Saale und schnipste mit den Fingern, als befände er sich in einem amerikanischen Gangsterfilm. »Denk an meinen Rest-Urlaub. Ich will nächste Woche nach Hamburg...«

»Papa und Mama besuchen?« frozzelte Mager.

»Was dagegen?«

Mager hob abwehrend die Hände: »Gott bewahre! Aber wer soll den Werbespot über die Flüssigseife sprechen?«

»Das mache ich morgen!«

»Geht nicht«, warf die Chefin ein. »Morgen haben wir die Anlage an die Kollegen von TEXTAT vermietet. Hartmut stellt eine Pilotsendung für Vox zusammen...«

»Wie bitte?« fuhr Mager hoch und musterte die Chefin. »Geben wir jetzt noch Starthilfe für die Konkurrenz? Erst bringen wir sie auf den Sender, und dann hängen sie uns ab!«

»Jeder Tag Vermietung bringt uns zehn Blaue!«

»Was?« fragte Mager und schnappte nach Luft. »Einen ganzen Riesen?«

»Genau. Und ich hörte da was von einem drahtlosen Mikrofon.«

Karin lächelte, Saale grinste, und alle sahen Mager an. Aber er verzichtete auf die Nummer mit dem Vetorecht und zeigte ihnen zum Zeichen der Kapitulation seine breiten Handflächen: »Überzeugt!«

Das Telefon klingelte.

Karin Jacobmayer waltete ihres Amtes. Nach einem kurzen Augenblick reichte sie den Hörer an Mager weiter: »Bochums bestes Krankenhaus. Ein Dr. Bein will dich sprechen…«

»Kenne ich nicht«, sagte der Kameramann überzeugt und nahm das Gerät entgegen, während Saale sich vorbeugte und den Raumlautsprecher einschaltete – gerade rechtzeitig, damit alle die Antwort mithören konnten: »Lüg nicht, du Arsch. Wir haben vor zwanzig Jahren zusammen Flugblätter verteilt. Und nächtelang geflippert…«

Die Gesichter der anderen entspannten sich: Offenbar doch nichts Wichtiges. Saale reinigte seine Fingernägel, die Rote quetschte sich einen Mitesser aus, und Susanne überlegte, ob sie den Lautsprecher nicht wieder abstellen sollte. Doch dann fielen ein paar Stichwörter, die sie zögern ließen.

»Erschießt du immer noch Hunde für die Bundeswehr?« fragte Mager bissig. Für die Durchführung dieses Forschungsprojekts hatte er Bein aus einem in den Siebzigern sehr bekannten linken Studentenverband ausschließen lassen.

»Erinner mich nicht daran«, knurrte der Doc. »Aber was ich dabei über Schußwunden gelernt habe, konnte ich anschließend gut gebrauchen.«

»So?«

»Ja, du Arsch. Fünf Jahre an der Front operiert. Libanon, wenn dir das was sagt.«

Mager sagte das eine ganze Menge, aber er wußte nicht, was er sich davon aussuchen sollte: »Und?«

»Ich habe eine Story für dich.«

»Deine Lebenserinnerungen?«

»Quatsch. Ich hab' hier einen Patienten. Einen Kurden…«

»Asylantenthemen«, knurrte Mager. »Die will keiner mehr sehen.«

Die Bürorunde erstarrte, und dem Doc am Telefon verschlug es einen Augenblick die Sprache. Dann wurde seine Stimme schneidend: »Paß mal auf, ich kann mit der Story auch zum Stern gehen. Denen quetsche ich sogar noch ein richtiges Honorar aus den Rippen...«

Man hörte, wie am anderen Ende ein Feuerzeug schnippte. Der Mann rauchte an, und danach klang seine Stimme wesentlich ruhiger.

»Aber manchmal denke ich noch an die alten Zeiten: Hoch die internationale Dingsda und so weiter. Und deshalb komme ich mit der Story zu dir. Denn die ist nichts für smarte Absahner, sondern für Leute, die noch recherchieren wollen. Capito?«

»Capisco«, knurrte Mager.

»Okay. Dann schmeiß dich in deinen Benz und komm her. Du findest mich in der Inneren.«

11.

Hauptkommissar Lohkamp befand sich an diesem Morgen in einer ähnlichen Stimmung wie Klaus-Ulrich Mager – und noch dazu aus demselben Grund.

Schon auf dem Weg zur Bushaltestelle schaute er neidvoll auf die vielen Parkbuchten, die seit dem Mittwoch unbenutzt waren. Der Verkehr in Richtung Innenstadt kam ihm deutlich dünner vor als sonst, und im Präsidium am Westerholter Weg hatten sich alle, ohne deren Unterschrift man sonst kein Blatt Klopapier bekam, einen Urlaubsschein genehmigt.

»Morgen«, knurrte Lohkamp, als er den Besprechungsraum des I. Kommissariats betrat. Er steuerte seinen Stammplatz am Fenster an und knallte seine pralle Aktenmappe auf den Tisch: Die Hälfte der Nordhues-Unterlagen hatte sich am Abend zuvor der Oberkommissar abgeholt, aber an dem Rest trug er noch schwer genug.

»Probleme, Chef?« fragte die Langer. Sie trug an diesem Tag eine grüne Seidenbluse und eine hellgelbe Hose aus einem chiffonartigen Material – für seinen Geschmack hätte die Kleidung besser zum Sittendezernat einer Großstadt gepaßt.

»Probleme?« Lohkamp kraulte sich die rötlich-blonden Haare; sie waren immer noch voll und widerspenstig. »Meine Frau hat sich riesig gefreut, daß sie allein nach Holland durfte. Und Nina hatte auf eine sturmfreie Bude gehofft. Reinfall auf der ganzen Linie...«

Er goß Kaffee ein, setzte sich und musterte die Versammlung. Anders als in den Großstädten bearbeitete sein Erstes Kommissariat alle Gewalttaten bis hin zu Raub und Körperverletzung, während sich das Zweite um sämtliche Eigentumsdelikte und das neue Dreizehnte um die organisierte Kriminalität kümmerte. Die anderen Kommissariate waren in die umliegenden Städte verlagert, bearbeiteten die gesamte Alltagskriminalität in ihren Orten und mußten zudem noch Leute für die vier zentralen Mordkommissionen abstellen...

Die Berichte aus den einzelnen Deliktbereichen bestätigten, was zu befürchten war: Das gute Wetter und der »Vatertag« bedeuteten Hochsaison für Randale, Vergewaltigung und Exhibitionismus...

Lohkamp hielt die anderen Kollegen nicht länger als unbedingt nötig von ihrer Arbeit ab und zog mit der Mordkommission IV in sein Büro um.

»Alles erledigt, Herr Lohkamp«, sagte Hänsel, als er mit seinen Unterlagen hereinkam. Er war der einzige im Team, den Lohkamp nicht duzte: Immerhin war Hänsel fünf Jahre älter und schuf durch seine stets korrekte Kleidung eine weitere Barriere, ihm ein »Du« auf Gegenseitigkeit anzubieten.

Der Hauptgrund für ihr distanziertes Verhältnis bestand aber darin, daß Hänsel einer von Lohkamps Konkurrenten um die Stelle als Chef des I. Kommissariats gewesen war, als sie vor fast vier Jahren frei wurde. Und der Jüngere hatte sie – am Rande der Vorschriften operierend – nur bekommen, weil ein paar Leute beim Bundeskriminalamt erleichtert waren, ihn so bequem loszuwerden.

So blieb zwischen Lohkamp und Hänsel alles, wie es gewesen war, und bisher hatte es ihrer Arbeit nicht geschadet.

»Wo ist der Stift?«

»Kopieren. Müßte gleich kommen«, erwiderte Hänsel und zog sich den Stuhl heran, den er bei gemeinsamen Besprechungen benutzte. Er liebte seine Gewohnheiten genauso wie Systematik und Statistiken.

»Also«, begann Lohkamp, wurde aber gleich wieder durch das Quietschen der Türklinke unterbrochen. John wehte herein und begann wortlos damit, die Kopien zu verteilen, die Hänsel ihn hatte anfertigen lassen.

»Guten Morgen, Herr John!« sagte Lohkamp mit Nachdruck. »Entschuldigen Sie, daß wir schon Platz genommen haben...«

Die Langer sah ihn strafend an, doch Lohkamp zog nur die Schultern hoch und betrachtete das Milchgesicht. Dem säuerlichen Ausdruck nach zu urteilen, schien John nun doch zu merken, wann er hochgenommen wurde.

»Wer fängt an? Martina?«

Die Langer nickte und berichtete, was sie vor dem Feiertag bei der Nordhues erfahren hatten.

»Diese Ehegeschichte – warum haben Sie da nicht stärker nachgehakt?« wollte jemand wissen.

Lohkamp zog die Schultern hoch: »Gefühl. Nichts deutete auf andere Männer hin. Und die Nordhues hatte erst einmal genug zu tun, um die Nachricht zu verdauen.«

Er deutete auf die Akten: »Steuerkram, Mietverträge, Kredite, Versicherungen... Soweit ich da durchblicke, jonglierte er stets mit einem Ball zuviel. Aber Blödheit ist in diesem Land ja nicht strafbar.«

Er zog eine Zigarette heraus und zündete sie an. Es war schon die sechste – der Tag fing gut an.

»In dem ganzen Papierkram ist nichts, was auf seine jetzige Tätigkeit hindeutet...«

»Jetzige ist gut«, meinte John. Beifallheischend sah er in die Runde, erntete aber nicht mal ein Grinsen. Er hatte noch immer nicht kapiert, wer für die Witze zuständig war.

»Kein Büro, keine weiteren Unterlagen. Möglicherweise paßte alles in seinen Aktenkoffer – und der ist weg.«

Er schaute Kotte an. Solange sie am »Fall Nordhues« arbeiteten, gehörte er zur MK IV: »Du kannst das gute Wetter nutzen und nachher mit zwei Leuten zu dem Zechengelände fahren. Ich glaub's zwar nicht – aber vielleicht liegt die Tasche noch irgendwo in den Büschen herum. Wenn du sie findest, gibt's 'nen Orden.«

»Wir müssen sowieso noch 'raus. Und zwei Leute reichen in dem Urwald nicht.«

»Fundbüro«, sagte John.

Lohkamp sah ihn begriffsstutzig an.

»Warum rufen wir wegen der Tasche nicht zuerst beim Fundbüro an? Könnte ja sein...«

Lohkamp verzog das Gesicht, nickte aber. Auch so etwas soll es schon gegeben haben.

»Und was haben Sie?«

Hänsel prüfte den Sitz seines Krawattenknotens und legte seine gepflegten Hände auf die Unterlagen: »Vorweg dies. Ich habe bei der Telecom angerufen. Wegen des Autotelefons. Alle Daten über die Gespräche, die Nordhues aus dem Wagen geführt hat, sind Anfang des Monats routinemäßig gelöscht worden...«

Er schlug seine Mappe auf.

»Dann habe ich mir mal den Terminkalender angesehen, den Sie mir gestern gegeben haben. Wenn wir die Person mitzählen, die Nordhues noch in Castrop-Rauxel aufsuchen wollte, haben wir dreißig Kontakte in 22 Orten: Wenn Sie mal auf Kopie Nr. 1 schauen wollen...«

Lohkamp tat, wie empfohlen, und verkniff sich ein Grinsen: Hänsel hatte die Liste natürlich durch seinen Computer gejagt und sortieren lassen.

Bad Homburg (2)
Bochum (2)
Breckerfeld (1)
Castrop-Rauxel (1)
Darmstadt (1)
Dortmund (3)
Essen (1)
Frankfurt (3)
Hanau (2)
Hannover (1)
Haren-Rütenbrock (1)
Hattingen (2)
Kamen (1)
Lünen (1)

Meppen (1)
Mülheim (1)
Nordhorn (1)
Oer-Erkenschwick (1)
Offenbach (1)
Plau am See (1)
Recklinghausen (1)
Rüsselsheim (1)

Nachdem alle die Auflistung gebührend bewundert hatten, fuhr Hänsel mit seinem Vortrag fort.

»Sie werden gemerkt haben, daß es gewisse Zentren gibt: den Großraum Frankfurt mit zehn Personen und das östliche Ruhrgebiet mit 14 Kontakten. Ein kleines Nebenzentrum scheint im Emsland zu sein: drei Leute. Und völlig isoliert sind die Einzelnennungen in Breckerfeld, das liegt bei Hagen, Hannover und Plau am See – übrigens die einzige Stadt in den neuen Bundesländern. Ich habe das auf Blatt 2 aufgelistet.«

»Komisch«, meinte die Langer. »Der ganze Norden fehlt. Und Bayern und die anderen südlichen Bundesländer auch.«

»Stimmt«, meinte Hänsel und fügte in einem Anflug von Selbstironie hinzu: »Aber was das alles zu bedeuten hat – darüber sagt die schönste Statistik nichts aus. Denken müssen wir selber...«

Lohkamp starrte auf die Listen, aber ihm fiel nichts ein, was über die Spekulationen vom Mittwoch hinausging.

»Die einzige Chance, das Geheimnis dieser Liste zu lüften«, meinte Hänsel nach einer Weile, »sehe ich tatsächlich in dem Versuch, die Identität der genannten Personen festzustellen. Und wenn wir sie haben, müssen wir nach Gemeinsamkeiten zwischen ihnen suchen...«

Nur noch, dachte Lohkamp und wunderte sich, daß Hänsel diese Einschränkung nicht ausgesprochen hatte. Aber der Oberkommissar war lange genug im Dienst, um zu wissen, wieviele Laufereien die Ermittlungen kosten würden.

»Und ob wir dann den Mörder haben«, ergänzte Hänsel, »ist auch noch nicht 'raus. Kann ja sein, daß Nordhues doch einen Tramper mitgenommen hat und ausgeraubt wurde.«

Lohkamp sah ihn skeptisch an, doch die Langer stand Hänsel

bei: »Ich habe in der Werkstatt nachgefragt. Bis jetzt haben sie im BMW kein Geld gefunden...«

»Darum sollten wir klären«, ergänzte der Oberkommissar, »ob einer unserer Kunden aus der Rauschgift- oder Punkerszene Anfang Februar im Lotto gewonnen hat...«

Die Checkliste der Kommissarin wurde um einen Punkt länger.

»Die Bankkonten«, sagte Lohkamp.

»Nehme ich mir vor«, sagte Hänsel sofort. Er arbeitete lieber vom Schreibtisch aus als vor Ort, und das machte er perfekt. Auf diese Weise ergänzten sie sich bestens.

»Also«, entschied Lohkamp. »Schritt 1: Wer sind C. I. in Rütenbrock, E. Z. in Breckerfeld und G. F. in Plau? Können Sie nachsehen, welche Dienststellen da zuständig sind? Und jeweils ein Fax und ein Foto von Nordhues 'rausschicken?«

»Mache ich als nächstes«, lächelte Hänsel. »Aber am wichtigsten ist dieser Rolf. Es ist doch erstaunlich, daß Nordhues am 31. Januar für den gesamten Februar noch keinen weiteren Kontakt vorgemerkt hatte – sich aber am Tag danach mit diesem Rolf treffen wollte.«

»Zur Abrechnung«, meinte John.

»Ja. Und wohl auch zur Entgegennahme neuer Aufträge...«

»Okay«, sagte Lohkamp nach einer kleinen Pause und sah Kotte an. »Mach den Technikern noch ein bißchen Dampf. Wegen des Wagens. Langer und ich suchen diese Rolfs auf...«

Sein Blick fiel auf den Blutleeren: »Du gehst mit den anderen auf Zeche. Die Tasche suchen.«

John nickte.

»Und noch was: Laß vorher diese scheiß Tür ölen...«

12.

Was Karin Jacobmayer spöttisch als Bochums bestes Krankenhaus bezeichnet hatte, lag in einem nordöstlichen Vorort der Stadt – ein um die Jahrhundertwende in Pseudoklassik errichteter Protzbau, der sich äußerlich nur wenig von den zur selben Zeit entstandenen Rathäusern und Amtsgerichten unterschied. Erst der moderne Anbau mit der Zufahrt zur Notaufnahme zeigte, wozu das Monstrum diente.

Von der Roten über Feldwege und durch eine verkehrsberuhigte Zone gelotst, erreichte Mager das Hospital in knapp zwanzig Minuten. Er stellte den Lada auf dem Besucherparkplatz ab, holte sich vom Kiosk gegenüber zwei Schachteln seiner Spezialmarke und enterte mit Karin den Eingang. Die Nonne am Empfang wies ihnen den Weg quer durchs Erdgeschoß zur Rückseite des Gebäudes. Der Gang war halb so hoch wie ein Kirchenschiff, und die Wände hätten auch als Festungsmauern getaugt.

Am Ende des Weges liefen sie einer koreanischen Schwester in die Arme: »Dr. Bein? Bitte...«

Sie zeigte auf eine hohe Tür, die weit geöffnet war. An einem wuchtigen Schreibtisch saß ein hagerer Typ im weißen Kittel und hatte seinen Schädel tief über ein paar Karteikarten gesenkt. Bis auf einen dunklen Haarkranz war er kahl. Als er die Schritte hörte, sah er auf und lächelte: »Hallo, Alter!«

»Mensch, Schlucker«, sagte Mager, in dessen Kopf noch das Bild eines langhaarigen Teddybärs gespeichert war. »Hast du dich verändert!«

Bein grinste: »Wenn so'n Linker schon bei der Heiligen Jungfrau landet, muß er sich wenigstens mit einer Tonsur tarnen...«

Er musterte die Rote: »Deine Frau?«

»Gott bewahre!« stöhnte Karin auf. »Schlimm genug, daß ich unter seiner Fuchtel arbeiten muß.«

Mager sah den Kumpel an: »Wie kommt es, daß die Katholen dich überhaupt genommen haben?«

»Ich bin nie aus der Kirche ausgetreten«, sagte Bein. »Kannst du dir als Mediziner gar nicht leisten.«

»Die Mayo-Klinik ist das hier ja gerade nicht«, stichelte Mager.

»Ist der als Chef genauso?« fragte Bein die Rote und deutete auf zwei freie Stühle. Dann fügte er ernst hinzu: »In Beirut würde dieser Kasten unter Luxusklasse laufen. Außerdem, das hier ist ein alter Arbeiterstadtteil. Viele Berginvaliden, ihre Witwen, Ausländer. Malocher halt...«

Mager nickte, und der Doc wandte sich wieder an Karin: »Klaus war immer einer von den Hundertprozentigen. Hat mir meine Doktorarbeit nicht verziehen.«

»Haben Sie wirklich Hunde erschossen?«

Bein nickte düster: »Stimmt. Für die Bundeswehr. Hier an der Ruhr-Uni. Brachte meinem Boss viel Geld und mir den Doktortitel. Und jede Menge Erfahrung...«

Einen Augenblick lang starrte er vor sich hin, ehe er Mager wieder ansah: »Paß auf. Ich hab' hier den absoluten Hammer. So was gab's bisher nur in der Dritten Welt. Der Mann heißt Hamid Ghaeni. Kurde. Ein paar Ge...«

Er brach ab, sah wie ertappt erst Mager, dann die Rote an, ehe er weitersprach: »Ein paar Freunde haben ihn halbtot vorbeigebracht. Kommt mal mit...«

Er stand auf, packte einen Aktendeckel, aus dem die Ränder einer Röntgenaufnahme hervorschauten, und ging voran.

»Der Chef ist in Urlaub, und da hab' ich ihn fürs erste auf ein Privatzimmer gelegt. Die sind sowieso meistens frei.«

»Bochums bestes Krankenhaus?« fragte Mager spöttisch.

Der Hagere nickte: »Den Spruch kenne ich. Stimmt aber nicht. Unsere Gefäßchirurgie ist top. Und die Geriatrie auch...«

Er stieß eine hohe Tür auf. Ein langer, aber heller Schlauch. Rechts zwei Betten, die Wand entlang hintereinander geschoben, das erste frei, das zweite belegt. Links der Durchgang zur Dusche, ein Einbauschrank, ein Tisch, zwei Stühle. Hinter den hohen Fenstern ein grüner Park im Sonnenlicht.

»Das ist Hamid Ghaeni«, sagte Bein und deutete auf den Mann im hinteren Bett. Fast in Embryostellung auf der rechten Seite liegend, wirkte er schwach und wehrlos. Als er Beins Stimme hörte, hob er den Kopf, um die Eintretenden zu mustern. Sein Gesicht war eingefallen und grau.

»Und das ist Mohammed«, sagte der Doc und nickte dem zweiten Mann zu, der am Tisch gesessen und offenbar auf sie gewartet hatte. In seinen dunklen Augen lag etwas Waches, das Mager zunächst nicht einordnen konnte.

»Er ist Dolmetscher«, erklärte Bein. »Für einen kurdischen Arbeiterverein.«

Mit seinen einssiebzig war der Mann nur wenig kleiner als Mager. Er hatte einen kräftigen Händedruck, und die Art, wie er sich bewegte, verriet, daß er wesentlich jünger als der Kameramann sein mußte. Doch sein bärtiges Gesicht war bereits von tiefen Furchen durchzogen. Mager erkannte erst auf den zweiten Blick, daß nicht alle natürlichen Ursprungs waren. Im Gegensatz zu den deutschen Verwaltungsrichtern wußte Mohammed, wie ein türkisches Gefängnis von innen aussah.

»So«, sagte der Doc, »und jetzt die Story in Kurzfassung. Hamid ist letzten Freitag in Hattingen auf offener Straße entführt worden. Als er Mittwoch an derselben Stelle wieder aufwachte, war er um tausend Mark reicher, aber auch ein ganzes Stück ärmer.«

Bein fegte das dünne Laken beiseite und zog Hamid das weite Krankenhausnachthemd hoch. In Brusthöhe war der Mann eingewickelt wie eine Mumie.

»Und – was fehlt ihm?« fragte Mager. Anatomie war nicht gerade seine starke Seite.

Bein schniefte: »Eine Niere.«

Es gab nur wenige Augenblicke im Leben des Klaus-Ulrich Mager, in denen er wirklich sprachlos war. Dieser gehörte dazu. Aus dem Mund eines Fremden, an einem anderen Ort und ohne den Verband als Beweis hätte er das alles nicht geglaubt.

»Hier«, sagte Bein, zog die Röntgenaufnahme aus der grünen Mappe und hielt sie gegen das Licht. »Was ein Rückgrat ist, wirst du ja noch wissen. Das hier ist die rechte Niere, und hier müßte die linke sein. Müßte…«

Mager zuckte die Achseln. Mit einer Weltraumaufnahme von Castrop-Rauxel hätte er mehr anfangen können.

»Im übrigen wurde die Operation, soweit ich das beurteilen kann, nicht vom Pferdemetzger auf dem Campingtisch gemacht. Hervorragender sichelförmiger Schnitt am Rippenbogen entlang. Profiarbeit. Gut vernäht, aber schlecht verheilt. Weil man ihn zu früh aus dem Bett geholt hat.«

Er schwieg einen Moment, ertastete nach dem Motto »Machen Sie eine typische Handbewegung!« den Puls des Patienten, schaute erst auf die Uhr und dann in seine Unterlagen: »Sein Herz ist gesund, die Nierenwerte sind okay – wir kriegen ihn wieder hin…«

Ehrfürchtig starrte Mager den Medizinmann an. Aus dem Flipperkönig von Bochum war ein Halbgott in Weiß geworden. Und mit dem hatte er mal am Opel-Ring beim Schichtwechsel Betriebszeitungen verteilt?

»Aber man kann doch für eine Organverpflanzung nicht einfach einen x-beliebigen Menschen von der Straße wegkapern«, sagte Karin. »Woher weiß man, ob er gesund ist, ob die Blutgruppe stimmt, ob das Gewebe paßt…«

»Du kannst hier anfangen«, grinste Bein. »Aber wir haben auch schon darüber nachgedacht. Und es gibt nur eine Lösung.«

Der Mann, der Mohammed hieß, nickte: »Hamid ist vor zwei Monaten von ein paar Skins zusammengehauen worden. Er war danach in Hattingen in Behandlung. Bei einem Internisten. Heißt Doktor Pelster.«

Mager schaute den Doc an, doch der schüttelte den Kopf: »Nie gehört. Aber auf jeden Fall hat Pelster ihm genug Blut aus der Vene gezapft, um alle benötigten Werte testen zu können. Vor allem die HLA-Antigene.«

»Und – habt ihr wirklich keinen Hinweis auf die… Täter?«

Mohammed schaute auf seinen kranken Landsmann: »Vielleicht kann Hamid erst mal von vorne erzählen…«

»Aber nur zehn Minuten«, sagte Bein und schaute wieder auf die Uhr. Mager folgte dem Blick und war sicher: Schlucker trug jetzt eine Rolex.

»Hört zu, ich hab' noch zu tun. Wenn ihr Fragen habt, stellt sie mir hinterher. Oder ruft an…«

Mager steckte Beins Karte ein und setzte sich mit Karin an den Tisch, während Mohammed auf der Bettkante Platz nahm: »Also, erzählt mal…«

Als der Kurde fertig war, schloß er erschöpft die Augen.

»Meine Fresse«, sagte Mager und stand auf. Er brauchte ganz dringend eine von seinen Ultraharten.

Er stieß die Balkontür auf, stellte sich auf die Schwelle und zündete sich eine an: »Du auch?«

Mohammed schüttelte den Kopf, kam aber hinaus auf den Balkon und hörte sich Magers nächste Frage an: »Und ihr habt wirklich keine Spur?«

»Hamid hat nur den dicken Mann und das Auto gesehen. Sonst kann er sich nicht erinnern.«

»Aber die Tage dazwischen…«

»Ein Krankenzimmer wie tausend andere. Mit einem Unterschied: Die Fenster weiß gestrichen. In einer ruhigen Gegend: keine Autos, keine Fabrik oder so…«

Mager seufzte. Selbst im bevölkerungsreichsten Bundesland gab es noch immer hundert Ecken, auf die solch eine Beschreibung zutraf. Bis PEGASUS sie alle abgeklappert hätte, wären die Energievorräte der Erde so weit erschöpft, daß sie nicht mehr für eine solch nutzlose Einrichtung wie das Fernsehen vergeudet würden.

»Also – werdet ihr etwas unternehmen?« fragte Mohammed.

Mager dachte nach. Die Story war heiß, ohne jeden Zweifel. Aber sie würde eine Menge Arbeit bedeuten. Und ohne die anderen zu fragen, durfte er sowieso keine Zusage geben. Mit Alleingängen war er in der Firma mehrfach auf die Schnauze gefallen.

»Ganz schön schwierig«, wich er aus. Mohammed sah ihn aufmerksam an.

»Daß ihr die Bullen 'raushalten wollt, verstehe ich ja noch. Und daß ihr in eurer Lage nicht viel machen könnt, ist auch klar. Aber wenn Hamid nichts vor der Kamera erzählt…«

»Nicht mal ein Bild!« präzisierte Mohammed. »Nicht, bevor die Asylbehörde entschieden hat.«

Mager stöhnte: »Aber das ist keine Story!«

Die dunklen Augen des kleinen Kurden funkelten: »Das haben mir die türkischen Polizisten auch gesagt, als sie mich nach drei Jahren 'rausließen!«

Der PEGASUS-Mann zuckte zusammen. Auf dieser Seite war er verwundbar.

»Mohammed«, mischte sich Karin ein und legte dem Dolmetscher eine Hand auf den Arm. »Wir werden in der Firma darüber reden und gemeinsam entscheiden. Daß wir euch helfen wollen, ist vollkommen klar…«

Die Züge des Kurden entspannten sich.

»Aber solche Recherchen kosten Zeit. Und deshalb müssen wir auch versuchen, einen Film darüber zu drehen. Wir leben davon…«

»Ja – oder nein?«

Mager blickte Karin warnend an, doch die Rote war nicht zu beirren: »Ja!«

13.

Der erste Rolf auf Lohkamps Liste hieß Kaiser. Er hatte vor zehn Jahren die einzige Tochter eines Fotohändlers geheiratet, vier Kinder gezeugt und auch sonst nicht geruht: Das Firmenlogo von QUICK-FOTO leuchtete jetzt in allen Fußgängerzonen des Ruhrgebiets. Dieser Umstand zwang Lohkamp, von vornherein auf die Überfallmethode zu verzichten: Morgens um elf würde der Zeuge wohl kaum noch auf der Terrasse sitzen und seine Angestellten mit Telepathie an die Arbeit treiben.

»Außerdem«, sagte die Langer, »wenn er was mit der Nordhues hat, ist er vorgewarnt. Und falls er der Täter ist...«

...hatte er Zeit genug, sich ein Alibi auszudenken, dachte Lohkamp und winkte ab.

Die Langer griff zum Telefon, und sie wurden in Kaisers Stammhaus gebeten: nach Dortmund, an den Westenhellweg.

Zwei junge Frauen lächelten Lohkamp und Langer entgegen, als sie den Laden betraten. Die Damen waren sorgsam geschminkt, trugen Young-Fashion-Klamotten und verfügten über Figuren, wie man sie angeblich nur durch jahrelangen Genuß von Halbfettprodukten bekam. Der Hauptunterschied lag in der Haarfarbe, und Lohkamp entschied sich für Blond.

»Herr Kaiser erwartet Sie«, strahlte die Frau, sobald der Hauptkommissar seinen Namen gesagt hatte. »Wenn Sie mir folgen wollen...«

Sie lotste die Polizisten durch einen schmalen Durchgang, der zu den Lager- und Sozialräumen der Filiale führte. Über eine steile Treppe ging es nach oben, zu den Büros: »Bitte!«

Hinter einem schwarzen Schreibtisch mit wenig Papier und viel Designer-Elektronik erwartete sie ein hochaufgeschossener Schlacks in Yuppi-Uniform. Er sah deutlich jünger aus als 34 und gab sich wesentlich lässiger, als man es von einem genormten deutschen Familienpapi erwartete – und er genoß die Überraschung, mit der die Beamten ihn musterten.

»Guten Tag, Herr Kaiser!«

Lohkamp faßte sich als erster und warf einen Blick durch das Büro. Nach dem Minimalprinzip eingerichtet, enthielt es noch ein schwarzes Ensemble aus Glas und Leder, während die Schränke in den schwarz getäfelten Wänden versteckt waren. Den nötigen Kontrast schufen ein silbergrauer Teppichboden, Beleuchtungsanlagen in derselben Färbung und ein frei im Raum installiertes Mobile, das vor allem aus Glasfiberfäden zu bestehen schien.

»Guten Morgen, Herr...« Der Yuppi kam hinter seinem Schreibtisch hervor. Das Möbel war so plaziert, daß der Benutzer einerseits die Tür im Auge hatte, andererseits die Vorgänge auf dem Westenhellweg wie aus einer VIP-Lounge verfolgen konnte.

Lohkamp stellte sich vor und nannte Langers Namen: »Es geht um Thomas Nordhues...«

Kaiser seufzte: »Lange nicht gesehn. Was ist mit ihm?«

»Tot«, sagte Lohkamp und blickte Kaiser an. Sonderlich zu überraschen schien die Nachricht den Fotohändler nicht. Er starrte Lohkamp einen Moment ausdruckslos in die Augen und hob dann die Schultern, als wolle er die Unabwendbarkeit des Schicksals dokumentieren.

»Und wenn die Kripo kommt«, schlußfolgerte er, »starb er nicht am Herzinfarkt...«

Lohkamp nickte. Der Fotomann gönnte sich noch ein paar Sekunden Pause, seufzte noch einmal und bot den beiden endlich Plätze an: »Möchten Sie etwas trinken?«

Die Polizisten schüttelten synchron ihre Köpfe, und Kaiser setzte sich zu ihnen in das Leder- und Stahl-Ensemble. Daß ihm noch die Tränen kamen, war nicht mehr zu befürchten.

»Woher kannten Sie Nordhues?«

»Aus dem Sandkasten«, sagte Kaiser und zählte die wichtigsten Stationen ihrer Bekanntschaft auf: Kindheit in Huckarde, Realschule in Mengede. Die Berufsschule hatte sie aus dem Nordwesten in die Stadtmitte geführt, danach zog es sie weiter in den vornehmeren Süden: Tribünennachbarn im Westfalenstadion, Fitnesstraining in Brünninghausen. Aber die angestrebte Villa in Kirchhörde hatte nur einer geschafft – Kaiser.

Für die drei Jahrzehnte, die dieser Lebenslauf umfaßte, brauchte Kaiser kaum mehr als drei Minuten: Entweder war er auf diesen Vortrag vorbereitet, oder ihre Beziehung war wirklich so unwichtig. Aber die Fakten stimmten mit dem überein, was Sandra Nordhues ihnen bereits berichtet hatte.

»Was meinen Sie – warum ist Nordhues beruflich auf keinen grünen Zweig gekommen?« fragte die Langer. Sie spürte Lohkamps Blick – der Hauptkommissar ging lieber direkt auf sein Ziel los. Aber sie wollte erst mehr über die Beziehung der Männer herausfinden.

»Thomas?« Kaiser rümpfte die Nase. »Der hat zuviel herumgesponnen. Malte sich immer aus, wie toll es ihm gehen würde, wenn er oben war. Hat aber nie richtig gewußt, wie er dahin kommen sollte. Und sein Hauptfehler…«

Kaiser schüttelte leicht den Kopf, als könnte er es noch immer nicht fassen: »Sein Hauptfehler war: Er gab schon heute das Geld aus, das er morgen verdienen wollte.«

Er brach ab und starrte auf die Fußgängerzone hinab. Dichte Menschenströme schoben sich über die Haupteinkaufsstraße der Bierstadt. Vor der Boutique gegenüber hatte sich ein älterer Mann niedergelassen. Den gebeugten Rücken an die von Hundepisse verätzte Fassade gedrückt, hatte er den Kopf auf die gefalteten Hände gelegt, einen Plastikbecher zwischen den gespreizten Füßen. Ein Pappschild gab Auskunft darüber, aus welcher ehemaligen Sowjetrepublik er den Weg in den Straßenstaub des Ruhrgebiets gefunden hatte. Lohkamp hatte nicht den Eindruck, daß es die Passanten sonderlich interessierte.

»Wann haben Sie Nordhues zum letzten Mal gesehen?«

Kaiser mußte einen Moment nachdenken: »Anfang des Jahres, zwei- oder dreimal. Im Fitnessclub. Komisch…«

»Was ist komisch?« fragte Lohkamp.

»Naja – daß er so plötzlich wegblieb. Er kam in den letzten Jahren sonst regelmäßig. Wie ich, jeden Dienstag.«

»Und Sie haben nie bei ihm angerufen? Sich erkundigt?«

Der Fotohändler hob die Hände: »Bin ich sein Kindermädchen? Wir haben uns zwar oft gesehen – aber wir waren nicht so eng befreundet, daß ich ihn vermißt hätte.«

»Und – wie ging es ihm?«

Kaiser zuckte die Achseln: »Im Januar? Wie immer, wenn er obenauf war. Redete von einem tollen Job: wenig Arbeit, jede Menge Kohle…«

Lohkamp zog ein Päckchen Zigaretten heraus und blickte den Hausherrn fragend an. Kaiser wies nur stumm auf den Tisch, wo ein

Aschenbecher aus Rauchglas parkte. Er sah nicht so aus, als wäre er jemals benutzt worden.

»Aber letztes Jahr«, berichtete Kaiser weiter, »hatte er eine gewaltige Durststrecke. Hatte im Sommer nicht mal das Geld für eine Dauerkarte im Stadion. Ich habe ihm einen Job angeboten. Aber Filme verkaufen oder Entwicklungsaufträge notieren – das war ihm zu popelig…«

Kaiser verzog verächtlich das Gesicht und sah den Polizisten an: »Was ist ihm eigentlich passiert?«

Die Frage kam ein bißchen spät, fand Lohkamp.

»Er wurde erschossen. Ende Januar, Anfang Februar…«

»Und da kommen Sie jetzt erst?«

»Er wurde erst vorgestern gefunden.«

Diesmal schien Kaiser wirklich überrascht.

»Mein Gott«, sagte er dann. »Muß ekelig ausgesehen haben…«

»Kennen Sie seine Frau?« fragte die Langer.

»Sandra?« Kaiser nickte. »Klar. War ein paarmal mit im Club. Ein, zwei Parties…«

Die Langer sah ihn abwartend an, aber er lächelte und schüttelte seine 40-Mark-Frisur: »Nicht mein Typ…«

»Herr Kaiser«, sagte Lohkamp. »Wie es aussieht, könnte Nordhues sein Geld mit Erpressung verdient haben. Falls es das war – was könnte es gewesen sein?«

Kaiser blickte ihn an, als hätte er behauptet, die Erde wäre eine Scheibe. Dann schaltete er und stand auf, beugte sich über seine Sprechanlage: »Sabrina, bring mir doch mal eine Schublade mit fertigen Fotos hoch. Irgendeine…«

Er lehnte sich zurück und musterte den Hauptkommissar. Sein überlegenes Lächeln signalisierte Lohkamp, daß er wieder mal jener Prüderie aufgesessen war, die seine Erziehung geprägt hatte. Genauso, wie es in den Sechzigern keiner gewagt hätte, sich so etwas wie »Tutti frutti« im Fernsehen vorzustellen, war es wohl mit den Fotos. In den Neunzigern war damit niemand mehr zu erpressen…

Diesmal kam die Brünette herein, unter dem Arm einen Kasten, der mit Fototüten vollgestopft war.

»Stell sie auf den Tisch… Danke.«

Falls sie der Auftrag verwundert hatte, ließ sie sich nichts davon anmerken, sondern schwebte lautlos davon. So jovial das Betriebsklima war – es schien zu funktionieren.

»Bitte«, sagte Kaiser, »suchen Sie sich drei Tüten 'raus, und gukken Sie 'rein...«

Seufzend beugte sich Lohkamp vor. Er wußte, daß es sinnlos war, aber da mußte er jetzt durch.

In der ersten Tüte waren drei Packen mit Aufnahmen von einem Kindergeburtstag. In der zweiten siebzig oder achtzig Fotos, die auf einer südlichen Insel entstanden sein mußten. Etliche zeigten jeweils eine Hälfte eines Ehepaars, das etwa Mitte dreißig sein mochte. Auf zweien oder dreien war die Frau halbnackt.

»Nehmen Sie noch eine...«

Lohkamp tat ihm den Gefallen. Gleich das erste Foto zeigte einen erigierten Penis. Das zweite das Profil einer Frau, die sich interessiert darüber beugte. Was auf dem dritten war, konnte sich Lohkamp denken.

14.

»Wahnsinn!« staunte Saale, als Mager und die Jacobmayer mit ihrem Bericht fertig waren. »Ich sage nur: Wahnsinn!«

Mager sah ihn skeptisch an: Diese Metapher hatte sein Kumpel zum letzten Mal bei der Öffnung der Mauer benutzt. Wenn PEGASUS mit der Niere nur halb soviel Medienwirkung wie das andere Wahnsinnsereignis erzielte, könnte die Truppe in Rente gehen.

»Gut und schön«, sagte Susanne Ledig. Auf die Vermehrung der Firmenfinanzen bedacht, übernahm sie wie immer den Part des Skeptikers: »Rechnet doch nur mal die Recherchekosten zusammen!«

Eine Dreiviertelmehrheit der Firma weigerte sich, diesem Gedankengang zu folgen.

»Der Zeitaufwand! In derselben Zeit drehen wir drei Werbevideos...«

Der Rest der Belegschaft war angesichts der aktuellen Kontostände anderer Meinung.

»Und überhaupt: Nieren. Wir haben null Ahnung in medizinischen Fragen!«

»Was soll's«, sagte Mager und warf den Einwand mit einer Handbewegung über die Schulter in den Papierkorb: »Oberarzt Dr. Bein steht zu unserer freien Verfügung.«

Ratlos starrte die Chefin auf Karin Jacobmayer. Doch die Rote hielt die anstehende Abstimmung offenbar nicht für eine Frage, die den firmeninternen Geschlechterkampf berührte.

»Okay«, seufzte Susanne und kam zu dem einzigen Problem, mit dessen Hilfe sie die Euphorie der anderen noch bremsen konnte: »Und wie kommen wir an die Nierendiebe heran?«

Mager schwieg, Saale schwieg, Jacobmayer schwieg. Die Wanduhr tickte, und jede Minute Schweigen kostete die Firma – auf das monatliche Bruttoeinkommen der Beteiligten bezogen und eine Vierzigstundenwoche vorausgesetzt – eine Mark neunundvierzig. Susanne zählt die Verluste in Gedanken mit.

Sieben Mark fünfundvierzig später sagte Mager nur ein einziges Wort: »Wallraff!«

Die Truppe schrak auf und starrte den Kamermann an, als wollte er den Papst engagieren.

»Viel zu teuer!« sagte Saale schließlich, und die anderen nickten.

»Quatsch«, antwortete Mager. »Wer redet denn vom Engagieren?«

»Sondern?«

»Nachmachen«, erklärte der Kameramann und fügte zur Bekräftigung sein neues Lebenscredo hinzu: »Von Wallraff lernen, heißt siegen lernen!«

Saale tippte sich nur stumm an die Stirn. Doch Mager grinste, stellte seine Spezialflasche Calvados und vier Gläser auf den Tisch und entwickelte den anderen seinen Plan. Die Zweifel schwanden in dem Maße, wie der Flüssigkeitspegel in der Flasche sank. Als sie leer war, waren alle einverstanden.

»Okay«, meinte Susanne zum Schluß. »So könnte es gehen…«

»Nur eine Frage müssen wir noch klären«, warf Saale ein und zerwühlte sich die sorgsam gescheitelten schwarzen Haare: »Wer ist Opfer – und wer ist Täter?«

Mager sah ihn an, als wüßte der Lange nicht, in welchem Stadion Borussia Dortmund Heimrecht hatte: »Ist doch klar: Wer die Idee hatte, darf sich die Rolle aussuchen.«

»Von wegen!« ging Saale hoch. »Das laß' ich nicht mit mir machen. Auslosen!«

Doch Susanne schüttelte den Kopf. Das Risiko, daß Mager doch die Rolle erhielt, die er wollte, war ihr viel zu hoch: »Ich entscheide.«

Die PEGASUS-Männer sahen die Chefin gespannt an. Als sie ihr Urteil verkündete, wünschte sich Mager für einen Augenblick in die Zeit zurück, da am Westentor noch Hexen verbrannt wurden. Aber dann fiel ihm eine weitaus schlimmere Strafe ein: »Wer bringt das Mechthild bei?«

»Ich nicht«, sagte Saale, und als sich Susannes Blick auf Karin richtete, stand die Rote eilig auf: »Ich muß jetzt in den Ruhrpark und kaufe ein paar Schlafanzüge und einen ordentlichen Bademantel.«

»Aber nicht während der Arbeitszeit!« brauste Mager auf.

»Doch«, sagte Karin. »Das Zeug ist ja nicht für mich.«

»Sondern?«

»Für Hamid...«

15.

Die Josefinenstraße zog sich nördlich des Ruhrschnellwegs mehrere Kilometer durch den Bochumer Norden. Wer sie ganz durchfuhr, erhielt einen guten Überblick über die Baugeschichte des zwanzigsten Jahrhunderts: Kumpelhäuschen mit schnupftuchgroßen Vorgärten, wuchtige Bürgerhäuser mit Stuckfassaden, billige Flüchtlingsquartiere mit Minifenstern, graue Sozialbauten mit plastikummantelten Balkonen.

Die neueste Waffe im Folterarsenal deutscher Architekten konnte man gegenüber der Zweigstelle 17 der Bundespost besichtigen, wo Martina Langer den Ford zwischen zwei Straßenbäume bugsierte: Eine Handvoll Eigenheime, die wie Schwalbennester aneinanderklebten.

Lohkamp stieg aus und stöhnte erleichtert auf. Während er das verschwitzte Hemd lüftete, musterte er die Neubauten. In einem gerecht regierten Land hätte man die Architekten wegen vorsätzlicher Körperverletzung in den Bau geschickt.

»Würdest du da einziehen?« fragte er.

Die Langer zuckte die Achseln.

»Den Lärm von der B1 in der Luft, Bushaltestelle vor der Haustür und unter dem Kellerboden alles Gift dieser Welt…«

Er schüttelte noch einmal seinen Kopf und starrte zu dem poppigen Reklameschild hinauf, das an einer galgenähnlichen Konstruktion über dem Gehsteig schwebte: WEST-SECURITY.

»Also«, sagte er und marschierte die steile Hofzufahrt neben der Post hinab. Unten startete ein knallroter Kadett mit Firmenaufschrift und Dachantenne und preschte die schmale Durchfahrt hoch, als bekäme er für jeden Fußgänger eine Abschußprämie. Lohkamp und Langer preßten sich flach an die Hauswand und verzichteten auf das Weiteratmen, bis der Typ verschwunden war.

Den Hinterhof beherrschte ein werkstattähnlicher Flachbau, dessen Südseite aus einer hohen Fensterfront bestand. Eine hohe Antennenanlage legte den Schluß nahe, daß es sich um das Hauptquartier der SECURITY handeln mußte.

Zwischen den Garagen der Anwohner und dem Flachbau führte eine schmale Durchfahrt in eine düstere Fahrzeughalle. Laute Motorengeräusche zeugten davon, daß die Wachfirma ihre Fahrzeuge selbst wartete.

»Die Leute sind einfach bekloppt«, sagte Lohkamp und deutete auf den bewaldeten Gegenhang hinter den Häusern. »Das könnte hier hinten richtig schön sein. Aber statt dessen hast du Tag und Nacht den Fahrzeuglärm in den Ohren…«

Die Langer sah stumm auf ihre Uhr und verdrehte die Augen. Je dichter ihr Chef an die Fünfzig heranrückte, desto häufiger überfielen ihn diese philosophischen Anwandlungen. Lohkamp grinste und stieß die Glastür auf: »Tag…«

Der Innenraum nahm fast die gesamte Grundfläche der Halle ein – lediglich im Hintergrund waren mit Holz und Milchglas einige Kabinen abgeteilt, deren Bestimmung unklar blieb. Rechts von der Tür waren ein paar Sessel um ein niedrigen Tisch gruppiert; ein paar dürre Grüngewächse verdeckten eine Batterie von Blechspinden. Links sah es aus wie in einer Fahrschule: sechs oder sieben sorgsam ausgerichtete Reihen mit acht, nein sieben Stühlen, den

Blick auf einen breiten Schreibtisch aus Kunststoff gerichtet, hinter dem eine große Tafel an der Wand hing: der Dienstplan. Die vom Sonnenlicht unerreichbare Tiefe des Raumes sorgte für eine angenehme Kühle.

Der Mann hinter dem Schreibtisch war Anfang vierzig und erinnerte Lohkamp auf Anhieb an einen seiner Ausbilder im Panzergrenadierbataillon 191 in Ahlen: Quadratschädel mit Stoppelschnitt, Schultern wie ein Bodybuilder, Brustkorb wie ein ausgewachsener Boxerrüde, insgesamt runde achtzig Kilo geballter Kraft, die ständig unter dem inneren Drang vibrierten, aktiv zu werden.

Gegenwärtig saß der Mann mit wippenden Knien auf der Sesselkante und diktierte Anweisungen in ein Mikrofon. Seine Stimme war tief und nicht unsympathisch, troff aber von einem Selbstbewußtsein, das keinen Widerspruch duldete.

Er trug ein buntbedrucktes Hemd mit militärischem Zuschnitt, das bis zum Solar Plexus aufgeknöpft war und neben einer dichten Brustbehaarung vor allem den Anblick auf ein schweres Goldgehänge freigab. Dasselbe Metall glänzte auch an seinen Handgelenken: ein Gliederkettenarmband rechts, eine protzige Uhr mit nach innen gedrehtem Zifferblatt links. Die an der linken Faust aufgereihten Siegelringe waren viel zu häßlich, um als Schmuck zu dienen, übertrafen aber in der Wirkung jeden Schlagring. Der Mann hätte ohne Kostümwechsel in einer Vorabendserie den Zuhälter geben können.

Ohne seinen Monolog zu unterbrechen, verfolgte er mit den lauernden Augen eines Wachhundes den Weg der Polizisten von der Tür bis zu seinem Schreibtisch. Ein Wimpernschlag hieß sie Platz nehmen – es konnte sich aber auch um die Begrüßung handeln. Lohkamp schien es schon jetzt unwahrscheinlich, daß dieser Typ mit einem Lackaffen wie Nordhues auch nur zum Pinkeln ging.

»Haste das? Okay. Und sag dem Burschen, wenn er noch einmal zu spät kommt, ist er 'raus. Penner können wir hier nicht gebrauchen. Ende.«

Er hämmerte auf eine Taste, schob das Mikro aus dem Sichtfeld und widmete sich den Besuchern jetzt auch akustisch: »Sie wünschen?«

Lohkamp stellte sich und die Langer vor: »Ich suche…«

»Darf ich Ihre Ausweise sehen?«

Der Hauptkommissar griff in die Brusttasche seines Hemdes und hob die in Plastik verschweißte Karte. Da der andere sich nicht rührte, widerstand auch Lohkamp der Versuchung, aufzustehen und dem Mann sein Ticket unter die Nase zu halten. Doch die Fernsicht reichte dem Menschen. Jedenfalls nickte er kurz, bevor er konstatierte: »In Bochum habe ich Sie noch nie gesehen.«

»Wir sind aus Recklinghausen. Wir suchen Herrn Martens.«

»Sitzt vor Ihnen.«

»Es geht um Thomas Nordhues...«

Die Mundwinkel des Mannes verringerten ihre Distanz zum Erdmittelpunkt mindestens um die Hälfte: »Was ist mit ihm?«

»Wie gut kennen Sie ihn?«

Martens Faust verschwand in einem geöffneten Blechkästchen und kam mit einem schwarzen Zigarillo wieder zum Vorschein. Er steckte sich die Nikotinschleuder ins Gesicht und tastete nach einem goldfarbenen Tischfeuerzeug, in dessen Bauch ein Emblem eingraviert war – was für eins, konnte Lohkamp so schnell nicht erkennen.

»Ein verwöhnter Jammerlappen. Mehr als fünfzehn Monate hätte der wohl kaum überstanden.«

Er knallte das Feuerzeug auf die Resopalplatte, als wollte er ein Pferd erschlagen. Als er die Hand öffnete, wurde die Gravierung sichtbar. Das Balkenkreuz, mit dem die Bundeswehr ihre Panzer bemalte.

»Was ist mit ihm? Hat er einer Oma die Handtasche geklaut?«

»Nein«, sagte Lohkamp. »Sein Mörder könnte ihn mit zwanzig- oder vierzigtausend erwischt haben...«

Wenn es auf der Welt drei Nachrichten gab, von denen Martens Maulsperre bekam – diese gehörte dazu. Er starrte den Hauptkommissar mit einem seltsam blöden Blick an und vergaß sogar, an seinem Zigarillo zu ziehen.

»Mark«, sagte Lohkamp.

»Glaub' ich nicht«, erklärte Martens. »Oder er hat das Zeug auf einem Farbkopierer gemacht...«

»Woher haben Sie diese schlechte Meinung?«

»Ich war sein Gruppenführer. Beim Bund...«

Lohkamp zwang sich, nicht auf das Feuerzeug zu schielen.

»Handorf. Bei Münster. Ist fast 15 Jahre her.«

»Wann haben Sie Nordhues zuletzt gesehen…«

»Am letzten Samstag im September«, sagte Martens, ohne länger als eine Sekunde nachzudenken. »Wir haben da immer unser Reservistentreffen. Knallen ein bißchen ’rum und saufen einen auf die alten Tage.«

Und ich zahle die Ballerei mit meinen Steuern, dachte Lohkamp und wunderte sich selbst über diesen ketzerischen Gedanken. Martens war ihm fast so unsympathisch wie der Innenminister, den er als Stabschef der Sonderkommission Terrorismus beim BKA kennengelernt hatte.

»Und wie ging es ihm damals?«

»Beschissen. War wohl gerade mit irgendeinem Projekt auf die Schnauze gefallen.«

»Haben Sie ihm keine Stelle angeboten? So aus Kameradschaft?« fragte die Langer.

Martens warf ihr einen Blick zu, als wäre sie ein Schulkind, das bei Erwachsenen mitreden wollte. Mit einer Frau über Kameradschaft zu diskutieren, hielt er offenbar für zwecklos.

»Wir hören«, sagte Lohkamp freundlich.

Der Reservist zog verächtlich den Naseninhalt hoch und sah Lohkamp an, während er antwortete: »Ich hätte ihm jederzeit einen Blauen gepumpt. Aber in einem Betrieb wie diesem…«

Draußen fuhr ein roter Kadett vor. Er glich dem Torpedo aus dem Hohlweg, aber Lohkamp war nicht sicher. Zwei Männer um die dreißig stiegen aus: dunkelblaue Uniform, die Hemdsärmel hochgekrempelt, die Jacken über den angewinkelten Unterarmen. Ihre Nacken, die Oberarmmuskulatur und die Art, wie sie sich bewegten, verrieten ständiges Kampfsporttraining. Es war wirklich schwer, sich den eher dünnen Nordhues an ihrer Seite vorzustellen.

Martens grinste, als er den Blick bemerkte: Die Bullen waren wie auf Bestellung gekommen.

Als sie im Gleichschritt hereinstampften, bemerkte Lohkamp die Gürtelholster. Sie hingen viel zu tief, um nur mit Watte gefüllt zu sein.

»Alles in Ordnung«, sagte einer und reichte Martens eine Kunstledermappe, die einen Fahrten- oder Inspektionsbericht enthalten mochte. Ihr Boss legte das Teil an die rechte äußere Schreibtischkante und deutete mit dem Kopf in die Tiefe der Halle.

»Wartet hinten!« befahl Martens und wandte sich wieder den Besuchern zu. Aus den Augenwinkeln registrierte Lohkamp, daß einer von ihnen beim Abtreten von einem Aktenbock eine Zeitung mitnahm. Die Langer sah ihnen hinterher.

»Also, Sie sehen ja selbst...«, sagte Martens und brach irritiert ab. Die Oberkommissarin war aufgestanden und trat an den Aktenbock heran, nahm sich ebenfalls ein Exemplar und setzte sich wieder. Als sie die Titelseite aufschlug, sprang Lohkamp die fettgedruckte Metapher »Asylantenschwemme« ins Gesicht.

»Pflichtlektüre?« fragte die Langer.

Martens schluckte. »Was meine Leute lesen, interessiert mich nicht.«

»Da liegt aber ein ganzer Stapel von diesen Blättern.«

»Kriegen Sie an jedem Kiosk. Aber was hat das mit Nordhues zu tun?«

16.

»God is watching you«, sang Bette Middler auf WDR II, als die PEGASUS-Sitzung vorüber war, und fügte halb relativierend, halb drohend hinzu: »From a distance...«

Besser hätte man auch das Verhältnis zwischen Mechthild Mager und ihrem Gatten kaum beschreiben können, und nicht zu unrecht bezeichnete Mager sein Weib bisweilen als »Dortmunds Antwort auf Bette Middler« – allerdings nur, wenn sie nicht in Hörweite war.

Dabei dachte er weder an ihre zweifellos vorhandenen schauspielerischen Fähigkeiten noch an ihre Sangeskünste, obwohl Mechthild erst kurz vor Ostern das Wochenendseminar »Kontemplatives Schweigen, Singen der altkirchlichen Stundengebete und Erarbeiten des Gregorianischen Gesangs« an der Evangelischen Akademie in Loccum besucht hatte. Nein, er meinte damit etwas anderes: ihre beängstigende Robustheit und ihr unbarmherziges Durchsetzungsvermögen.

Außerdem verfügte sie über so viel Mißtrauen und Spürsinn,

daß es unmöglich war, vor ihr Geheimnisse zu haben. So war die Frage, wer Mechthild den neuesten PEGASUS-Plan möglichst schnell mitteilte, für die Truppe von fundamentaler Bedeutung.

»Also, wer geht?« fragte Mager, nachdem Karin Jacobmayer losgefahren war, um Hamid einzukleiden.

»Ach, Klaus«, stöhnte Susanne. Ihre eigene Affäre mit Mager lag um Lichtjahre zurück, und sie hatte noch immer den Verdacht, der bärtige Kameramann hätte Mechthild nur aus Rache geheiratet. Aber falls das so gewesen war, hatte er sich damit selbst bestraft. Nun scheute er vor der einzig möglichen Konsequenz zurück und betäubte seinen Frust damit, daß er alle Energien auf den Job und die Heimspiele von Borussia Dortmund konzentrierte.

»*Ich* kann das nicht«, beharrte Mager. »Dann sitze ich die ganze Nacht in der Küche und muß diskutieren!«

Susanne nickte. Mechthild, die halbtags als Kindergärtnerin arbeitete, hielt bis jetzt unbeirrbar an dem Versuch fest, der Außenwelt eine funktionierende Ehe vorzuspielen. Ansonsten kompensierte sie ihren Teil der gemeinsamen Enttäuschung mit ständig wechselnden, aber jeweils fanatisch betriebenen Hobbies.

Gegenwärtig verfolgte sie, voll im Trend der in Dortmund dominierenden Kommunalpolitik, das Konzept des autofreien Innenhofes. Nach ihren ersten Skizzen war zu befürchten, daß man den kurzen Weg von den PEGASUS-Büros zu Magers Hinterhaus bald nur noch mit Kompaß und Machete bewältigen konnte.

»Also gut«, sagte Susanne und stand auf. »Bringen wir es hinter uns. Aber du kommst mit…«

Ohne jegliche Begeisterung steuerte sie das Hinterhaus an: Vier Zimmer, im Zweierpack übereinandergetürmt und durch ein schmales Treppenhaus getrennt, verschandelten die Aussicht auf die S-Bahn. Daß dieser Trümmerhaufen überhaupt noch existierte, grenzte an ein Wunder: Selbst der korrupteste Beamte von der Bauaufsicht hätte die Bude sofort abreißen lassen.

Susanne klingelte und merkte, daß Mager sich bewußt im Hintergrund hielt. Aber bevor sie ihn heranpfeifen konnte, öffnete sich die Tür: »Ach, du bist es. Komm rein…«

Mechthild führte Susanne in die Wohnküche rechts unten – außer der Naßzelle der einzige Raum, in dem sich die drei Personen mit dem Familienamen Mager noch gelegentlich trafen. Das

Wohnzimmer auf der anderen Flurseite hatte sie bei gleichzeitiger Verbannung der Männer ins Obergeschoß in ihre Privatkemenate umgewandelt, in die Kalle selten, Mager aber nie eintreten durfte.

»Setz dich…«

Mechthild räumte die Liste mit den Namen schnellwachsender Wald- und Gartenpflanzen beiseite und blickte Susanne an: »Möchtest du einen Kräutertee?«

Trotz ihres Schauders nickte die PEGASUS-Chefin und nahm am Eßtisch Platz. Die Gastgeberin eilte zum Herd und mixte einige Essenzen zusammen, die Susanne nicht einmal einzeln in die Kanalisation geschüttet hätte.

Nach ihrem kurzen Ausflug in die Welt des Boutiquenchics und der feinen Küche war Mechthild zum gesunden Leben zurückgekehrt, bevorzugte aber jetzt statt exotischer Körner und Gewürze die heimischen Gemüse und Kräuter. Diese Variante schlug sich auch in ihrem Outfit nieder: Schwarz-rot waren der Plüschrock und das Mieder, unter dem eine weiße Bluse leuchtete. Sie hätte, ohne aufzufallen, am Pfingsttreffen der Siebenbürger Sachsen teilnehmen können.

»Was gibt es denn?« fragte Mechthild und setzte die dampfenden Steingutbecher auf den Tisch. So, wie das Zeug aussah und roch, stammte es vermutlich vom Bahndamm hinter dem Haus.

Während Susanne unschlüssig in dem Sud rührte, atmete Mechthild die Dämpfe ein, bevor sie das Elixier in sorgsam abgemessenen Schlucken probierte. Unwillkürlich schaute die PEGASUS-Chefin aus dem Fenster – aber um diese Tageszeit war noch nicht zu erkennen, ob ihr eine Vollmondnacht bevorstand.

»Also«, sagte Susanne endlich. »Klaus ist wieder mal zu feige, um es dir selbst zu erzählen…«

Mechthild lächelte und lauschte in die Tiefen des Hauses. Sie erkannte jede Tür am Klang und wußte, daß ihr Gatte sich soeben aufs Klo verzogen hatte.

»Wenn ihr wieder Geld braucht«, begann sie, doch die Blonde schüttelte den Kopf: »Nee, diesmal nicht. Diesmal brauchen wir Klaus-Ulrich!«

»Geschenkt!«

»Kannst du ihn entbehren?«

»Für wieviel Jahre?«

Susanne zwang sich dazu, geduldig zu bleiben: Der Ernst des Einsatzes, zu dem sie Mager verdonnert hatte, war der Gattin des Opfers noch nicht aufgegangen.

»Klaus soll für zwei Wochen nach Hattingen ziehen. Er wechselt sozusagen seine Identität…«

»Und wer macht seine Arbeit?«

Susanne zog kurz die Schultern hoch: »Die macht er weiter. Er soll nur nicht so leicht als PEGASUS-Mann zu enttarnen sein, deshalb muß er hier weg. Wir machen aus ihm einen mittellosen Schlucker, der seine Niere verkaufen will…«

»Da kann er seine Leber sofort mitverhökern!«

»Mechthild«, begann Susanne, wurde aber durch eine abwehrende Handbewegung der Kräuterhexe gestoppt. Im Keller rauschte die Wasserspülung, und Mechthild lächelte mild: Vor einer Stunde hatte sie Magers Vorrat an Klo-Lektüre in den Container geworfen. Ohne »Revier Sport« war es ihm da unten offenbar zu langweilig.

»Warum nehmt ihr nicht Holger? Bei dem ginge das doch viel unkomplizierter…«

Susanne holte tief Luft.

»Holger geht unsere Story von einer anderen Seite an. Außerdem gibt es da ein Problem. Wir müssen Mager zu einem Arzt schikken, der sich möglicherweise auf arme Schlucker spezialisiert hat…«

Die Tür öffnete sich, und Mager lehnte sich betont lässig an den Türpfosten. Daß der Balken diesem Druck standhielt, grenzte an ein statisches Wunder.

»Verstehe«, meinte seine Gattin. »Aber was soll daran so schwierig sein? Klaus ist der einzige aus der Firma, der ohne Verkleidung einen Penner spielen kann!«

17.

Die dritte Pleite erlebten Lohkamp und Langer im tiefen Süden von Recklinghausen bei Rudolf Schöps, dem jüngeren Bruder von Nordhues' Mutter. Im Schatten der Schrottgebirge, die sich am Rhein-Herne-Kanal türmen, hatte der Fünfundfünfzigjährige eine alte Tankstelle gemietet und darin die Zentrale seiner Mietwagenfirma versteckt, die rund um die Uhr für Taxifahrten, Kranken-

und Totentransporte zur Verfügung stand. Nicht das feinste Gewerbe, aber krisensicher.

»Sie kommen sicher wegen Thomas...«, meinte der Onkel des Toten, als Lohkamp ihm seinen Ausweis zeigte. Der dicke Mann stand in Polohemd, Shorts und Stiefeln auf dem Hof und spritzte einen dieser Mercedes-Kombis ab, mit denen man Kranke zur Schlachtbank fuhr.

Lohkamp nickte, und Schöps richtete den Blick auf seine Stiefelspitzen, während die zitternde Hand mit dem Schlauch sich unwillkürlich senkte. Das Wasser spritzte ungenutzt über das Pflaster.

»Sandra hat mich gestern morgen angerufen«, sagte Schöps endlich, stellte das Wasser ab und wischte sich über die verschwitzte Glatze. Dann deutete er auf den verglasten Verkaufsraum: »Da drin ist es kühler...«

Innen erinnerte die Szenerie an das Hauptquartier der WEST SECURITY, wenn auch alles ein paar Nummern kleiner war und wesentlich weniger martialisch ablief als bei Martens.

»Die Kripo, Moni«, sagte Schöps zu der jungen Frau, die drinnen Telefonwache schob. Ein Tischventilator tat so, als könnte er etwas gegen die Hitze ausrichten.

»Wegen Thomas«, erklärte Schöps, bevor die Frau reagieren konnte, und stellte sie den Beamten vor: »Meine Tochter...«

Das Gespräch selbst brachte gar nichts. Klar, hatte er mit Sandra gesprochen. Am Telefon. Hinfahren war nicht drin, sehen Sie sich den Betrieb doch an...

Lohkamp hatte schon gesehen. Draußen gab es unter einem Wellblechdach Platz für zehn Wagen, von denen acht unterwegs waren, und in der Halle mit der Hebebühne nahm ein Typ im blauen Overall gerade einen Ölwechsel vor. Die Stecktafel im Büro verriet, daß die Firma Schöps zehn Taxen, zwei Krankenwagen und ein Totenauto einsetzen konnte – und die entsprechende Zahl von Fahrern an der Leine haben mußte.

Wovon Nordhues gelebt habe?

Schöps hatte keine Ahnung, und auch die Tochter schüttelte den Kopf. So eng sei der Kontakt nicht gewesen...

20.000 Mark?

Schöps vergaß seine Erschütterung und starrte Lohkamp mit seinen wasserblauen Augen ungläubig an. Auch das hatte der Hauptkommissar an diesem Tag schon erlebt.

»20.000«, wiederholte Schöps und schüttelte den Kopf: »Solch einen Job hätte ich auch gerne…«

Der Typ aus der Abschmierhalle trat herein, legte einen Satz Wagenschlüssel auf den Schreibtisch: »Fertig. Wenn Sie nichts mehr haben, haue ich für heute in den Sack…«

Er holte sich eine Dose Cola aus dem großen Kühlschrank, der im Hintergrund sein Lied sang, und sah Schöps fragend an.

»Heute ist nichts mehr. Aber wenn du morgen früh zwei Stunden Zeit hast…«

Der Bursche nickte. Er war hochgewachsen und kräftig gebaut und trug einen schwarzen Schnäuzer. Als er die Blechdose aufriß und die Lasche mit großzügiger Geste in den Abfall beförderte, öffnete sich der Overall über seiner Brust. Zwei blaue Frauenaugen starrten Lohkamp an.

Der Hauptkommissar wußte auf Anhieb, wo man solche Bilder machte.

Im Bau.

Als sie gegen halb vier am Westerholter Weg einliefen, glich das Präsidium einer geräumten Burg. Die Verwaltungsleute hatten sich längst abgesetzt, an Kripoarbeit fand nur noch das Unaufschiebbare statt, und die Streifenbullen liefen durchs Erdgeschoß, als wüßten sie nicht mehr, wo ihr Zuhause war.

Sie fanden Hänsel, wie es nicht anders sein konnte, an seinem Schreibtisch. Kollege Kotte saß erschöpft dabei und hielt ihn von der Arbeit ab.

»Die KTU hat durchgegeben, daß sie mit dem BMW fast durch sind. Der Bericht kommt Montag mittag. Aber Sie sollen sich keine Hoffnungen auf Spuren machen: Das wäre ein Profi gewesen…«

Damit schien die These vom Zufallstäter abgehakt – aber in der Drogenszene gab es genug Leute, die gewußt hätten, wie man Spuren verwischte.

»An die Konten komme ich erst Montag heran«, ergänzte Hänsel, und Lohkamp nickte: »Wir überprüfen dann auch die Martens-Truppe und die Firma Schöps…«

»Und was ist mit dem Zechengelände?«

Kotte zog die Schultern hoch: »Rechts von der Einfahrt sind wir durch. Nichts. Montag machen wir auf der anderen Seite weiter...«

Schweigen. Hänsel und die Langer sahen ihren Chef an, und der brauchte ein paar Sekunden, bis er begriff: »Okay, packt ein. Wir machen erst mal Wochenende.«

18.

Das Ambiente des Restaurants war dem herrschenden Modetrend vorausgeeilt – die »neue Üppigkeit« ließ grüßen.

Ein dunkles Chamois an den Wänden schmeichelte den Augen. Acht schmiedeeiserne Kronleuchter mit echten Kerzen spendeten sanftes Licht. Zwischen den großen, rundum laufenden Fenstern waren die Wände mit roten Samtschals drapiert. An den Säulen in der Mitte des Raums rankten sich Phantasiegewächse empor – ein Ableger von ihnen hatte sogar den Sprung zum Kronleuchter geschafft. Auf den zierlichen Tischen, teilweise zu langen Tafeln zusammengestellt, lagen weiße Papierdecken und strahlten eine schlichte Eleganz aus.

Saale nahm auf einem der dekorativen, aber höchst unbequemen Stühle Platz, orderte einen Sherry und sah sich um.

Das »Forsthaus« war vor Jahren ein Geheimtip der Bochumer Kulturszene gewesen und galt inzwischen als kulinarischer In-Treff des Ruhrgebiets. Während die Damen mehr und mehr auf Britta-Steilmann-Look umstiegen, bevorzugte das männliche Publikum offene Hemden, Jeans und Designerbrillen und sah über die wenigen Krawattenträger liberal hinweg. Wer den Namen des Modeweins »Pinot Grigio« richtig aussprechen konnte und überdies bereit war, für ein Abendessen mit Freunden einen monatlichen Sozialhilfesatz auszugeben, durfte sich hier wohlfühlen.

Der Sherry kam, Saale nippte und betrachtete die Familienpulks, die von Kap Kaminski oder aus dem Ruhrtal zurückkehrten. Ein Blick auf die draußen ausgehängten Speisekarten genügte, um sie ins Weitmarer Holz zurückzujagen. Der Weg zur nächsten Pommesbude war weit genug, um sich von dem Schock zu erholen.

»Mr. Saale, I presume?«

Ein schlanker Dreißiger mit spitzer Nase und fliehendem Kinn stand plötzlich hinter ihm und klopfte ihm kräftig auf die Schulter. Saale kam auf die Füße und revanchierte sich mit einem Boxhieb vor die Brust.

»Hauke, altes Haus! Wir haben uns ewig nicht gesehen!«

Der Neuankömmling zückte eine Zigarettenschachtel, die Saale auf dem europäischen Festland noch nie gesehen hatte.

Der Mann fiel hier nicht mehr auf als Karl Lagerfeld in einer Fernfahrerkneipe. Sein glatt nach hinten gekämmtes Blondhaar enthielt so viel Gel, daß er damit Fliegen fangen konnte. Die Augen verbarg er hinter einer blau-rot geränderten Brille mit Goldbügeln, das brombeerfarbene Hemdchen hinter einem lilafarbenen Seidenjackett. Der Querbinder leuchtete wie die Brillenfassung in Blau und Rot.

Das extravagante Outfit diente aber weniger dazu, von der Häßlichkeit des Mannes abzulenken, sondern sollte einen viel schlimmeren Makel kaschieren: Hauke Harms war BILD-Redakteur.

Seine Wiege hatte, wie es bei seinen Initialen kaum anders sein konnte, in Hamburg gestanden. Sein Volontariat riß er zusammen mit Holger Saale bei der »Hamburger Nachtausgabe« ab, um sich dann bei dem auflagenstärkeren Konkurrenzblatt hochzudienen.

Ähnlich wie Saale landete er schließlich zur Bewährungsprobe in der Diaspora zwischen Ruhr und Lippe. Weil seine Berichte deutlich weniger Rechtschreibfehler aufwiesen als die seiner Mitbewerber, wurde er bald Chefreporter mit limitiertem Zugang zur Spesenkasse. Mit dem PEGASUS-Redakteur verband ihn vor allem das Elend, die abendlichen Drinks nicht mehr an der Alster einnehmen zu können…

»Wie geht's denn, du Pfeife…«

Bei einem Aperitif hechelten sie Arbeitswelt und Liebesleben alter Bekannter durch. Drei Minuten widmeten sie dem Niedergang des FC St. Pauli. Dann einigten sie sich darauf, daß dies ein Dienstessen auf Kosten des Springerkonzerns war, und bestellten »Entenbrust mit Accetobeerensoße« und »Lammkarree mit Pommery-Senfkruste«.

Noch bevor das Essen kam, machte Saale den staunenden BILD-Reporter mit einigen Dienstgeheimnissen von PEGASUS bekannt. Sein Monolog endete mit dem schönen Satz: »Wenn alles klappt, essen wir beim nächstenmal auf PEGASUS-Rechnung!«

Dann sezierte er genießerisch das Lammfleisch. Ein Rioja Reserva 1982 diente zum Nachspülen, und als er fertig war, tupfte er sich mit der Stoffserviette ein paar imaginäre Tropfen aus seinem Dreitagebart: »Eins ist klar: Ohne deine Hilfe läuft die Sache nicht! Ich zähle auf dich.«

Hauke Harms senkte den Blick: »Holger, das kann mich den Job kosten!«

»Ach, was«, winkte Saale ab. »Was soll denn schiefgehen? Eine Lügengeschichte mehr fällt in deinem Blatt doch gar nicht auf. Und im Notfall behauptest du, du wärst von mir getäuscht worden...«

Der Fliegenträger schwankte immer noch, und Saale stieß nach: »Keiner weiß, daß wir befreundet sind. Oder hast du damals erzählt, daß der Tip von Roggenkempers Verhaftung von mir kam?«

»Natürlich nicht, war doch so abgemacht!«

»Na also...«

Saale lehnte sich zurück und nippte lässig an seinem Glas.

»Wir hatten aber für den Roggenkemper-Tip keine Gegenleistung vereinbart«, sträubte sich der BILD-Mann.

Miese Ratte, dachte Saale und lächelte Harms an: »Logo. Aber wenn diese Sache klappt, bist du wieder als erster am Ball. Von den Printmedien natürlich...«

Zweifelnd schaukelte Harms seinen Gel-Belag: »Es geht aber nur mit Foto!«

Saale faßte in die Innentasche seines Jacketts und zog einen Briefumschlag heraus, schob ihn über den Tisch. Harms griff zu und fischte ein Foto heraus: »Wer ist das?«

»Ich!«

»Das ist nicht wahr!«

»Doch – mit Seitenscheitel und Schnurrbart!«

Der BILD-Reporter schüttelte den Kopf: »Unglaublich. Du solltest Schauspieler werden!«

Saale grinste und schenkte Harms noch einmal ein: »Vielleicht ist dies ja der erste Schritt auf dem Weg nach Hollywood. Und du bist mein Entdecker.«

Endlich nickte Harms. Er wollte das Foto wieder in den Umschlag schieben, aber ein gefaltetes Blatt Papier machte ihm Probleme.

»Was ist das?«

»Der Text«, grinste Saale. »Die nötigen Infos. Du kannst sie ja noch ein bißchen mehr auf eure Schreibe bringen...«

»Okay«, meinte Harms und hob sein Glas. Es war schon wieder leer. Bevor einer von ihnen zur Flasche greifen konnte, nahm ihnen ein schlanker Frauenarm die Arbeit ab.

Saale sah überrascht hoch. Zwei strahlende, blaue Augen frästen eine Kerbe in sein Herz.

»Danke, sehr aufmerksam.«

Sie war die Ruhrgebiets-Variante von Annie Lennox. Ein schmales Marmorgesicht, Zähne wie Schnee, ein Parfüm wie von einem anderen Stern...

Saales Körpertemperatur schoß hoch auf vierzig fünf. Sein letzter heißer Flirt lag Lichtjahre zurück, und der Frühjahrsstreß bei PEGASUS hatte ihn in einen geschlechtslosen Roboter verwandelt. Und das regelmäßige Wirkungstrinken mit Mager war kaum geeignet, fehlende menschliche Wärme zu ersetzen.

»Ich habe Sie noch nie hier gesehen«, säuselte Saale.

Sie lächelte: »Vielleicht liegt es daran, daß Sie noch nie hier waren.«

»Ihretwegen werde ich wiederkommen – nicht immer, aber immer öfter.«

»Das wird meinen Mann aber freuen«, nickte sie. »Ihm gehört das Lokal!«

19.

Als Lohkamp am Montag das Präsidium betrat, hatte er ein total verkorkstes Wochenende hinter sich.

Die Serie der Pleiten hatte am Freitag abend damit begonnen, daß die Tochter seine Einladung zu einem feudalen Abendessen rundweg ablehnte. Statt dessen legte sie mit dem entrückten Lächeln einer frisch Verliebten ihre Kriegsbemalung auf und verschwand zu einer wilden Grillfete irgendwo am Kanal. Der enttäuschte Vater programmierte seine Geschmacksnerven von Nouvelle Cuisine auf Ravioli aus der Dose um, packte seine Badesachen und stellte den Wecker auf fünf.

Als er um kurz nach sechs gerade in ein Taxi geklettert war, stoppte gegenüber ein flotter Golf. Der Wagen spuckte zuerst seine angeschickert kichernde Nina, dann einen verdammt gut aussehenden Knaben aus, der das Mädchen nicht nur bis zur Haustür bringen wollte – dafür schloß er den Wagen viel zu gut ab. Die Eifersucht traf Lohkamps Brust wie ein Florett.

Egmont an Zee erreichte er nachmittags um drei – zermürbt von einer schier endlosen Eisenbahn-Odyssee und voller Neid auf die Bräune, die seine Frau in zwei Tagen getankt hatte. Den Strand betrat er genau in jenem denkwürdigen Augenblick, als ein wildes Sommergewitter die dreiwöchige Schönwetterperiode beendete.

Selbst danach gab er dem Wochenende noch eine gewisse Chance, zumal er, das Präsidium in weiter Ferne wissend, Gaby Lohkamp noch attraktiver als gewöhnlich fand. Doch nachdem er vier vernichtende Niederlagen im Scrabble eingesteckt und wegen des nahen Discolärms morgens um halb fünf noch keine Minute Schlaf gefunden hatte, hielt er den Holland-Trip für einen der größten Fehlschläge seines Lebens…

»Morgen, Lohkamp«, sagte der ältere Herr hinter ihm und fing im letzten Augenblick die schwere Glastür ab, die der Hauptkommissar ohne Rücksicht auf seinen Verfolger hatte zurückschwingen lassen. »Neuigkeiten im Mumien-Fall?«

Lohkamp fuhr herum. Ausgerechnet dem Präses hätte er fast die Tür vor den Kopf gedonnert!

»Unappetitliche Sache das«, fand der Weißhaarige, bevor der Jüngere es schaffen konnte, sich für die Rücksichtslosigkeit im Eingang zu entschuldigen. »Und die Presse hat daran einen Narren gefressen…«

Lohkamp stieß die zweite Tür der Sicherheitsschleuse auf und nickte. Die Schlagzeilen vom Samstag hatte er schon am Abend, nach der Rückkehr aus Holland, studiert, und die Montagsartikel hatten ihm soeben das Frühstück versaut.

»War denn das Wochenende wenigstens erholsam?«

Der Hauptkommissar stoppte ab und sah zu den blauen Augen seines Chefs hoch. Der Spott war milde, aber deutlich, und

Lohkamp fühlte sich an den süffisanten Schlußsatz des Kommentars erinnert, den das auflagenstärkste Blatt des Kreises dem Fall gewidmet hatte: Es stehe zu befürchten, daß die Ermittlungen im Sand jenes Strandes versackten, an den sich der für die Aufklärung zuständige Beamte geflüchtet hätte...

»Die prügeln uns mit der Gladbeck-Keule!« seufzte der Präsident und schüttelte voller Sorge seinen Scheitel.

Daher weht der Wind, dachte Lohkamp und hielt dem Blick des Alten stand. Vier Jahre zurück waren der Kripo Recklinghausen in Gladbeck zwei Geiselnehmer durch die Lappen gegangen und hatten anschließend die Polizeien aus drei Bundesländern lächerlich gemacht. Die Jagd endete mitten auf der Autobahn mit einer Schießerei, bei der nicht die Gangster starben, sondern eine Geisel. Seitdem ging im Präsidium jedem die Muffe, sobald die Presse auch nur einen kritischen Satz schrieb.

»Wenn Sie mehr Leute brauchen – daran soll's nicht scheitern«, flüsterte Siedhoff zu ihm herab. »Ich rede mit Ihrem Gruppenleiter. Aber schaffen Sie mir die Sache aus der Welt. Bald!«

Die Kleine Frühbesprechung über hatte sich Lohkamp noch einigermaßen in der Gewalt. Aber kaum hatte sich seine Bürotür hinter dem letzten Mann der MK IV geschlossen, tobte er los: »Mumienmord! Wer hat denn diese Scheiße in die Welt gesetzt?«

»Wer wohl?« meldete sich John. »BILD am Sonntag natürlich!«

Er hielt dem Chef das Blatt unter die Nase und grinste. Erst ein Blick in Lohkamps Augen zeigte ihm, daß er damit sein junges Leben aufs Spiel setzte.

»Steck dir das Blatt in den Arsch!« brüllte Lohkamp und fegte die Zeitung in den Papierkorb. »Wie kannst du...«

»Horst«, sagte Hänsels ruhige Stimme. »Komm wieder runter. Du kannst doch nicht den...«

Der Oberkommissar verstummte. Zum erstenmal in vier Jahren senkte er vor Lohkamp den Blick. Die Langer hielt den Atem an, und selbst John merkte, daß er sich plötzlich in einem Erdbebengebiet befand.

»Okay«, sagte Lohkamp heiser und ließ offen, worauf sich diese Bemerkung bezog. »Der Alte will uns mehr Leute geben – also holen wir sie uns...«

Er griff zum Telefon und begann zu verhandeln. Fünf Minuten später hatte er sechs Leute mehr – für eine Woche.

»Programm für heute. Martina – du nimmst dir drei von diesen Figuren und gehst mit dem Nordhues-Foto Klinkenputzen. Kann ja sein, daß irgendwer in Suderwich was gesehen hat...«

Die Langer nickte.

»Die drei anderen schicken wir mit auf das Zechengelände. Sie sollen zusehen, daß sie durchkommen. Das Wetter wird schlechter...«

Dann fixierten Lohkamps Augen, mehr grau als blau, den Youngster: »Das Fundbüro. Was ist damit?«

John zog die Schultern hoch: »Jede Menge...«

»Guck dir die Akten an. Da ist 'ne Quittung für die Tasche. Dann rufst du sämtliche Geschäfte und notfalls den Hersteller an: Ich will ein Foto von dem Gerät. Paletti?«

John nickte, und bevor das Schwerste kam, erläuterte Lohkamp, wie er sich seine Mitarbeit vorstellte: »Ich kontaktiere die Gerichtsmedizin und falle der KTU auf die Nerven. Damit wir heute die Ergebnisse bekommen...«

Jetzt, dachte die Langer und sah zu, wie Lohkamp erst zu seinen Zigaretten griff, dann den Krawattenmann musterte: »Die Bankkonten und die Anfragen nach den Leuten, die Martina und ich uns am Freitag gekrallt haben – machst du das, Lothar?«

Hänsel sah auf.

»In Ordnung«, sagte er. Seine Stimme klang so ruhig wie immer.

20.

Schweißgebadet schrak Saale hoch, völlig unsicher, wo er sich befand. Dann hatten sich seine Augen an das helle Licht gewöhnt, und er erkannte die vertraute Dachschräge im Obergeschoß des PEGASUS-Hauptquartiers.

Er atmete auf.

Sekunden vorher hatte er noch vor einer grünen Tafel gestanden, neben sich seinen Klassenlehrer, der ihn mit quälender Hartnäckigkeit über die Grundregeln der deutschen Rechtschreibung verhörte. Und Saale hatte, auch wenn es nur im Traum war, zum ersten Male gewußt, was Mordlust war…

Das Telefon tschilpte erneut.

Saales Blick streifte über die Ablage am Kopfende, suchte die Weltzeit. In Washington schlief noch alles, aber in Dortmund war es kurz vor zehn. Seufzend hebelte er den Hörer aus der Gabel.

»Saale!«

»Ist dort Saalfeld?« fragte eine strenge Frauenstimme.

»Na-türlich!« stotterte der PEGASUS-Mann. Er war schlagartig hellwach.

»Ich habe den Artikel über Sie in der Zeitung gelesen. Stimmt das, was dort steht?«

Saale fiel nur eine Zeitung ein, in der an diesem Morgen etwas über ihn stehen konnte. Harms hatte offenbar sein Wort gehalten. Die Story über die Geschäfte des Herrn Saalfeld mußte seit einigen Stunden an den Kiosken liegen.

»Ich habe heute noch keine Zeitung gelesen«, gab er zu. »Wenn Sie aber davon sprechen, daß ich Spender für Nieren suche, dann haben Sie recht…«

»Prima. Ich bin interessiert!«

Saale versuchte vergeblich, sich die Frau am anderen Ende der Leitung vorzustellen. Ihre Stimme klang rauh, fast männlich. Von wo rief sie wohl an?

»Das freut mich«, säuselte er endlich den notwendigen Text. »Aber die Einzelheiten besprechen wir doch lieber persönlich. Von wo rufen Sie an?«

»Recklinghausen«, sagte sie, und Saale fand das in Ordnung. Das war fast vor seiner Haustür.

»Leider habe ich Ihren Namen eben nicht richtig verstanden. Sie sind Frau…?«

»Claas«, verriet sie ihm. »Mit C wie Cäsar. Evelyn Claas.«

»Wunderbar, Frau Claas«, freute sich Saale. Auf der Ablage entdeckte er einen Kugelschreiber, der vor einer Woche noch funktioniert hatte, und vor dem Bett vergilbte eine Zeitschrift. Er zog das Blatt heran und schrieb den Namen auf die linke Backe von Boris Becker.

»Wir müssen uns unbedingt treffen, Frau Claas. Wann würde es Ihnen passen?«

Sie überlegte nicht lange: »Wenn Sie können – von mir aus noch heute. Und wo?«

»Selbstverständlich komme ich zu Ihnen. Nach Recklinghausen. Schlagen Sie einen Ort vor?«

»Kennen Sie das Café am Markt?«

»Das zweistöckige?«

»Genau. Paßt es Ihnen um drei?«

Saale tat so, als müsse er erst einen Terminkalender wälzen. Dann stimmte er zu.

»Und wie erkenne ich Sie?« wollte er wissen.

»Nicht nötig«, sagte sie. »Ich bringe die Zeitung mit Ihrem Foto mit. Dieses Gesicht und dieser Schnurrbart…«

»Schön«, säuselte Saale. »Ich werde dort auf Sie warten.«

Eigentlich mußte sie jetzt auflegen, aber sie hatte noch eine Frage: »Soll ich etwas mitbringen?«

»Nein, nein. Es geht ja nur um ein erstes Gespräch. Alles Weitere besprechen wir dann.«

Jetzt endlich klickte es in der Leitung. Saale rieb sich zufrieden die Hände: Das klappte bestens! Dann sprang er auf und stürzte unter die Dusche. Ein paar Vorbereitungen mußte er noch treffen. Dann konnte das große Abenteuer beginnen.

21.

»Mumienmord!« sagte Kotte verächtlich und setzte seine Kaffeetasse hart auf den langen Tisch in der Nische unter dem Treppensturz. Vom Eingang aus waren sie hier unsichtbar, hatten aber fast die gesamte Kantine im Blickfeld. »Hast du etwa die Scheiße in die Welt gesetzt?«

Entsetzt hob Lohkamp die Hände: »Behüte! Ich hab' deswegen schon fast unsern Lehrling gefressen…«

»Aber irgendwer hat den Brüdern diesen Schwachsinn erzählt«, meinte Kotte, versenkte vier Stück Zucker in seiner Tasse und rührte die Pampe um.

»Wer weiß, wen die angerufen haben«, sagte Lohkamp. »Einen Wichtigtuer gibt es überall…«

Er hob seine Nase und musterte die Holzvertäfelung über ihren Köpfen: »Der Alte hat den Begriff auch schon drauf…«

Kotte folgte seinem Blick. Die Kantine lag im Keller, aber Lohkamp konnte nur einen meinen.

»Siedhoff. Seit Gladbeck warte ich auf seinen Rücktritt.«

»Er war's nicht«, sagte Lohkamp. »Wir wissen, wer's versaut hat. Er nicht. Aber diesen Ortsnamen hat er mir heute morgen auch schon ins Ohr gepflanzt.«

»Die Sache nervt ihn.«

»Stimmt. Sogar sehr. Deshalb hat er uns die zusätzlichen Leute geschickt. Wenn auch nur für ein paar Tage…«

»Ist auch nötig«, meinte Kotte und zog ein paar Zettel aus der Jackentasche. »Du darfst dich übrigens bei mir bedanken. Ich habe einen vom ED losgeeist und mit zur Obduktion geschickt. Hoffe, daß er die Kleidung des Toten mitbringt. Wir haben uns da nicht 'rangewagt.«

Lohkamp nickte. Er konnte sich vorstellen, welch eine schöne Arbeit es war, diese Leiche zu entkleiden.

»Eigentlich hätten wir den Milchbart abordnen können«, meinte Kotte. »Zur Abhärtung…«

»Ich wollte es mir nicht mit der Gerichtsmedizin verderben. Reicht, wenn der Staatsanwalt denen in die Bude kotzt.«

Die beiden grinsten sich an. Dann kam Kotte zur Sache – vorbehaltlich der Obduktionsergebnisse, wie er mindestens dreimal betonte. Aber das gehörte zum Spiel.

»Also, abgesehen von dem Schuh haben wir noch nichts auf dem Zechengelände entdeckt, was uns weiterhilft. Die Spuren sind nach so langer Zeit verwischt, und bei dem, was da herumlag, war sonst nichts, was dort nicht hingehört…«

Er faltete einen von den Zetteln auseinander und schob ihn über den Tisch, aber Lohkamp ließ das Blatt liegen.

»KTU. Das Auto. Kein Blut, keine Schußspuren. Nordhues ist nicht in dem BMW gestorben. Aber jemand hat sich große Mühe gegeben, alle Fingerabdrücke zu beseitigen. Gründlich wie ein Profi, was die Flächen angeht, doch irgendwie in Eile, unter Zeitdruck. Ein paar Ruinen haben wir noch gefunden, aber die stimmen mit Prints überein, die von Nordhues stammen müssen.«

»Wo hat er gewischt?«

»Fahrertür, Lenkrad, Schaltknüppel, Armaturen. Aber nicht da, wo wir die heilen Prints gefunden haben. Tankverschluß, Motorhaube, Heckklappe...«

Der Kriminaltechniker lud eine fünfte Portion Zucker auf den Löffel, tauchte ihn sanft in die Tasse, wartete, bis der Würfel sich schwarz gefärbt hatte, betrachtete ihn, traf eine Entscheidung und kippte den nassen Zucker auf den Rand der Untertasse.

»Damit ist klar: Falls Nordhues woanders gestorben ist – man hat ihn nicht mit seinem eigenen Wagen zum Fundort gebracht. Aber ich halte es für wahrscheinlicher, daß man Nordhues dort erschossen hat, wo er lag: auf dem Zechengelände...«

Geduldig wartete Lohkamp auf die Erklärung.

»Überleg mal: Wenn ich Nordhues woanders umbringe, packe ich ihn nicht in meinen eigenen Kofferraum, um ihn wegzubringen. Irgendeine Spur bleibt immer zurück: Blut, Haare oder Haut – weiß der Teufel. Mir wäre das zu gefährlich...«

Er sah kurz hoch, aber Lohkamp hatte keinen Einwand.

»Also – ich lege den Toten in *seinen* Wagen und verstecke die Karre, ohne die Leiche noch einmal auszuladen. Weil ich nämlich ganz schnell weg will. Aus Angst vor Entdeckung. Wegen des Alibis. Und weil ich die Sache schnellstens vergessen will...«

Kotte legte den Löffel auf die grüne Plastikdecke, griff sich die Tasse und hob sie so weit unter die Nase, daß er eine Prise nehmen konnte. Es war fraglich, ob der Kaffee gegen den Rotkohlgeruch ankam, der den engen Kantinenraum ausfüllte.

»Also ergibt sich folgendes Szenario: Täter und Opfer reisen beide mit dem Wagen an. Nordhues steigt aus, und der andere handelt: Schuß, Exitus, Leiche in die Büsche. Den BMW braucht der Täter nicht, weil er einen eigenen Wagen hat. Aber das Gelände ist ideal, um den überflüssigen Wagen zu verstecken. Also setzt er sich selbst 'rein und brettert die Karre so tief zwischen die Bäume, daß man sie erst sieht, wenn man dicht davor steht.«

»Könnte sein«, räumte Lohkamp ein. »Aber das meiste ist Theorie. Wir müssen es beweisen.«

»Klar«, sagte Kotte und starrte unschlüssig auf den Kaffee. »Ansonsten: Nichts im Wagen, was uns weiterhilft. Erst recht keine Waffe oder eine Hülse. Hier ist eine Liste, aber guck dir den Scheiß lieber bei uns an. Komm!«

Er roch noch einmal an der Tasse, schüttelte den Kopf und stellte sie angewidert weg. Dann stand er auf und marschierte los.

Die Techniker hatten alles, was nicht im BMW festgeschweißt oder angeschraubt war, numeriert und eingesackt.

Jetzt lagen die Gegenstände sorgsam angeordnet auf einem langen Tisch im vierten Stock des Polizeipräsidiums, und Lohkamp kam sich vor wie auf einem Flohmarkt: Fußmatten und Schonbezüge, den roten Eiskratzer und die blaue Parkscheibe, Warndreieck und Verbandskasten, das Inspektionsheft und einen Parkschein (Dortmunder City, September des Vorjahres), ein goldenes Gasfeuerzeug und eine Schachtel Marlboro mit drei Zigaretten. Das Angebot endete mit drei angeleckten Smarties und einem arg verformten Schokoriegel in Originalverpackung – die letzten Gegenstände hatten sie aus den Polsterritzen der Rückbank gepflückt.

»Was ist das?« fragte Lohkamp und deutete auf eine Plastiktüte mit einer grauen, lockeren Trockenmasse.

»Der Inhalt des Aschenbechers. Nur Asche. Die Kippen hat Nordhues offenbar immer aus dem Fenster geworfen…«

»Wenig«, sagte Lohkamp enttäuscht.

Kotte zuckte die Achseln und deutete auf eine Sammlung anderer Tüten: »Das haben wir auf dem Fußboden aufgelesen. Verschiedene Sorten Erde – ein paar Krümel stammen vom Zechengelände. Aber am wichtigsten ist das hier!«

Er hob eine Tüte, die auf den ersten Blick leer zu sein schien. Lohkamp hob sie gegen das Licht: ein winziger Faden, braun-rot.

»Wolle«, sagte Kotte. »Hing am Gaspedal. Mitten in einem Rest Matsche von der Zechenbrache. Finde den Teppich, aus dem der Faden stammt, und du bist im Wohnzimmer des Täters.«

»Oder bei Nordhues zu Hause…«

Kotte schüttelte den Kopf: »Dann müßte er ausgestiegen, auf dem Gelände gewesen und noch einmal in seine Kiste geklettert und gefahren sein – bevor er wieder herauskam, um unter freiem Himmel zu sterben. Welchen Sinn ergibt das?«

Lohkamp wußte keinen, und beide musterten den Gabentisch, als könnten sie dort den Stein der Weisen finden.

»Nur für den Fall, du hast recht«, fragte Lohkamp. »Warum bist du dann hier und nicht bei den Leuten am Tatort?«

Fassungslos starrte Kotte ihn an.

»Undankbare Ratte. Ich hole die Ergebnisse ’rein und erkläre dir das Leben…«

Er streckte den Arm aus und zeigte Lohkamp, wo die Tür war.

Zwei Stunden später hatte Kollege Kotte sein Gleichgewicht wiedergefunden. Ungerufen und in bester Laune tauchte er im dritten Stock auf, setzte sich an den Besprechungstisch und ließ sich von Lohkamp Kaffee einschenken. Er kippte den halben Zuckervorrat in die Tasse, rührte um und betrachtete mit zusammengekniffenen Augen die dünne Ermittlungsakte.

»Staatsanwalt Sonnenbrille hat übrigens nicht gekotzt«, verriet er. »Aber unser Mann sah schon besser aus.«

Dann beugte er sich vor, um an der Tasse zu schnuppern.

»Verwöhnaroma«, grinste Lohkamp.

»Abwarten«, sagte Kotte.

Vorsichtig, um sein schönes weißes Hemd nicht zu bekleckern, schlürfte er ein paar Tropfen ab, prüfte sie mit dem Gaumen und verzog das Gesicht.

»Deine Prognose hat übrigens gestimmt: An Nordhues war nicht mehr viel dran. Natürliche Zersetzung, Ratten, und dann…«

Er schüttete noch etwas Zucker nach, rührte erneut um, kostete abermals und war jetzt zufrieden.

»…unsere besonderen Freunde. Die Ameisen.«

Er trank noch ein Schlückchen, seufzte behaglich, ließ die anderen zappeln.

»Sag schon«, forderte Lohkamp schließlich.

Kotte grinste: »Trotzdem könnte ich auch recht haben. Mit dem Sonntagsschuß. Denn die Knochen sind alle heile.«

»Und?«

»Wir haben jetzt auch die Kleidung. Theoretisch wäre es ja denkbar, daß da noch ein paar Geschoßsplitter drinsteckten. Aber da war nichts.«

Er starrte in seine Tasse, als stünde da die Fortsetzung seines Textes. Doch Hänsel, dem das Gehabe auf die Nerven ging, verdarb ihm die Pointe: »Das Geschoß ist heile wieder herausgekommen…«

Den Rest brauchte niemand zu erklären. Der Täter hatte wohl

keines jener großkalibrigen Teilmantelgeschosse benutzt, die sich im Körper zerlegten und so große Wunden rissen, daß die Opfer am Schock sterben – Munition, wie sie seit Jahren auch von der Polizei bevorzugt wurde. Sondern eine der kleineren, als veraltet geltenden Waffen, für die es vor allem Vollmantelgeschosse gab. Sie gingen meist glatt durch und töteten nur, wenn man den richtigen Punkt erwischte.

Ein Profi.

»Schön, das zu wissen«, meinte Lohkamp achselzuckend. »Und wenn das Geschoß nicht irgendwo gegen die Zechenmauer geklatscht ist, kreist es jetzt als Satellit um die Erde.«

»Abwarten«, sagte Kotte und goß sich eine zweite Tasse ein. »Wir sollten versuchen, die Geschichte zu rekonstruieren.«

»Aus dem Kaffeesatz?«

Der Spurenmann grinste – er hatte noch einen Knüller auf Lager: »Wir sind mit dem Schuh durch...«

Erneute Kunstpause, diesmal aber deutlich kürzer.

»In diesem Zwischenraum zwischen Vordersohle und Absatz«, er zeigte, daß er auch solch einen Schuh besaß, »war Boden vom Zechengelände. Wo immer er aus dem Wagen geklettert ist – er war hinter dem Tor, und zwar dort, wo der Weg sich gabelt. Ist da herumgelaufen...«

Er lächelte triumphierend und nahm noch einen Schluck.

»Es gibt da eine Stelle, wo dicht unter der Oberfläche ein paar Teerreste stecken. Und oben drauf hat, bevor Nordhues da war, mal jemand ein Feuerchen gemacht und dann mit Sand gelöscht. Irgendwelche Blagen, was weiß ich. Aber genau da, sagt der Schuh, hat Nordhues gestanden.«

»Was schlägst du vor?« fragte die Langer, ohne Kotte die Streicheleinheiten zu verpassen, auf die er so scharf war.

»Der erste Schritt: Wir suchen eine Schaufensterpuppe, die Nordhues' Maße hat. Oder basteln uns eine. Und dann ziehen wir ihr das Unterhemd, den Pullover und die Lederjacke an. Vielleicht kriegen wir ja was über den Schußkanal heraus.«

»Das geht aber nicht ohne Sandra Nordhues«, sagte Hänsel. »Und das wird hart: ihr eine Puppe hinstellen und sie prüfen lassen, ob das ihr toter Mann sein könnte.«

Kotte nickte: »Ihr müßt ihr eben klarmachen, daß es nötig ist, um den Mörder ihres Mannes zu finden. «

»Die packt das«, sagte Lohkamp und sah die Langer fragend an. Die Kommissarin nickte: »Frauen packen viel mehr, als ihr glaubt...«

22.

Die Altstadt von Recklinghausen fand Saale im Gegensatz zu den Betonwüsten in den Zentren von Dortmund, Bochum und Essen bemerkenswert schön. Zwar hing auch hier jene Serie von Firmenschildern herum, die deutsche Städte vorläufig noch von Archangelsk oder Tirana unterscheiden, zwar hatte man auch hier nicht mit Beton und künstlichen Blumenkübeln gespart – aber dem Viertel innerhalb des Rings sah man es noch an, daß es älter war als Parkuhren und Tiefgaragen.

Das Café am Markt hatte jenen Charme, den man nur im Stadium der Verliebtheit oder beim Hafturlaub aus dem Altersheim ertragen konnte. Auf Saale traf keine dieser Voraussetzungen zu, und so kam er sich ein bißchen blöd vor, als er mit einer Tasse Kaffee und Mandelplätzchen auf Frau Claas wartete – die erste Frau, die ihm weder Hand noch Herz, sondern ihre Niere anbieten würde.

In einem Anflug von Verlegenheit versteckte sich Saale hinter der Montagsausgabe der »Recklinghäuser Zeitung« und begegnete zwei Bekannten: Roggenkemper, hieß es, komme nicht nach Eickelborn, sondern in eine Privatklinik, und Lohkamp buddelte in Holland im Sand, während eine Mumie darauf wartete, daß er ihren Mörder fand...

Von der Parallelität überrascht, ließ er das Blatt sinken: Auch er stand heute in einer Zeitung. Und hoffte inständig, daß wenigstens die Meldung über Roggenkemper stimmte.

Doch er hatte keine andere Wahl. Selbst Mager (»Mit BILD kann man nicht kooperieren!«) hatte schließlich eingesehen, daß der Artikel in dem Massenblatt die beste Chance bot, die Aufmerksamkeit der Branche auf den neugebackenen Nierenhändler zu lenken. Außerdem sollte Saale bei den Treffen mit potentiellen Organspendern zwei Fliegen mit einer Klappe schlagen: Er bekam Hintergrundinformationen und Adressen von Leuten, die als Interviewpartner für die PEGASUS-Reportage in Frage kamen.

In Gedanken starrte Saale auf die schlanken Beine der Kellnerin, die ihm neuen Kaffee gebracht hatte. Der Anblick weckte in ihm ein paar Bedürfnisse, die sich bei PEGASUS nicht mehr befriedigen ließen. Susanne war tabu, Karin fuhr voll auf Hamid Ghaeni, ihren neuen Sozialfall, ab – und die Pleite mit der »Forsthaus«-Chefin schmerzte nachhaltig. Es gab Tage, da haßte er seinen Job...

Evelyn Claas, dachte er. Die arme Frau tat ihm jetzt schon leid. Er stellte sich eine Vierzigjährige vor, Sorgenfalten auf der Stirn und Schnäppchen vom Wühltisch am Leib. Sicherlich setzte sie viele Hoffnungen in dieses Gespräch, von denen er keine erfüllen konnte...

Gedankenversunken rührte Saale in seiner Tasse. Er kannte die Motive von Organspendern aus Illustriertenberichten. Es waren oftmals Menschen, die lange arbeitslos und überschuldet waren. Gescheiterte Existenzen, die durch die Vermarktung ihres Körpers wieder in den Schoß der Konsumgesellschaft zurückkehren wollten. Oder zu jedem Opfer bereite Märtyrer, die einem Verwandten eine andere, auf normalem Wege nicht bezahlbare Operation ermöglichen wollten.

Der PEGASUS-Reporter seufzte. Es war wieder soweit: Seine Seele sang den Journalisten-Blues. Der Glaube, er sei der einzige edelmütige Wahrheitssucher in der sensationsgeilen Zunft der Schlagzeilenschinder, zerronn ins Nichts. Mit Zwei-Minuten-Berichten über Bisamrattenfänger, Spekulanten und Schrebergärtner würde er die Welt nicht ändern...

»Herr Saalfeld?«

Saale wachte auf. Eine Frau stand vor ihm. Nicht jenseits der vierzig, sondern höchstens vierzig Tage älter als er selbst. Keine Sorgenfalten auf der Stirn, sondern ein tiefbraunes Make up und ein rotes Strähnchen, das aus dem Blondhaar herauswuchs. Keine Wühltischklamotten, sondern wie aus einer »Vogue«-Reportage entsprungen. Die Überraschung lag auf seiner Seite.

»Mein Name ist Claas. Wir sind verabredet!«

Braune Augen, volle Lippen, Naturzähne in Perlweiß. Nur die rauchige Stimme paßte so gar nicht zu ihrem Äußeren.

»Darf ich mich setzen?«

Saale sprang auf und schob ihr einen Stuhl unter den Teil ihres Körpers, auf dem sie gewöhnlich saß: »Entschuldigung... Natürlich, bitte sehr!«

Er schob Kaffeetasse und Kuchenteller beiseite, sah sie an: »Haben Sie mich sofort erkannt?«

»Sie sind der einzige Mann mit Schnurrbart im Lokal!«

Saale strich sich unwillkürlich über das Menjoubärtchen. In der Maske des Dortmunder Schauspielhauses hatten sie ihm alle Eide geschworen, daß der Bart halten würde: »Absolut kußfest, Holger. Kein Problem...«

Die Kellnerin schwebte heran, musterte das Paar am Fenster. Die Claas bestellte einen Mocca, Saale einen O-Saft. Sein Lächeln wurde nicht mehr erwidert.

»Frau Claas«, begann Saale und stellte fest, daß er sich um den seriösen Klang bemühte, mit dem fliegende Teppichhändler ihre besten Geschäfte machen. »Ich darf aus Ihrem Anruf schließen, daß Sie sich mit dem Gedanken tragen, eine Niere zur Transplantation freizugeben...«

Ihre braunen Augen sahen ihn aufmerksam an: »Mich interessiert vor allem der Ablauf. Wie ich weiß, ist in Deutschland die Transplantationspraxis klar reglementiert. Wie schaffen Sie es, da eine Lücke zu finden?«

Saale war angenehm überrascht, daß die Claas nicht sofort vom Geld redete. Eine Märtyrerin also, zu Hause einen Mann mit Blutkrebs oder ein Kind, das in die Mayo-Klinik mußte. Sein Herz krampfte sich zusammen.

»Sie haben völlig recht, Frau Claas. Aber es gibt im benachbarten Ausland, zum Beispiel in der Schweiz, Kliniken, die sich auf Transplantationen spezialisiert haben. Auch in Deutschland bereitet man ja Gesetzesänderungen vor, die eine Abkehr von der starren Praxis einleiten. Wie Sie wissen, gibt es allein in den neuen Bundesländern 6.000 Menschen, die dringend eine Spenderniere benötigen. Die Nachfrage...«

»Völlig klar«, nickte sie. »Nur die Angebotsseite ist etwas unterentwickelt!«

Saale lehnte sich zurück, schlug die Beine übereinander und

suchte einen guten Platz für seine Hände. Er verstand plötzlich, warum Mager so viel rauchte.

»Genau!« sagte er, Zufriedenheit auf den Stimmbändern. »Die Organspende gegen Bezahlung ist leider moralisch etwas diskreditiert worden...«

»Sie ist doch sogar verboten!«

Saales Finger wollten zum Ohrläppchen, aber er rief sie rechtzeitig zur Ordnung. Er selbst, fand er, machte seine Sache bisher nicht schlecht. Nur die Ziege vor ihm hielt sich nicht an ihre Rolle.

»Es gibt auch Hilfsdienste, die auf Gegenseitigkeit beruhen«, behauptete er. »Hier kann man jemanden aus einer finanziellen Notlage retten, dort jemanden aus der katastrophalen Lage, ständig an ein Dialysegerät gebunden zu sein... Aber ich finde, um die juristische Seite brauchen wir uns nicht zu kümmern. Das haben die Anwälte der Organisation, für die ich tätig sein darf, geklärt.«

»Kann man mehr darüber...«

»Frau Claas«, lächelte Saale. »Ich verstehe, daß Sie wissen wollen, worauf Sie sich einlassen. Und das werden Sie auch erfahren. Aber zunächst muß ich Ihnen einige Fragen stellen, wenn wir weiterkommen wollen...«

Die Blonde gab ihm keine Chance, die Gesprächsführung an sich zu reißen. Ihr Blick war stärker als seiner, und ihre Stimme war nicht weniger fest: »Zuerst will ich wissen, worauf ich mich einlasse. Sind Sie Profi oder Amateur?«

Spätestens in diesem Augenblick wurde Saale klar, daß er sein Deo wechseln mußte: Solchen Belastungen konnte es nicht mehr trotzen.

»Liebe Frau Claas«, sagte er, immer noch verbindlich, aber ein paar Grade härter. »Wenn Sie mir nicht vertrauen, brauchen wir dieses Gespräch nicht weiterzuführen. Ich will Ihnen schließlich helfen...«

Frau Claas lehnte sich ebenfalls zurück, kontrollierte die Umgebung. Die Nebentische waren frei, niemand hörte zu. Sie lächelte.

»Schon gut, überzeugt. Ich habe Vertrauen. Aber deshalb sollten wir unser Gespräch an einem geeigneteren Ort fortführen...«

Saale nickte erleichtert. Ihre Stimme klang plötzlich so, als wollte sie ihm einen Nahkampf auf der Couch anbieten: »Es ist nicht weit. Würden Sie mich aufs Präsidium begleiten?«

Vielleicht lag es an ihrem Ton, daß Saale die Tragweite ihrer Bemerkung nicht gleich begriff.

»Wohin bitte?« stammelte er.

Statt einer Wiederholung präsentierte die Claas ihm eine dieser eingeschweißten Karten mit Lichtbild und Stern: »Ich bin Kriminalkommissarin...«

Saale klappte der Kiefer herunter, während die Claas ihren Ausweis in der Innentasche ihrer Kostümjacke verstaute, ohne ihn aus den Augen zu lassen.

»Darf ich Sie bitten, Ihre Rechnung zu bezahlen?« sagte sie und zählte vier Silberstücke auf den Tisch. »Sonst kommen Sie auch noch wegen Zechprellerei vor den Kadi...«

Saale hatte einen klassischen Blackout. Zuviele Impulse nahmen seine Gehirnzellen gleichzeitig in Anspruch. Nur soviel war ihm klar: Er hatte sich in die Scheiße geritten! Und er spürte, wie sein Puls das Tempo verdoppelte.

Mechanisch griff er zu seiner Brieftasche, fingerte einen Zwanzigmarkschein heraus, klemmte ihn unter die Kaffeetasse. Die Kommissarin sah sich nach der Kellnerin um, die zwei Tische weiter Geschirr abräumte, und schnippte mit den Fingern. Als der Blickkontakt zwischen den Frauen zustande kam, sprang Saale auf. Drei Schritte weiter begann die Treppe.

»Stopp, mein Freund!«

Saale spürte einen harten Stoß in den Rippen, taumelte zur Seite, suchte Halt und griff nach dem Mann neben sich. Etwas riß, und er hielt einen Jackenknopf in der Hand. Im Herumschnellen stellte er fest, daß die Claas noch immer an ihrem Tischchen saß.

Er spürte eine Hand an seiner Schulter und schüttelte sie ab, wollte wieder los. Doch jetzt war jemand vor ihm, riß das Knie hoch. Der Schmerz im Unterleib brachte Saales Gesicht näher an seine Füße...

Der Kerl mit dem Knie beugte sich über ihn. Ohne Rücksicht auf Saales Befindlichkeit riß er dessen Hände aus der Leistengegend, während ein anderer von hinten seine Haare packte und den Kopf in den Nacken zog. Etwas Metallisches schloß sich um die Handgelenke des PEGASUS-Mannes. Dann stellten sie ihn auf die zitternden Beine.

»Das wär's«, grinste der Tiefschlagspezialist, doch der Mensch in

Saales Rücken war weniger zufrieden: »Igitt. Drei Pfund Pomade in den Haaren!«

Trotz der Schmerzen zwischen den Beinen bekam Saale mit, daß der Empfindliche sich die Hände abwischte – und dazu benutzte der Bulle nicht sein eigenes Jackett…

23.

Magers erste wichtige Amtshandlung bestand an diesem Tag darin, den Schriftzug Bothmer auf dem Klingelbrett mit seinem eigenen Namen zu überkleben. Dann packte er seinen Koffer und schleppte ihn ächzend in die dritte Etage hinauf. Als er endlich die Wohnungstür aufstieß, war er reif für die Dusche.

Die Behausung war seit mehreren Wochen unbenutzt und stank nach Aschenbecher, fauligem Blumenwasser und Schweißfüßen. Mit angehaltenem Atem öffnete Mager den nächstbesten Raum und landete in der kleinen Küche. Er stürzte in Richtung Balkon, riß die Tür auf, atmete tief durch – und war überwältigt. Unter ihm lag Hattingen.

Neugierig beugte sich Mager über die Brüstung. Die Hinterhöfe zwischen Ost- und Augustastraße waren nicht gerade das Gelbe vom Ei, und den Charme von Betonburgen und Parkhäusern hatte er noch nie geliebt. Aber zweihundert Meter weiter begann die Altstadt, und der Ausblick auf die Fachwerkhäuser und Schieferdächer war schon besser. Und noch etwas höher sah er die Berge, die Hattingen umzingelt hatten. Der Horizont war grün, soweit das Auge reichte.

Mager steckte sich eine an und rauchte sie in aller Ruhe zu Ende. Dann wagte er sich in die Wohnung zurück. Der Sauerstoffgehalt hatte sich dort inzwischen mindestens verdoppelt.

Die Aufteilung der Bude gefiel ihm auf Anhieb. Neben der Küche verfügte das Quartier über je einen Wohn- und Schlafraum sowie ein geräumiges Bad.

Er öffnete ein Fenster und sah zur anderen Seite hinaus. Die gegenüberliegende Hauswand schien zum Greifen nah, aber das störte nicht weiter. Die Oststraße war verkehrsberuhigt und mündete am anderen Ende in die Fußgängerzone. Nachts, so stand zu vermuten, war es hier ruhig genug.

Was Mager beim zweiten Rundgang feststellte, gefiel ihm weniger: Das Haus war eine Bruchbude. Schiefe Wände, Stockflecken an der Zimmerdecke, bröckelnder Putz und lockere Steckdosen. 450 Mark Kaltmiete waren für diesen Bruch ein stolzer Preis...

Gleichzeitig aber überkam Mager ein brennender Neid: Bothmer konnte es sich leisten, solch eine Bude quasi nebenher zu besitzen. Die meiste Zeit lungerte er bei seiner Freundin im benachbarten Welper herum und zog sich nur hierher zurück, wenn die Beziehung kriselte oder sein sexter Sinn nach Abwechslung gierte.

Kaffee, dachte Mager und ging in der Küche auf Suche. Die Blechdose mit der passenden Aufschrift stand auf der Fensterbank. Der Inhalt reichte gerade für drei Tassen, das Aroma hatte sich vor noch mehr Monaten davongemacht – aber egal. Mager warf die Kaffeemaschine an und fahndete nach einer sauberen Tasse.

Diesmal hatte er keinen Erfolg: Das Fach im Schrank war leer, der Inhalt stapelte sich im Spülbecken. Die braunen Ränder in den Tassen sahen aus, als würden sie erst vor einem Abbauhammer kapitulieren.

»Schwein«, fluchte Mager und schwankte einen Moment lang, ob er die Wohnung im bewährten Chaos belassen sollte. Aber dann fiel ihm ein, daß er Bothmer unter Umständen zwei oder drei Wochen lang jeden Seitensprung vermasseln würde – und so lange hielt er es nicht in diesem Syph aus. Wie hieß es in einem alten Lied? Ärmel aufkrempeln, zupacken! Oder – doch nicht?

Mager zog eine Münze und warf sie in die Luft. Sie landete aber nicht in seiner Hand, sondern unter dem Küchenschrank. Scheiße!

Er ging in die Knie und tastete vorsichtig nach dem Silberstück, sorgsam darauf bedacht, das Gottesurteil nicht durch eigenes Ungeschick zu verfälschen.

Seine Suchaktion war ergiebig. Nacheinander ertastete er einen ausgefransten Filzpantoffel, eine angeschimmelte Socke, ein halbvolles Glas mit einer in Europa bisher unbekannten Bakterienkultur und vier benutzte Papiertaschentücher.

Danach gab er die Suche nach dem Geld auf, wusch seine Hand und machte sich an den Frühlingsputz.

Drei Stunden später war die Wohnung nicht wiederzuerkennen.

Mit stolzgeschwellter Brust schritt Mager die zweieinhalb Räume ab, als wäre er der neue Generalinspekteur beim Truppenbesuch. Da niemand da war, der ihm diese Aufgabe hätte abnehmen können, lobte er sich selbst für seine guten Taten.

In die Küche zurückgekehrt, ließ er sich nieder und steckte sich wieder eine an. Mann, wie die Kacheln glänzten! Einen Augenblick lang stellte er sich die Überraschung seiner Gattin vor, wenn er ähnliches zu Hause vollbrächte. Aber Mechthild würde das bestenfalls als den Auftakt zu einer peinlichen Beichte interpretieren: Monatsgehalt verspielt, Auto kaputt oder AIDS angeschleppt...

Der Gedanke an diese Krankheit löste bei Mager eine Assoziationskette aus, die ihn über Berge und Täler mitten in die Dortmunder Innenstadt führte. Sein letzter Treff mit der Kellnerin aus dem »Alten Markt« lag Monate zurück und war alles andere als ein Hochgenuß gewesen: So sehr er auch an seinem Lada hing – für heiße Liebesnächte war er nicht gebaut. Doch andere Möglichkeiten, in den Clinch zu gehen, hatten sie bisher nicht gesehen. Auch Jutta hatte einen mißtrauischen Lebensabschnittsgefährten, mit dem sie Klo und Briefkasten teilte.

Mager sprang auf und lief in den Flur, testete das Telefon. Noch nie hatte er dem Dauerton, der die Betriebsbereitschaft meldete, so begeistert zugehört. Er holte sein Notizbuch und wählte. Drei Minuten später hatte er ein Date.

24.

»Für wie blöd halten Sie uns eigentlich?«

Die Kommissarin knallte die flache Hand auf den Schreibtisch und sprühte Saale einen halben Liter Gift ins Gesicht. Auch nach der zweiten Wiederholung glaubte sie ihm kein einziges Wort.

»Warum haben Sie sich nicht an die Ärztekammer gewandt? An die Organisation der Dialysepatienten? An die Fachpresse?«

Evelyn Claas beugte sich vor und sah dem PEGASUS-Redakteur in seine braunen Augen. Guck runter oder guck hart, hatte Saale irgendwo gelesen. Er entschied sich für die erste Variante.

»Warum haben Sie nicht inseriert, daß Sie mit potentiellen Spendern reden wollen? Warum haben Sie einem BILD-Redakteur erzählt, daß Sie ein Dealer sind? Warum – vor allem – machen Sie bemitleidenswerten Menschen falsche Hoffnungen?«

Sie lehnte sich wieder zurück, streckte ihre Finger nach einem Aktendeckel aus und trommelte ein Solo auf die Pappe: »Nun? Was haben Sie dazu zu sagen?«

Saale seufzte und hob die Hände, zeigte ihr die stählerne Acht: »Nehmen Sie mir endlich diese Dinger ab! Sie behandeln mich wie einen Schwerverbrecher!«

»Sie haben sich auch wie ein Schwerverbrecher benommen«, fauchte sie. »Ein Beamter hat eine Prellung an der Schulter, der andere ein zerbrochenes Brillengestell.«

»Und ich?« begehrte Saale auf. »Ich bin der letzte männliche Sproß meiner Sippe – und Ihre Leute treten mir einfach in die Fortpflanzungsorgane! Ist das die feine englische Art?«

Aus der Ecke neben der Tür kam ein unterdrücktes Kichern. Dort saß der Mann mit dem harten Knie und wartete offenbar auf seinen nächsten Einsatz. Die Claas schickte ihm einen von den ultraharten Blicken hinüber.

»Davon«, sagte sie dann, »habe ich nichts bemerkt. Sie waren der Angreifer...«

Saale seufzte. Mit dieser Nummer hatte sich zuletzt ein Polizist in Thailand an ihm versucht. Doch das interessierte die Kommissarin überhaupt nicht. Sie richtete ihren Kugelschreiber auf Saale, als wäre er eine Laserkanone: »Ich weiß ja nicht, wo Sie Ihren Job gelernt haben. Aber ich habe bisher immer geglaubt, daß Journalisten ihren Beruf ernst nehmen und verantwortungsbewußt handeln.«

»Wallraff«, sagte Saale.

»Wie bitte?«

»Wallraff ist mit dieser Methode berühmt...«

Die Claas sprang auf, schoß auf ihn zu und beugte sich zu ihm herab. Sie war so nah, daß er die gelben Punkte in ihren Augäpfeln zählen konnte: »Mit dieser Ausrede kommen mir alle Schmierenjournalisten!«

»Und mit dieser Methode kommen mir alle Schmierenpoli...«

»Wie bitte?«

Die Kommissarin holte aus, als ob sie ihm die Krallen durchs Gesicht ziehen wollte.

»Evelyn!« mahnte ihr Kollege sanft.

»Schon gut«, sagte sie, blickte den Mann mit dem Knie kurz an und wandte sich wieder ihrem Hauptopfer zu: »Ich bin's leid. Vielleicht sollten wir Ihnen eine Nacht Zeit geben, über Ihre Märchen nachzudenken.«

Sie streckte die Hand zum Hörer aus, besann sich dann anders und stand auf: »Ich hol' mir am besten gleich einen Haftbefehl.«

»Haftbefehl?« staunte Saale. »Weswegen das denn?«

Seine Sehnsucht nach Knästen war ihm vor Jahresfrist gründlich ausgetrieben worden. Und in diesen wollte er schon gar nicht, seit Mager ihn mal für eine Nacht getestet hatte: Hier würden noch Big Macs unter Vollwertkost laufen – wenn der Koch den Ehrgeiz hätte, seine Kunden gesund zu ernähren. Aber diesen Ehrgeiz hatte er nicht.

»Weswegen?« wiederholte die Claas und lächelte zum erstenmal seit einer Stunde: »Begründeter Verdacht des Betruges, Widerstand gegen die Staatsgewalt, Fluchtgefahr...«

»Nun machen Sie mal halblang! Daß ich auf ungewöhnliche Art ein Thema recherchiere....«

»Aus!« schnauzte sie. »Sie haben Ihre Chance gehabt.«

Sie drehte sich um und ging. Dabei knallte sie die Tür mit einer solchen Wucht hinter sich zu, als wollte sie damit für das ganze Präsidium den Feierabend einläuten.

Stille. Die Erde drehte sich westwärts, das Sonnensystem raste weiter durchs All, die Milchstraße dehnte sich immer noch aus. Und er saß hier.

Dann wurde ein Stuhl gerückt. Mit leisen Sohlen kam Mister Knie auf ihn zu und hielt ihm eine bunte Packung unter die Nase: »Rauchen Sie?«

Saale schüttelte den Kopf und hielt dem Mann statt dessen die gefesselten Hände hin. Der Polizist nickte, angelte sich einen Schlüssel vom Schreibtisch seiner Kollegin und schloß die Acht auf. Erleichtert bewegte Saale die tauben Gelenke.

»Kaffee?«

Saale nickte.

»Zucker, Milch?«

Der PEGASUS-Mann starrte sein Gegenüber an. Dieses Spiel war mindestens so alt wie die Zunft der Büttel, aber Mister Rammstoß übertrieb es. Mit Absicht?

»Sie haben sich wirklich in die Scheiße geritten«, sagte der Mann und setzte sich. »Vielleicht sollten wir das jetzt mal in aller Ruhe klären.«

Saale grinste und nickte: Ruhe – das hieß bei ihm Schweigen.

Drei Minuten später war die Claas wieder da. Sie warf ihrem Kollegen einen kurzen Blick zu, aber der schüttelte nur den Kopf.

»Also gut«, sagte die Kommissarin. »Dann werden Sie eben die nächste Nacht hier verbringen...«

»Jetzt reicht es mir!« rief Saale, die Betonung auf dem letzten Wort. »Rufen Sie Hauke Harms bei BILD Kettwig an. Der wird Ihnen meine Geschichte bestätigen...«

Sie dachte nach, dann legte sie ihm die Eisen wieder an und gab ihrem Kollegen einen Wink: »Zeig ihm mal unseren Flur!«

Sekunden später parkte Saale schon auf der obligatorischen Holzbank und genoß das vornehme Ambiente des 60 Jahre alten Präsidiums. Wenn all die Fliesen an den Wänden und auf dem Boden, die nach Marmor aussahen, auch aus Marmor waren, dann wußte Saale jetzt einen weiteren Grund für den Untergang der Weimarer Republik...

Ein ergrauter Bürobote schob seinen überladenen Aktenwagen vorbei. Wenn er das Tempo durchhielt, würde er das Ende des Flurs bis zur Pensionierung erreicht haben.

Saale richtete seinen Blick zur anderen Seite. Mit gebührendem Abstand saß neben ihm ein braungebrannter Mann im feinen Zwirn, den ein ähnliches Schicksal ereilt hatte. Als er sich am Ohr kratzte, mußte er beide Hände heben. Verschwörerisch grinste er Saale zu. Doch der wandte sich ab, peinlich berührt, und starrte an die Decke.

Natürlich hatte er sich idiotisch benommen. Natürlich wirkte sein Fluchtversuch im Café wie ein Geständnis. Und ebenso natürlich war die Geschichte, die er der Hexe vom II. Kommissariat aufgetischt hatte, viel zu dünn. Er hätte sie auch nicht geglaubt.

Auf der anderen Seite konnte er unmöglich die volle Wahrheit sagen. Hamid Ghaeni mußte ebenso außen vor bleiben wie das »Unternehmen Pelster«...

»Herr Saale?«

Der PEGASUS-Mann sprang auf. Die Claas holte ihn zur rechten Zeit. Er war wieder auf dem Depri-Trip gewesen. Aber jetzt würde alles besser. Er stolzierte ins Zimmer, ohne seinen Bewacher zu beachten, und baute sich in der Erwartung einer großen Wende vor der Kommissarin auf.

Die Stimmung der Frau schien sich indes nicht gebessert zu haben. Sie beugte sich über ihren Stenoblock und schob sich eine Haarsträhne aus den Augen. Dann blitzte sie ihn an.

»Ich habe mit Herrn Harms gesprochen. Ein äußerst charmanter Mann übrigens.«

Sie betonte diesen Schlenker so deutlich, daß Saale merkte: Von ihm würde sie anderes behaupten.

»Und?« fragte Saale provozierend.

»Herr Harms war fest davon überzeugt, daß Sie ein echter Organhändler sind!«

Stöhnend sank Saale auf den Stuhl vor ihrem Schreibtisch.

»Dieses Arschloch!« brüllte er. »Haben Sie ihm nicht gesagt, in welch einer Lage ich mich befinde?«

»Doch. Aber Harms glaubt nicht, daß er einer erfundenen Geschichte aufgesessen ist. Er war überzeugt, journalistisch sauber gearbeitet zu haben.«

Saale streckte die Hände zum Telefon: »Lassen Sie mich mit ihm telefonieren. Ich kann das aufklären!«

Die Claas lachte spöttisch: »Den einzigen, den Sie anrufen können, ist ein Anwalt. Den brauchen Sie nämlich!«

Wie immer, wenn Saale am Ende der Fahnenstange angekommen war, ging sein Puls herunter; der Atem beruhigte sich, die Muskeln wurden lockerer. Was ihm blieb, war sein Optimismus: Irgendwie würde es schon weitergehen, irgendwer würde ihn herausholen…

Plötzlich fiel ihm sein letzter Besuch in der Backsteinburg am Westerholter Weg ein: vor zwei Jahren, beim I. Kommissariat, unter weitaus angenehmeren Umständen.

»Sagen Sie mal«, fragte er die Kommissarin, die hinter ihrem Schreibtisch lauerte wie eine Katze vor dem Mauseloch. »Gibt es hier im Haus noch den Lohkamp?«

25.

Frisch geduscht lag Mager auf der Wohnzimmercouch und ließ sich von Bothmers Stereoanlage bedröhnen. In seiner Nase duftete es nach frischem Kaffee, sanfter Calvados salbte die Kehle, und zwei Stück Obsttorte mit Sahne erkundeten bereits seinen Magen. Verdammt lange her, daß er sich zum letztenmal so wohlgefühlt hatte!

Behutsam klopfte Mager auf seinen Bauch, der auch in Rückenlage noch erhebliche Ausmaße annahm. Es gab Zeiten, da ihn dieses Gebirge etwas störte, und in den Fußgängerzonen der Innenstädte vermied er es geflissentlich, im Spiegel der Schaufenster nach seinem Profilbild zu suchen. Doch in diesem verzauberten Augenblick zählte nicht die Optik.

Oh, du wundersamer Körper!

Magers Hände wanderten weiter und suchten jene wichtigen Partien seines Leibes ab, unter denen er seine Nieren vermutete.

Ganz sicher war er sich dabei nicht. Dennoch bereute er es keine Sekunde, in Biologie nicht besser aufgepaßt zu haben. Bei »Kommissar X« und »Jerry Cotton« fand er Wichtigeres als in den Biobüchern der schwarzen Sechziger. Nur eines war seinem selektiven Wahrnehmungsvermögen nicht entgangen: daß es den Nieren nützte, wenn man sie mit regelmäßig mit einem guten Bier spülte…

»Dann wollen wir mal!«

Mager wälzte sich von der Couch, legte die CD mit den Rod Stewart-Heulern auf und kramte seine Pflichtlektüre aus dem Koffer: »Krauses kleine Körperkunde – Was ich über meinen Körper wissen muß!«

Eigentlich sollte er alles über die Nieren lesen, doch er konnte es nicht lassen: Vielleicht gab ja das Kapitel über den Sexualtrieb wichtige Hinweise auf technische Neuerungen, die er im Ehetrott verpaßt hatte…

Zwanzig Minuten später verließ er das Kapitel – halb ernüchtert, halb erleichtert. Ernüchtert, weil Herr Krause auch nicht mehr wußte als er selbst, erleichtert, weil er in dem von Mechthild erzwungenen Zölibat nicht hinter der Entwicklung der Welt zurückgeblieben war. Das ließ ihn für den Abend hoffen.

So wandte Mager sich wesentlich weniger spektakulären Organen zu: der Milz, der Leber und der Niere. Doch auch hier schien

Krause nicht den Stein der Weisen gefunden zu haben: Ein Kochbuch zu diesen Stichpunkten hätte Mager interessanter gefunden.

Krauses Erkenntnisse flogen in die Ecke, die Stones auf den CD-Player, und Mager hatte die richtige Untermalung für den nächsten Studientext.

Die Niere wird durch einen großzügigen Flankenschnitt freigelegt. Nierenarterie und -vene werden bis zum Abgang aus der Aorta bzw. bis zur Einmündung in die Vena cava dargestellt. Der Harnleiter wird unter Erhaltung seiner Gefäße 15 cm freipräpariert und abgesetzt. Nach Durchtrennung von Nierenvene und -arterie werden die zentralen Gefäßstümpfe durch fortlaufende Naht verschlossen. Die Operationswunde wird in üblicher Weise versorgt.

»Mein Gott!« stöhnte Mager und goß sich entsetzt den nächsten Calvados ein. Er hatte keine Ahnung gehabt, wie verletzlich der menschliche Körper war und was diese Mediziner mit ihm alles anstellen konnten...

Das nächste Kapitel hieß »Technik der Entnahme bei Lebendspendern« und war auch nur mit Schnaps zu ertragen. Aber beides ging diesmal schneller. Den Calvados kippte er auf Ex, und das Buch feuerte er in den Koffer, als das Getränk die Speiseröhre in ganzer Länge durchlaufen hatte. Er glaubte nicht, daß Jutta die Unterschiede zwischen dem »Lumbalschnitt nach Bergmann-Israel« und dem »dorsalen muskelschonenden Lumbalschnitt nach Lurz« interessieren würden...

Er schlug das Lehrbuch für »Die Operationsschwester« zu. Diese Themen waren für sein Gespräch mit Dr. Pelster reserviert.

Am nächsten Morgen. Um zehn.

26.

»Sie haben sich aber verändert!« staunte Lohkamp, kaum daß er sich durch die Tür geschoben hatte und Saale zu Gesicht bekam. Dann schüttelte er seiner Kollegin die Hand und wollte diesen Vorgang bei seinem alten Bekannten wiederholen. Doch bei Saale gab es Probleme.

»Oha!« meinte der Hauptkommissar und grinste. »Sie scheinen ja wirklich tief in der Scheiße zu stecken!«

»Journalistenschicksal!«

»Ich dachte, Roggenkemper wäre jetzt endgültig in der Klapse gelandet...«

»Es gibt auch noch andere Ekel«, philosophierte Saale und warf einen schnellen Blick auf die Claas. »Sonst wäre ich doch arbeitslos.«

Die Kommissarin holte tief Luft, doch Saale befreite sie von diesem Irrtum: »Organhändler zum Beispiel!«

Lohkamp zog einen freien Stuhl heran, drehte ihn herum und pflanzte sich, auf die Rückenlehne gestützt, ächzend auf die Sitzfläche, bevor er Saale erneut musterte: »Seit wann tragen Sie denn einen Schnurrbart?«

Saale lachte: »Gehört dem Dortmunder Schauspielhaus. Klebt wie angewachsen...«

Als der Polizist die Hand ausstreckte, brachte Saale sein wichtigstes Verkleidungsstück schnell in Sicherheit: »Bloß nicht. Tut höllisch weh...«

»Herr Lohkamp!« fräste sich die Kommissarin in den Dialog. Die Vertraulichkeit zwischen den beiden Männern war ihr offenbar äußerst suspekt. »Es wäre nett, wenn Sie mich über die Beziehung zwischen Ihnen und diesem Herrn in Kenntnis setzen würden...«

»Ich hab' eine Beziehung zu meiner Frau«, erklärte Lohkamp, »aber nicht zu...«

Die Mundwinkel der Kollegin signalisierten ihm, daß sie ihren Humorvorrat zu Hause vergessen hatte.

»Also gut. Wir haben vor zwei Jahren durch Zufall am selben Fall gesessen. Herr Saale ging die Sache als Journalist an, ich als Polizist.«

Er seufzte, als hinge er Erinnerungen nach.

»Der Chef der Kripo und der Staatsanwalt waren Herrn Saale damals sehr dankbar«, log er. »Allerdings: Die Ermittlungsmethoden des Herrn Saale sind manchmal schon etwas unkonventionell. Was hat er denn diesmal angestellt?«

Sie brauchte für ihren Report nur drei Minuten, aber so, wie sie ihre Begegnung mit Saale schilderte, hätte er dafür mindestens drei Jahre bekommen.

»Kollegin Claas. Ich will mich nicht in Ihre Ermittlungen einmischen. Aber vielleicht war ja alles doch nur ein Mißverständnis.«

Er tippte auf die Acht an Saales Armen: »Gemeingefährlich?«

»Ihre Ironie ist völlig unangebracht«, wehrte sich die Claas. »Herr Saale hat zwei Beamte angegriffen...«

Lohkamp sah ihr tief in die Augen und wies auf den Mann mit dem harten Knie: »War er dabei?«

Die Claas nickte zögernd. Lohkamps Stimme war völlig ruhig, als er sich an die beiden Männer wandte: »Würden Sie sich für einen Moment nebeneinander stellen?«

Die Kontrahenten grinsten sich an und taten ihm den Gefallen.

»Sehen Sie, Frau Kollegin«, forderte Lohkamp sie auf und betrachtete das Denkmal mit unverhohlenem Genuß: »David und Goliath. Stellen Sie die beiden so vor den Haftrichter und erzählen Sie ihm, Saale hätte angegriffen. Der Kadi gibt ihm eine Tapferkeitsmedaille...«

Die Kommissarin machte sich die Entscheidung nicht leicht. Ihre Mundwinkel waren plötzlich tiefer als der Grand Canyon, und ihre Lippen waren kaum breiter als eine Gitarrensaite. Dann gab sie sich einen Ruck und dem Zweimetermann neben Saale einen Wink. Ein Schlüssel klirrte, und Sekunden später sagte Saale: »Danke!«

»Herr Lohkamp«, sagte sie. »Vielleicht können wir uns einen Moment unter vier Augen unterhalten...«

Lohkamp nickte und scheuchte Saale vor die Tür. Sein überdimensionaler Schatten wich ihm nicht von der Seite, signalisierte aber die endgültige Wende: »Haben Sie ein Schwein, Herr Saale...«

Auch zwei Zimmer weiter hatte man eine Entscheidung gefällt. Die Tür wurde aufgerissen, zwei Beamte traten in den Flur und führten den Braungebrannten ab – noch immer in Handschellen.

Als die drei vorübergingen, hob Saale, als wollte er sich strekken, die Arme. Die Augen des Braunen verengten sich zu schmalen Schlitzen, und sein Gesicht wirkte mit einem Schlag zehn Jahre älter.

Saale blickte auf die Uhr. Bald neun. Über vier Stunden hatte er hier vergeudet. Zeit, daß er hier herauskam.

Zwei Minuten später zog Saale mit Lohkamp den Flur entlang in Richtung Aufzug.

»Ein hartes Kaliber!« meinte der Freigekaufte. »Die hat mich ganz schön ins Schwitzen gebracht!«

»Sie hat auch jede Menge Überstunden auf dem Konto«, sagte

Lohkamp mild, schüttelte den Kopf und wandte sich der breiten Treppe in ihrem Rücken zu. »Und solch einen Tag schließt man nicht gerne mit einer Niederlage ab…«

»Die Firma dankt!«

Schweigend liefen sie zum Portal hinab.

»Müssen Sie noch arbeiten?« fragte Saale. Vielleicht hatte Lohkamp ja Bock auf ein Bier.

Der Hauptkommissar nickte: »Knifflige Angelegenheit!«

Dann blieb er stehen und hielt den Journalisten am Ärmel fest: »Herr Saale, Sie sind doch ein intelligenter Mensch…«

Mißtrauisch sah der PEGASUS-Mann den Polizisten an: Wenn Bullen ihn lobten, mußte er etwas falschgemacht haben.

»Kommen Sie mal mit…«

Er drehte sich um und kletterte die Stufen wieder hoch. Saale blieb nichts anderes übrig, als ihm zu folgen. Allein würde er unten nicht durch die Tür kommen.

»Setzen Sie sich. Kaffee?«

Saale nickte, noch immer eine Falle witternd.

»Mit dem, was ich jetzt tue, kann mir noch einen Anschiß einhandeln. Ich muß Sie bitten, Stillschweigen zu wahren…«

»Blind kaufe ich gar nichts«, sagte Saale, doch Lohkamp überhörte den Einwand. Er klappte eine Akte auf, suchte nach einer bestimmten Seite und schob das Teil zu Saale hinüber: »Was fällt Ihnen dazu ein?«

Der Ex-Hamburger starrte auf die Liste. Sie zeigte die Treffs, die sich Nordhues für den Januar notiert hatte: in Köln bei A. K., in Bad Homburg bei S. P., in Haren-Rütenbrock bei…

Irritiert sah Saale den Hauptkommissar an: »Was soll das sein? Eine Art Lieferschein?«

Lohkamp musterte ihn, ohne etwas zu sagen, und wartete geduldig auf Saales nächste Inspiration. Aber die kam nicht. Der PEGASUS-Mann war einfach zu kaputt, um noch kreativ zu sein.

»Keine Ahnung«, kapitulierte er. »Wissen Sie denn, was das ist?«

Lohkamp schüttelte den Kopf: »Dann hätte ich Sie nicht gefragt…«

Er kratzte sich durch das widerspenstige Gewächs auf seinem Haupt bis zur Kopfhaut vor. Ihm würde heute auch nichts mehr einfallen.

»Können Sie mir das Teil nicht mitgeben?« fragte Saale, als er Lohkamps Enttäuschung bemerkte. »Ich hänge mir die Liste neben den Spiegel. Beim Zähneputzen fällt mir immer am meisten ein...«

Der Polizist überlegte. Dann öffnete er die breite Schublade an seinem Schreibtisch, wühlte darin herum und fand, was er gesucht hatte.

»Hier. Aber bitte...«

»Ist schon okay«, sagte Saale. »Kein Thema für PEGASUS...«

Lohkamp schloß die Ermittlungsakte in den Stahlschrank, pflückte seine Jacke vom Haken und löschte das Licht. Einträchtig marschierten sie zum Ausgang hinunter und passierten die beiden Türen mit dem Panzerglas.

»Und wie geht's unserem Freund Mager?«

Saale zuckte die Achseln: »Der steckt bis zum Hals in Arbeit. Aber seine Recherchen sind noch trockener als Ihre...«

Das war Saales zweiter Irrtum innerhalb von fünf Minuten.

27.

Mager ging es super.

Weder steckte er in Arbeit (und bis zum Hals schon gar nicht), noch konnte man seine Beschäftigung als trocken betrachten. Positiv formuliert, engagierte er sich gerade in einer Sportart, in der seine Gattin ihn auf Lebenszeit vom Spielbetrieb ausgeschlossen hatte. Damit folgte er dem Beispiel jener Tennisspieler, gegen die in ihrem Heimatverein niemand mehr antrat: Um den Boykott zu brechen, wurde der Club gewechselt...

War Mager im hektischen ersten Satz noch obenauf gewesen, so hatten sie nun die Rollen getauscht. Mager lag schwitzend auf dem Rücken und überließ es Jutta, den zweiten Durchgang zu eröffnen. Auf seinem Bauch thronend, hatte sie die Hände im Nacken verschränkt und konzentrierte sich mit geschlossenen Augen ganz darauf, den richtigen Rhythmus zu finden. Aus Angst, sie könnte herunterfallen, hielt Mager sie fest, und da ihre Hände so weit weg waren, nahm er, was sich ihm bot.

»Gut, daß ich nicht solche Titten habe«, philosophierte er plötzlich.

Jutta stoppte ab und öffnete erschrocken die Augen: Bisher hatte Mager ihren umfangreichsten Besitz immer gemocht.

»Ich würde mich den ganzen Tag selbst begrapschen!« grinste er.

»Schnauze!« flüsterte sie, schloß die Augen und machte da weiter, wo sie unterbrochen worden war. Mager hatte nichts dagegen.

Das breite Bett war robust und bequem, sanftes Kerzenlicht ersparte den beiden Gymnasten den Anblick des unromantischen Ambientes, und aus dem Wohnzimmer schwebten Sphärenklänge herüber: Der Synthesizer hielt Juttas Takt, eine schmachtende Frauenstimme keuchte ein verheißungsvolles »Je te desire« ins Mikro, und ein pseudogregorianischer Mönchschor ließ Raum und Zeit verschwinden. Jutta kam in dem Augenblick, als die Sängerin beteuerte, daß alles »Mea culpa« sei, und tat das mit einer Lautstärke kund, die in der Nachbarschaft bis dahin unerhört gewesen war.

Mager und die Kirche hatten es noch nie miteinander gekonnt, und alles was mit Schuld und Sühne, Beichte und Buße zu tun hatte, war ihm zeitlebens fremd gewesen. Aber diese Mischung aus Himmlischem und Irdischem beflügelte ihn: Ausgehungert und angeturnt, wie er war, wollte er mit erhöhtem Einsatz zumindest den Ausgleich erzwingen.

»Hör auf«, stöhnte Jutta und ließ sich auf seine behaarte Brust sinken. »Ich brauche eine Pause...«

Ehe Mager es verhindern konnte, klinkte sie sich aus und kuschelte sich an seine Seite: »Gib mir mal 'ne Zigarette.«

Mager gehorchte und starrte dann auf den trigonometrischen Punkt, den sie gerade verlassen hatte: »Hör mal, du kannst mich doch mit diesem Problem nicht allein lassen...«

»Tu ich auch nicht«, sagte sie. »Aber ich habe im Gegensatz zu dir heute schon gearbeitet...«

Sie pustete eine blaue Wolke an ihm hinunter, sah den Mast im Sturmwind schwanken und streckte die Hand aus, damit er nicht umfiel.

»Fünf Minuten«, flüsterte sie, »dann bist du dran!«

In diesem Augenblick meldete sich Bothmers Telefon. Mager zuckte zusammen, stellte aber zufrieden fest, daß der Anrufbeantworter eingeschaltet war. Und kaum war der Ansagetext mit abgelaufen, hörte er die Stimme seiner Chefin: »Klaus, komm! Es ist wichtig...«

Fluchend sprang er aus dem Bett und lief ins Wohnzimmer. Den Apparat hatte er installiert, um jene Anrufer nicht zu verwirren, die eigentlich Bothmer erreichen wollten – und Susanne Ledig hatte ihn dazu verdonnert, den Raumlautsprecher einzuschalten, damit er selbst erreichbar blieb.

»Was gibt's denn?« fragte er. Seine Stimmbänder hatten schon höflichere Töne produziert.

»Holger ist abgängig!«

Mager schwieg einen Augenblick. Saale war noch nie pünktlich gewesen.

»Er hat aber fest versprochen, sofort aus Recklinghausen zurückzukommen und zu berichten.«

Schritte. Jutta kam nackt aus dem Schlafzimmer und verschwand in Richtung Bad, Sekunden später lief die Dusche an. Eine Entwicklung, die Mager ganz und gar nicht gefiel.

»Hörst du? Bist du noch dran?«

»Bin ich«, grunzte Mager. »Und ich finde deine Befürchtungen völlig überflüssig.«

»Klaus...«

»Du kennst doch Holger. Er pflegt seine alten Kontakte auch über den Tod hinaus. Wahrscheinlich ist er auf dem Rückweg bei dieser Helga Dingsda in Datteln vorbeigefahren, mit der er vor ein paar Jahren gebumst hat...«

Susanne schwieg einen Moment.

»Also gut. Vielleicht hast du recht.«

»Bestimmt habe ich recht.«

Etwas an seinem Tonfall schien der PEGASUS-Chefin nicht zu gefallen: »Und bei dir? Alles im Lot?«

Mager brauchte eine Sekunde, bis er die Metapher verstand. Und ein Blick nach Süden zeigte ihm, was passiert war.

»Ja!« schnauzte er und schmiß den Hörer in die Halterung. »Blöde Kuh!«

Er pflückte die abgelaufene CD aus dem Gerät und suchte eine passende Fortsetzung. Nach kurzem Nachdenken schickte er einen Oldie-Sampler ins Rennen und schaltete gleich auf »Nights In White Satin« durch, programmierte das Gerät auf Endlos-Wiederholung und kehrte hoffnungsfroh auf seine Spielweise zurück. Die Nacht war jung, und den dritten Satz würde er noch schaffen.

Als Jutta endlich aus dem Bad kam, lag Mager auf dem Rücken und schlief.

28.

Am Dienstag morgen regnete es zum erstenmal seit Wochen. Und Petrus drehte den Hahn gleich so weit auf, daß es kaum Sinn machte, Kotte und seine Truppe weiter über das Zechengelände zu jagen…

Eine Stunde nach der Frühbesprechung kam aus Hagen ein kurzes und entmutigendes Fax: Die Kripo hatte in diesem Kaff namens Breckerfeld zwar vier Leute mit den Initialen E. Z. gefunden, aber niemand wollte den Toten gekannt haben. Die Kollegen versprachen, mit dem Nordhues-Porträt die Nachbarschaft abzuklappern, aber Lohkamp wußte selbst, was sie davon hielten: Die Aktion würde ihr Überstundenkonto weiter in die Höhe schrauben.

»Chef!« sagte Anwärter John erstaunlich selbstbewußt und trat an seinen Schreibtisch.

»Was ist?« fragte Lohkamp.

Der Blutleere präsentierte ihm einen Bogen Hochglanzpapier: »So eine Tasche hatte Nordhues!«

Der Hauptkommissar brauchte einen Augenblick, bis ihm die passende Frage einfiel: »Wie hast du das denn so schnell geschafft?«

»Aus einem Bestellkatalog«, lächelte John und nannte das beste Lederwarengeschäft der Stadt.

»Prima. Dann auf nach Suderwich.«

»Gucken Sie mal aus dem Fenster…«

»Schon getan. Ihr geht heute nochmal Klinken putzen. Mit dem Foto von Nordhues. Ab.«

Kaum war John abgezogen, kam Hänsel herein und nahm auf seinem Lieblingsstuhl Platz: »Morgen… Horst.«

»Morgen, Lothar.«

Lohkamp war gespannt, ob der Oberkommissar auf die große Wende in ihren Umgangsformen eingehen würde, aber Hänsel kam nach einem flüchtigen Lächeln zur Sache: »Die Bankkonten…«

Nordhues hatte drei gehabt, und anhand der Kontobewegungen konnten sie zumindest schließen, daß die Sache mit der Provision stimmen mußte: Nach einer langen Durststrecke hatte Nordhues Ende November und kurz vor Weihnachten auf sein Postscheckkonto Geld eingezahlt – die Beträge lagen aber deutlich unter 5 % der Summen, die er eingetragen hatte.

»Der Fehlbetrag könnten die laufenden Ausgaben sein. Das Haushaltsgeld…«

»Und was hat er mit dem Rest gemacht?« fragte die Langer. »Er ist doch nicht mit zwanzig-, sechzig- oder hunderttausend Mark durch die Gegend gefahren?«

»Vermute ich auch nicht«, stimmte ihr Hänsel zu. »Aber solange wir den Familiennamen von dem Rolf nicht wissen, auf den es ankommt – keine Chance.«

Die Langer blätterte in den Akten: »Vielleicht hat Nordhues diesen Rolf ja zwischendurch getroffen…«

Hänsel schüttelte den Kopf. Er wußte auswendig, daß es in den Terminkalendern, von den Monatsenden abgesehen, keine weiteren Vermerke gab.

»Und weiter?«

»Vielleicht – wir sollten die Konten der drei Rolfs, die wir kennen, abchecken. Aber…«

Lohkamp verzog das Gesicht. Mit Staatsanwalt Sonnenbrille wäre er klargekommen: Der fand trotz seiner Coolness den Fall auch interessant. Doch jetzt brauchte er einen Richter. Und was gegenwärtig im Amtsgericht herumsaß, hatte entweder alle Ambitionen hinter sich oder versuchte, so schnell wie möglich wegzukommen, um doch noch etwas zu werden: Recklinghausen besaß kein eigenes Landgericht, sondern nur eine Filiale der Bochumer Zentrale…

Die Tür flog auf, und eine junge Frau kam herein. Außer einer Duftwelle, die jeden Rauschgiftspürhund außer Gefecht gesetzt hätte, brachte sie ein Blatt Fax-Papier mit: »Aus Lingen…«

»Die sind für Haren zuständig«, erklärte Hänsel.

Zwanzig Sekunden reichten, und Lohkamp seufzte enttäuscht auf. Zwar gab es in Rütenbrock nur eine Person, auf die das Kürzel C. I. paßte: Christian Ilsen, 48, in Wanne geboren, Sport- und Religionslehrer, vor zehn Jahren zugezogen, um nach Feierabend drei Morgen Land zu beackern. Katholisch, aber nicht vorbestraft. Doch Nordhues habe er nach eigener Aussage nie gesehen, und auch die drei Nachbarn, die seinen Kotten beobachten konnten, wußten nichts anderes. Die Frage, ob er möglicherweise erpreßt werde, habe er verneint...

»Ich seh' uns schon bei diesem Fernsehfahnder sitzen«, prophezeite die Langer, und Lohkamp sah die Sache noch düsterer: »Vielleicht sind wir mit dieser Liste ja völlig auf dem Holzweg...«

Eine halbe Minute lang hörten sie dem Regen zu, der gegen die Scheiben prasselte. Dann flog die Tür erneut auf, und vier Leute drängten herein, alle in Zivil. Zwei waren unschwer als Polizisten zu erkennen – und die beiden anderen genauso leicht als Junkies, die nie genug Geld für ihren Stoff haben würden.

»Falsche Tür«, sagte Lohkamp, aber die Kollegen schüttelten die Köpfe: »Brandstiftung...«

Der Hauptkommissar rief die Langer herein: »Mach du das, Martina! Ich muß zum Gericht...«

29.

Pelsters Praxis befand sich am nordöstlichen Rand des Rathausplatzes neben der Hattinger Hauptpost – selbst für Mager, an dem kein Leichtathlet verlorengegangen war, nur ein Fußweg von rund vier Minuten. Gewöhnlich hätte ihn auch diese Nähe nicht davon abgehalten, seine Schuhe zu schonen und in den Lada zu klettern. Aber dann hätte er um die halbe Einkaufszone fahren müssen und mindestens die dreifache Zeit gebraucht...

Punkt zehn betrat Mager den Windfang des alten, aber gut renovierten Bürgerhauses und studierte die Angebote auf dem Klingelschild. Im Erdgeschoß befand sich ein Saunaclub, der nur deswegen nicht so hieß, weil er keiner war, und im zweiten Stock betrieb ein Wohnungsmakler seine schmutzigen Geschäfte. Pelster bevorzugte offenbar die goldene Mitte und residierte in der Beletage.

»Sind Sie angemeldet?« fragte das Mäuschen, das ihn in einem langen, mit Karteikästen und Schreibtischen vollgestopften Flur empfing. Sie mochte um die zwanzig sein und trug eine jener Brillen, die eigentlich nur zu Zahnspangen paßten.

Mager nickte und nannte seinen Namen.

»Waren Sie schon einmal bei uns?«

»Nein. Zugezogen«, erwiderte Mager und verriet ihr, wo sich seine konspirative Wohnung befand.

»Bitte, gleich hier hinein...«

Als Mager sich ins Wartezimmer schob, blickten die Anwesenden nur kurz von ihrer Lektüre auf. Der PEGASUS-Mann erkannte drei türkische Zeitungen, ein Hamburger Nachrichtenmagazin und die Auto-BLÖD. Der einzige Mensch ohne Bildungsdrang saß mit deutlichem Abstand zu den anderen Patienten am geöffneten Fenster: eine mit teuren Boutiquenklamotten behängte Lady, deren Alter seit dem letzten Lifting wieder bei vierzig liegen mochte. Ob ihr Taschengeld danach nicht mehr zu einer Wartezimmerlektüre gereicht hatte oder ob sie grundsätzlich nur Börsenkurse las, wagte Mager nicht zu entscheiden.

Der PEGASUS-Mann murmelte einen Gruß, die Lesenden murmelten irgend etwas und vertieften sich wieder in ihre Lektüre. Nur die Lady starrte stumm und verbittert über die Straße hinweg auf das schlichte Hochhaus, das ihr die Aussicht aufs Rathaus versperrte. So viel Haß auf ein Gebäude konnte nur einen einzigen Grund haben – und Mager vermutete nicht zu unrecht, daß es das Finanzamt war...

Er suchte sich einen Platz neben der SPIEGEL-Leserin, zog einen Sammelband mit angeblich frauenfeindlichen Kriminalgeschichten aus einem Dortmunder Verlagshaus aus der Tasche, registrierte befriedigt, daß die Intellektuelle neben ihm beim Anblick des nackten Mannes auf dem Cover zusammenzuckte, und richtete sich auf eine längere Wartezeit ein. Doch die rechte Freude kam beim Lesen nicht auf. Immer öfter störten ihn tiefsitzende Zweifel an der Brauchbarkeit der Legende, die er dem Doc gleich auftischen sollte. Er klappte das Buch wieder zu, schloß die Augen und trainierte seinen Text.

Dann ging es ganz schnell. Einer der Türken brauchte nur ein Rezept, der zweite und die SPIEGEL-Frau mußten zur Bestrahlung, Herr Bulut mußte zunächst zum Röntgen, und schon war auch die Geliftete verschwunden, als hätte sie der Wind aus dem Fenster geweht.

»Herr Mager?«

Die Maus mit der fehlenden Zahnspange sah ihn an.

»Bitte in den Behandlungsraum zwei...«

Mager sprang auf, verstaute das Buch und trabte dorthin, wohin der Zeigefinger des Mädchens wies.

»Sie kommen wegen einer Routine-Untersuchung?«

Die Sprechstundenhilfe entpuppte sich als eine dunkelhaarige Schönheit um die dreißig, und die Linienführung ihres weißen Kittels erinnerte Mager blitzartig an die blonde Jutta, die ihn aus unerfindlichen Gründen mitten in der Nacht verlassen haben mußte.

Dann fiel ihm ein, daß er der Dunkelhaarigen noch eine Antwort schuldig war: »Ja, mein zukünftiger Arbeitgeber will...«

»Dann machen Sie mal Ihren Oberkörper frei und setzen sich auf den Stuhl. Der Herr Doktor kommt sofort.«

Sie schloß die Tür hinter sich.

Mager sah sich um. Die üblichen Vitrinenschränke, diverse medizinische Geräte, ein Trimm-Dich-Fahrrad, ein Schreibtisch mit viel Papier, aber ohne Terminal und Rezeptdrucker – die Vertreter mit den entsprechenden Computerprogrammen waren doch nicht allmächtig.

Er zog die Windjacke und das T-Shirt aus, setzte sich. Eine vage Erinnerung an seinen letzten Arztbesuch flackerte auf. Vor einem Jahr hatte er allen Ernstes mit dem Gedanken gespielt, sich sterilisieren zu lassen. Aber dieser Plan war bereits bei den Vorverhandlungen gescheitert...

»Herr Mager!«

Pelster kam herein, ein Lächeln auf den Lippen und Magers Karteikarte in der Hand: Ende fünfzig, aber dynamisch, Stirnglatze, aber braungebrannt, Rolex am Arm, aber mit dem Ruhrpottslang nicht unvertraut: »Was gippt es denn, junger Mann?«

»Die Sache ist die«, begann Mager und bemühte sich, möglichst umständlich zu formulieren. »Ich kann hier in der Chemiebude anfangen. Die wollen aber wissen, ob meine... Na, ja... Ob meine Innereien auch okay sind. Wegen der Belastbarkeit und den Giften da...«

»Keine schöne Arbeit!« sagte Pelster mitfühlend.

»Aber gut bezahlt«, widersprach Mager und spürte überrascht, daß sich bei diesem Rückfall in die vertraute Haltung zum Leben seine Nervosität deutlich verringerte. Das Match begann ihm Spaß zu machen.

»Ich brauche das Geld. Ich komme aus dem Osten und fange bei Null an. Da kann man nicht wählerisch sein.«

»Wo kommen Sie denn her?«

»Salzwedel!«

»Wo ist das denn?«

Mager erklärte es ihm, doch der Doc zog die Schultern hoch: »Nie gehört. Der Osten bestand für mich immer nur aus drei Namen: Pankow, Moskau und Workuta.«

Begeistert über dieses Bonmot zeigte er sein tadellos erneuertes Gebiß, während Mager sich dieses entschuldigende Lächeln abrang, das man in diesen Breiten von den Ossis erwartete.

»Dann wollen wir mal«, rief Pelster endlich, stand auf und näherte sich seinem neuen Patienten. Mager stemmte sich hoch und stand stramm, mit hochgerecktem Kinn.

»Was ist das denn?« fragte Pelster und runzelte die Stirn, während seine Fingerspitzen Magers Hals und Schulterbeuge betasteten. »Neigen Sie zu blauen Flecken?«

Im Hintergrund ertönte ein Kichern. Mager wandte den Kopf und blickte der Schwarzhaarigen mitten ins Gesicht. Der Spott in ihren Augen ließ ihn erröten.

Eine viertel Stunde später hatte Mager das Schlimmste überstanden. Stolz preßte er den antiseptischen Wattebausch auf das Loch in der Vene und sah zu, wie die Schwarze die Blutprobe beschriftete. Zum erstenmal seit zwei Jahrzehnten war er bei dieser Aktion nicht umgekippt.

»Wenn das nicht klappt mit dem Job«, sagte Mager, während die Frau die Watte durch ein kleines Pflaster ersetzte. Die Berührung tat ihm ungeheuer gut. »Kann man nicht auch durch Blutspenden etwas verdienen?«

Der Doktor sah gar nicht erst auf: »Da müssen Sie sich ans Rote Kreuz wenden. Lassen Sie sich an der Rezeption die Adresse geben. Ich kann Ihnen auf jeden Fall einen Ausweis mit Ihrer Blutgruppe ausstellen.«

»Das wäre nett!«

Mager wartete, bis der Arzt seine Notizen beendet hatte.

»Wann kann ich das Ergebnis kriegen?«

Pelster sah kurz auf: »Viel Arbeit im Moment. Lassen Sie sich Ende der nächsten Woche einen Termin geben...«

»O je«, seufzte Mager und stellte sein Mienenspiel auf Enttäuschung um. »Ich muß mich Mittwoch morgen vorstellen...«

Pelster legte die Stirn in Falten, ohne daß die braune Farbe abblätterte. Vielleicht hatte er sie sich ja doch auf der Sonnenbank im Erdgeschoß geholt.

»Das wird knapp. Aber warten Sie mal!«

Er sah zu dem farbenfrohen Steckkalender hinüber und schien im Geist die Tage nachzuzählen.

»Übermorgen. Kommen Sie am späten Vormittag!«

Gut gelaunt hüpfte Mager die Treppen hinab, zog sich die Kapuze über den Kopf und trabte durch die Moltkestraße in Richtung Fußgängerzone. Der erste Kontakt war aufgenommen, jetzt hieß es, die Unternehmung Schritt für Schritt voranzutreiben.

Er bog in die Heggerstraße ein, steuerte die Trinkhalle gegenüber der Einmündung Oststraße an und bestellte zwei Päckchen von seiner Lieblingssorte. Durch das schmale Schalterfenster spähte er in das Innere der Bude. Vor einem kleinen Tresen lehnten zwei Monteure einer bekannten Hattinger Installationsfirma und gossen sich ihr zweites Frühstück 'rein. Als sich einer von ihnen genüßlich den Schaum aus den Mundwinkeln wischte, überkam Mager das dringende Bedürfnis, etwas für seine Nieren zu tun.

»Ich komm 'rein!« versprach er dem Mann an der Kasse und stieß die Tür neben dem Schalterfenster auf.

30.

Dieser Dienstag zählte zu den Tagen, an denen Saale seinen Wechsel von der Elbe an die Emscher besonders heftig bereute. Nach einer unruhigen Nacht mit bösen Träumen bescherte der Tag einen sozialpolitischen Katastrophenfilm – und er, Saale, saß dabei in der ersten Reihe.

Noch vor dem Frühstück rief ein arbeitsloser Bäcker aus Borken an. Er hätte sich schon gestern die Finger wund gewählt. Für 60.000 DM könne man ihn überreden, sich von seiner Niere zu verabschieden. Voll des Lobes über soviel Edelmut notierte Saale die Adresse.

Um zehn nach neun informierte ein Stabsunteroffizier aus

Essen-Kupferdreh Herrn Saalfeld über seine Blutgruppe (Null positiv), alle Impfungen seit 1967 und die beeindruckende Tatsache, daß es in seiner Familie nie Krebs und Alkoholismus gegeben habe. Er hatte seinen Kulturbeutel schon gepackt und fühlte sich OP-fertig. Seine Niere kostete soviel wie seine Spielschulden im Uffz-Kasino: 55.000 Mark.

Noch vor dem nächsten Werbeblock im Lokalradio stellte sich Bronislaw Jedamski aus Zabrze (»Früher hieß das Hindenburg«) vor. Sein Niere kostete nur 45.000 – vorausgesetzt, sie würde nicht »irgendwelchen Ausländern« eingepflanzt...

Fluchend legte Saale den Hörer auf und verzog sich ins Büro, wo Karin Jacobmayer zum zweiten Frühstück bat. Das tragbare Kommunikationsgerät parkte zwischen Marmeladenglas und Kaffeekanne, während er sein Mohnbrötchen bestrich. Als der erste Bissen zwischen Rachen und Kehlkopf angelangt war, meldete sich aus Erfurt die erste Frau. Sie hatte in der »Thüringischen Landeszeitung« von der humanitären Aktion des Herrn Saalfeld gelesen und offerierte die bislang besten Konditionen: 38.000 – als Verhandlungsbasis.

Doch schon sieben Minuten später wurde die Spenderin aus der Blumenstadt Erfurt von einem Rentner aus der Goethestadt Weimar ausgekontert: »Fünfunddreißig Mille. Und wenn ich sterbe, können Sie auch meine Augen verkaufen...«

Dann war wieder der Westen an der Reihe, genauer gesagt: Bochum-Stahlhausen. Der Anrufer hatte einige Probleme mit dem Gewicht seiner Zunge, schaffte es aber im dritten Anlauf: »Also Ollen, für dreißigtausend kannse mein Ding hahm...«

»Scheiße, Scheiße!« schrie Saale, kippte den kaltgewordenen Kaffee weg und goß sich neuen ein. Da stand Susanne in der Tür: »Holger, das Video für die Flüssigseife. Hau 'rein, du mußt am Mittag fertig sein...«

Das war gar nicht so einfach. Zwar herrschte eine gute halbe Stunde lang trügerische Ruhe, aber dann kamen drei neue Angebote, und die Nierenkurse stiegen wieder an. Den Gipfel der Raffgier präsentierte ein Schwabe, der offenbar mit den Zinsen für sein Häusle in Verzug geraten war: Er war erst für achtzigtausend bereit, sich unter das Skalpell zu legen.

Um elf war die coole Rote von »stern-TV« in der Leitung: Sie bot zwar keine Niere, dafür aber einen Fernsehauftritt an. Saale zählte sich seit langem zu den glühendsten Verehrern der bekannten Kollegin, aber so leid es ihm auch tat – er mußte sie belügen: »Sie haben sich verwählt!«

Ratlos starrte er auf seine Textentwürfe für den Werbespot: »Wenn Sie Ihre Hände in Unschuld waschen wollen – Flip-Flap, die ultraneue Flüssigseife...«

»Schmeiß es weg«, sagte Karin, die ihm über die Schulter sah. Ihr neues Parfüm war schwül und schwer und sollte wohl orientalisch sein – nach dem Krankenbesuch bei Hamid hatte sie ihre Hausmarke gewechselt.

Saale zerknüllte das Blatt und beschriftete den nächsten Zettel: »Wenn Sie Ihrem Körper etwas Gutes antun wollen...«

»Kannibale, verfluchter!« schimpfte die nächste Anruferin am Anfang ihrer Kanonade. Dem Sound nach war sie Hamburgerin, aber Saale wäre nie auf die Idee gekommen, sie als Hanseatin zu bezeichnen.

Auf sein Mittagessen verzichtete er und gab statt dessen seiner Mutter zu verstehen, daß sein nächster Trip in die Heimat wegen unaufschiebbarer Arbeiten schwer gefährdet sei. Ihre wichtigste Frage kam, als er schon auflegen wollte: »Sag mal – dieser Saalfeld in der Zeitung. Bist du das etwa?«

»Nein, Mama!«

Er hatte gerade aufgelegt, als ein Mensch aus Kamen in der Leitung war. Er wollte sich unbedingt und sofort »wegen des Geschäftsabschlusses« mit Herrn Saalfeld treffen und war sogar bereit, unverzüglich nach Dortmund zu kommen.

»Nein!« schrie Saale, aber der andere legte auf. Erst danach schnallte Saale, daß es der erste Anrufer gewesen war, der keinen Namen hatte.

Da Mager sich als einer der Hauptakteure nicht selbst filmen konnte, sollte ihn für diesen Fall Peter Sebus, ein alter Bekannter, an der Kamera vertreten. Der schlanke Mann mit dem lichten Haar erschien als erster zur Nachmittagsrunde und wollte gleich Magers Schreibtischsessel okkupieren. Doch nach einem Blick durchs Fenster scheuchte Susanne Ledig ihn wieder hoch: »Wir haben ein Regenloch. Pack deine Kamera!«

»Wie bitte?«

Susanne schob ihm einen Zettel zu: »Du mußt in den Tierpark. SAT 1 will ein paar Bilder von dem Giraffenbaby...«

»Und die Sitzung?«

»Wir sagen dir, was dabei herausgekommen ist.«

Schmollend schob er ab. Kaum war er weg, trudelte Mager ein, leichtfüßig, strahlend, mit den Fingern schnippend: »Love ist in the air...«

Die PEGASUS-Frauen sahen ihn an, als hätte er etwas Unzüchtiges gesagt. Und als Susanne aus Versehen in die Deo-Wolke geriet, die ihren Vize umnebelte, ging ihr die Luft aus.

»Also, Holger ist dran...«

Saales Bericht von seiner Verhaftung wurde mit allgemeiner Heiterkeit aufgenommen. Bei der Schilderung seiner Telefonate verging dem Team das Lachen: Er besaß jetzt eine Liste mit 24 Namen, Adressen und Telefonnummern von Leuten, die sofort ins Transplantationsgeschäft einsteigen wollten.

»Und bei einer jungen Frau aus Essen hatte ich den Eindruck, daß sie schon mal Kontakt zu Organhändlern hatte«, meinte Saale. »Sie erwähnte sogar, daß sie sich für einige Tage freimachen könnte, um ins Ausland zu fahren.«

»Fahr hin und quetsch sie aus«, schlug Mager vor. »Frauen, die sich freimachen können...«

Er schrie auf und rieb sich das Schienbein. Die Rote wäre mit Sicherheit ein guter Libero geworden.

»Und wie ist es bei dir gelaufen?« fragte Saale, als Mager wieder sprechen konnte.

»Glänzend«, übertrieb Mager, eine Hand noch immer an der schmerzenden Stelle. »Der Doc hat die Story voll gefressen. Wenn ich die Ergebnisse kriege, starte ich zum entscheidenden Angriff. Und nächste Woche bin ich um 50.000 Mark reicher...«

»O Gott«, stöhnte Karin Jacobmayer.

»Du darfst Klaus-Ulrich zu mir sagen«, beschied Mager die Rothaarige und stand tänzelnd auf, um sich noch einen Kaffee zu holen. Im Vorübergehen warf er den riesigen Gettoblaster an, den er in einem seiner Ablageregale untergebracht hatte. WDR I schickte ihnen Marius Müller-Westernhagen ins Haus: »Sexy!«

»Mach aus!«

Mager drehte sich erschrocken um. Susannes Stimme war scharf wie ein Rasiermesser.

»Mach es aus!« wiederholte sie. »Und hör auf zu spinnen! Wir haben mal wieder alle Grundregeln des Journalismus verletzt und uns in eins dieser beschissenen Abenteuer gestürzt, die uns nur ruinieren…«

Mager verdrehte die Augen und sandte ein stilles Stoßgebet gen Himmel.

»Und wißt ihr, was wir versäumt haben?« stieß Susanne nach.

»Die Recherche!« murmelten Saale und Mager einträchtig und sahen sich bedeutungsvoll an.

»Genau!«

»Quatsch«, widersprach Mager. »Soll ich dir einen Vortrag über die neuesten OP-Techniken halten?«

»Darum geht es nicht. Dein Dr. Bein hat doch gesagt, daß man für Transplantationen moderne Kliniken braucht, in denen ein Operationstisch Millionen kostet. Dein Kassenarzt aus Hattingen ist einfach zu klein für solch eine Geschichte!«

»Und Hamid hat seine Niere beim Pokern verloren«, giftete Mager.

Saale nickte: »Und die Bullen jagen Organhändler, obwohl es kein Organgeschäft gibt!«

Das blasse Gesicht der PEGASUS-Chefin überzog sich mit roten Flecken: »Das will ich damit nicht gesagt haben! Aber wir müssen uns sachkundig machen!«

»Klasse!« murmelte Saale. »Ich melde mich zum Studium an. Dauert höchstens 22 Semester.«

Mager schlug mit der Faust auf den Tisch: »Unsere Spur ist heiß, das spüre ich. Noch nie waren wir so dicht an einer Sensation.«

Er schenkte Susanne Ledig einen gönnerhaften Blick.

»Es spricht nichts dagegen, wenn du dich in irgendwelchen Unikliniken herumtreibst und Professoren ausquetscht…«

»Tu ich auch!« beharrte sie.

»Gerne. Aber wir sollten unser Ding jetzt durchziehen!«

»Das ist Provinzjournalismus, der uns teuer zu stehen kommt. Die Arbeit bleibt liegen, weil die Herren Redakteure Detektiv spielen wollen!«

»Abstimmen!« forderte Saale.

Sechs Augen richteten sich auf Karin Jacobmayer, die dem Wortwechsel schweigend gelauscht hatte. Schon mehrfach hatte ihr Abstimmungsverhalten Mager ein paar Haare grau gefärbt, und auch Saale war nicht sicher, ob seine Forderung klug gewesen war.

»Ich bin dafür!« sagte die Rote.

»Wofür?«

»Dafür, daß Holger und Klaus weitermachen…«

»Wunderbar!« jubelte Saale, und Magers Augen schimmerten: »Braves Mädchen!«

Die Rothaarige schüttelte den Kopf: »Laßt mich ausreden. Ich bin dafür – unter einer einzigen Bedingung!«

»Und die wäre?« fragte Mager.

Karin Jacobmayer sah ihn ernst an: »Wenn für deine Sicherheit gesorgt wird!«

»Wie meinst du das?« fragte Saale.

»Es könnte doch gut sein, daß er ebenfalls auf offener Straße gekidnappt wird!«

Susanne grübelte, während ihre Schneidezähne eine Kerbe in die Unterlippe wetzten. Saale starrte auf den Kameramann, als sähe er ihn in dieser Minute das letzte Mal. Und Mager dämmerte es langsam, daß auch er sterblich war.

»Ist doch gut möglich!« fuhr die Cutterin fort. »Seit heute sind deine Daten abrufbar. Du hast uns außerdem vorhin erzählt, daß du deine Bereitschaft, dich ausweiden zu lassen, unverschlüsselt verkündet hast…«

Warum reiße ich auch immer das Maul so weit auf, dachte Mager, faßte sich aber schnell: »Sie brauchen mich doch nicht abzugreifen, wenn Sie wissen, daß ich zu allen Schandtaten bereit bin!«

»Vielleicht bist du ihnen als Verhandlungspartner zu teuer. Hamids Niere hat nur 1000 DM gekostet.«

»Aber bei Hamid konnten sie davon ausgehen, daß er nicht zur Polizei geht. Ich bin immerhin Deutscher…«

Saale prustete los: »Daß ich das mal aus deinem Mund hören darf!«

Mit einer knappen Handbewegung stoppte die Chefin den allgemeinen Heiterkeitsausbruch: »Karin hat recht. Ab jetzt wird Klaus nach Hattingen gebracht und abgeholt. Und du gehst nicht mehr allein auf die Straße…«

»Idiotenkram. Dann kann ich abends nicht mal ein Bier trinken gehen«, wehrte sich Mager.

»Doch!« sagte Susanne. »Mit mir oder mit Holger!«

Genervt starrte Mager aus dem Fenster und grummelte etwas Unverständliches. Susanne legte ihm die Hand auf den Arm: »Heute abend machen wir beide einen Altstadtbummel. Oder hast du etwas anderes vor?«

Mager hatte. Aber Susanne wäre die letzte gewesen, der er das auf die Nase gebunden hätte...

31.

»Kripo Parchim, Kommissar Ulbricht.«

»Wie bitte?« schrie Lohkamp und packte den Hörer fester. Ein Blick auf den Kalender bestätigte, daß der 1. April längst vorüber war. Doch sein Gesprächspartner war Kummer gewohnt.

»Parchim liegt zwischen Hamburg und Berlin«, erklärte er geduldig. »Mitte Luftlinie, dann 40 Kilometer nach Nordost. Und mit dem anderen bin ich weder verwandt und verschwägert.«

Sein Tonfall ließ offen, ob er diesen Umstand bedauerte.

»Wir haben eine Anfrage von Ihnen, Plau am See betreffend...«

»Kapiere«, sagte Lohkamp. Beim Stichwort »Plau« spürte er wieder festen Boden unter den Füßen. Und fügte, um seinen Patzer wiedergutzumachen, hinzu: »Schön, daß Sie sich gleich darum kümmern konnten...«

»Warten Sie's ab, Herr Lohkamp«, wehrte sich Kollege Ulbricht gegen die Vorschußlorbeeren und erklärte, daß die Kripo bis jetzt zehn Personen mit dem Namenskürzel »G. F.« ausgemacht hätte. »Bei uns dauert so etwas ein bißchen. Wir müssen noch per Hand sortieren. Aber bevor ich mit dem Foto Hausbesuche mache und dumme Fragen stelle, hätte ich gerne noch ein paar Hintergrundinformationen über den Fall.«

Einen Moment lang überlegte Lohkamp, ob der Anruf echt war. Ein Gegencheck wäre nicht dumm. Der Mann wußte zwar von dem Foto, aber das könnte sich der Täter zur Not selbst zusammenreimen.

»Oder geben Sie mir den Oberkommissar Hänsel, der das Schreiben unterzeichnet hat«, sagte der andere, das lange Schweigen in der Leitung fehldeutend. Oder baute er, um Lohkamp eine zweite Blamage zu ersparen, in aller Höflichkeit eine Eselsbrücke?

»Nein, ist schon in Ordnung…«

Der Hauptkommissar erzählte dem Kollegen, was er wissen mußte, und suchte gleichzeitig in der Ermittlungsakte nach der Vorlage für das Fax; Hänsel hatte wie immer präzise, aber äußerst knapp formuliert.

»Sie können sich also«, schloß Lohkamp, »im ersten Versuch auf Personen zwischen, sagen wir, achtzehn und fünfundsechzig Jahren beschränken. Und wenn dabei Sozialhilfeempfänger sind, würde ich die auch zuletzt nehmen…«

»Und Sie haben keine Ahnung, um was es gehen könnte?«

»Keine«, bestätigte Lohkamp und schloß mit einer Gegenfrage: »Ich weiß nicht, ob ich Sie richtig verstanden habe: Ziehen Sie allein los?«

Der andere lachte bitter: »Ganz alleine nicht. Aber wir sind kolossal unterbesetzt. Ich habe gerade unsere Statistik für '91 hereinbekommen. Mecklenburg-Vorpommern hatte im letzten Jahr mit 30,1 % die niedrigste Aufklärungsquote in ganz Deutschland. Aber ich werde mich um diese Sache kümmern.«

Nach dem Gespräch saß Lohkamp eine Zeitlang still am Schreibtisch und starrte in den trüben Nachmittag hinaus. Der Regen hatte aufgehört, aber es war noch immer schwül und drückend. Und genau so düster wie das Wetter beurteilte er zur Zeit die Aussichten, diesen Fall zu lösen.

Kurz vor Feierabend kehrte die Langer zurück, abgekämpft, aber triumphierend. Doch sie hatte ihren schnellen Sieg an einer anderen Front errungen.

»Eine Zivilstreife hat die Junkies erwischt, wie sie an einem neuen Baumarkt Feuer legten. Auftragsarbeit für 5.000 Mark: Der Platzhirsch wollte seine Konkurrenz loswerden. Bei der ersten Vernehmung hat er noch geleugnet, aber auf dem Benzinkanister, den die Burschen hatten, waren seine Prints.«

»Gut«, sagte Lohkamp und schniefte: »In diesem Fall ist Blödheit doch strafbar…«

»Was ist mit den Konten?«

»Ist dem Richter zu vage. Kein hinreichender Tatverdacht.«

»Und die Rechtsradikalen in Martens' Überwachungsfirma?«

Der Chef schob ihr die Liste herüber, die Hänsel erst auf dem Umweg über die jeweiligen Präsidenten vom 14. Kommissariat in Bochum bekommen hatte: Die Politische Polizei war nicht den Chefs der Kripo unterstellt, sondern ganz oben angebunden – eine Sonderrolle, die auch in Recklinghausen immer wieder zu Reibereien führte.

»Dünn«, sagte sie. »Einer von den REPs, ein NPD-Mann...«

»Es kommt aber besser«, sagte Hänsel. Er hatte einen sechsten Sinn dafür, wann er gebraucht wurde.

»Der hier«, er zeigte auf den vorletzten Namen, »ist zweimal vorbestraft. Schwere Körperverletzung und Störung der öffentlichen Ordnung. Wenn man herausbekommt, daß dieser Martens ihn bewaffnet auf Streife schickt, könnten wir ihm was anhängen...«

Ein Gangster-Syndikat? Ein Verein von Neonazis? Und Nordhues mittendrin?

Alles sprach dagegen – aber in diesem Fall führten schon zuviele Spuren nach Bochum. Und mit einem flauen Gefühl im Magen erinnerte sich Lohkamp an seine Zeit beim BKA: Da waren sie mehr als einmal viel zu träge gewesen, wenn es um solche Leute ging...

»Schaffen wir das – rund um die Uhr?«

Hänsel schwieg. Die MK IV war nicht gerade klein, und wenn das nicht reichte, konnten sie in dringenden Fällen Leute aus anderen Kommissariaten bekommen. Aber Lohkamp hatte offenbar vor, die Sache mit eigenen Kräften durchzuziehen.

»Wenn wir die sechs Leute einspannen, die uns der Präsident schon gegeben hat«, meinte er zögernd, »könnte es diese Woche klappen.«

»In Ordnung«, sagte Lohkamp, »aber nur observieren. Martens selbst – und den Vorbestraften.«

»Informieren wir die Bochumer?« fragte Hänsel. Doch ein Blick in Lohkamps Augen sagte ihm genug.

Eine Stunde später trudelten die Klinkenputzer aus Suderwich ein, erschöpft, ausgehungert und weit davon entfernt, einen Sieg zu melden. Sie hatten an den beiden ersten Wochentagen fast die Hälfte der Anwohner erreicht, die sie befragen sollten, und der Rest war nur abends zu Hause. Ergebnisse gab es keine.

»Ich weiß, wie mühsam das ist«, sagte Lohkamp. »Aber es hilft nicht: Macht eine Pause und zieht wieder los…«

Die Kollegen meuterten nicht, aber Lohkamp sah ihre Gesichter: »In Ordnung. Morgen früh kommt ihr dafür erst um neun…«

Als sie in die Kantine gezogen waren, fiel Martina Langer der Taxiunternehmer Schöps wieder ein: »Was ist mit dem Knacki bei Nordhues' Onkel?«

»Zwei Jugendstrafen und drei Urteile nach Paragraph 243«, erklärte Hänsel. »Beim ersten Bruch drei Monate mit, beim zweiten sechs Monate ohne Bewährung. Beim letztenmal hat er gleich drei Jahre gekriegt. Seit einem halben Jahr jobbt er bei Schöps und ist bis jetzt sauber. Sagt das Zweite…«

»Und Schöps selbst? Der hätte doch ideale Möglichkeiten, eine Leiche zu transportieren…«

»Schon«, sagte Lohkamp. »Aber um den eigenen Neffen gezielt umzubringen und zu beseitigen…«

Der Kommissarin fiel auch nicht ein, wo sie ein Motiv suchen sollte. Seufzend stand sie auf und sah Lohkamp an.

»In Ordnung«, sagte er. »Ich gehe auch gleich…«

Gewissensbisse, weil einige Kollegen noch einmal auf die Piste mußten, verspürte er dabei keine. Sein eigenes Überstundenkonto war hoch genug, um sich nicht hinter anderen verstecken zu müssen.

Um fünf bat ihn Weißhaar Siedhoff zu einem Gespräch. Lohkamp hatte nichts, was er ihm noch hätte verraten können. Aber er war nicht in der Position, solche Bitten abschlagen zu können.

»Schön, daß Sie gleich gekommen sind«, sagte Siedhoff und blickte zu der Thermoskanne auf seiner Schreibtischkante: »Wenn Sie einen Kaffee wollen – es müßte noch was drin sein…«

Lohkamp bediente sich. Er war nicht oft beim Alten gewesen, und zweimal am Tag noch nie. Die Presse mußte ihm gehörig auf die Nerven fallen, und es gab nicht wenige Karrieristen, die schon in den Startlöchern saßen, um als erste am Ziel zu sein: hinter Siedhoffs Schreibtisch.

Er stellte die Kanne zurück und paßte auf, daß er den Rahmen mit dem Foto nicht umstieß: Seit es den Trauerflor trug, packten es selbst die Putzfrauen nur noch an ihren guten Tagen an.

»Die Staatsanwaltschaft hat sich noch mal gemeldet«, verriet der Präsident, als Lohkamp fertig war. »Die Medien wollen mehr Fakten. Was halten Sie davon?«

»Eine Pressekonferenz?«

Siedhoff nickte leicht.

»Womit? Das einzige, was feststeht, ist die Identität. Die Unterlagen seines Zahnarztes und die Röntgenaufnahmen von einem Armbruch stimmen. Aber sonst? Die Obduktionsergebnisse liegen noch nicht fest, wir wissen noch nicht einmal, womit Nordhues sein Geld verdient hat, über den Tatort gibt es nur Spekulationen – was soll ich den Leuten erzählen?«

Siedhoff sah ihn aufmerksam an. Manchmal hatte Lohkamp das Gefühl, als verdanke der Alte seine Karriere zur Hälfte diesen sanften, blauen Augen, mit denen er seine Härte tarnte.

»Aber ist das nicht einer der Fälle, bei denen wir auf die Hilfe der Öffentlichkeit angewiesen sind? Diese Liste und das Foto?«

Lohkamp zuckte die Achseln: Das Foto war schon in der Zeitung gewesen, und ob ein Blatt die lange Liste abdrucken sollte? Wozu?

»Dann machen wir es so«, entschied Siedhoff und warf einen Blick auf seinen Terminkalender: »Morgen um elf.«

Lohkamp stand auf und kam sich ungeheuer verarscht vor: Der Termin hatte schon vorher festgestanden.

32.

Saale schaltete das Mischpult ab und starrte wie betäubt auf den leeren Monitor. Stundenlang hatte er nach dem genialen Slogan gesucht, der den Leuten einhämmern würde, daß mit Flip-Flap ein neues Zeitalter der Körperpflege angebrochen war. Jetzt fühlte er sich ausgelaugt wie ein Seifenrest, dem niemand mehr eine Schaumblase entlocken konnte.

Nicht, daß er etwas gegen Flüssigreiniger aus dem Spender hatte – im Gegenteil. Er verabscheute diese glitschigen, mit Haaren und Schmutzpartikeln beklebten Klumpen, an denen man das Leben der Vorbenutzer studieren konnte. Schließlich benutzte man ja auch nicht die Zahnbürste anderer Leute…

Seufzend riskierte er einen letzten Blick auf den Notizblock und erledigte das Problem mit dem Rotstift.

»Wenn Sie Ihre Hände und die Umwelt lieben: Flip-Flap. Die Hygiene-Oase.« Strich durch.

»Flip-Flap, das Frische-Paradies. Für Engel und Teufel.« Strich durch.

»Damit wäscht sich Rechts und Links. Flip-Flap, die hygienische Revolution.« Strich durch.

30.000 DM wollten die Flip-Flapper für den Zwanzig-Sekunden-Spot zahlen, der ab September bundesweit die Fernsehmassen begeistern sollte – die höchste Einschaltquote, die PEGASUS jemals gehabt haben würde. Strich durch?

Saale erinnerte sich an die alte Volksweisheit, daß am nächsten Morgen ein neuer Tag beginne, und erhob sich. Außerdem: Die Wirkung der Werbesprüche wurde sowieso völlig überschätzt. Im Fernsehen hing alles von den Bildern ab. Wenn sie genügend nackte Haut boten, konnte man den Leuten *alles* erzählen. Sie hörten dann gar nicht mehr zu. Und nackte Haut wäre das letzte gewesen, woran Art Director Mager bei diesem Opus gespart hätte…

Saale räumte die Kaffeetassen vom Mischpult und schloß die Tür zum Schneideraum. Der kleine Zeiger des IKEA-Chronometers im Korridor spießte bereits die neun auf. Saale war nach Glotze. Abhängen und einen Kreuzzug durch die Kabelnetze starten. Außerdem lagerten noch zwei James-Bond-Filme auf seiner Videohalde – für den Notfall. Das tragbare Telefon in der Hand, verließ er die PEGASUS-Räume und stiefelte die Treppen zu seiner Dachkammer hoch.

Der Apparat begann zu piepsen, als er gerade Susannes Tür in der ersten Etage erreicht hatte. Saale ignorierte das Signal und setzte seinen Weg nach oben fort. Für diesen Tag war sein Bedarf an Nierenspendern gedeckt.

Doch der Anrufer hatte Geduld. Es klingelte noch, als Saale in seinem neuen Ledersofa Platz nahm und die Hand nach der Fernbedienung ausstreckte. Acht, neun, zehn…

So hartnäckig war sonst nur seine Mutter. Und sein Erzeuger war zur Zeit gar nicht gut drauf. Seufzend nahm er ab.

»Herr Saalfeld?« fragte eine heisere Stimme. Sie gehörte dem Menschen aus Kamen, der ihn schon am Nachmittag genervt hatte. Einen Namen hatte er noch immer nicht.

»Ich muß Sie unbedingt treffen. Dringend«, flüsterte der Anrufer. Es klang, als hätte er seine Niere schon ausgepackt.

»Hören Sie!« Saale schaltete seine Stimmbänder auf höflich. »Das geht nicht so schnell, wie Sie denken. Ich habe mehrere Angebote…«

»Es eilt wirklich!« versicherte der Heisere. »Außerdem bin ich schon in Dortmund. Ich würde gerne mal bei Ihnen vorbeikommen…«

Saale fuhr auf: »Das geht heute nicht!«

»Es dauert keine viertel Stunde. Ich könnte in fünf Minuten bei Ihnen sein!«

Saale fegte es die Füße vom Tisch: »Wie bitte? Woher kennen Sie denn meine Adresse?«

»Die hat man mir bei der Zeitung gegeben!« verriet die Stimme.

Harms, du Affenarsch, dachte Saale und hangelte nach dem Anrufbeantworter. Wo war die Mitschneidetaste?

»Also? Was ist?« drängte das Flüstern.

»Nicht hier! Wir können uns in einer Kneipe treffen. In zwanzig Minuten. Kennen Sie das Wiewaldi?«

»Nein! Wo ist das?«

»Groß-Barop«, sagte Saale und beschrieb ihm den Weg durch das Felsenmeer der Dortmunder Universitätslandschaft. »Ich werde den SPIEGEL auf den Tisch legen. Damit Sie mich erkennen!«

»Nicht nötig«, beschied ihn Mister X. »Ich habe doch Ihr Bild. Das aus der Zeitung…«

Fassungslos legte Saale auf. Daß Harms ihn nicht bei der Kripo herausgehauen hatte – okay, er wollte seinen Sessel im »Forsthaus« nicht gegen einen Hocker in einer Frittenbude tauschen. Aber daß er jedem Idioten seine Adresse gab? So bescheuert konnte auch Hauke Harms nicht sein…

Irgend etwas war faul an der Sache. Aber was?

Er suchte Harms' Dienstnummer heraus. Um diese Zeit saß

Hauke sicher in der Redaktion und färbte die Titelseite der Mittwochsausgabe rot.

Saale wählte Kettwig an, kam aber nicht über das Vorzimmer hinaus: »Herr Harms ist in einer Besprechung...«

Saale legte auf und hämmerte Magers Hattinger Nummer in die Tasten. Niemand nahm ab.

Was tun? Die Rote anrufen? Aber die kauerte bestimmt auf Hamids Krankenbett und machte auf Völkerfreundschaft. Demnächst würden sie den Laden in »Karin Hilf« umtaufen...

Saale sprang auf, riß im Vorbeiflug die Lederjacke vom Haken und ließ die Tür ins Schloß knallen. Er mußte die Sache eben allein durchziehen...

Der Schnurrbart!

Saale stoppte ab, keuchte zurück, zerrte den Schlüsselbund aus der Hosentasche, suchte das passende Gerät, fluchte. Wie immer, wenn es schnell gehen sollte...

Badezimmer, Licht an, die Ablage. Auf dem grünen Porzellan ähnelte das gute Stück einem tropischen Insekt, das auf seine nächste Beute lauerte. Komm schon her!

Ausgerechnet jetzt fiel ihm seine Oma ein. Als er zum erstenmal mit einem Schnurrbart bei ihr aufgekreuzt war – einem echten –, hatte sie laut losgeprustet: »Was willst du denn schon mit einem Oberschenkelkratzer?« Damals hatte er noch zehn Sekunden gebraucht, um zu kapieren, und war entsetzt...

Er trug den Kleber auf, zählte bis drei und verwandelte sich in Charlie Chaplin. Dann kerbte er sich mit der Drahtbürste einen Seitenscheitel aufs Dach und suchte das Gel. Als seine bebenden Finger die Tube berührten, flog sie davon. Ein klatschendes Geräusch verriet, wo sie gelandet war.

Schweißausbruch. Dann flog er die Treppen hinab und holte das kleine Diktiergerät aus dem Büro. Es paßte in die Innentasche, als ob es dafür gebaut worden wäre. Und jetzt los, Alter, du mußt als erster am Schauplatz sein...

Wie bei vielen alten Zechenhäusern lag auch die Tür zum PEGASUS-Hauptquartier auf der Hofseite. Zehn Schritte weiter, am Bahndamm, stand Magers Hinterhaus. Ein Gemisch aus Heavy Metal und Türk-Folklore wummerte und wimmerte Saale entgegen: Oben saß Kalle an den Hausaufgaben, unten ließ Mechthild den Bauchnabel kreisen. Ein Hauch von Neid wehte ihn an, aber er hätte nicht sagen können, worauf.

Der letzte Check, bevor die Tür ins Schloß knallt: Geld, Schlüssel, Hose zu? Alles okay. Das Wetter?

Saale blickte zum Ruhrgebietshimmel hoch. Die Wolken waren dichter geworden und hatten die Farbe gewechselt: von fahlgrau auf schwarz. Die Luft roch nach Gewitter, und die Dämmerung kam ungewöhnlich früh.

Mist, dachte Saale, verschloß die Tür und wandte sich nach rechts. Ein schmaler Tunnel führte zwischen dem Nachbarhaus und dem PEGASUS-Domizil nach vorn, zur Steinhammer Straße, wo Saales Kadett parkte. Als er in die Firma eintrat, waren die guten Plätze auf dem Hof schon vergeben...

Mitten in der Schlucht zwischen den beiden Häusern stieß Saale auf ein Hindernis: Ein paar Zentimeter kleiner als er, massig, schwitzend, mit einem weißblonden Teppich auf dem quadratischen Schädel...

»Herr Saale?«

»Ja«, sagte der PEGASUS-Mann.

»Wir sind verabredet!«

»Aber doch nicht hier!« protestierte Saale. Am Telefon hatte die Stimme anders geklungen. Und dann fiel ihm auf, daß der Mann ihn mit seinem richtigen Namen angesprochen hatte.

»Die Veranstaltung findet woanders statt. Kommen Sie!«

Die Angst schwappte in Saale hoch.

»Nix da«, rief er. »Die Unterredung ist be...«

»Wird's bald!« sagte eine andere Stimme. Sie kam von hinten, war leise und eindringlich, aber beinahe sanft. Eigentlich viel zu sanft, um Saale zu erschrecken. Was seinen Puls beschleunigte, war etwas anderes: Der harte Gegenstand, der sich in seine Nieren bohrte.

»Okay«, nickte Saale und tat, was er aus dem Kino kannte: Er hob die Hände.

»Flossen 'runter!« zischte es hinter ihm. Und dann bemerkte er einen Schatten vor seiner Stirn, vor den Augen, vor der Nase: eine Kapuze!

Panik sprang ihn an und würgte seinen Hals. Mein Gott, nur das nicht!

Eine kräftige Faust packte seinen rechten Oberarm, zog ihn mit sich. Er hörte, wie eine Wagentür geöffnet wurde, spürte den Benzingeruch…

»Kopf 'runter!«

Die Faust drückte ihn nach unten, dann bekam er einen Stoß in den Rücken, fiel vorwärts und landete mit dem Gesicht in den Polstern. Ein Fußtritt gegen seine Sohlen – und schon zog er die Beine ein. Türen klappten, ein Motor sprang an, die Schwerkraft drückte Saale gegen die Rückenlehne.

»Wo – bringen Sie – mich hin?« keuchte Saale und versuchte, sich aufzurichten.

»Schnauze halten!« fuhr ihn die Stimme des Quadratschädels an. »Und laß die Birne unten, sonst…«

Was sonst passierte, war klar. Der harte Gegenstand in seinem Rücken verriet es ihm.

33.

An diesem Dienstag lief nicht einmal der Abend nach Lohkamps Wünschen. Gaby zelebrierte im Wohnzimmer die wöchentliche Bügelstunde mit Inspektor Columbo, und dagegen kamen auch Lohkamp und Berti Vogts nicht an, der auf einem anderen Programm seine Truppe gegen Nordirland testete.

Früher hätte er aus der Not eine Tugend gemacht und mit der Tochter »Mensch ärgere dich nicht« oder Scrabble gespielt. Doch Nina hatte sich mit diesem Golf-Piloten auf ihre Hütte verzogen – und was die beiden dort testen konnten, stellte sich Lohkamp lieber nicht vor.

So saß er nun in der Küche und brütete – zum wievielten Mal schon? – über der Abkassierungsliste. Je länger er sich darüber den Kopf zerbrach, desto stärker wurde sein Groll auf den Toten. Nordhues, womit hast du dein Geld verdient?

Lohkamp stand auf und starrte in den Kühlschrank, als könnte er dort die Antwort finden. Mit einer Flasche Bier kehrte er zurück, holte sich ein Glas, goß ein. Meist schaffte er es, den Dienst zu vergessen, sobald er das Präsidium verlassen hatte und auf dem Heimweg war. Aber Rätsel wie dieses konnte man nicht an die Garderobe hängen wie eine Jacke.

Erpressung – aber womit? Mitgliedsbeitrag – bei welchem Verein? Kaufpreis – doch wofür?

Alles unwahrscheinlich. Aber solange sie keinen Anhaltspunkt besaßen, durften sie auch keine Möglichkeit ausklammern. Und obwohl er diese Vermutung durch nichts begründen konnte, war er fest davon überzeugt, daß diese ominöse Liste für den Fall mindestens so wichtig war wie die kriminaltechnischen Probleme.

Aber in beiden Bereichen traten sie auf der Stelle. Suchten in einem dunklen Raum, ohne zu wissen, ob da überhaupt etwas zu finden war. Vielleicht hatte Siedhoff ja recht mit seinem Vertrauen an die Öffentlichkeit. Selbst wenn kein Tip stimmte – manchmal stießen sie gerade bei der Widerlegung solcher Hinweise plötzlich auf die Lösung...

Lohkamp stand auf, um das Bier zu entsorgen, und öffnete die Tür zum Korridor. Aus Ninas Zimmer dröhnte ein wilder Sprechgesang herüber, in dem mehrfach das Wort »fuck« vorkam. Nächstes Jahr würde sie ihr Abi machen und wußte jetzt schon: Zur Polizei wollte sie auf keinen Fall. Die 21 Leichen, mit denen ihr Vater im Vorjahr zu tun gehabt hatte, reichten ihr.

Er öffnete die Tür zum Bad und tat, was getan werden mußte.

Lehrerin wollte Nina werden. Oder Kindergärtnerin. Dabei suchte die Polizei dringend guten Nachwuchs. Oder brauchten sie nur deshalb so viele Polizisten, weil es zu wenig Lehrer gab? Wer wußte das schon.

Fertig.

Erleichtert und deprimiert zugleich kehrte Lohkamp in die Küche zurück und öffnete eine neue Flasche Bier. Wenn er nicht aufpaßte, würde er über dem Fall Nordhues noch zum Säufer werden...

»Was ist mir dir? Horst?«

Lohkamp hob den Kopf und brauchte ein paar Sekunden, um in die Wirklichkeit zurückzufinden. Gaby saß neben ihm und kraulte ihm den Nacken.

»Komm, es ist spät.«

Lohkamp sträubte sich und deutete auf die Akten: »Ich muß noch…«

Sie gab es auf. Aber unter der Tür drehte sie sich noch einmal um: »Ehrlich: Beim nächstenmal heirate ich einen Finanzbeamten.«

34.

Angst, nichts als Angst.

Sie hatte ihn überfallen wie ein Schüttelfrost und machte ihn schlapp und wehrlos. Zugleich empfand er jede Unebenheit der Fahrbahn wie eine Sprungschanze, und seine Ohren verwandelten das sanfte Motorengeräusch in den Lärm eines Panzers.

Schlimmer noch als die Waffe im Rücken wirkte die Tatsache, daß er nichts mehr sehen konnte. Die Kurven kamen so unvermittelt, daß er wie leblos mal zur einen, mal zur anderen Seite schwankte. Kraftlos hing sein rechter Arm zum Fahrzeugboden hinab.

Reden, dachte er plötzlich, du mußt reden. Distanz abbauen, Beziehungen herstellen, Vertrauen schaffen – ihm fielen all die klugen Ratschläge ein, die er in einer Reportage über Vergewaltiger und ihre Opfer gehört hatte. Augenblicklich ging sein Puls etwas tiefer, aber er brauchte immer noch drei Anläufe, bis er endlich den ersten Satz hinauswürgte: »Wo-hin fahren wir?«

»Nicht weit«, tröstete ihn die heisere Stimme des Mannes mit dem Quadratschädel. »Wir suchen nur ein ruhiges Plätzchen.«

»Aber wir hätten doch…«

»Schnauze!« fuhr der andere dazwischen.

»Aber…«

Schmerzhaft bohrte sich der stumpfe Gegenstand tiefer in seine Rippen: »Halt endlich die Schnauze!«

Saale ließ den Kopf sinken und verstummte. Unvermittelt bremste der Wagen stark ab, und er mußte seine ganze Kraft aufbieten, um nicht in den Fußraum geschleudert zu werden. Waren sie etwa schon…?

Als das Fahrzeug wieder beschleunigte, atmete er erleichtert auf und lauschte auf die Geräusche jenseits der Türen. Eine Autobahn?

Die B1? Nicht mal das hatte er geschafft: Die Kurven mitzuzählen und zu versuchen, sich auch ohne seine Augen zu orientieren…

Die Kapuze! Wozu hatten sie ihm das Ding über den Kopf gezogen? Das konnte doch nur bedeuten, daß sie ihn wieder laufen lassen würden. Oder war er Profis in die Hände gefallen, die grundsätzlich kein Risiko eingingen?

Erneut attackierte ihn die Angst: Dortmund war ein heißes Pflaster. Rauschgiftzentrum des Ruhrgebiets, 54 Drogentote. Die Brückstraßenmafia. 41 Versuche von Mord und Totschlag im letzten Jahr, 15 davon erfolgreich – für die Täter. Seine Chancen standen schlecht.

Erneut zog der Fahrer die Karre in eine enge Kurve. Saale fing sich ab, und als sie wieder auf gerader Strecke waren, hatte sich seine Kapuze verschoben. Durch einen schmalen Spalt sah er das Licht der Straßenlaternen vorüberfliegen. Es war, als ob jemand unablässig einen Dimmer an- und ausdrehte.

Vorsichtig löste Saale seine Pfote vom Fußboden und versuchte, den schmalen Schlitz zu verbreitern. Vielleicht gelang es ihm…

Saale schrie auf. Der Schmerz in den Nieren fegte jeden klaren Gedanken weg – diesmal hatte sein Bewacher richtig zugeschlagen. Ohne Vorwarnung und ohne Kommentar. Saale ergab sich in sein Schicksal und hatte nur noch einen Wunsch: Mit trockener Hose zu sterben.

Die nächste Biegung. Aber diesmal wechselte nicht nur die Richtung, sondern auch der Untergrund: Der Weg wurde holprig, und der Widerschein des Laternenlichts blieb zurück. Sie waren irgendwo in der Prärie gelandet. An einem ruhigen Ort.

Panik erfaßte ihn. Sein Puls begann zu flattern, Hitze stieg in ihm hoch.

Der Wagen hielt. Der Fahrer schaltete den Motor aus. Ein paar Atemzüge lang war es still. Dann ein hartes, metallisches Klacken – als ob jemand den Schlitten einer Pistole bewegt und die Waffe durchgeladen hätte. Saale spannte seine Schließmuskeln.

»Birne 'runter!«

Roll on, roll off – auf der Beifahrerseite hatten sie ihn mit dem Kopf voran eingeladen, gegenüber ging es ebenso wieder ins Freie. Mit wankenden Knien stand Saale plötzlich auf weichem Grund und wußte nicht weiter.

»So, mein Freundchen!« sagte der Heisere so dicht neben Saale, daß der PEGASUS-Reporter zusammenzuckte. Dann tastete ihn eine harte Hand nach Waffen ab. Fand das Diktiergerät und zog es heraus. Ein Lachen, und dann ein unbekanntes Geräusch. Was immer sie mit dem Apparat gemacht hatten – Saale war sicher, daß es gegen die Garantiebestimmungen des Herstellers verstieß.

»Hör gut zu, was ich dir jetzt sage«, flüsterte der Heisere.

Saale nickte unwillkürlich.

»Wir wissen, wer du bist und was du bist. Und daß diese BILD-Geschichte getürkt war. Stimmt's?«

Saale nickte wieder. Im selben Augenblick fegte ihm ein heftiger Windstoß um den Leib, ein Lichtschein schoß durch den Kapuzenstoff, und es donnerte in seinen Ohren. Saale ging zu Boden – und erntete höhnisches, meckerndes Gelächter: »Auch das noch – Angst vorm Gewitter!«

Dann drückte ihm jemand einen Stiefel in den Nacken und das Gesicht in den Dreck: »Eins dürftest du kapiert haben: Du kannst dich nicht vor uns verstecken. Klar?«

»Plaa!« bestätigte Saale. Seine Nase steckte in einer weichen, stinkenden Masse, und er war jetzt für die Kapuze richtig dankbar.

»Wenn du weiterschnüffelst, endest du als Brückenpfeiler. Klar?«

Dieselbe Reaktion.

»Und drittens: Ein Wort über unseren Ausflug in der Zeitung, und du badest in Beton! Klar?«

»Plaa!« murmelte Saale und spürte, wie seine Schultern zuckten. Sie würden ihn am Leben lassen!

»Okay«, flüsterte die Stimme. »Leider fährt das Taxi nicht zurück. Aber das Wiedingsda liegt auf deinem Heimweg. Vielleicht schaffst du es noch vor dem Gewitter…«

Das kann doch noch nicht alles gewesen sein, dachte Saale. Er hätte viel dafür gegeben, nicht recht zu behalten. Doch er behielt recht.

Als sie mit ihm fertig waren, stellte Petrus die Dusche an. Der Wagen brummte davon, und Saale wollte nie wieder aufstehen. Aber dann wäre er in der Furche eines Rapsfeldes ertrunken.

35.

Der Mittwoch begann in Recklinghausen wie üblich mit der Großen Frühbesprechung im Sitzungssaal: Die wichtigsten Chefs von Kripo und Schutzpolizei informierten über aktuelle Probleme und stimmten ihr Vorgehen ab. Den Vorsitz führte der Präsident.

Wie die Leiter der anderen Kommissariate hatte sich auch Lohkamp im ersten Stock eingefunden. Obwohl er sich keiner Schuld bewußt war, fühlte er sich dennoch unwohl: Auch die Kollegen lasen Zeitung.

»Morgen, Horst!«

Der Leiter des IV. Kommissariats reichte ihm demonstrativ die Hand, und Lohkamp lächelte dem Castroper Kollegen dankbar zu. Die anderen aber sahen an ihm vorbei oder musterten ihn verstohlen, wenn sie glaubten, er bemerke es nicht. Er tat nichts, um ihren Irrtum zu korrigieren.

Als der Mann aus Gladbeck eintrat, wurde es merklich stiller. Lohkamp beugte sich über seine Unterlagen, um dem Blick des anderen nicht zu begegnen.

Siedhoff eröffnete pünktlich um halb acht mit der Verlesung der Tagesordnung. Die »Leichensache Suderwich« und die Pressekonferenz standen am Ende seiner Liste, und Lohkamp ließ die nächsten 25 Minuten einfach an sich vorüberrauschen: Der Kriminalrat, der die Gruppe der drei Recklinghäuser Kommissariate leitete, schrieb ohnehin genug mit…

Die verhaltene Spannung im Raum wurde nur ein einziges Mal von allgemeiner Heiterkeit durchbrochen: In der vergangenen Nacht hatte die Frau eines Kollegen aus dem II. Kommissariat die Schutzpolizei alarmiert, weil sie sich vom Dach des gegenüberliegenden Hauses aus beobachtet fühlte. Erst nach einer abenteuerlichen Kletterpartie hatten die Besatzungen von zwei Funkwagen den vermeintlichen Spanner festgenommen: Es war ihr Gatte, der Kripomann.

»Was wir mit dem Kollegen machen werden, müssen wir noch überlegen«, sagte Siedhoff. »Aber bitte: Wenn einer Ihrer Beamten Zweifel an der ehelichen Treue seiner Gattin hegt, soll er doch einen Privatdetektiv einschalten, anstatt sich selbst einen Observationsauftrag zu erteilen. Es wäre mehr als peinlich, wenn so etwas in der Zeitung stünde...«

Bei der Erwähnung der Presse wandten sich mehrere Köpfe schlagartig in Lohkamps Richtung. Beamte sind ein komisches Volk, dachte der Hauptkommissar und machte aus der Not eine Tugend: »War das mein Stichwort?«

Ein paar Lacher schlugen sich auf seine Seite, und Siedhoff hätte Souveränität bewiesen, wenn er einfach zugestimmt hätte. Doch der Präsident ließ Lohkamp noch fünf Minuten schmoren, bevor er ihn nach vorn rief: die kleine Rache für den Nadelstich.

»Um einen Irrtum vorab zu klären«, begann Lohkamp, »auch die Allgemeinbildung der Journalisten sinkt immer tiefer. Früher haben sie nur Revolver und Pistolen verwechselt, jetzt patzen sie auch in Leichensachen: Die Mumie war ein Skelett...«

Der Präses räusperte sich – nicht sehr laut, aber vernehmbar. Lohkamp ignorierte den Protest und zählte in fünf Minuten die wichtigsten Fakten zum Fall Nordhues auf. Als er dann Kopien der Abkassierungsliste verteilte, griffen die Kollegen gierig zu – endlich mal etwas Interessantes. Die stummen Vorbehalte vom Beginn der Sitzung waren vergessen – seine Truppe hatte gute Arbeit geleistet.

»Aber ohne Ihre Unterstützung und die Hilfe der Öffentlichkeit treten wir dennoch auf der Stelle«, gab er dann souverän zu. Doch bevor er weitersprechen konnte, schaltete sich Siedhoff ein: Er hatte das Mikrofon mit dem Schalter.

»Das ist auch der Grund, aus dem Kollege Lohkamp mich gebeten hat, eine besondere Pressekonferenz durchzuführen«, erklärte der Präsident. »Eine solche Bitte können wir in einem solchen Fall selbstverständlich nicht abschlagen...«

»Seit wann hat der Alte dich denn auf dem Kieker?« fragte der Castroper Kollege, als sich die Versammlung zehn Minuten später auflöste.

Lohkamp wußte keine Antwort.

36.

Entsetzt schoß Mager hoch und stierte in die Welt. Kein Wecker war zu hören, aber es war längst hell, und draußen lärmte der Tag.

Panik sprang ihn an: Du hast einen wichtigen Termin verpennt! Sein Blutdruck schaltete auf Volldampf, und er feuerte das Oberbett weg: Wo war das Telefon?

Erst als er die PEGASUS-Nummer in die Tasten hämmerte, ging ihm auf, wo er war und daß alles seine Ordnung hatte. Alarmiert hatte ihn lediglich seine innere Uhr: Um diese Zeit begann in der Firma die Schicht…

Er legte den Hörer wieder auf und wartete ab, bis das Zittern in den Knien verschwunden war. Dann schleppte er sich in die Küche und setzte die Kaffeemaschine unter Strom. Als er auf den Stuhl sank, fühlte er sich reif für die Rente…

Der Altstadtbummel mit Susanne war verdammt lang geworden, und es gab noch immer ein paar Kneipen, die sie nicht mehr vor der Sperrstunde erreicht hatten. Seit die Hütte kaputt war, lebte Hattingen von den Säufern.

Mager legte die Beine hoch und gönnte sich die erste Zigarette. Der Abend hatte sich gelohnt. Zuerst hatte er mit Susanne auf ein Jubiläum angestoßen: Vor zwanzig Jahren hatten sie sich vor der Reinoldikirche kennengelernt, auf den Straßenbahnschienen den Nulltarif im öffentlichen Nahverkehr fordernd. Aus dem Nulltarif war nichts geworden, aber dafür war ihr privater Nahverkehr in Gang gekommen und hatte ein Jahr lang ordentlich funktioniert…

Das Ende ihrer Affäre ließen sie aus und tranken statt dessen in der nächsten Kneipe auf die Firma. Zwar hatte es PEGASUS noch nicht geschafft, Bertelsmann vom Medienmarkt zu drängen, aber für das Ekel Roggenkemper hätte Mager, wäre sie aus Holz gewesen, eine tiefe Kerbe ins Kameragehäuse ritzen können…

Mager kippte sich die Morgenration Kaffee in den Schlund und verzog sich samt dem Aschenbecher wieder ins Schlafzimmer. In drei Jahren kam die Firma aufs Gymnasium, und bis dahin würde die Welt wissen, wo die Steinhammer Straße lag…

Zufrieden streckte sich Mager wieder aus und gönnte sich noch einen Schönheitsschlaf.

»Los, aufstehen! Oder hast du heute Urlaub?«

Saale stöhnte und schlief weiter.

»Hol-ger!« rief Karin Jacobmayer und zog dem Ex-Hamburger die Decke weg. Mit dem Blick der Expertin betrachtete sie die schlanke Gestalt: auf der Seite ruhend, mit ausgestrecktem Arm ähnelte Saale im Dämmerlicht der Dachstube einem dieser Marmorknaben aus der mediterranen Antike. Schade nur, daß Holger kein Kurde oder Palästinenser war...

Wie immer im Sommer hatte Saale auf das Anlegen eines Schlafanzugs verzichtet. Und da er ein Mann war, war auch bei ihm ein ganz bestimmter Körperteil viel schneller wach als das Gehirn. Doch der einzige Makel an diesem Objekt ließ sich mit einem kleinen Schnitt beseitigen...

»Los, Holger!« forderte sie, zog die Vorhänge auf und drehte sich wieder um. »Du mußt jetzt...«

Ihr Schrei war laut genug, um Tote zu wecken. Saale öffnete die Augen und sah sie an. Ihre blauen Augen waren voll aufgeblendet: »Was ist das denn?«

Als sie den Finger auf die Blutergüsse legte, fiel ihm alles sehr schmerzhaft wieder ein...

Karin half Saale auf, dirigierte ihn zum Garderobenspiegel und holte dessen Bruder aus dem Badezimmer: »Guck dir auch deinen Rücken an!«

Was Saale mit Hilfe der beiden Spiegel entdeckte, ließ ihn vergessen, daß er noch immer nackt war. Er sah aus, als hätte ihn eine Herde Mustangs getreten. Zwischen Hals und Hintern hatten sich alle Farben des Spektrums eingefunden, und jede Berührung, jede Bewegung und jeder Atemzug taten weh.

Während sie die Blessuren begutachteten, meldete sich das Telefon und klingelte ununterbrochen weiter, bis die Leitung automatisch gekappt wurde. Sekunden später fiepte es erneut, doch Saale hatte kein Ohr dafür. Statt dessen hörte er, was die Rote sagte: »Holger, du mußt sofort zum Arzt!«

»Quatsch«, erwiderte Saale und biß die Zähne zusammen. »In ein paar Tagen ist das wieder weg!«

»Bescheuert«, sagte Karin. »Ihr Männer seid total bescheuert. Ihr habt zuviel Karl May gelesen. Und vergeßt, daß diese Schwarten erstunken und erlogen sind.«

»Unsinn«, stöhnte Saale. Doch als sie ihm beim Duschen und Abtrocknen, Verarzten und Anziehen half, spürte er etwas, was in Büchern »tiefe Dankbarkeit« hieß. Aber aus irgendeinem Grunde brachte er das nicht so deutlich über die Lippen.

»Warum hast du mich eigentlich geweckt?« wollte er endlich wissen.

»Ach, du grüne Neune!« Erschrocken faßte sie sich an die Stirn. »Mohammed ist unten. Und der Junge steht gewaltig unter Druck.«

Mühsam schleppte sich Saale die Treppen hinunter. Es brauchte lange genug, um zu begreifen, daß es diesmal vielleicht doch nicht ohne einen Medizinmann ging...

Vor der Bürotür blieb er stehen, schloß einen Moment die Augen und atmete durch. Dann trat er forsch ein und mimte den Munteren: »Hallo, Mohammed! Was führt dich zu uns?«

Susanne nahm dem Kurden die Antwort ab: »Er will wissen, ob wir schon etwas erreicht haben...«

»Wenig«, sagte Saale und setzte sich an seinen Schreibtisch, ohne die Rückenlehne seines Sessels zu berühren. »Wir haben alles eingefädelt, was nötig ist, aber es dauert...«

»Hör mal«, sagte der Mann. »Es geht uns nicht um das Geld – obwohl man Hamid um viel Geld betrogen hat. Geld, das wir gut gebrauchen könnten...«

»Wer ist wir?« fragte Susanne Ledig, aber der Besucher schien es nicht gehört zu haben.

»Wir Kurden können eine Menge ertragen. Prügel und Molotowcocktails sind schlimm. Aber das kennen wir, dagegen können wir uns wehren. Aber was Hamid passiert ist – das läßt meine Leute kochen. Man hat Hamid wie ein Tier behandelt. Nein, viel schlechter. Denn ein Lamm nehmen wir erst aus, wenn es tot ist. Ihr aber schneidet uns die Organe weg, wenn wir noch leben.«

Karin schaltete sich ein: »Du bist ungerecht, Mohammed. Wir hier tun so etwas nicht. Dr. Bein auch nicht. Wir wollen euch helfen...«

Mohammed senkte den Blick und brauchte ein paar Sekunden, bis er der Roten wieder in die Augen sehen konnte – und ihr recht gab.

»Aber was die mit Hamid gemacht haben – so behandelt man nicht mal ein Tier. Und das bringt unsere Leute in Wut...«

»Was wollt ihr tun?« fragte Saale.

Mohammed antwortete nicht. Aber seine Hände umklammerten die Lehne des Besucherstuhls so fest, daß die Haut über den Knöcheln fast weiß wurde.

»Mohammed!« beschwor Saale ihn. »Macht keinen Scheiß. Laßt uns noch ein paar Tage Zeit!«

»Bei uns zu Hause wäre Dr. Pelster schon tot!«

»Und die türkische Regierung würde euch dafür drei Dörfer abbrennen«, warf Karin ein. »Männer!«

Der Kurde ignorierte sie einfach und zeigte mit der flachen Hand, was Pelster bei ihm zu Hause passiert wäre: ein glatter Schnitt durch die Kehle.

»Mohammed!« sagte Saale eindringlich. »Es geht nicht nur um Pelster. Es geht auch um die Leute hinter ihm. Hamid ist der erste, dem das in Deutschland passiert ist. Aber wir wollen, daß er auch der letzte ist...«

Der Besucher dachte einen Augenblick lang nach. Dann zuckte er die Achseln: »Ich kann für nichts garantieren. Ich bin nur der Übersetzer.«

Er stand auf und verschwand. Die PEGASUS-Leute schwiegen, bis er um das Haus gegangen war und auf der Straße erschien. Gegenüber wurde ein Motor angelassen – ein alter, breiter Ford, den Saale noch nie in der Steinhammer Straße gesehen hatte. Mohammed lief auf den Wagen zu, stieg ein, und das braune Fahrzeug schoß mit kreischenden Reifen davon.

»Das gibt Ärger«, sagte Susanne.

»Wir haben schon Ärger«, widersprach Karin. »Steh mal auf, Holger.«

Als er nicht reagierte, zog die Rote ihn vom Stuhl, drehte ihn herum und riß sein weites Freizeithemd hoch.

»Ab ins Bett!« entschied Susanne. »Ich rufe Dr. Bein an...«

Fünf Minuten später hatte Karin ihn wieder dorthin verfrachtet, wo sie ihn abgeholt hatte. »Du bleibst liegen, bis der Arzt kommt. Und ich mache dir erst mal Frühstück...«

Sie begann, in Saales Junggesellenküche herumzustöbern, und schaltete gewohnheitsgemäß das Radio ein.

»Mach mal lauter!« schrie Saale plötzlich.

Er hatte Lohkamps Stimme erkannt.

37.

Nach der Pressekonferenz hatte Lohkamp den Rest des Tages vor allem mit Routinearbeiten am Schreibtisch verbracht. Die Radioberichte im WDR und im Recklinghäuser Privatsender »Funk im Vest« brachten erwartungsgemäß nur bescheidene Reaktionen; bis zum Abend registrierte Oberkommissar Hänsel ganze drei Anrufe.

Dann aber schickten WEST III und die Regionalmagazine der Privaten ihre Filme mit dem Nordhues-Foto in die Wohnzimmer, und als am Donnerstag morgen die Zeitungen nachkarteten, waren die Leitungen des I. Kommissariats zeitweilig völlig überlastet.

Hänsel und die Langer lasen alle Protokolle der Telefonate aufmerksam durch und sortierten sie nach drei Kategorien: Heiß, vage und unsinnig. Die letzte Liste erwies sich bald als die längste, aber auch diese Hinweise mußten abgeklopft werden, wenn es keine anderen Ergebnisse gab...

Nach dem Mittagessen versammelte Lohkamp die wichtigsten Leute der Truppe an seinem Besprechungstisch und ließ sie berichten. Allein im östlichen und nördlichen Ruhrgebiet hatten sich fünf Zeugen gemeldet, die Nordhues mit anderen Personen gesehen haben wollten – und dazu sehr genau Angaben gemacht hatten.

»Das Absurdeste am Anfang«, sagte die Langer. »Isolde Siedhoff, die verstorbene Frau des Präsidenten...«

»Wieso absurd?« fragte John.

»Mensch«, fuhr ihn Kotte an. »Der Präses hätte doch was gesagt, wenn es stimmte. So etwas läßt man nicht ungeklärt.«

»Außerdem«, ergänzte Hänsel ruhig, »empfehle ich einen Blick in die Abkassierungsliste. In Oer-Erkenschwick taucht niemand mit I. S. auf...«

Der zweite »heiße« Tip wurde ebenfalls schnell abgehakt: Es handelte sich um Nordhues' Schulfreund Rolf Kaiser.

Nr. 3 wollte Nordhues »irgendwann Anfang des Jahres« in einem Café in Lünen mit einer jungen Frau gesehen haben. Die Beschreibung der beiden Personen war nicht schlecht, besaß aber ein wichtiges Defizit: Die Frau hatte keinen Namen.

»Ich rufe Steigerwald an«, meinte Hänsel und erklärte, als er die Fragezeichen auf Johns Stirn sah: »War bis vor drei Jahren bei uns und leitet jetzt das Erste in Dortmund...«

Nummer vier war eine Frau. Sie hatte im letzten Sommer eine kosmetische Operation durchführen lassen und den Leiter der Klinik im Restaurant des Dortmunder Fernsehturms gesehen – im Gespräch mit Nordhues...

Einer der Beamten, die auf dem Zechengelände noch immer jeden Grashalm umdrehten, platzte herein und legte ihnen einen der üblichen Frischhaltebeutel auf den Tisch. Auf den ersten Blick bestand der Inhalt aus einer roten Schlange, aber dann entpuppte sich das Reptil als eines dieser in Plastik gehüllten Drahtbündel, mit denen viele Leute Fahrraddieben die Arbeit erleichterten.

»Was ist damit?«

»Lag ein paar Meter links von der Einfahrt...«

Der Kollege zeigte ihnen den Punkt auf dem großen Plan der Zechenbrache, in dem alle Fundorte mit farbigen Stiften markiert waren.

»Und?«

»Mit diesen Dingern hat die Ruhrkohle die Tore verschließen lassen. Bei einer Routineinspektion im Februar haben sie das Schloß an unserer Einfahrt erneuern müssen. Das alte war geklaut. Dachten sie...«

Er deutete auf die Plastiktüte: »Da ist es. Mit einem Bolzenschneider geknackt...«

»Schön«, sagte Lohkamp. »Habt ihr gut gemacht. Bring es zum ED hoch!«

Der Kollege nickte und schob ab, während sich Kotte die Hände rieb: »Eins kommt zum anderen. Unser Mörder hat sich seinen Tatort vorher ausgesucht. Und nichts dem Zufall überlassen.«

Niemand widersprach. Wenn Kotte recht hatte, hatte er recht.

»Dieser Klinikmensch«, kehrte Lohkamp zum Thema zurück. »Wie heißt der?«

»Suermann«, sagte Hänsel und lächelte: »Vorname Rolf...«

38.

»Grüß Gott, Herr Mager!«

»Steht's so schlimm?« fragte der Kameramann erschrocken.

Pelster lächelte und überflog zur Sicherheit noch einmal die Laborberichte: »Die Leberenzyme liegen in der Norm. Der klinische Befund zeigt keine pathologischen Veränderungen in Größe und Konsistenz...«

Er blickte auf und musterte den Patienten: »Ich glaube, wir können von einer Oberbauch-Sonographie absehen!«

Mager verstand nur Bahnhof und versuchte es ohne Fachsprache: »Also sind die Nieren in Ordnung?«

»Die auch«, nickte Pelster. Er klaubte die Büroklammer auf und befestigte die Blätter mit den Befunden wieder an der Karteikarte. Dann sah er den Patienten spöttisch lächelnd an: »Sie haben mich natürlich kräftig beschwindelt...«

Magers Knie gaben nach, und er spürte, wie sich sein Gesicht mit seiner Lieblingsfarbe überzog. Damit war das »Unternehmen Pelster« wohl beendet.

»Dem Tabakgeruch nach, der in Ihrer Kleidung hängt, rauchen Sie sicher mehr als zwanzig Zigaretten pro Tag. Vierzig?«

»Sechzig«, gestand der Patient verschämt. Zugleich fühlte er sich unglaublich erleichtert. Der wichtigere Schwindel war noch nicht aufgeflogen.

»Sehen Sie. Wenn ich dann noch Ihr Gewicht berücksichtige, grenzt es an ein medizinisches Wunder, daß Sie noch nicht auf dem Friedhof liegen.«

»Wo ich herkomme«, erklärte Mager, »da sind die Leute zwar klein und häßlich, aber durch nichts kaputtzukriegen...«

Der Doktor lächelte noch einmal und schaute demonstrativ auf seine Armbanduhr: Wenn er den Zehn-Minuten-Rhythmus nicht einhielt, würde seine Familie verhungern.

»Stichwort Wunder«, begann Mager so geheimnisvoll, daß Pelster sich noch einmal auf seinen Kippsessel zurücksinken ließ. »Ich habe gelesen, daß man auch mit einer Niere normal leben kann...«

In den Augen seines Gegenübers blitzte ein Hauch amüsierten Interesses auf.

»Da könnte ich doch meine zweite eigentlich zur Verfügung stellen.«

Pelster ließ den Testballon vorüberfliegen, ohne nach der Leine zu greifen, und Mager setzte nach: »Ein Kumpel von mir, in Salzwedel, der muß immer zur Blutwäsche. Armer Kerl. Ich habe damals schon dran gedacht, ihm eine von meinen zu geben. Aber wir hatten unterschiedliche Blutgruppen...«

In Pelsters Augen glomm ein Funken auf: »Ich glaubte, Sie wüßten Ihre Blutgruppe nicht?«

»Vergessen.«

»Ich dachte schon, die Ärzte in Salzwedel stellten ihre Diagnosen noch mit der Wünschelrute!«

Mager ging hoch: »Glauben Sie ja nicht, bei uns wär' alles schlecht gewesen...«

»Geschenkt«, wehrte der Doc ab und kehrte zum Thema zurück: »Sie können sich einen Organspenderausweis ausstellen lassen. Wenn Ihnen dann etwas zustößt, wissen die Ärzte, daß Sie mit der Entnahme des Organs einverstanden sind!«

»Ach, muß man erst tot sein?«

Pelster lachte auf: »Nicht unbedingt! Aber die gesetzlichen Bestimmungen für Transplantationen sind sehr streng...«

»Kann ich nicht beurteilen«, log Mager. »Aber wenn man einem armen Teufel helfen kann...«

»Und der andere arme Teufel Ihnen hilft...«

»So ähnlich«, meinte Mager.

Der Doc breitete die Hände aus, als wollte er mit dem Thema nichts mehr zu tun haben.

»Im Ernst«, meinte Mager. »Ich wär' zu solch einem Schritt bereit.«

»Ist ja auch in Ordnung so«, meinte der Doc und musterte ihn. »Es gibt viel zu wenig Gesunde, die an die Kranken denken...«

Er beugte sich vor und griff zu dem Abreißwürfel mit den Notizblättern. Der PEGASUS-Mann hätte die Fußmatten seines Ladas verschenkt, um zu erfahren, was Pelster aufschrieb.

»Aber ich bin nur ein Kleinstadtarzt...«

Er legte den Stift weg, stand auf und reichte Mager die Hand. »Meine Sprechstundenhilfe wird Ihnen den Befund zuschicken. Spätestens Dienstag haben Sie ihn im Briefkasten...«

Weitaus weniger beschwingt als vor zwei Tagen steuerte Mager den Ausgang der Praxis an. Er hatte zwar nicht erwartet, daß Pelster ihn sofort an eine Organbank verhökerte. Aber ihn so auf die Schippe zu nehmen...

Vielleicht war Pelster doch die falsche Spur?

Als er durch die geöffnete Tür einen Blick ins Wartezimmer warf und die richtigen Patienten hinter ihren Illustrierten aufsahen, schämte er sich plötzlich für seine Verlogenheit.

39.

Wie immer glich die Autobahn in Richtung Münster bis weit hinter Recklinghausen eher einer Kriechspur. Ungeduldig blickte Lohkamp auf die langen Schlangen, die sich durch die Dauerbaustelle quälten. Der von den Experten befürchtete Kollaps auf den Straßen war eigentlich schon längst da. Und die hier untätige Firma wollte mit diesem Auftrag wohl ins Buch der Rekorde...

»Macht schon!« schimpfte die Langer und hackte mit ihren lackierten Nägeln auf dem Lenkrad des Dienstwagens herum. In solchen Situationen wünschte sie sich statt des Scorpio einen riesigen Schneepflug.

Lohkamp zog sein Notizbuch heraus und versuchte, sich die Angaben der Zeugin einzuprägen: letzter Samstag im Oktober, Turmrestaurant. Nordhues hatte einen braunen Blouson aus Wildleder getragen, sein Gesprächspartner einen dunkelblauen Dreiteiler mit goldener Uhrkette.

»Woran sich die Leute manchmal erinnern«, sagte er und blätterte um. Der Leiter des VII. Kommissariats in Haltern hatte ihm am Telefon alles über Dr. jur. Rolf Suermann erzählt, was er wußte. Vor 49 Jahren in Düsseldorf geboren, war er nun hochbezahlter Verwaltungschef der auf Kosmetik spezialisierten »Privatklinik Haus Julia« und doch nur Filialleiter: Das Haus gehörte zu einer Kette ähnlicher Einrichtungen, die in den Fernsehbeilagen der Tageszeitungen mit Kleinanzeigen warben. Das ganze Unternehmen gehörte zwei Medizinern aus Düsseldorf, die erkannt hatten, daß der Betrieb einer Privatklinik lukrativer war als das Ausstellen von Hustensaftrezepten.

»Sei vorsichtig, Horst«, sagte er zum Schluß, »diese Leute sind mit allen Wassern gewaschen.«

Das »Haus Julia« versteckte sich in einem stillen Wäldchen zwischen der Autobahn und Haltern und glich von außen einem jener Heime, in die man um die Jahrhundertwende die Erbtante abschob. Doch schon auf dem Weg zum Eingang mußte Lohkamp diesen Eindruck korrigieren: Halb hinter Bäumen verborgen, lag ein moderner Anbau, der mit dem Hauptgebäude durch einen gläsernen Gang verbunden war – möglicherweise die Operationssäle.

Auch die Villa sah aus der Nähe besser aus: Dach und Fenster waren in Spitzenqualität erneuert, und hinter der ersten Glastür begann eine in freundliche Farben getauchte aseptische Zone.

»Was kann ich für Sie tun?« fragte die junge Frau hinter dem grünen Empfangstresen. Frisur, Make up und Garderobe hätten ohne Korrektur die Titelseite dieses Modemagazins mit dem französischen Namen geschmückt, und die Figur sah aus wie auf einem Design-Computer komponiert.

Lohkamp zeigte ihr den Dienstausweis: »Wir hätten gerne Herrn Dr. Suermann gesprochen…«

»Haben Sie einen Termin?«

Die Stimme der Dame klang wie ein Glockenspiel aus Meißener Porzellan. Irgendwer hatte ihr einen Synthesizer in den Kehlkopf transplantiert.

»Leider…«

»Macht nichts. Ich werde sehen, was ich für Sie tun kann.«

Sie deutete auf ein Ensemble aus Sitzmöbeln, das sich kein ehrlicher Kriminalpolizist leisten konnte, und kehrte an ihren Schreibtisch zurück. Sie bediente die Gegensprechanlage so schonend, als schlüge sie die Tasten eines gläsernen Flügels. Auch von hinten hätte sie die Kanzlergattin zu einer Rundumerneuerung animiert.

Lohkamp nahm Platz und begutachtete verstohlen seine Kleidung und das Schuhwerk. Es sprach für die Contenance der Empfangsgöttin, daß sie ihn nicht zum Dienstboteneingang geschickt hatte.

Er schob seine Hand in die rechte Außentasche seines Jacketts und tastete nach den Zigaretten. Ein leichtes, kaum hörbares Räuspern ließ ihn aufblicken. Die Langer schloß für einen Moment ihre Augen und deutete ein Kopfschütteln an. Er verstand die Botschaft und fügte sich.

»Herr Lohkamp?« hauchte das Glockenspiel. »Dr. Suermann hat selbstverständlich ein paar Minuten Zeit für Sie…«

Auch eine Form der Hochstapelei, dachte Lohkamp, wenn sich ein Dr. jr. in einer Klinik mit »Doktor« titulieren läßt…

»Frau Kommissarin, Herr Hauptkommissar…«

Suermann zeigte ihnen seine Luxusmöbel und erbot sich, seinen Gästen einen Kaffee zu servieren, aber die Beamten lehnten nicht minder höflich ab. Wäre Siedhoffs Büro im Präsidium so eingerichtet gewesen wie dieses Kabinett, hätte ihnen der Regierungspräsident eine Untersuchungskommission auf den Hals gehetzt. Doch für Suermann war diese Ausstattung so selbstverständlich wie der dunkelblaue Dreiteiler vom Herrenschneider.

»Was verschafft mir die Ehre?«

»Thomas Nordhues«, schoß Lohkamp ohne Vorwarnung los und fixierte das Gesicht des Juristen. Doch der Mann zuckte mit keiner Wimper und wartete lange genug mit seiner Antwort. Sie war vom selben Kaliber: »Unbekannt!«

Die Langer zauberte einen Abzug des Fotos aus der Tasche, das am Morgen in allen Zeitungen erschienen war. Suermann beugte sich ruhig vor, nahm es auf und betrachtete es mit der Gelassenheit eines Menschen, der noch nie im Leben falsch geparkt hatte. Dann nickte er plötzlich und sah Lohkamp an.

»Doch. Das Gesicht kenne ich. Aus dem Fitness-Center, in dem ich dienstags was für meine Gesundheit tue…«

Lohkamp wollte ihn weiterreden lassen, doch der Redefluß versiegte. Suermann antwortete wohl nur auf Fragen, die ihm auch laut gestellt wurden.

»Wann haben Sie ihn das letzte Mal gesehen…«

Der Mann verschränkte die Arme vor der Brust. Die blütenweißen Manschetten bildeten einen gelungenen Kontrast zur Farbe seines Anzugs: »Vor drei, vier Monaten.«

»Genauer!«

Suermann zeigte ein winziges Kopfschütteln, ohne dem Blick der Kommissarin auszuweichen. »Geht nicht.«

»Warum?«

Falls Suermann das Spielchen nicht gefiel, konnte er es glänzend verbergen.

»Weil der Mann für mich nicht wichtig war. Wir haben uns im Club kaum unterhalten.«

Mit allen Wassern gewaschen, erinnerte sich Lohkamp an die Warnung aus Haltern, als er die einschränkende Ortsangabe registrierte.

»Aber im Dortmunder Turmrestaurant...«

»Stimmt. Ein einziges Mal.«

Der Mann war gut, fand Lohkamp. Zu gut, um nicht mit diesen Fragen gerechnet zu haben.

»Was wollten Sie von ihm?«

»Ich – von ihm?« Suermann war deutlich belustigt. »Umgedreht. Er wollte einen Job von mir. Aber sehen Sie sich das Haus an. Welchen Job könnte ich ihm bieten?«

»War Nordhues mal hier?«

»Glaube ich nicht«, sagte Suermann, trat an seinen Computer und tippte ein paar Buchstaben und Befehle in die Tastatur. »Ich habe diesen Posten auch erst seit dem letzten September. Falls er davor hier war...«

Er drehte den Monitor so, daß Lohkamp ihn sehen konnte. Der goldfarbene Bildschirm zuckte kurz, aber es erschien keine jener Tabellen, in denen man Patientendaten speicherte, sondern nur ein einziges Wort.

»Sehen Sie, wir machen hier vor allem kosmetische Chirurgie«, erklärte Suermann, als er, dezent seine Hosenbeine anziehend, wieder Platz nahm. »Und die meisten unserer Patienten sind weiblich.«

»Und Männer?«

»Auch. Aber deutlich weniger.«

»Was können Sie für Männer tun?«

Suermann grinste jetzt sogar: »Was meinen Sie, wie eitel unsere Geschlechtsgenossen sind. Ohren, Nase, Bauch. In den USA macht man schon künstliche Muskelpakete. Und wir haben hier selbst bei Potenzproblemen ein paar gute Kunstgriffe im Repertoire.«

Lohkamp schaute ihn verblüfft an.

»Naja, wir machen aus einem Trabi auch keinen Porsche. Aber ein bißchen Tuning bewirkt oft Wunder. Weil der Patient daran glaubt.«

»Kosmetische Chirurgie – vor allem...«

Der Mann verstand sofort, was die Langer wollte: »Unsere Ärzte springen selbstverständlich auch mal bei größeren Unfällen auf der Autobahn in die Bresche. Eine vernünftige Erstversorgung der Patienten stellt für uns überhaupt kein Problem dar.«

»Würden Sie uns einen Gefallen tun?«

»Wenn Sie nicht meine Patientenkartei einsehen wollen – gern, Frau Langer. Um was geht es?«

Sie zog eine Zusammenstellung der geschäftlichen Eintragungen aus der Nordhues-Liste aus der Tasche und reichte sie hinüber.

Suermann studierte sie mit der gleichen Aufmerksamkeit wie zuvor das Foto, und Lohkamp kannte die Antwort im voraus: »Komische Sache. Sagt mir überhaupt nichts...«

Schweigend liefen sie auf den braunen Scorpio zu. Erst als die Türen zugeknallt waren und der Motor aufheulte, hämmerte Lohkamp voller Wut auf den Plastikrand der Armaturen ein: »Scheiße, Scheiße. Jedesmal dasselbe Resultat. Als kämen die Antworten aus demselben Computerprogramm.«

»Schnall dich an«, sagte die Langer. »Vielleicht liegen wir ja wirklich falsch.«

Sie gab Gas und schoß auf die Ausfahrt zu, mußte aber nach zehn Metern hart in die Bremse steigen: Ein weißer Mercedes-Kombi schnitt ihnen den Weg ab und jagte, die Baumgruppe umkurvend, auf den modernen Anbau zu. Die Hecktüren wurden geöffnet, eine Trage herausgezogen.

Lohkamp suchte den Türgriff, doch die Langer hielt ihn zurück.

»Laß sein«, sagte sie. »Ich habe den Fahrer erkannt.«

Lohkamp sah sie verwundert an.

»Firma Schöps. Der Knacki.«

40.

Aus aktuellem Anlaß fand die PEGASUS-Krisensitzung in Saales Dachstube statt. Von Karin Jacobmayer alarmiert, hatte Genosse Bein den Verwundeten über Mittag besichtigt, ihm einige wohlriechende Salben verschrieben, drei Tage Bettruhe verordnet und den dringenden Rat gegeben, seinen Urin untersuchen zu lassen. Da der Kopf des Patienten aber nicht gelitten hatte, konnte man ihm das Sprechen und Mitdenken nicht ganz verbieten.

»So, Leute, Schluß mit der Stümperei!« Susanne Ledig knallte ein Bündel Kopien auf den Glastisch: »Ich habe mir gestern im Zeitungsarchiv alle Informationen über Transplantationen herausgesucht. Und ich habe sie gelesen!«

»Ich wußte gar nicht, daß du so etwas kannst!« feixte Mager, doch Saale warf ihm einen Filzpantoffel an den Kopf.

»Bevor es überhaupt zu einer Transplantation kommt, muß ›Eurotransplant‹ im niederländischen Leiden konsultiert werden. Dort sind alle Empfängerdaten aus Deutschland, den Benelux-Ländern und Österreich gespeichert. Sie vergleichen die Daten eines Spenders mit denen eines möglichen Empfängers. Wenn sich darunter keiner findet, auf den Blutgruppe und Gewebeart zutreffen, werden die Daten an ›Scandiatransplant‹ nach Dänemark, ›Intertransplant‹ in Prag oder an ›Francetransplant‹ gemeldet. Ohne diese Zentralen läuft nichts!«

Mager blickte auf Susanne Ledig, als wollte sie ihm einreden, daß auf den Herbst der Sommer folge.

»In dreißig deutschen Zentren werden Nieren, Herz und Leber verpflanzt. Das sind hochmoderne Kliniken, in denen ein Operationstisch Millionen kostet. Es gibt in Deutschland nur rund 300 Spezialisten, die dort arbeiten. Sie stehen unter Aufsicht und halten sich – so scheint es – sklavisch an die Regeln...«

»Wie sich Waffenhändler auch sklavisch an die Exportgesetze halten!« grinste Saale, doch seine Chefin wischte den Einwand mit einer Handbewegung weg: »Kannst du dir denn vorstellen, daß sich ein Professor an der Universitätsklinik nachts in den OP schleicht und eine Niere in Schwarzarbeit verpflanzt? Das ist doch absurd!«

»Dein Arzt, das makellose Wesen«, murmelte Mager. »Frag mal bei der Kripo nach, wieviele Ärzte sie beim Pfusch erwischt hat. Bundesweit fünftausend Ermittlungsverfahren – pro Jahr!«

»Aber dabei geht es meistens nur um Abrechnungsbetrug...«

»Nur?« fuhr Mager hoch. »Ab Oktober will mir die Versicherung hundert Mark mehr abknöpfen. Laß dir bei Porsche die neuesten Bestellzahlen geben, dann weißt du, wo das Geld landet.«

»Trotzdem«, beharrte Susanne. »Aber Nierenklau?«

»Denk an Hamid!« erinnerte Saale.

»Trotzdem. Wer weiß, wo sie ihm die Niere herausoperiert haben.«

»Die Ärzte und Schwestern sprachen Deutsch.«

»Vielleicht läuft bei ›Intertransplant‹ in Prag was Krummes. Die gebildeten Tschechen sprechen alle Deutsch. Und im Osten will jetzt jeder eine schnelle Mark machen…«

»Meinst du, sie haben ihn mit einem Rettungshubschrauber aus- und eingeflogen?« fragte Saale. Der Tonfall machte klar, welche Antwort er selbst darauf geben würde.

»Jetzt lese ich auch mal was vor«, rief Mager und kramte in seiner Materialmappe.

Schließlich zog er einen Artikel aus der »Frankfurter Allgemeinen« heraus und hielt ihn so, daß die anderen die Schlagzeile sehen konnten: »Warnung vor Transplantationsboom!«

Der Kameramann hob seine Stimme, als er zitierte: »Vor dem Entstehen zu vieler Transplantationseinheiten hat Friedhelm Wilhelm Eigler vom Universitätsklinikum Essen beim Chirurgentag gewarnt. Die deutlich verbesserten Ergebnisse bei Nierentransplantationen machten es verständlich, daß sich immer mehr chirurgische und urologische Abteilungen diesem faszinierenden Gebiet zuwenden…«

Er steckte sich eine Zigarette ins Gesicht, las aber weiter, ohne sie anzuzünden.

»…werde schon aus ökonomischen Gründen der Druck zunehmen, entweder die geltenden Regeln für die Verteilung zu mißachten oder aber die Zahl der Lebendspender zu erhöhen…«

Mager steckte sich das Stäbchen endlich an, pustete, um Saale zu schonen, den Rauch in Richtung Fenster und sah Susanne triumphierend an: »Das sind die Worte eines Medizinmanns. Und wenn die schon selbst davon reden…«

»Genau«, unterstützte ihn Saale. »In Deutschland warten 8.000 Kranke auf eine Spenderniere. Auf dem Schwarzmarkt kosten die bereits in Kairo über 50.000 Mark, bei uns entsprechend mehr: 70.000 bis 100.000. Aber wie unsere Telefonaktion gezeigt hat – manche Leute sind schon so tief abgestürzt, daß sie ihre Niere für ein Taschengeld verscheuern würden.«

»Und das zeigt«, schloß Mager, »wieviel Gewinn dieser Markt abwirft. Ein Wunder, daß Holger noch lebt...«

»In Ordnung«, sagte die Chefin nach einigem Nachdenken. »Aber dann kommt man plus Operation und Klinikaufenthalt leicht auf hundertfünfzig- oder zweihunderttausend Mark. Das können sich nur ein paar Reiche leisten.«

Saale und Mager wechselten einen kurzen Blick, dann meinte der Kameramann: »Und genau deshalb ist es ein Thema für PEGASUS!«

Als die anderen wieder in Richtung Büro verschwunden waren, stöhnte Saale erleichtert auf: Doc Bein hatte mit seinen Ratschlägen wohl doch nicht so falsch gelegen.

Dennoch kletterte Saale nach einer kleinen Atempause aus dem Bett, um die in seinem Reich entstandene Unordnung zu beseitigen. Er rückte die Sessel zurecht, leerte den Aschenbecher, lüftete und sammelte die auf dem Tisch liegenden Papiere ein. Als er sie ins Regal packte, fiel sein Blick auf eine andere Fotokpie: die Liste, die ihm Lohkamp mitgegeben hatte. Er nahm sie mit ins Bett, um darüber nachzudenken.

Eine Stunde später suchte er Lohkamps Dienstnummer heraus.

41.

»Viel zu kompliziert« sagte die Langer und schüttelte ihre neue Stufenheckfrisur. »Wer soll sich denn so etwas merken?«

»Ich könnte das!« meinte Hänsel trocken und war bereits dabei, eine neue Tabelle anzulegen. Dabei folgte er Saales Überlegung, daß die Nordhues-Liste verschlüsselt, aber leicht dechiffrierbar sein könnte:

a = z
b = y
c = x
d = w
g = v
h ...

Anwärter John sah dem Älteren neugierig über die Schulter und griff nun selbst zu Papier und Kugelschreiber. Aus C. I. wurde *X. R.*, aus R. L. *I. O.*, aus J. R. *Q. I.* …

»Geht nicht«, sagte er dann mit einer Entschlossenheit, die in diesem Kreis eine Menge Mut erforderte.

»Und warum nicht?« fragte Lohkamp sanft.

John zog die Schultern hoch: »Daß sich ein Xaver oder Xaverius ins Emsland verirrt – vielleicht. Aber welcher deutsche Vorname beginnt mit einem Q? Und selbst wenn wir einen finden – zwei Exoten auf einer solch kurzen Liste?«

Schweigen. Die Logik war so verblüffend, daß sie Saales Theorie ad absurdum führte.

»Vielleicht«, sagte Lohkamp, um die Idee zu retten, »geht die Verschlüsselung ja ganz anders ab. ›A‹ könnte B sein, ›B‹ wird zu C, ›C‹ zu…«

»Aber dann müssen wir zum Beispiel in Rütenbrock alle Einwohner überprüfen, deren Anfangsbuchstaben wie bei unserem Freund C. I. sechs Stellen auseinander liegen. Das Kaff hat übrigens nicht nur tausend Einwohner, sondern sechshundert mehr. In Brekkerfeld wohnen sogar 8.600 Leute, und in Plau am See…«

Lohkamp winkte ab. Die Idee war gestorben oder mußte zumindest so lange auf Eis gelegt werden, bis alle anderen Ermittlungen in die Sackgasse geführt hatten. Bevor man dann zu einem Wahrsager ging, konnte man es ja noch einmal versuchen…

»Was Neues von Kotte?«

Hänsel nickte: »Er fährt morgen mit Sandra Nordhues zum Landeskriminalamt. Sie haben da ein paar Möglichkeiten, anhand der Kleidung den Schußkanal zu ermitteln. Mit einem Laser.«

»Und die Observation in Bochum?«

Lohkamp zog die Schultern hoch: »Nichts. Die Martens-Truppe zieht vor allem ihren Wachdienst durch. Aber was sie außerhalb der Dienstzeit treiben, privat – um das zu ermitteln, brauchen wir mehr Leute.«

»Vielleicht sollten wir mal direkt mit den Bochumern sprechen«, schlug die Langer vor. »Ich meine das Vierzehnte Kommissariat…«

Das Gesicht ihres Chefs verriet, was er von dieser Abteilung hielt.

»Ich könnte dir das abnehmen. Und wenn wir so aufwendig observieren – dann doch lieber bei Herrn Schöps. Das ist bis jetzt die einzige Querverbindung, die wir haben…«

»Finde ich auch«, meinte Hänsel und ergänzte: »Und von Herrn Suermann haben wir die Verbindung zu diesem Fitnessclub. Das wäre doch ein schöner Verein: Suermann, Kaiser, Nordhues und Schöps.«

Lohkamp sah auf die Uhr: »Laßt uns das mal überschlafen. Ansonsten…«

»Dieser Saale könnte trotzdem recht haben«, platzte Reinhold John dazwischen und zog sich etliche strafende Blicke zu. Wahrscheinlich hatte er schon in der Schule zu den Leuten gehört, die den Lehrer zehn Sekunden vor dem Pausenzeichen noch mit einem Problem konfrontierten, über das der Mann eine halbe Stunde reden würde.

»Womit?« fragte die Langer.

»Mit der Verschlüsselung.«

Eisiges Schweigen schlug ihm entgegen. Die Idee war abgehakt. Es lohnte nicht…

»Und zwar geht es viel einfacher: Aus C. I. wird I. C., aus…«

Verblüfft schauten sie sich an.

»In Ordnung«, sagte Hänsel. »Das ist einfach genug.«

Er schaute die Kollegen an und lächelte sanft: »Geht nach Hause. Ich schicke die Anfragen selbst 'raus.«

42.

Pelster warf einen flüchtigen Blick auf die Monatsabrechnung für die Barmer Ersatzkasse. Das Mädchen hatte die Belege ordentlich abgeheftet und die Formulare sauber ausgefüllt – alles schien seine Richtigkeit zu haben.

Er wog das Bündel Krankenscheine in der Hand. Der Mai war kein schlechter Monat gewesen. In wenigen Wochen würde er das genaue Ergebnis seiner Arbeit auf dem Geschäftskonto ablesen können.

Pelster unterzeichnete das Begleitschreiben mit einem dieser Federstriche, die auch ein Mediziner nur nach dreißig Jahren Praxis schafft, ging zum Empfangstresen am Ende des langen Korridors und deponierte die Unterlagen auf dem Schreibtisch der Sprechstundenhilfe. Sie würde sie heute noch abschicken.

Er blickte auf die Uhr: gleich zwei. Es lohnte nicht, vor der Nachmittagssprechstunde noch nach Hause zu fahren. Doch ein schnelles Mittagessen in der Pizzeria würde klappen.

Bevor er seine Praxis verließ, schaute Pelster zur Sicherheit kurz in alle Räume. Hob im Wartezimmer eine arg zerknitterte Illustrierte vom Boden auf und legte sie bedächtig auf den ovalen Holztisch in der Mitte des Raums zurück.

Gewohnheitsmäßig warf er einen Blick auf die Garderobe. Der bunte Knirps, der in der Praxis überwintert hatte, stand noch immer im Schirmständer. Es war Zeit, ihn loszuwerden. Und darüber nachzudenken, ob er nicht wie die Zahnärzte am Freitag schon am Mittag Schicht machen sollte.

»Also, dann«, ermunterte er sich, öffnete die Tür zum Hausflur und prallte gegen eine kräftige, dunkelhaarige Gestalt, die den Eingang blockierte.

»Mittagspause«, beschied er den Mann. »Kommen Sie in einer Stunde wieder…«

»Nein«, sagte eine entschlossene Stimme. »Wir reden jetzt!«

Pelster fuhr herum: Links an der Wand lehnte ein zweiter Mann. Kleiner und dünner als der erste, aber ebenfalls mit dunkler Haut und dunklen Haaren. Das bärtige Gesicht sah verwittert aus, aber aus den braunen Augen schoß Feuer.

»Ich habe keine Zeit«, erklärte Pelster und versuchte, sich an dem Kräftigen vorbeizudrängen. Der Mann wich um keinen Millimeter, und Pelster öffnete den Mund, um zu schreien. Die braune Hand seines Gegners verschloß ihm die Lippen und drehte seinen Kopf zum Fenster. Dort stand ein dritter Mann, der den beiden anderen in mancher Hinsicht zu ähneln schien und Pelster irgendwie bekannt vorkam.

»Wir möchten Sie sprechen«, sagte der Bärtige mit dem zerfurchten Gesicht. »Und wir bitten Sie in Ihrem eigenen Interesse, keine Schwierigkeiten zu machen…«

Er sprach gut Deutsch, aber sein Akzent stammte irgendwo aus dem Orient.

Pelster spürte, wie die Angst in ihm aufstieg. Er bewegte die

Lippen, und der Kräftige lockerte seinen Griff gerade so weit, daß Pelster antworten konnte: »Was Sie tun, ist kriminell. Sie bekommen Ärger mit der Polizei.«

Der Bärtige grinste: »Wenn Ihnen das lieber ist, gehen wir zusammen dorthin…«

»Ich verstehe nicht!«

Der Sprecher schaute an ihm vorbei zum Fenster und sprudelte ein paar Worte in einer Sprache heraus, von der Pelster kein Bruchstück verstand. Daraufhin zog der Dritte seine Jacke aus, löste den Gürtel seiner Jeans und zerrte an seinem T-Shirt.

Pelster schoß das Blut ins Gesicht; er war sicher, daß die Burschen sich in der Tür geirrt hatten, und wollte seinen Blick abwenden. Doch die kräftige Faust war wieder da und zwang ihn, sich anzusehen, was der Mann am Fenster zu bieten hatte.

Einen Verband.

»Das ist Hamid Ghaeni«, erläuterte der Bärtige. »Er war Ihr Patient…«

Das Gesicht des Arztes verfärbte sich abermals.

»Jetzt fehlt ihm eine Niere!«

Pelster schaute seinen Dompteur an, schloß die Augen und deutete ein Nicken an. Langsam löste sich die Hand von seinem Gesicht, blieb aber nah genug, um sofort zupacken zu können, wenn der Arzt Schwierigkeiten machen wollte.

»Kommen Sie herein!«

Wortlos ließen sich Hamid und Mohammed auf den Patientenstühlen nieder, während ihr kräftiger Kumpel neben der Tür parkte und durch einen Spalt den Korridor beobachtete.

Pelster durfte hinter seinen Schreibtisch. Obwohl er sich dort etwas sicherer fühlte, wagte er es nicht, seine Besucher anzusehen. Statt dessen zog er einen Karteikasten heran und suchte nach Ghaenis Karte.

»Nicht nötig«, sagte Mohammed und warf zehn blaue Scheine auf die Tischplatte. Verständnislos starrte Pelster auf das Geld und hob endlich seinen Blick. Blanker Haß schlug ihm entgegen.

»Tausend Mark sind zuwenig. Nehmen Sie die Scheine und geben Sie meinem Freund die Niere zurück!«

»Da – muß ein Irrtum vorliegen«, stammelte Pelster. »Ich habe keine Ahnung, was Sie von mir wollen!«

Mohammed stand auf und stützte seine Arme auf den Schreibtisch, sah dem Arzt in das bleiche Gesicht: »Sie sind ein Lügner, Herr Pelster!«

Die Augen des Arztes wurden enger und sahen auf einmal viel feuchter aus. Krampfhaft umklammerte er die Armstützen seines Sessels.

»Ich weiß von gar nichts. Sie müssen mir glauben!«

»Schweigen Sie!« herrschte Mohammed ihn an und zeigte auf Hamid: »Sie haben meinen Freund kidnappen und ausschlachten lassen. Wie ein Tier!«

Er benötigte nur ein paar Minuten, um Hamids Geschichte zu erzählen, und ließ den Arzt dabei keine Sekunde aus den Augen. Am Ende war aus dem Halbgott in Weiß ein alter Mann mit müden Augen geworden, der sich zitternd den Schweiß von der Stirn wischte.

»Und jetzt«, fuhr Mohammed ihn an, »sagen Sie noch einmal, daß Sie mit der Sache nichts zu tun haben!«

Pelster sah starr auf seinen Schreibtisch und schwieg. Von draußen drangen Motorengeräusche herein, eine Fahrradklingel lärmte, ein paar Kinder schrien und lachten durcheinander. Pelster reagierte nicht.

»Wir warten«, sagte Mohammed.

Pelster starrte weiter vor sich hin. Seine Lippen murmelten: »Das habe ich nicht gewollt!«

»Was haben Sie denn gewollt?« fragte Mohammed und suchte den Blick des Arztes, doch der sah ihn gar nicht an, als er im selben Tonfall weiterredete: »Ich kann es einfach nicht glauben, daß man auf eine derartig brutale, widerwärtige Art…«

»Hören Sie auf! Was haben Sie nicht gewollt?«

Pelster reagierte nicht, sondern schloß die Augen, und seine Lippen bewegten sich weiter, ohne daß sich die Lautstärke oder das Tempo änderten: »Ich wollte nur helfen. Ich weiß, daß viele Menschen auf eine Niere warten. An ein Dialysegerät gefesselt, immer in der Hoffnung, daß sich ein Spender findet, der sie von ihren Qualen erlöst…«

Hamid und Mohammed wechselten einen schnellen Blick: Pelster redete mit jemandem, der nicht im Raum war, und begann jetzt von vorn: »Ich hätte nie gedacht, daß man…«

Mohammed schlug mit der Faust auf den Tisch. Pelster schrak auf und sah den Kurden an. Als er weitersprach, klang seine Stimme wieder klarer und deutlicher: Er war wieder im Diesseits angekommen.

»Ich habe wirklich nicht gewußt, daß man Gewalt anwendet. Ich dachte, daß man sich nur an Leute wendet, die freiwillig zu einem Eingriff bereit sind. Man hat mir gesagt, daß klare vertragliche Regelungen getroffen würden...«

Die beiden Kurden hörten schweigend zu, und Pelster sprach weiter: »Glauben Sie etwa, daß ich dafür Geld bekommen habe?«

Seine Stimme überschlug sich: »Nein! Keinen Pfennig! Ich habe das nur für die Patienten getan! Das müssen Sie mir glauben!« Die Geldscheine lagen noch immer über seinen Schreibtisch verstreut. Pelster nahm sie und schob sie zu den Kurden hinüber: »Damit habe ich nichts zu tun! Ich habe an eine saubere Angelegenheit geglaubt!«

Schweigen.

»Hören Sie, Doktor!« meinte Mohammed schließlich. »Kann sein, daß Sie die Wahrheit sagen. Natürlich können Sie Hamid die Niere nicht zurückgeben. Aber Sie können dafür sorgen, daß er den restlichen Lohn bekommt: 49.000 Mark.«

Pelster verzog das Gesicht, und seine Hände beschrieben eine hilflose Geste.

»Jetzt ist Freitag. Wir geben Ihnen bis Montag Zeit, damit Sie das Geld besorgen. Wenn nicht, gehen wir zur Polizei.«

»Das geht nicht«, widersprach Pelster. »Montag ist ein Feiertag...«

Mohammed blickte den Mann an der Tür an und übersetzte, was der Arzt gesagt hatte. Die Antwort war kurz.

»Dann bis Dienstag. Klar?«

Er löste die Hände von der Schreibtischkante, sammelte die blauen Scheine ein und blickte den Arzt eindringlich an: »Bis Dienstag. Haben Sie verstanden?«

Pelster nickte, und die Kurden verschwanden, ohne ihn noch einmal anzusehen. Sie schlossen die Korridortür so sanft, daß er es nicht hörte.

Einen Augenblick lang starrte der Arzt hinter ihnen her. Dann quälte er sich hoch, ging den Korridor entlang und schaute nach, ob die Tür zum Hausflur auch wirklich verschlossen war. Der Weg zurück in den Behandlungsraum kam ihm ungeheuer lang vor.

Unten im Schreibtisch stand noch eine Flasche für besondere Fälle. Er holte sie hervor, spülte das Glas aus, setzte sich wieder, goß ein. Trank einen Schluck, setzte ab, dachte nach, grübelte.

Als er vorne am Eingang klirrende Schlüssel und die Schritte der Sprechstundenhilfe hörte, schlug er seinen ledernen Taschenkalender auf, wählte selbst und wartete, bis sich am anderen Ende der Leitung etwas tat.

»Bitte, verbinden Sie mich mit Herrn Doktor Suermann!«

43.

Die Pfingsttage waren außerordentlich unwirtlich: Polare Meeresluft, Sturmböen und Regenschauer überzogen das Land, und wer keinen Hund hatte, mit dem er vor die Haustür mußte, bedauerte diesen Umstand nicht.

Am aktivsten von allen Beteiligten war Karin Jacobmayer: Sie hatte Hamid in ihre Wohngemeinschaft nach Bochum eingeladen und pflegte dort seine Wunden und sein Selbstbewußtsein; Susanne Ledig kochte für den malträtierten Holger Saale ein Mittagessen mit vier Gängen, wobei das Dessert wesentlich undramatischer ausfiel, als ihr Angestellter es heimlich erhofft hatte; Mechthild Mager besuchte mit Sohn Kalle die Großmutter in Kirchhörde, während Gatte Klaus-Ulrich »Wie der Stahl gehärtet wurde« las; Hauptkommissar Lohkamp vergaß Thomas Nordhues und die Mordkommission, als er mit Frau und Schwiegermutter sein übliches Feiertagsmartyrium im Rommé absolvierte; und die Schlesier forderten, deutlich lauter als sonst, dasselbe wie in den vierzig Jahren zuvor...

Zu den wenigen Spaziergängern, die sich am Pfingstsonntag auf die Straße trauten, gehörte Dr. Pelster aus Hattingen. Mit Lodenmantel und Spazierstock marschierte er von der Straßenbahnbrücke aus gegenüber den Ruinen der Henrichshütte am Nordufer der Ruhr entlang. Es war kühl und ungemütlich, nur wenige Radfahrer und Fußgänger waren unterwegs, und auf dem gekräuselten Wasser des Stausees zogen die Schwäne, von Ruderern und Kanufahrern unbehelligt, ihre Bahn.

An der alten Fähre, mit der die Hüttenarbeiter bei Schichtbeginn direkt aufs Werksgelände gebracht wurden, blieb er stehen und sah den asphaltierten Leinpfad zurück. Zwei Radfahrer und eine Mutter mit Kinderwagen waren in Richtung Ruhrbrücke unterwegs, ein Rentner mit Hund und ein Liebespaar bewegten sich auf ihn zu. Er konnte niemanden entdecken, der wie ein Kurde oder Türke aussah, und niemand war plötzlich stehen geblieben, um ihm nicht näherzukommen.

Nachdem er fünf Minuten lang die Wolken gezählt hatte, setzte er sich wieder in Bewegung. Aber statt seinen Weg am Fluß entlang fortzusetzen, bog er kurz vor dem Steilufer in die Straße Am Westenfeld ein. Rechter Hand war die Straße von stillen Vorstadthäusern gesäumt, links lag ein freies Feld, das ihm einen guten Blick zurück auf den Leinpfad bot.

Endlich überzeugt, daß ihm niemand folgte, steuerte er eine schwarze Limousine mit getönten Fensterscheiben an, die von der Bundesstraße aus langsam auf ihn zurollte. Als sie auf einer Höhe waren, blieb der Wagen stehen. Die Beifahrertür wurde aufgestoßen, und die heiteren Klänge der Vierten Symphonie von Beethoven wehten ihm entgegen.

»Kommen Sie, Doktorchen!« Der Fahrer mußte schreien, um die Musik zu übertönen.

Kaum war Pelster eingestiegen, setzte sich der Wagen wieder in Bewegung, um zu wenden.

»Was gibt es denn so Wichtiges, Doktor?« fragte der Fahrer und stellte endlich die Musik leiser.

»Herr Suermann, ich bin empört...«

Während der Wagen auf die B 54 zusteuerte und in Richtung Bochum fuhr, erzählte Pelster, was ihm am Freitag in der Praxis widerfahren war. Er brauchte mit seinem Bericht genau so lange, wie der Benz die Hattinger Straße hinunter bis zum Bochumer Schauspielhaus benötigte.

»Und?« fragte Suermann und steuerte die Königsallee hoch nach Süden.

»Was heißt: Und?«

»Was Ihrer Meinung nach geschehen soll?«

»Na, die Sache ist doch klar! Der Kurde muß das restliche Geld bekommen!«

Suermann grinste und nutzte den Stopp an der ersten Ampel, um die CD zu wechseln. Eine Klaviersonate, wieder Beethoven, oder war es Brahms? Pelster wußte es nicht.

»Sie stellen sich das etwas zu einfach vor«, beschied ihn Suermann endlich. »Was meinen Sie, was mit einem Asylanten passiert, der plötzlich so viel Geld hat?«

Pelster starrte ihn an.

»Die Hölle ist los! Als erstes nehmen die ihm das Geld ab. Sozialamt oder Ausländerbehörde – was weiß ich.«

Suermann beschleunigte, als die Ampel an der Wasserstraße auf Gelb sprang, blickte zur Sicherheit in den Rückspiegel und behielt das Tempo bei, um nicht aus der Grünphase herauszukommen. Mit einer Radarfalle war bei diesem Wetter sowieso nicht zu rechnen.

»Und dann quetschen sie den Mann aus: Woher er das Geld hat, wo die Niere geblieben ist, bei welchem Arzt er zuletzt in Behandlung war – und schon steht die Polizei in Ihrer Praxis und stellt alles auf den Kopf...«

Sie hatten den höchsten Punkt der Strecke erreicht, die Kreuzung mit der Markstraße, und waren, ohne es zu wissen, nur vier- oder fünfhundert Meter von Hamid Ghaeni entfernt. Aber der dachte in dieser frühen Nachmittagsstunde an alles andere – nur nicht an seine Niere.

»Und wenn die bei Ihnen in Sachen Niere nicht weiterkommen, dann stochern sie ein bißchen in Ihren Abrechnungen herum. Sind Sie sicher, daß unsere Freunde dabei nicht fündig werden, Doktorchen?«

Suermann ging mit dem Tempo herunter und zog nach rechts in die Kosterstraße. Die enge Piste führte zurück ins Tal der Ruhr, nach Hattingen.

»Außerdem hat der Mann Sie belogen. Er hat das Doppelte bekommen und die Zusicherung, daß wir seiner Familie mit zwei Überweisungen unter die Arme greifen – sobald er uns die entsprechende Kontonummer mitgeteilt hat...«

Der Wagen flog auf eine enge Linkskurve zu. Suermann tippte leicht auf die Bremse, zog den Wagen durch die Biegung und beschleunigte wieder. Die Straße erweiterte sich, wurde vierspurig und führte auf die breite Brücke nach Hattingen zu. Vor ihnen lag ein beeindruckendes Panorama mit Fluß, Hütte, Stadt und Hügeln.

Dicht vor der Brücke ging Suermann auf die Abbiegespur und wartete auf Grün. Pelster grübelte. Die Schreckensvision, die der andere ihm gezeichnet hatte, war gar nicht so unrealistisch. Aber etwas anderes konnte nicht stimmen. Es fiel ihm ein, als Suermann wieder Gas gab.

»Wollen Sie mir im Ernst erzählen, Sie hätten dem Kurden die Anschrift der Klinik gegeben? Der stand doch die ganze Zeit unter Beruhigungsmitteln...«

Der Mann am Lenkrad antwortete nicht. Gleich hinter der Ampel bog er erneut ab, diesmal nach rechts, und steuerte unter der Ruhrbrücke durch. Etwas weiter begann eine asphaltierte, aber für den Durchgangsverkehr gesperrte Straße durch den Wald, die nach etlichen hundert Metern zum Leinpfad und zu ihrem Treffpunkt zurückführte: Sie hatten einen fast vollständigen Kreis durch den Bochumer Süden beschrieben.

»Passen Sie mal auf, Doktorchen!« sagte Suermann scharf, als der Wagen stand. »Machen Sie sich bloß nicht in die Hose! Bis jetzt hat unsere Zusammenarbeit doch gut geklappt, und Ihre Provision haben Sie meines Wissens nicht zurückgeschickt.«

»Ich war aber davon ausgegangen, daß...«

»Stecken Sie Ihre Nase nicht in fremde Angelegenheiten. Das Leben ist hart, und jeder verdient scin Geld so gut er kann. Und wir helfen damit bedauernswerten Menschen zu einem normalen Leben zurück.«

»Ist das Ihr letztes Wort?« fragte Pelster. Seine Stimme war jetzt genauso scharf wie die des anderen, und der Ton zeigte Wirkung: Suermann sah ihn lange an.

»Okay«, sagte er schließlich. »Ich kümmere mich darum. Schließlich wollen wir alle keinen Ärger.«

An Pelster vorbei griff er zur Türklinke: »Ich nehme an, Sie wollen sich die Sache bei einem Spaziergang in der frischen Luft noch einmal durch den Kopf gehen lassen? Oder?«

Pelster nickte und stieg aus.

44.

Die kleine Frühbesprechung im Ersten Kommissariat hatte sich als der denkbar schlechteste Start in die neue Woche erwiesen.

Erstens hatte die Observierung der braunen Sheriffs des Rolf Martens nicht nur keine Ergebnisse gebracht, sondern noch dazu einen Anschiß auf dem Dienstweg: Lohkamps Truppe solle die laufenden Ermittlungen des Bochumer Vierzehnten nicht stören. Die Beamten, die sich in der Josefinenstraße den Hintern wundgesessen hatten, lachten nur: »Wenn da noch andere observiert haben, dann waren die unsichtbar!«

Zweitens hatten alle Untersuchungen am Fundort der Leiche und alle Befragungen in der Nachbarschaft dasselbe Ergebnis erbracht: Null.

Und drittens hatten sie auf Anweisung des Chefs der Kripo vier der sechs zusätzlichen Kollegen wieder abgeben müssen. Damit war die Frage, ob man die Firma Schöps und den Knacki observieren sollte, schon beantwortet: Es ging nicht.

»Wie machen wir es dann?« hatte Lohkamp gefragt.

Die einzige neue Idee war von Kotte gekommen: »Laß uns noch mal rausfahren und versuchen, die Sache zu rekonstruieren…«

»Wie ist der Täter nun vorgegangen?« fragte Kotte, als sich die Truppe in der Einfahrt zum Zechengelände gesammelt hatte. Der Boden war nach dem Regen der Pfingsttage schwer und matschig, schien aber jetzt wieder abzutrocknen. »Hat er Nordhues am Tatort erwartet? Im Scheinwerferlicht des anderen Wagens?«

Keiner wußte es.

»Wie würdest du es machen, Horst?«

Lohkamp zog die Schultern hoch und sah sich um, zögerte: »Nordhues kannte sich hier nur flüchtig aus. Ich hätte ihn am Tor erwartet und aufs Gelände gelotst.«

»Genau«, sagte Kotte und stellte John ins Tor. »An welcher Seite würdest du stehen?«

»Ist doch klar«, sagte der Anwärter. »Mit dem Gesicht nach Osten: Von dort würde er kommen. Aber ich würde hier stehen, auf der westlichen Seite. Damit ich ihn beobachten kann, wenn er hineinfährt…«

»Wunderbar! Bleib mal da stehen!«

Kotte dirigierte den Rest der Truppe zurück in die Wildnis der Zechenbrache: »Wo steigt Nordhues aus?«

»Bestimmt nicht in der engen Durchfahrt«, vermutete die Langer. »Sondern da, wo er Platz zum Aussteigen hat. Hier etwa...«

»Rechts oder links?«

»Nach dem Fundort würde ich sagen links: Weil der Täter den Wagen hinterher dorthin gebracht hat. Aber wenn ich von Nordhues ausgehe: rechts. Weil er ja links aussteigt...«

Der in Frage kommende Platz war mindestens doppelt so groß wie ein Boxring.

»Und was passiert jetzt?«

»Sie gehen aufeinander zu«, vermutete die Langer.

»Dann tut es doch...«

Zögernd setzten sich die Kommissarin und der Anwärter in Bewegung. Als sie noch fünf Schritte voneinander entfernt waren, schrie Kotte: »Zieh!«

John erschrak, dann zog er etwas aus der Tasche und sagte: »Bumm!«

Sie probierten es achtmal, sogar mit einem BMW, und ließen die Langer zweimal neben dem Wagen auf den »Täter« warten – das Resultat war stets das gleiche: Die Tat mußte irgendwo im hinteren Teil des engen Durchgangs stattgefunden haben.

»Und jetzt?« fragte Hänsel.

»Nordhues ist genau von vorn erschossen worden«, sagte Kotte und sah sich um. »Der Täter war etwas größer oder hat etwas erhöht gestanden. Denn der Schußkanal ging leicht nach unten: fünf bis zehn Grad.«

Kotte stellte sich mit dem Rücken zur Straße auf die ungefähre Schußlinie und starrte ins Gelände. Dann blickte er Lohkamp an: »Weißt du, was wir zu tun haben?«

Der Hauptkommissar verzog das Gesicht. Er wußte, worauf Kotte hinauswollte, und das hieße, eine Stecknadel zu suchen – aber nicht in einem Heuhaufen, sondern in zehn oder zwanzig.

»Irgendwo da vorne liegt das Geschoß«, sagte Kotte. »Im Gras oder in der angekippten Böschung. John, die beiden Leiharbeiter, ich – und ein Mann mit einem Metalldetektor. Wir haben eine Chance. Und wenn wir Glück haben – dann ist das Ding heil.«

Oberkommissar Hänsel hatte die ganze Zeit geschwiegen und keinen Einwand ausgesprochen. Aber auf dem Rückweg, schon am Straßenrand, sagte er zu Kotte: »Viel Glück. Aber leiht euch bei den Ausgrabungen in Haltern einen Archäologen aus. Die wissen, wie's geht...«

Im Präsidium hatten zunächst alle damit zu tun, ihre Schuhe zu säubern. Als sie damit fertig waren und der Kaffee in den Tassen dampfte, entdeckte Lohkamp auf seinem Schreibtisch ein neues Fax.

»Aus Lingen«, sagte er. »Da gibt es eine einzige Person mit den Initialen ›I. C.‹. Ingrid Charlier. Und einen Menschen, der im Januar einen BMW mit einem fremden Kennzeichen vor ihrem Haus gesehen haben will. Erster Buchstabe ein E...«

»EN«, sagte die Langer. »Ennepe-Ruhr-Kreis. Herdecke gehört dazu...«

Lohkamp starrte auf die Uhr: »Wie lange fährt man da hoch?«

»Drei Stunden«, sagte Hänsel nach einer Weile. »Die B 70 ist ein Alptraum.«

»Dann ruf die Kripo in Lingen an.«

Acht Minuten später waren sie schon auf der Autobahn.

45.

»Die Nieren abspülen, halbieren, Röhren entfernen, das Fett jedoch nicht abschneiden. Abtrocknen und auf 4 Stück Alufolie verteilen. Salzen, pfeffern und 2 kleingehackte Schalotten darüberstreuen. Die Alufolie von allen Seiten gut verschließen, in den vorgeheizten Backofen legen und bei starker Hitze 10 Minuten garen, je nachdem, ob die Nieren mehr oder weniger rosa gewünscht werden. Dann die Nieren warm stellen...«

So leicht war Mager durch nichts zu erschüttern, und er hatte erst bei seiner Mutter und dann bei Mechthild gelernt, daß man essen mußte, was auf den Tisch kam. Aber das einzige, vor dem es ihm schon immer gegraut hatte, waren Nieren: Der Geruch dieser Innereien reichte aus, um ihm jeglichen Appetit zu verderben.

Welcher Idiot hatte ihm diese »Geheimtips aus der französischen Küche« mit ins Hattinger Exil gegeben? Er blätterte nach vorn und fand auf der zweiten Umschlagseite den Stempel und die Paraphe des Besitzers: Holger Saale, Redakteur, Steinhammer Straße…

Typisch Saale, dieser alte Hochstapler, dachte Mager und schlug das Buch zu. Dabei fiel sein Blick auf den Autorennamen: La Reynière. Mein Gott, da war ja schon eine Niere drin…

»Ekelhaft!« stöhnte Mager und sehnte sich nach einem ehrlichen Kotelett mit Rotkohl und Pommes. Aber seit dem Überfall auf Saale durfte er ohne Susannes Erlaubnis nicht mal allein zum Zigarettenladen.

Mager öffnete den Wandschrank neben der Spüle und durchforstete die drei Ablagebretter nach etwas Eßbarem. Zwei Dosen Heringsfilet in Tomatensoße und eine Dose Bohneneintopf fielen ihm in die Hände. Eher zufällig fiel sein Blick auf das Haltbarkeitsdatum der Hülsenfrüchte: 3. Oktober 1989. Ab in den Müll!

Eine Etage tiefer fand er einige umfunktionierte Kaffeedosen und öffnete sie in der Hoffnung, wenigstens ein paar Nudeln zu finden. Statt der Teigwaren entdeckte er Frischfleisch: Mehlwürmer übten Samba, Silberfische tanzten Tango, nur die Asseln lagen still – sie waren erstickt.

»Bothmer – du bist der größte Schlampsack aller Zeiten!« schimpfte Mager auf den abwesenden Wohnungsinhaber, aber das beeindruckte nicht mal die Küchenuhr.

So kehrte er ins Wohnzimmer zurück und suchte den CD-Stapel nach einer Scheibe ab, die er nicht schon dreimal gehört hatte. So sehr er die Zeit ohne Mechthilds Attacken und Susannes Aufträge genoß – es war gar nicht so einfach, die Zeit totzuschlagen, wenn man es mußte. Da war ihm die Hektik bei PEGASUS schon lieber…

Er zündete sich eine der Unvermeidlichen an und dachte nach. Diese Recherche war die zäheste Geschichte, die ihm seit langem untergekommen war. Er mußte versuchen, sie zu beschleunigen. Aber wie?

Bei der vierten Tasse Kaffee kam ihm eine Idee. Er kramte Pelsters Brief mit dem Befund hervor, zog das Telefon heran und ließ sich mit dem Doktor verbinden.

»Guten Tag. Hier ist Mager. Sie haben mich vorige Woche untersucht... Nieren und Leber! Richtig, es ging um ein Attest. Leider ist Ihr Brief noch nicht eingetroffen... Nein, ich habe gerade nachgesehen, und die Postbotin ist schon lange weg...«

Pelster stoppte seinen Redefluß, um bei der Tante mit der Zahnspange nachzuforschen, und versicherte ihm, der Brief sei pünktlich hinausgegangen.

»Aber er ist nicht angekommen«, entgegnete Mager. »Und morgen früh muß ich mich vorstellen. Ist es möglich, daß ich heute nachmittag noch einmal vorbeikomme und mir eine Kopie des Befundes abhole? Herzlichen Dank. Ich bin um halb sieben bei Ihnen. Auf Wiederhören!«

Genüßlich steckte sich Mager eine Filterlose in den Mund. Dann stockte er. Mit acht hatte er seine erste Zigarette geraucht, seit seinem 16. Lebensjahr gehörte er zur Gilde der Kettenraucher. Seine Lunge mußte so schwarz sein wie seine Seele. Sollte er sich von Pelster mal den Brustkorb abhorchen lassen?

46.

Den Stadtrand von Haren erreichten sie völlig zerschlagen um halb zwei. Von Emsdetten bis Rheine und von Rheine bis Meppen hatte Lohkamp einen Lastzug nach dem anderen überholt und war bei jedem dieser Manöver um Tage gealtert. Auf den letzten Kilometern überließ er der Langer das Steuer, und die begriff schnell, wie man die viel zu enge B 70 ohne Herzinfarkt und Frontalcrash überleben konnte: Mit Tempo 80 hinter den LKWs bleiben und so viel Abstand halten, daß man nicht in den Abgaswolken erstickte.

»Niedlich«, sagte die Langer, als sie vom Highway aus die Türme und Dächer der Stadt erblickten. »An manchen Stellen ist die Welt noch heil.«

Lohkamp, in Wanne-Eickel geboren, wartete mit seinem Urteil und schaute sich an, was ihm die Schifferstadt zeigte: hoher Himmel und niedrige Häuser, Zugbrücke und Kanal, rote Ziegel und viel Grün. Wenn man die beiden Farben mischte, wußte man, wer im Stadtrat das Sagen hatte: Seit 1178, als der Bischof von Münster den »räuberischen« Eingeborenen eine Burg vor die Nase setzte, gaben sie sich fromm und gottesfürchtig – und kompensierten den Frust über die Fremdherrschaft mit Schiffsbau und Seefahrt.

Den Parkplatz hinter der Volksbank fanden sie mehr durch Zufall als durch gezieltes Suchen. »Von da aus zum Griechen sind es nur ein paar Schritte«, hatte Hänsel ihnen auf die Autobahn hinterhergefunkt. »Dort wartet der Kollege Keller auf euch…«

»Also los«, sagte Lohkamp und hielt Ausschau nach einem lebenden Wesen, das er nach dem Weg fragen konnte. Aber Haren sah um diese Stunde aus wie frisch evakuiert; die wenigen Fußgänger drückten sich so scheu an den Hauswänden entlang, als könnte man sie jeden Augenblick als Plünderer erschießen. Lohkamp schwor sich, nie wieder etwas Negatives über Oer-Erkenschwick zu sagen.

Der Grieche war geschlossen, aber im Schatten davor wartete ein Zwei-Meter-Mann auf sie. Ein Blick, ein Grinsen – man hätte sich auch nackt am Strand erkannt.

»Tut mir leid«, sagte Kollege Keller und schaute auf die beiden herab, »ist geschlossen. Aber wenn Sie einen Kaffee brauchen…«

Zu dritt trauten sie sich durch die leeren Straßen. Lohkamp überlegte, ob seine Frage der Zusammenarbeit schaden könnte, hielt es dann aber nicht mehr aus: »Ist hier Bombenalarm oder so etwas?«

»Nein«, sagte Keller und grinste. »Der Emsländer ißt mittags am liebsten zu Hause…«

Warum er das tat, konnte Lohkamp nachvollziehen, als sie im nächsten Lokal Platz genommen hatten: Mitten im Raum ein Plastikgewächs mit weihnachtlicher Lichterkette, Brandlöcher auf den Sitzen, ausgeschlagene Ecken im Porzellan. Die karge Mahlzeit hielt mit diesem Standard Schritt: Die Pommes kamen ohne Salz an, und als Kaffee gab es einen Schluck Wasser aus dem Moorkanal. Der tiefe Einblick in die Bluse der Kellnerin machte diese Mängel auch nicht wett.

»Beim Griechen wäre es wirklich besser gewesen«, versicherte Keller. Er ignorierte die Speisekarte und trank Mineralwasser aus einer Flasche, die nicht länger als sechs Wochen offen war. »Hier werden höchstens Touristen abgezockt…«

»Touristen?« fragte Lohkamp erstaunt und ließ die Pommes auf seiner Gabel erfrieren.

Der Emsländer nickte: »Wirklich – wir haben pro Jahr eine halbe Million Übernachtungen…«

Lohkamp schaute die Langer zweifelnd an.

»Doch«, versicherte Keller. »Für einen Urlaub mit Kindern gibt es nichts Besseres als den Schloßpark von Dankern…«

Während die Zugereisten die Pommes erdolchten, hörten sie die Geschichte des agilen Gutsherrn, der Haren vor dem Verhungern gerettet hatte. Seitdem reichte er, hieß es, seine Bauanträge erst ein, wenn die neuen Häuser schon standen…

Zwanzig Minuten später zischten sie im Dienstwagen der Kriminalinspektion Lingen den Rütenbrockkanal entlang auf Holland zu. Weite Wiesen und Windmühlen, Zugbrücken und Ziegeldächer. Und als Lohkamp die ersten Freizeitkapitäne den Kanal entlangschippern sah, vergaß er die mißratenen Pommes frittes: »Sieht wirklich aus wie eine heile Welt.«

»In dieser Ecke geht's noch«, gab der Kollege zu. »Aber das Emsland ist groß. Selbst die Kinderschänder sind hier schon organisiert…«

Vor einer Baustelle ging es mit dem Tempo herunter: Quer über die Straße spannte sich der Beton der halbfertigen Brücke für den »Friesenspieß«, der eigentlich schon seit Jahren die B 70 entlasten sollte.

»Da arbeitet unser Zeuge. Nehmen wir den zuerst?«

Hinter der Baustellenampel quetschten sie den Vectra an die Leitplanke und schlugen sich zu einem riesigen Bulldozer durch, der die LKW-Einfahrt in die Wiesen erweiterte. Als der Fahrer sie erblickte, stellte er den Diesel ab und kletterte aus seinem Cockpit auf die Erde zurück.

»Mojn«, begrüßte ihn Keller und stellte die beiden Fremden vor. Der Mann, um die vierzig, breitschultrig, hellblond und grauäugig, blickte sie neugierig an.

»Es geht noch mal um das Auto aus dem Ruhrgebiet…«

Der Mann nickte, fischte ein Päckchen Tabak aus dem karierten Hemd und begann, sich eine Halfzware zu drehen: »Das war im Januar. Ich kam von zu Hause und wollte meine Frau von Haren abholen. Auf der Brücke vom Süd-Nord-Kanal stand ein BMW. Als ich kam, sprang der Fahrer heraus und hielt mich an…«

Er leckte die Gummierung an, klebte das Röllchen zu und betrachtete das Ergebnis. Eine Gekaufte konnte kaum besser sein.

»Na ja, er wollte wissen«, erzählte der Blonde weiter und wandte sich von Luv nach Lee, um die Zigarette anzuzünden, »wo die Peter Dose ist...«

Er sah die Langer an: »Kennen Sie sich hier aus?«

Sie schüttelte den Kopf.

»Das ist der Weg am Süd-Nord-Kanal. Genauer gesagt, gibt es zwei Wege. Auf jeder Seite einen. Und wir standen sozusagen genau dazwischen...«

Lohkamp spürte ein Kribbeln im Bauch. Wenn der Mann in dieser Breite weitererzählte, würden sie bei Einbruch der Dunkelheit gerade mit der Geschichte der Torfgewinnung fertig sein.

»Also frage ich ihn, zu wem er will. Aber das hat er mir nicht verraten. Statt dessen kramte er einen Zettel heraus und sagte mir: Peter-Dose-West. Na ja, da habe ich ihn die Westseite entlanggeschickt.«

»Zu wem er fuhr, haben Sie nicht gesehen?«

Der Mann mit der Selbstgedrehten schüttelte den Kopf: »Aber viel Auswahl hatte er ja nicht. De Vries, der Lehrer aus dem Ruhrgebiet, Charlier... Die Bruchbude vorne stand damals ja schon leer.«

»Die Wagenfarbe?«

»Irgend etwas Dunkles. Aber so genau...«

»Und das Kennzeichen?«

»Ich kann mich nur an das E am Anfang erinnern.«

Von Lohkamp mit einem Kopfnicken ermuntert, zog die Langer das Thomas-Nordhues-Porträt aus der Schultertasche und hielt es dem Bulldozer-Fahrer vor das Gesicht. Er schaute kurz auf das Foto, nickte und sah zu dem Kollegen Keller hoch: »Das haben Sie mir ja schon gezeigt. Das war er.«

Die beiden Recklinghäuser sahen sich an: Endlich eine Spur. Doch dann kam der Zusatz des Zeugen: »Zu neunzig Prozent...«

Keller fädelte sich in den Strom der Fahrzeuge ein, die unterwegs nach Westen waren, und düste weiter. Schon wenig später deutete er nach vorn: »Rütenbrock. Zwei Kilometer weiter sind Sie in Holland...«

Hatte Haren 600 Jahre unter der Fuchtel des Klerus gestanden, so wäre das Kirchspiel Rütenbrock mit seinen 1676 Seelen ohne den Willen der Gottesknechte gar nicht erst auf der Landkarte erschienen. Nach blutigen Fehden um den Grenzverlauf schickte der letzte Fürstbischof von Münster vor zwei Jahrhunderten Siedler in die Sümpfe – als antiholländischen Schutzwall. Auch die 92 Kolonisten im Rütenmoor glaubten an den sozialen Aufstieg und kultivierten in elender Plackerei das Land...

Kurz vor der Ortschaft bog Keller ab und lenkte den Wagen zu dem schnurgeraden Moorkanal, an dem die Zeugin wohnte.

»Ist die Frau überhaupt zu Hause?«

Keller nickte: »Dienstags immer.«

Den ungläubigen Blick der Langer im Nacken, steuerte er den Wagen die lange Allee am Wasser entlang: »Hier oben weiß jeder über jeden Bescheid...«

Die Familie Charlier wohnte sehr bescheiden etliche hundert Meter weiter südlich: Ihr Häuschen hatte eine Grundfläche von höchstens 250 Metern im Quadrat. Den Rest des Grundstücks, kaum größer als ein Fußballfeld, okkupierte ein gepflegter Garten. Im Umkreis von einem halben Kilometer gab es gerade drei Nachbarn.

»Wirklich schleierhaft, wie die Frau in einen Mordfall paßt«, sagte Keller, als er den Motor abstellte. Er stieg aus und lief auf den Eingang zu, ohne den Wagen abzuschließen.

Lohkamp und Langer folgten ihm, die wichtigsten Fakten mittlerweile im Kopf: Ingrid Charlier war 34, hatte in einer Apotheke PTA gelernt und bald danach ihren Chef geheiratet. Sie hatte zwei Kinder im Alter von 12 und 10 Jahren und war, von ein paar Pünktchen wegen zu schnellen Fahrens abgesehen, noch nie »polizeilich in Erscheinung getreten«.

Der Zwei-Meter-Mann putzte sich die Schuhe so umständlich ab, als gelte es, das Schlafzimmer der Queen zu betreten. Die Kollegen aus dem Ruhrpott verstanden den Wunsch und hielten sich an die hiesigen Regeln.

Keller stieß, ohne zu klingeln oder anzuklopfen, die Haustür auf, durchquerte einen bestens gekachelten Flur und stand mitten in einer auf Altdeutsch getrimmten Küche, für deren Neupreis man mehr als einen Lada bekommen hätte. Als wäre er hier geboren, zog er einen Stuhl heran und setzte sich. Dann sah er sich nach seinen

Kollegen um, die noch verlegen an der Tür herumlungerten. Unverkennbar amüsiert deutete er auf die freien Plätze: »Bitte!«

Zwei oder drei Minuten geschah gar nichts. Dann polterten schnelle Schritte heran, die Küchentür flog auf und vier blaue Kinderaugen musterten die Besucher, neugierig, aber keineswegs überrascht: »Mama kommt gleich.«

»Prima«, sagte Keller, während sich Lohkamp verstohlen nach einem Aschenbecher umsah. Die Tochter des Hauses verstand den Blick und brachte ihm einen: »Papa raucht auch…«

Die Mutter der beiden ließ nicht lange auf sich warten. Etwas jünger aussehend als erwartet, überraschte sie Lohkamp durch ihre sportliche Kleidung. Den Eichenmöbeln nach hätte er eher auf eine Art Trachtenlook getippt.

»Tag. Was kann ich für Sie tun?«

Als Kollege Keller ihr seinen Ausweis zeigte, verdüsterte sich ihr Gesicht: »Ist etwas passiert? Mit Hans?«

»Kein Grund zu Sorge«, sagte Keller und stellte seine Kollegen vor. »Wir haben nur ein paar Fragen…«

»Moment«, sagte die Charlier und jagte erst einmal die Kinder hinaus: »Ab! Bei diesem Wetter solltet ihr draußen sein.«

Mit einem Flunsch, aber ohne laute Proteste zogen sie ab – Nina Lohkamp wäre im gleichen Alter nicht so widerstandslos gegangen.

»Darf ich Ihnen etwas anbieten? Einen Kaffee?«

Gewohnheitsgemäß wollte Lohkamp schon ablehnen, aber Kollege Keller kannte sich besser aus: »Gern.«

Sie setzte die Maschine in Gang und kehrte an den Tisch zurück, nahm neben der Langer Platz.

»Um was geht es denn?«

Die Kommissarin griff in ihre Tasche, und Lohkamp sah der Hausherrin gespannt ins Gesicht. Ohne Einleitung und Kommentar schob die Langer das Foto auf den Tisch. Ingrid Charlier zuckte leicht, ihre Augen wurden einen Moment lang weit – aber das war's auch schon. Und Lohkamp war nicht klüger als zwei Sekunden davor.

»Kennen Sie den Mann?« fragte die Langer.

Ingrid Charlier blickte sie an, schaute noch einmal auf das Foto und schüttelte leicht, aber bestimmt den Kopf: »Nein. Nicht, daß ich wüßte. Wer ist das?«

»Thomas Nordhues«, antwortete die Kommissarin und nannte die Daten des Toten.

»Herdecke? Wo ist das?« fragte die Charlier, und Lohkamp unterdrückte ein belustigtes Lächeln: Genau so hatte er sich darüber gewundert, daß es einen Ort gab, der Rütenbrock hieß.

»Er muß bei Ihnen gewesen sein«, sagte die Langer. »Am 9. Januar. Ein Donnerstag. Abends um acht.«

»Ausgeschlossen. Kann ja sein, daß ich mal am selben Ort war wie er – obwohl ich mich nicht erinnere. Aber hier im Haus war er nie. Das *weiß* ich.«

Lohkamp fand diese Erklärung etwas zu gut.

»Aber *wir* wissen, *daß* er hier war«, sagte die Langer sanft, aber betont.

»Ausgeschlossen. Sie müssen sich irren...«

Die Kommissarin legte ihr eine Kopie aus dem Terminkalender vor: »Schauen Sie! Und in ganz Rütenbrock gibt es nur eine Person mit diesen Initialen. Sie!«

»Unsinn«, sagte die Charlier und verstummte wieder, dachte nach. Niemand sagte etwas, und außer dem Tröpfeln in der Kaffeemaschine und den entfernten Stimmen der Kinder war anfangs nichts zu hören. Doch dann registrierte Lohkamp ein leises Kratzen. Mit einem Fingernagel sägte die Charlier eine Kerbe in die Stuhlkante.

»Unsinn«, wiederholte sie. »Was dieser Mann aufgeschrieben hat, ist seine Sache. Damit habe ich nichts zu tun. Aber er war nicht hier.«

»Wir haben einen Zeugen«, sagte Keller ruhig.

Sie sah ihn an: »Wofür?«

»Dafür, daß dieser Mann um acht in der Peter-Dose war«, erklärte die Langer.

»Wo in der Peter-Dose?« fragte die Frau. »Hier? Haben Sie dafür einen Zeugen?«

Lohkamp konnte sich Situationen vorstellen, in denen er an dieser Stelle geblufft hätte. Ein einziges, klares »Ja« von seiner Seite hätte die Abwehr der Frau durchbrechen und die Wahrheit ans

Licht bringen können. Aber die Gegenwart des Kollegen, den er gerade mal eine Stunde lang kannte, ließ ihn zögern.

»Also nicht«, sagte die Frau und sah plötzlich Lohkamp an, als hätte sie seine Gedanken gelesen. Die Chance war vertan.

»Wenn er sich irgendwo da draußen herumgetrieben hat«, stieß die Charlier nach, »hier war er nicht. Und ich war auch nicht draußen.«

»Wie können Sie das noch wissen?« fragte die Langer. »Das ist über vier Monate her...«

»Januar?« sagte Ingrid Charlier und stand auf, stellte Tassen, Milch und Zucker auf den Tisch, holte den Kaffee. Sie versteckt ihr Gesicht, dachte Lohkamp. Aber sie wird die Frage noch beantworten.

»Waren Sie um diese Zeit schon mal hier oben? Abends ist es draußen meist ganz schön ungemütlich. Und wenn ich mal einen Spaziergang mache, dann nicht ohne meinen Mann.«

Sie schenkte den Kaffee ein, und es gab noch immer keinen triftigen Grund, ihn abzulehnen. Aber warum fragt sie nicht, was das Ganze soll? Was es mit diesem Mann auf sich hat?

Die Charlier setzte sich, sah erst Keller, dann die Langer, zum Schluß Lohkamp an: »Um was geht es eigentlich? Wenn Sie schon 200 Kilometer fahren, um mir diese Fragen zu stellen?«

»Der Mann wurde ermordet«, sagte Lohkamp. »Und wir machen uns ein Bild von ihm. Wollen wissen, was er gemacht hat...«

Die Charlier schüttelte den Kopf und zog die Schultern hoch.

»Darum«, sagte Lohkamp leichthin und hoffte, die Langer würde schnell genug schalten, »darum ist es für uns so wichtig, Leute zu treffen, die Nordmann gekannt...«

»Nord*hues*«, korrigierte Keller.

Lohkamp hätte ihn am liebsten erschlagen.

»Tut mir wirklich leid«, sagte der Lange zerknirscht, als er sie am Parkplatz hinter der Harener Volksbank absetzte. »Ich könnte mir was abbeißen...«

Lohkamp breitete die Arme aus: »Künstlerpech...«

»Aber eine andere Frage. Als die Charlier fragte, wo der Zeuge den Nordhues gesehen hat – warum haben Sie da nicht geblufft?«

»Hemmungen«, gestand Lohkamp. »Ihretwegen...«

Keller schüttelte den Kopf: »Doppeltes Künstlerpech… Wollen Sie noch ihren Mann befragen? Die Apotheke…«

»Wozu«, resignierte Lohkamp. »Es gibt doch Telefon. Die wird ihren Mann inzwischen geimpft haben.«

Verlegenes Schweigen breitete sich aus: Die Tour war ein Reinfall. Und jetzt mußten sie noch zurück. Über diese elende Bundesstraße.

»Und sonst?« fragte Lohkamp. »Gibt es noch irgend etwas, was man über die Frau wissen müßte? Irgend einen Dorfklatsch?«

Keller überlegte.

»Gar nichts«, sagte er dann. »Das heißt: Sie hat eine schwere Operation hinter sich. Hatte offenbar eine kaputte Niere…«

47.

»Also gut«, sagte Susanne. »Sie werden dich nicht gerade in der Fußgängerzone überfallen. Aber melde dich, sobald du zurück bist.«

Zufrieden legte Mager auf, prüfte, ob er den Reißverschluß hochgezogen und das Portemonnaie eingesteckt hatte, und polterte die Treppen hinab. Es gab Gelegenheiten, die man sich nicht entgehen lassen durfte.

Zwischen den hohen Häusern der Oststraße war es angenehm kühl, auf der Heggerstraße angenehm warm. Mager ließ sich bergab treiben, tauchte in der Altstadt unter und studierte das Krimi-Angebot in Hattingens größter Buchhandlung. Mit einem türkischen Privatdetektiv unter dem Arm kämpfte er sich durch das Gewühl der Haupteinkaufsstraße wieder bergauf.

Der lange Marsch von zweimal mindestens sechshundert Metern weckte seinen Durst. Entschlossen steuerte Mager den Kiosk an, dessen Umsatz an filterlosen Zigaretten in den letzten Tagen um 300 % gestiegen war. Der Neubürger aus Dortmund fühlte sich in Hattingen inzwischen beinahe heimisch.

Das Gefühl der Geborgenheit verstärkte sich, als er im Kiosk seine Freunde, die Installateure, traf. Es war nicht ganz sicher, ob sie sich noch in der Frühstückspause befanden oder bereits ihren Abendtrunk einnahmen.

»Naamd«, sagte Mager.

»Mahlzeit«, sagten die Installateure.

»Tach, Klaus«, sagte der Mann hinter dem Tresen. Er hieß Schorsch, hatte dreißig Jahre am Hochofen malocht und befand sich im Vorruhestand. Vor drei Jahren mit den anderen auf der Hütte ausgemustert, besserte er in der Trinkhalle seinen Sozialplan auf.

Nach einem knappen Blick auf seinen neuen Stammkunden legte er ein Päckchen Rote auf den Tresen und stellte eine Flasche Veltins daneben. Nichts konnte Magers zunehmende Entfremdung von seiner Heimatstadt deutlicher kennzeichnen als der Verrat an seiner Dortmunder Hausmarke.

»Und?« fragte Mager, bevor er zum ersten Schluck ansetzte.

»Bald Schicht«, sagte Schorsch.

»Schwere Zeiten«, sagte einer der Installateure. Er stellte seine leere Flasche in einen Bierkasten und nahm sich eine neue von der Theke. »Wir ersticken in Arbeit…«

Mager trank und überflog die Schlagzeilen des Blattes, mit dem PEGASUS neuerdings kooperierte. Herbert, der Säger, hatte sich ein neues Stück Bundesbahnschiene geholt. Eine englische Prinzessin zeigte, daß nicht nur ihr Lächeln künstlich war. Der europaweite Umsatz an MG-Patronen und Mörsergranaten stieg immer noch an.

Seufzend blickte Mager auf die Uhr. Bis zu seinem Termin bei Pelster blieb ihm noch eine knappe halbe Stunde. Zeit genug, um den auf die Nieren neidischen Magen mit einem Happen zu besänftigen. Außerdem mußte er etwas gegen seine Bierfahne tun.

Er trank aus, zahlte und enterte die nächste Bude: »Einmal Currywurst mit Fritten…«

»Auffe Pommes wat drauf?«

»Klar«, nickte Mager. »Majo.«

Draußen zogen die beiden Monteure vorbei und suchten ihren Bulli. Dafür, daß sie so viele Überstunden gekloppt hatten, gingen sie noch erstaunlich aufrecht. Bei Mager meldete sich wieder das unangenehme Gefühl, nicht alles im Leben richtig entschieden zu haben…

Nach zwanzig Minuten erreichte er die Hauptpost, wo der übliche Bord-an-Bord-Kampf um die Parkbuchten tobte. Kaum hatte ein Chauffeur seinen Wagen auf die Fahrbahn gezogen, rasten zwei andere auf den Freiraum zu. Diesmal kostete das Rennen einen jungen Taxifahrer fast die hintere Stoßstange. Mager war zum erstenmal froh, nicht mit dem Lada anreisen zu müssen.

Sekunden später gelangte er zu dem Haus, in dem sich Pelsters Praxis befand. Vor der Reklamevitrine des Saunaclubs stoppte er ab und musterte die halbnackten Mädchen auf den bunten Fotos: Alle Besucherinnen waren jung, blond und schlank. Ihre Ehemänner durften offenbar nicht mit aufs Bild.

Mager drückte die Haustür auf und wandte sich nach oben; er hatte sowieso kein Handtuch bei sich.

In der ersten Etage mußte er klingeln. Ein riesiger Pfeil mit der Aufschrift »Praxis« zeigte ihm die richtige Stelle in der Wand. Kaum hatte er den Knopf gedrückt, ertönte der Summer, und die Tür sprang automatisch auf. Mager trat ein.

Die grünen Metallschränke mit den Karteikarten waren alle verschlossen, der Schreibtisch der Empfangschefin aufgeräumt, der gesamte Korridor verwaist. Offenbar hatte die Maus mit der fehlenden Zahnspange schon Feierabend – kein Grund für Mager, sich etwas anzutun.

Ein Blick ins Wartezimmer: gut gelüftet und bis auf den bunten Knirps im Garderobenständer leer. Wenn Mager sich nicht irrte, hatte der Schirm schon beim letztenmal da gesteckt...

Ob er Platz nehmen sollte? Aber vielleicht war die hübsche Sprechstundenhilfe auch schon fort, und Pelster hatte ihn längst vergessen. Das Risiko, in diesem unwirtlichen Raum übernachten zu müssen, war Mager zu groß.

Er traute sich fünf Schritte weiter und klopfte an die Tür des ersten Behandlungszimmers. Auch nach zwei, drei Sekunden gab es noch keine Reaktion. Er öffnete und spähte hinein – hier war Pelster nicht.

Mager drehte sich um die eigene Achse und versuchte es gegenüber. Die Tür stand einen Spalt weit offen, doch der Patient war gut erzogen und klopfte an die hölzerne Zarge. Wieder nichts. Es war lange her, daß Mager zum letztenmal Verstecken gespielt hatte, und diesmal gefiel es ihm gar nicht.

»Herr Doktor?« rief er und stieß die Tür entschlossen weiter auf. »Guten Abend, Herr...«

Entgegen Magers Erwartung saß Pelster nicht hinter seinem

Schreibtisch, sondern hatte es sich auf dem Estrich bequem gemacht. Der weiße Kittel hatte vorne links einen roten Fleck, die Brille des Arztes lag einen Schritt weiter, und der Doktor selbst addierte mit weit aufgerissenen Augen die Wattzahlen seiner Deckenlampen.

Alles in allem sah er nicht mehr sehr gesund aus.

48.

Enttäuscht kutschierte die Langer ihren Hauptkommissar nach Recklinghausen zurück. Diesmal ließen sie sich mehr Zeit als auf dem Hinweg: Kaffeepause und Altstadtbummel in Meppen, Pinkelpause an der Autobahnraststätte Münster. Als die Kommissarin zum Wagen zurückkehrte, stand Lohkamp in der Telefonzelle und wählte. Nach den ersten Zahlen wußte sie, wen er anrief.

»Was Neues?« fragte er Hänsel, der gerade im Begriff gewesen war, seinen Schreibtisch zu räumen.

»Vom Suchkommando nicht«, erzählte der Oberkommissar. Das hatte sowieso niemand so schnell erwartet.

»Aber?«

»Aus Hagen«, verriet Hänsel. Lohkamp warf der Langer durch die Glasscheibe einen Blick zu. Der Krawattenmannn machte es jetzt schon genauso spannend wie Kotte.

»Wie in Rütenbrock. Die haben in Breckerfeld nur einen Menschen gefunden, auf den die neue Buchstabenkombination paßt: Zacharias Erben, 44, Studiendirektor...«

Lohkamp stutzte: Das war schon der zweite Lehrer, der ihnen in dieser Ermittlung vor die Flinte kam. Aber dann fiel ihm ein, daß sie den Rütenbrocker Neubürger Christian Ilsen längst wieder von der Liste gestrichen hatten.

»Und bei dir?« fragte Hänsel zurück. Lohkamp erzählte es ihm – in Kurzfassung.

»Ganz schön clever, die Frau«, sagte er zum Schluß. »Sie hatte nur eine wunde Stelle, und das war ihre Niere.«

»Wieso?« fragte Hänsel.

Lohkamp erzählte es ihm.

»Komisch«, meinte Hänsel, aber den Rest des Kommentars überdeckte ein schwerer LKW, der draußen vorbeizog – gegen einen Diesel kam Hänsel nicht an.

»Was ist komisch?« brüllte Lohkamp.

»Dieser Zacharias Erben – der hat seit Februar auch eine neue Niere.«

49.

Gelähmt starrte Mager auf den Toten. Erst jetzt fiel ihm der beißende Korditgeruch auf, der noch im Raum hing. Pelster konnte noch nicht kalt sein. Vielleicht lebte er ja noch...

Mager betrat den Raum und bückte sich, als er hinter sich ein Geräusch hörte. In panischer Angst schoß er herum – und sah Hamid Ghaeni in die flatternden Augen.

Als die Schrecksekunde vorüber war, öffnete sich Magers Mund.

»Bist du denn völlig verrückt geworden?« zischte er. »Du kannst den doch nicht einfach umlegen...«

Hamid Ghaeni antwortete nicht, und sein Blick ging an Mager vorbei. Der PEGASUS-Mann wirbelte erneut herum: Aus der Deckung des Schreibtischs war Mohammed aufgetaucht. Mit einem Satz hatte er den Abstand überbrückt und packte Magers Kehle. Hart drückte er den Kameramann an die Wand.

»Du glaubst doch nicht, daß wir es waren!« fuhr er Mager an. »So bescheuert sind wir nicht!«

»Ach«, würgte Mager und versuchte, sich zu befreien. Aber der kleine Mann mit dem zernarbten Gesicht hatte harte Fäuste. Er lockerte die Klammer gerade so weit, daß Mager Luft bekam und flüstern konnte.

»Wie soll ich das denn deuten?« fragte er und sah auf den toten Pelster hinab. Dann imitierte er ein Schnüffeln, das dem Gestank des Schießpulvers galt: »Und das erst?«

»Und wo ist die Waffe?« fragte Mohammed.

Mager sah ihn an: »Du läßt mich ja nicht suchen...«

Stille trat ein. Die beiden Kurden wechselten ein paar Worte, die Mager nicht verstand. Bei der jähen Vorstellung, es könnte dabei um sein Leben gehen, bekam der Kameramann einen Schweißausbruch. Und auch mit seinem Kreislauf, fühlte er, war immer weniger los...

Unvermittelt ließ Mohammed ihn los und trat einen Schritt zurück: »Such! Hier ist keine Waffe.«

Mager sah ihn an und bemerkte, daß jetzt auch Mohammeds Hände zitterten. Mehr als den Worten des Kurden glaubte Mager dieser Reaktion.

»Was habt ihr überhaupt hier gewollt?«

Mohammed zog die Nase hoch: »Wir waren verabredet. Pelster wollte Geld besorgen. Damit Hamid zumindest den normalen Preis bekommt.«

»Also waren wir wirklich auf der richtigen Spur«, sagte Mager bitter. Es gab keinen Grund mehr, auf die Recherche stolz zu sein.

»Ja. Aber er hatte gedacht, die Sache wäre fair...«

Mager wandte seinen Blick von dem Bärtigen ab und schaute auf den Toten. Aus dem rechten Mundwinkel rann ein dünner Blutfaden die Wange hinab. Das Rinnsal war noch nicht zum Stillstand gekommen: Ein einzelner Tropfen löste sich vom Kieferknochen und folgte den Gesetzen der Schwerkraft. Ein Bild, das den PEGASUS-Mann ängstigte – und zugleich faszinierte.

Ganz plötzlich fiel die Nervosität von Mager ab. In fast stoischer Ruhe schlenderte er durch das Zimmer und warf einen prüfenden Blick auf die Papiere, die noch auf Pelsters Schreibtisch lagen. Er vermied es aber, irgend etwas mit den Händen zu berühren.

Die beiden Kurden sahen ihm mißtrauisch zu. Und als Mager sich über den Schreibtisch beugte, riß Mohammed die Geduld: »Wir müssen weg, Klaus. Wenn die Polizei kommt...«

»Na und?«

»Wir müssen weg!« wiederholte Mohammed und blickte erst zur Tür und dann auf Mager. »Wenn sie uns hier erwischen, kommen wir erst einmal aus dem Kahn nicht mehr heraus...«

»Wieso?« fragte Mager. »Wenn hier keine Waffe ist?«

»Mein Gott, bist du blöd!« ging Mohammed hoch. »Weil wir Kurden sind!«

Mager starrte Mohammed an. Die Zeit verrann, Mager begriff, und augenblicklich wurde auch ihm wieder mulmig.

»Also los. Wir hauen zusammen ab...«

Mager voran, schlichen sie den Korridor entlang. Aber in einem

Haus wie diesem hätten sie auch einen Elefanten über den Flur jagen können; es wäre niemandem aufgefallen.

Bevor er die Tür öffnete, hielt Mager das Ohr an das gewellte Glas. Nichts. Er streckte schon die Hand nach der Klinke aus, als ihm das Wichtigste einfiel: »Unsere Fingerabdrücke!«

Er zog sein Taschentuch heraus und hielt es kritisch hoch. Der Lappen war in einem Zustand, daß man mit ihm keine Spuren mehr verwischen, aber jede Menge neue legen konnte.

»Ein Tuch!« raunte er und sah sich um. Neben der Tür hing der Kittel der Zahnspangenmaus, frisch gestärkt und gebügelt. Baumwolle, kein Kunststoff. Etwas Besseres würden sie nicht finden. Aber Mager zögerte...

»Was ist?« fragte Mohammed und blickte den Deutschen drängend an. Mager hätte nicht gedacht, daß Orientalen so blaß werden konnten.

»Haut ab!« sagte er dann. »Mir kann nicht viel passieren. Ich warte noch drei Minuten, dann rufe ich die Bullen an. Ihr zieht los und besorgt euch ein Alibi. Was immer passiert – ihr seid heute nicht hier gewesen!«

Flüsternd, aber im Eiltempo übersetzte Mohammed, was Mager vorgeschlagen hatte. Hamid sah den Deutschen ungläubig an. Dann streckte er die Hand aus: »Danke!«

Vorsichtig lauschte Mager in das Treppenhaus hinab. Als er überzeugt war, daß sich niemand dort aufhielt, ließ er die Kurden hinaus: »Nicht rennen!«

Während sie nach unten liefen, zählte Mager leise die Treppenstufen mit. Das Pochen seiner Pumpe klang lauter als die Schritte der beiden. Jetzt mußten sie gleich die Haustür erreichen...

Der entfernte Fahrzeuglärm wurde plötzlich lauter: Mohammed und Hamid hatten den Eingang geöffnet. Aber zugleich wehte ein anderes Geräusch herauf: lautes Lachen, Kichern, die Stimme eines Mannes, einer Frau.

Mager stellte die Atmung ein und horchte: War das Pärchen von der Straße hereingekommen, oder hatte es die Schwimmhalle im Tiefgeschoß verlassen?

Stimmen, Lachen und Schritte kamen näher – dann ging die Haustür auf und verschluckte die Geräusche. Die beiden waren von unten gekommen. Mit etwas Glück hatten sie Hamid und Mohammed nicht mehr gesehen.

Mager atmete durch und schloß die Tür. Sein T-Shirt klebte, als habe es jemand in »Uhu« getaucht. Er überlegte und betrat den Behandlungsraum, der dem Sterbezimmer gegenüber lag, griff zum Telefon. Im dritten Versuch kam er durch und wählte 110.

»Schutzpolizei Hattingen.«

»Mein Name ist Mager. Ich bin in der Praxis von Dr. Pelster. In der Moltkestraße. Jemand hat den Doktor erschossen... Nein, das ist kein Witz... Ja, ich warte.«

Er legte auf, wischte sich den Schweiß aus der Stirn, dachte nach. Wie lange würden die Bullen brauchen? Zwei Minuten, drei, vier?

Mager nahm seinen Mut zusammen und stattete Pelster einen Abschiedsbesuch ab. Der Doc lag noch immer auf dem Boden und starrte die Lampen an. Aber was hätte er sonst auch tun sollen?

Leise, als könnte er ihn wieder aufwecken, umkurvte Mager den Medizinmann und sah auf dem Schreibtisch nach, ob da noch etwas Interessantes lag. Er bedauerte es zutiefst, daß seine Kamera in Dortmund lagerte: Noch immer hielt er die Badewannenfotos vom toten Barschel für eine der journalistischen Sternstunden des vergehenden Jahrhunderts.

Doch auf dem Schreibtisch lag nichts, was mit Nieren zu tun hatte. Pelster war gestört worden, als er einen Menschen namens Maikel Biber zu einem Spezialisten für Hämorrhoiden überweisen wollte.

Magers Augen flogen durch den Raum. Er gab sich noch genau eine Minute, um ein Geheimnis zu entdecken. Dann würden die Bullen hier sein...

Als er sich endlich umwandte, um den Rückzug anzutreten, stieß sein Fuß gegen den Papierkorb. Schon im Weggehen, sah er kurz hinein und erstarrte. Er hatte das gesuchte Geheimnis gefunden.

Eine Pistole.

50.

Die rasende Fahrt nach Breckerfeld entpuppte sich als Kontrastprogramm zu dem Ausflug nach Rütenbrock. Noch immer das endlos flache Emsland vor Augen, kamen Lohkamp die Hügel des Sauerlands höher vor als die Alpen.

Der zweite Unterschied war äußerlich unsichtbar: Aus den katholischen Sümpfen ging es in die evangelischen Berge. Und falls die Religion etwas mit der Höflichkeit der Zeugen zu tun hatte, dann schnitten die Katholiken an diesem Dienstag wesentlich besser ab als die Protestanten...

In Hagen-Süd fuhren sie ab. Über eine gigantische Brücke, die mindestens in den Highway nach Frisco münden mußte, wurden sie in eine enge Kurve gespuckt, die kaum breiter als ein Feldweg war. Die Langer hängte sich an den Haltegriff und bewegte stumm die Lippen.

Ob es an diesem Stoßgebet oder an den neuen Reifen lag, konnte Lohkamp später nicht sagen. Aber er bekam den Wagen noch einmal in den Griff und brachte ihn heil zu Tal.

»Links!« sagte die Langer.

Geduldig reihten sie sich in den Strom der Pendler ein, die in ihre Quartiere auf den Dörfern zurückfuhren. Die enge und oftmals steile Straße hielt selbst die meisten Mantaritter von Überholmanövern ab.

In Breckerfeld erging es ihnen ähnlich wie in Haren: Waren dort die Straßen wegen der Mittagspause leergefegt, so hatte sich hier die Mehrzahl der Familien längst zum Abendbrot versammelt. Und diesmal wartete kein Kollege Keller auf sie – für eine ordnungsgemäße Anmeldung hatte die Zeit nicht mehr gereicht.

Ehe sie sich versahen, lag das Städtchen wieder hinter ihnen: Von der blühenden Hansestadt schienen nur eine Handvoll Häuser, zwei Kirchen und ein sehr alt aussehender Brunnen übrig zu sein. War das alles?

Lohkamp wendete ungeduldig und wurde diesmal in der Ortsmitte von einer Fußgängerampel gestoppt – die einzige Stelle, an der ein Rentner mit Aussicht auf Erfolg die Durchgangsstraße überqueren konnte. Ein Trupp Jugendlicher, der Uniform nach Baseballfans, überquerte die Fahrbahn, und die Langer stieg aus, fragte sie nach dem Weg.

»Also, Sie fahren jetzt da lang, und da hinten, an der Tankstelle, das heißt vorher, geht's rechts ab und wieder da rein...«

Achselzuckend kehrte sie zurück und ließ sich in den Sitz fallen. Lohkamp hatte durch das geöffnete Fenster mitgehört und grinste: Bildungsnotstand gab es nicht nur im Ruhrpott.

Fünf Minuten später hatten sie doch gefunden, was sie suchten. Erben wohnte in einer gesichtslosen Neubausiedlung, die einen weitläufigen Berghang an der Südausfahrt der Stadt verschandelte, und hatte noch Glück gehabt: Sein Häuschen lag so weit von der Hauptstraße weg, daß die durch Breckerfeld donnernden Laster nicht durch sein Schlafzimmer kamen.

»Ja, bitte?« sagte der Mann, der nach dem fünften Klingeln im Jogging-Anzug an die Haustür kam: Kauend und über die Störung nicht gerade erfreut. Mit seiner Dreiviertelglatze sah er aus wie Anfang fünfzig, und seine Figur hatte ihre besten Zeiten längst vergessen.

»Herr Erben?« Der Glatzkopf nickte und sah auf Lohkamp herab. Warum hatte er heute nur mit Längeren zu tun?

»Ich bin Hauptkommissar Lohkamp, das ist meine Kollegin Langer. Wir haben ein paar Fragen an Sie.«

»Um was geht es?«

»Um Ihre Niere!« sagte die Langer forsch.

Die Kaubewegungen erstarben, aber die hellen Schweineaugen pendelten weiter zwischen den beiden Besuchern hin und her. Offenbar konnte sich der Mann nicht entscheiden, ob er erschrocken oder belustigt sein sollte.

Endlich fiel ihm eine gute Frage ein: »Muß ich Sie ins Haus lassen?«

»Nein«, sagte Lohkamp, und die Langer ergänzte: »Aber dann bekommen Sie eine Einladung nach Recklinghausen. Und ob Ihnen das am Morgen, während der Schulzeit so angenehm ist...«

Der Pädagoge grinste: »Manchmal tun ein paar Freistunden richtig gut.«

Laß ihn leben, dachte Lohkamp und ließ die Luft wieder ab. Dann fragte er so freundlich, wie es gerade noch ging: »Herr Erben, können wir uns nicht wie vernünftige Menschen unterhalten?«

»Das tun wir doch«, sagte Glatze und nahm die Kaubewegung wieder auf, ehe er die Langer anzüglich anstierte: »Aber ich wüßte wirklich nicht, was mein Körper Sie angeht...«

Im Hintergrund ging eine Tür: »Was ist denn, Zakko?«

Eine schlanke Frau in Jeans und bunter Bluse kam besorgt näher und stellte sich neben ihren Mann. Sie war irgendwo in der Mitte der Dreißiger, hatte die kräftigen schwarzen Haare zu einem Pferdeschwanz gebündelt und besaß eine Stimme von unglaublicher Sanftheit: »Guten Abend. Was wünschen Sie?«

Daß die größten Kotzbrocken immer die tollsten Frauen haben, dachte Lohkamp – weniger aus Neid als mit einer Spur von Bedauern für die Frau mit den braunen Augen. Und hoffte, daß die Langer schnell genug sein würde.

»Nur eine Frage«, sagte die Kommissarin und nestelte an ihrer Tasche. »Kennen Sie... diesen Mann?«

Die Schwarzhaarige starrte auf das Nordhues-Foto und hatte genau zwei Sekunden Zeit dazu – so lange, wie Erben brauchte, um die Tür ins Schloß zu donnern. Das Letzte, was die Polizisten von den braunen Augen mitbekamen, war ein Ausdruck von Überraschung – und des Erschreckens.

51.

Während Mechthild Mager, eingehüllt in einen Uterus aus Kamelhaar und psychedelischer Musik, auf ihrem Flickenteppich ruhte und das abendliche Entspannungsritual zelebrierte, ging es den beiden Männern der Familie wesentlich schlechter.

Eine Etage über ihr, im finstersten Winkel seines Zimmers, kauerte Sohn Kalle unter den Kopfhörern der 2x80 Watt-Anlage. Er war, mittlerweile 16 Jahre und sieben Monate alt, noch immer Jungfrau und bedröhnte seinen Schädel mit einem Joint und dem Pink-Floyd-Klassiker »Wish you where here«. Das Ziel seiner ungestillten Begierden hieß Rosa Pawlak und saß zweimal die Woche im selben Biologiekurs. Sie hatte ohne Zweifel den knackigsten Hintern der Jahrgangsstufe 11, weigerte sich aber beharrlich, Kalles kräftigen Händen den Weg zu diesem interessanten Ort freizugeben.

Ungerecht, wie das Leben im dritten der neunziger Jahre war, wurde die menschliche Zuwendung, die der Sohn vermißte, seinem Vater Klaus-Ulrich zur selben Stunde gleich doppelt geschenkt; von Gustav Lusebrink und Karl-Heinz Haggeney, zwei Dorfpolizisten aus Kamen, die der Dienst an den Mitbürgern nach Hattingen verschlagen hatte.

»Ganz ruhig, mein Söhnchen«, sagte Polizeimeister Lusebrink und warf sich eine Handvoll Gummibärchen zwischen die mächtigen Kinnladen. »Wir tun nur unsere Pflicht…«

Mager schwieg und *war* ruhig. Lusebrinks Gefährte Haggeney hatte ihn in der üblichen Spreizhaltung an die Wand des Mordzimmers genagelt und schob Mager nun, um sein T-Shirt besser nach Waffen abtasten zu können, von hinten das Knie in die Weichteile. Jede falsche Bewegung des Verdächtigen hätte eine Katastrophe mit irreparablen Folgen ausgelöst.

»Böse Sache das, Söhnchen!« fand Lusebrink. Er stand jetzt über der Leiche, meuchelte die nächste Generation Gummitiere und repetierte laut die Dienstanweisungen für Sofortmaßnahmen am Tatort. Er tat das so salbungsvoll und engagiert, daß der zuständige Gerichtsmediziner die weißlichen Spuren auf Pelsters Gesicht zunächst für Bullensperma, dann für die Heckausscheidungen von Killerbienen und schließlich für Hundespeichel hielt. Mit der letzten These war er der Wahrheit so nahegekommen, daß er für die endgültige Lösung des Problems nur noch zwei weitere Stunden seiner Lebenszeit verbrauchte.

»Fassen wir zusammen«, grunzte Lusebrink, »niemals darf man unbefugt einen Tatort betreten. Und warum?«

Mit der Schuhspitze hob er das rechte Bein des Toten an und ließ ihn wieder auf den Boden fallen – die Leichenstarre hatte, wie er nicht zu unrecht schloß, noch nicht eingesetzt.

»Ganz einfach: Weil wir damit den Kollegen von der Kripo die Arbeit erschweren!«

Er bückte sich, tauchte seinen Finger in das rote Rinnsal auf Pelsters Wange und betrachtete mit Abscheu das Resultat. Wieder in der Senkrechten, latschte er auf Mager zu, packte seinen Nacken und pflückte ihn von der Wand: »Verstanden, mein Sohn?«

»Verstanden«, sagte Mager und spürte etwas Nasses, Klebriges hinter seinem rechten Ohr. Vorsichtig hob er seine Hand und tastete nach der verdächtigen Stelle. Als er das Blut des Toten auf seiner Fingerkuppe sah, sackten ihm die Knie weg.

»Bleib bei mir, Söhnchen«, forderte Lusebrink und zog ihn wieder hoch. »So ist es besser.«

Mit seinem mächtigen Schädel deutete er zu dem stummen Zeugen der Unterhaltung: »Eine Leiche, eine Knarre und ein Mann mit dem Blut des Toten an den Fingern. Erzähl mir mal, was du angeblich hier gewollt hast...«

Verbissen schweigend starrte Mager seinen Geiselnehmer an. Lusebrink war fett wie eine Pommesbude, und wer ihm einmal begegnet war, der vergaß ihn nicht mehr. Mager gehörte zu den wenigen Auserwählten, die dem Polizeihauptmeister zweimal über den Weg gelaufen waren – und einmal unter Umständen, die kaum dazu geeignet schienen, sie den Enkeln am Kamin als Heldensage zu verkaufen.

Auch Lusebrink schien sich dumpf an ein besonderes Vorkommnis zu erinnern. Er kniff seine Augen zusammen, musterte Mager und begann zu grübeln. Der Kameramann hoffte inbrünstig, daß die Mordkommission erschien, bevor die Pommesbude mit dieser harten Arbeit fertig war.

»Ruhrbrücke«, strahlte Hauptmeister Lusebrink plötzlich. »Die rote Russenschleuder. Überhöhte Geschwindigkeit und Alkohol am Steuer. Stimmt's, mein Söhnchen?«

Es stimmte.

Zwei Stunden später durfte Mager unter Aufsicht auf die Herrentoilette der Polizeiwache Bahnhofstraße, um seine Hände mit Kernseife und Bürste zu säubern: Nach dem Schußspurentest hatte ein Beamter Magers Fingerkuppen auf einem Stempelkissen hin- und hergewälzt und einen gestochenen Satz Prints auf eine Karteikarte gedruckt – die deutschen Formularverlage gehörten zu den krisensichersten Unternehmen der Schwarzen Zunft.

Dann wurde er wieder in ein Vernehmungszimmer geführt, um zum drittenmal die erschröckliche Geschichte vom ahnungslosen Patienten zu erzählen, der nur ein Formular abholen will und den Arzt seines Vertrauens dahingeewigt findet. Reizworte wie »Kurden« und »Niere« sparte er sich für die Hauptverhandlung auf – in der Bahnhofstraße hätten sie, wie er fand, das Gesprächsklima nur unnötig verschärft.

Außer den beiden älteren Vernehmungsbeamten saß jetzt ein dritter Mann im Raum: der Staatsanwalt. Auch er hielt Magers Sermon nicht gerade für logisch: »Und warum, sagten Sie, sind Sie nach Hattingen gezogen?«

»Eheprobleme«, erwiderte Mager und tauchte seine Stimmbänder in Trauer. »Es klappt nicht mehr.«

»Was klappt nicht mehr?«

»Wir verstehen uns nicht mehr.«

»Inwiefern?«

»Sexuell«, verriet Mager und blinzelte den Staatsanwalt an. Doch für Männerbündnisse hatte der Mensch nichts übrig.

»Und warum sind Sie nicht in Hattingen gemeldet?«

Mager breitete die Arme aus: »Ich bin nur auf Besuch in der Wohnung eines Freundes. Bis ich etwas Vernünftiges gefunden habe.«

Die Tür öffnete sich, und der Fingerabdruckexperte kam herein. Er beugte sich zum Staatsanwalt hinab und raunte ihm einige Sätze ins linke Ohr. Dabei ließen die beiden den Delinquenten nicht eine Sekunde aus den Augen.

»Okay«, nickte der Staatsanwalt schließlich. Seine Stimme klang müde, aber zumindest seine Miene hellte sich etwas auf.

»Ihre Hände sind sauber. Nehmen wir vorerst mal an, daß Sie nicht geschossen haben…«

Mager schloß erleichtert die Augen. Die Aufforderung, am nächsten Tag zur Unterzeichnung des Protokolls zu erscheinen, fand er akzeptabel; die Bitte, bei seinem Arbeitgeber stets eine Adresse zu hinterlassen, fand er schizophren; und den Ausgang fand er allein.

Die Dämmerung hatte eingesetzt. Der Anblick der aufflackernden Straßenbeleuchtung und die hellen Fenster gegenüber kamen Mager richtig anheimelnd vor. Es war, als wäre er aus einem langen Alptraum ins Leben zurückgekehrt.

Bloß weg hier, durchzuckte es ihn. Bevor sie es sich anders überlegen!

Kaum hatte er die ersten Schritte getan, raste ein BMW der

Dreier-Reihe heran und hielt, um die Straßenbahnschienen nicht zu blockieren, dicht vor ihm auf dem Bürgersteig.

Mager wich erschrocken an die Hauswand zurück. Als dann noch die Beifahrertür aufflog, fielen ihm Saales Erlebnisse mit dem Rollkommando ein. Unwillkürlich ballte er die Fäuste.

Doch statt eines Schlägers, der ihm die Nase richten wollte, erschien eine dunkelhaarige Schönheit, die ihn völlig ignorierte – Pelsters Sprechstundenhilfe, die Kollegin der Zahnspangenmaus. Ohne eine Sekunde Zeit zu verlieren, strebte sie auf den Eingang der Polizeiwache zu und verschwand.

Beunruhigt sah Mager ihr hinterher. Er hatte, als sie vorüberflog, auf alles andere geachtet, nur nicht auf ihre Hände. Aber im nachhinein schien es ihm, als hätte sie eine von Pelsters Karteikarten zur Wache gebracht.

52.

»Einen Kaffee, Herr Lohkamp?« fragte der Gruppenleiter nach der Großen Frühbesprechung am Mittwoch. »Dauert höchstens fünf Minuten...«

Der Leiter des I. K. nickte. Der Kriminalrat war Chef der Recklinghäuser Kommissariate und Dienststellen und stand somit in der Hierarchie zwischen ihm und dem Boss der Kriminalpolizei des gesamten Kreises; auch wenn seine Funktion nicht so hieß, war er damit so etwas wie der Kripo-Chef der *Stadt* Recklinghausen.

»Bitte...«

Äußerlich manifestierten sich die Unterschiede auf ihren Gehaltskonten vor allem in der Größe der Dienstzimmer: Dem Kriminalrat standen die doppelte Fläche, eine Sesselecke und ein Teppich sowie weitere Extras zu, die Preußens Bürokratie, um Mißbräuche auszuschließen, in einer besonderen Verordnung über die Diensträume der Beamten bis ins Detail geregelt hatte.

»Wie steht es im Fall Nordhues wirklich?«

Lohkamp blickte seinen Vorgesetzten überrascht an: Einmal hatte er gerade eben berichtet, und zum anderen schätzte er den Kriminalrat vor allem deswegen, weil er seine Leute nicht mit unnötigen Fragen von der Arbeit abhielt.

»Wir haben bis jetzt wirklich nur den Anhaltspunkt mit der Niere. Und die Hoffnung, das Projektil zu finden...«

»Ich habe mir gestern die Akten angesehen«, verriet der Kriminalrat. »Vertrackte Angelegenheit...«

Komm schon, dachte Lohkamp und zündete sich, nachdem er mit einer Geste die Erlaubnis eingeholt hatte, eine Zigarette an. Du willst mir doch etwas ganz anderes erzählen.

»Der Präsident zeigt großes Interesse an diesem Fall...«

Lohkamp nickte: Das hatte jeder mitbekommen.

»Gibt es einen Grund dafür, den ich nicht kenne?«

»Keine Ahnung. Ich nehme an, das Stichwort Gladbeck hat ihn alarmiert. Aber sonst?«

Lohkamp breitete die Arme aus.

»Ich habe noch nie auf seinem Platz geparkt oder so etwas...«

»Aber irgend etwas ist im Busch«, sagte der Kriminalrat. »Ich habe ihm gestern ausführlich darlegen müssen, warum Sie auf der Zeche so viele Leute brauchen.«

»Er ist kein Polizist.«

»Nein«, lächelte der Rat, »aber zehn Jahre Präsident...«

Er brach ab; für eine deutlichere Kritik an ihrem Boss hatten sie beide noch nicht oft genug zusammen in der Kneipe gesessen.

»Außerdem fragte er, warum Sie in der Gegend herumfahren, als ob das Ihr erster Fall wäre. Schließlich sind Sie nicht Leiter einer einzigen Mordkommission, sondern für viel mehr verantwortlich.«

»Aber der Leiter der MK IV ist noch in der Kur.«

»Habe ich auch gesagt. Aber an der Frage ist was dran: Es wäre schlecht, wenn Ihre eigentliche Arbeit liegen bliebe...«

Das war Lohkamp auch ohne Warnung klar.

»Aber im Ernst: Hätte nicht Hänsel die Ermittlungen leiten können? Genug Erfahrung hat er. Und ich möchte nicht, daß er sich zurückgestuft fühlt.«

Dieser Einwand hatte nun wirklich Sinn.

»Ich passe auf«, versicherte Lohkamp. »Wir teilen uns die Arbeit. Und ich habe den Eindruck, daß es in Ordnung ist...«

Die nächste halbe Stunde wirbelte Lohkamp im Kommissariat herum, als wäre es sein erster Tag in diesem Job: Es sollte keiner sagen können, er kümmerte sich nicht um seine Leute. Zwischendurch ging ihm auf, daß er damit schon Wirkung auf den Druck von oben zeigte. Aber andererseits war es sicher nicht schlecht, ein wenig vorzubauen: Wenn die Ermittlungen in die heiße Phase kamen, wollte er den Rücken und den Kopf frei haben…

»Was Neues von unseren Archäologen?« fragte er Hänsel, als er um kurz nach neun Zeit für die nächste Tasse Kaffee fand.

Der Oberkommissar schüttelte den Kopf und schob ihm eine Aufstellung der metallenen Gegenstände zu, die der Suchtrupp am Dienstag gefunden hatte: »Wir können ins Schrottgeschäft einsteigen…«

»Lieber doch nicht«, sagte Lohkamp und sortierte die Akten auf seinem Schreibtisch: Einen Stapel mit Kleinkram würde er nebenher erledigen können, einen anderen am Wochenende zu Hause, und den Rest…

Das Telefon schlug an. Anders als in privaten Unternehmen, die kriminellen eingeschlossen, hatte er noch einen ganz normalen Apparat ohne Wahlwiederholung, Nummernspeicher und eingebauten Hosenträgern. Außerdem bemühte sich der grüne Kasten gar nicht erst, irgendwelche exotische Vogelstimmen nachzuahmen. Er läutete noch so, wie es Telefone seit alters her taten.

»Kripo Parchim. Ulbricht…«

Diesmal schaltete Lohkamp schneller: Der Mann mit dem verdächtigen Namen ermittelte in Plau am See.

»Morgen, Herr Kollege. Was gibt es?«

Der andere sagte es ihm.

»Was?« schrie Lohkamp und alarmierte damit die Mannschaft im Nebenraum. »In Ordnung. Ich komme selbst. Warten Sie…«

»Sechs Stunden«, sagte Hänsel. »Mindestens…«

53.

Mager hatte eine ungute Nacht hinter sich und brauchte zwei Tassen Kaffee mehr als gewöhnlich, um seinen Körper wieder auf Touren zu bringen.

Als er, nach einem kleinen Umweg durch die Altstadt, von der Polizeiwache in sein Quartier zurückgekehrt war, hatte er das Telefon schon auf der Treppe gehört: Bei PEGASUS befand man sich im Zustand höchster Panik, weil er über vier Stunden verschollen gewesen war.

Die Freude darüber, daß er weder in die Suchtklinik von Langenberg eingeliefert noch auf andere Weise entführt worden war, hielt nicht lange vor. Mit der Ermordung Pelsters schien auch der zweite Strang der Recherchen gekappt. Wieder einmal hatte PEGASUS Kraft und Zeit in ein Projekt gesteckt, das sie nicht dem Weltruhm, sondern dem Ruin näherbrachte…

Anschließend wälzte Mager sich stundenlang im Bett herum, ohne einschlafen zu können. Mehr als an die entgangenen TV-Honorare dachte er an die Pistole im Papierkorb neben Pelsters Schreibtisch: Dort hatte Mohammed in Deckung gelegen, als er selbst das Mordzimmer betrat…

Nach dem kargen Frühstück packte Mager die Schmutzwäsche ein, die sich bisher angesammelt hatte, und verließ die Wohnung. Die Hand schon am Zündschloß, fiel ihm ein, daß sein Zigarettenvorrat höchstens noch bis zur Autobahnauffahrt bei Herbede reichte. Also wälzte er sich wieder auf das Pflaster und steuerte seinen Lieblingskiosk an.

»Mojn, Schorsch.«

Automatisch blickte Mager in das Innere der Hütte, aber die Installateure waren noch nicht da. Möglich, daß sie an diesem Morgen auch verschlafen hatten.

»Eine ganze Stange!«

Schorsch nickte und legte neben Ware und Wechselgeld auch das Gratis-Feuerzeug auf die Theke, das er bei jedem Großeinkauf spendierte: »Schon gehört?«

»Was?« fragte Mager.

»Pelster. Der Arzt in der Moltkestraße. Das ist…«

»Weiß ich«, nickte der Kameramann, »was ist mit ihm?«

»Umgebracht. Erschossen. Gestern abend.«

»Schrecklich«, sagte Mager und wandte sich zum Gehen. »Es wird immer schlimmer.«

»Genau. Diese Ausländer…«

»Ausländer?« fragte Mager und wirbelte herum. »Was haben die denn…«

»Steht doch schon in der Zeitung«, sagte Schorsch und hielt Mager die Titelseite entgegen. »Hier!«

Mager brauchte ein paar Sekunden, um seine Pupillen umzuschalten: Wie üblich war die Schlagzeile so hoch, daß man sie selbst mit minus sieben Dioptrin ohne Hilfsmittel lesen konnte. Unter den Lettern prangte ein Paßfoto, das Mager sehr bekannt vorkam.

Es zeigte einen kurdischen Asylbewerber namens Hamid Ghaeni.

»Schöne Scheiße«, fluchte Saale, als Mager ihm die Zeitung auf den Tisch knallte. »Wieso kann diese Sprechstundentante nicht woanders in die Sauna gehen?«

»Du stellst wieder mal die falsche Frage!« fauchte Mager.

»Bitte?«

»Na klar«, erklärte sein Vizechef. »Diese Frau ist schon in Ordnung. Hat die Augen offengehalten und die richtigen Schlüsse gezogen...«

»Du Idiot!« schrie Karin Jacobmayer. »Hamid ist kein Mörder. Das weiß ich!«

»Ach, wirklich?«

Mager drehte sich um und musterte sie provokatorisch von oben bis unten, ehe er ihr höhnisch in die Augen sah: »Du mit deinem Ausländertick. Deutsche Schwänze sind...«

Ohne Vorwarnung sprang sie ihn an und zog ihm ihre Krallen durchs Gesicht. Magers Brille flog in die Ecke, auf seiner linken Backe loderte ein Feuer auf, und schon schlug sie auf ihn ein. Ihr bester Treffer gelang ihr mit dem Handgelenk – er landete auf Magers rechtem Auge.

»Karin!« schrie Saale und versuchte, sie von seinem Kumpel wegzuziehen. Doch sie riß sich los und griff erneut an, wechselte aber die Richtung: Als Mager die Hände hob, um sie wegzustoßen, trat sie ihm in jene Stelle, die auch der Polizeiobermeister Karl-Heinz Haggeney so interessant gefunden hatte.

Stöhnend klappte Mager zusammen und hoffte inständig, daß es vorüber war. Doch in derselben Sekunde wurde der Orkan an seinem Südpol von einem Schmerz im Oberarm überlagert: Die Rote hatte von allen PEGASUS-Leuten die gesündesten Zähne...

Die nächste Stunde gehörte zu den absoluten Tiefpunkten in der siebenjährigen Geschichte des Unternehmens.

Kaum hatte sich Mager über den Hinterhof geschleppt, um seine Wunden zu versorgen und ins Bett zu gehen, hatte Karin ihre Sachen gepackt und war nach Hause gefahren – mit dem festen Vorsatz, ihr seit Jahren ruhendes Germanistikstudium wieder aufzunehmen und das Rassistenschwein Mager nie wiederzusehen.

»Meine Kontonummer wißt ihr ja«, verkündete sie zum Abschied. »In einer Woche habe ich als Abfindung drei Monatsgehälter auf dem Konto, oder ich hole mir den besten Anwalt von Bochum...«

Susanne Ledig und Holger Saale saßen hinter ihren Schreibtischen und wagten es nicht, sich anzusehen. Der Kaffee wurde kalt, die Monitore der Computer blieben dunkel, die Post lag ungeöffnet in dem Körbchen auf Karins Tisch. Wenn kein Wunder geschah, konnten sie den Laden dichtmachen.

Doch statt des Wunders kam es noch dicker: Fast ohne Unterbrechung nervte sie das Telefon. Anfangs ignorierten sie den Lärm, doch dann wurde die akustische Folter unerträglich. Beim sechsten oder siebten Anruf kapitulierte Saale und streckte den Arm aus: »Ja?«

Als seine Augen sich weiteten, schaltete Susanne den Lautsprecher ein.

Es war Mohammed, und die PEGASUS-Chefin fröstelte, als sie die Härte in der Stimme des Kurden spürte. Mohammed versprach dem abwesenden Mager alles andere als den Einzug ins Paradies: »Sagt diesem Sohn eines Schweins, daß wir Verrat nie verzeihen. Uns so hereinzulegen! Erst erschießt er Pelster, dann dreht er die Sache so, daß die Bullen uns in Verdacht haben.«

»Aber das ist ein Irrtum!« schrie Saale.

»Wenn Hamid abgeschoben wird, ist Mager so gut wie tot. Wir machen mit ihm dasselbe, was die türkische Polizei mit Hamid...«

»Hör zu!« sagte Susanne kalt und beugte sich vor, damit der Kurde sie besser verstehen konnte. »Klaus sagt dasselbe über euch. Er glaubt, ihr hättet Pelster umgelegt...«

Mohammed verstummte. Dann sagte er: »Ich rufe wieder an...«

Die Leitung war tot.

Zehn Minuten später meldete er sich erneut. Offenbar hatte er das erste Gespräch nur unterbrochen, um die Telefonzelle zu wechseln. Hatten sie beim ersten Anruf im Hintergrund die typischen Geräusche einer Bahnhofshalle gehört, so stand der Kurde nun dicht neben einer viel befahrenen Straße. Der Lärm war so laut, daß sie ihn kaum verstehen konnten.

»Wieso glaubt Mager, wir wären es gewesen?«

»Weil er es nicht war. Er hat nie eine Pistole besessen. Warum sollte er Pelster erschießen und euch 'reinreißen?«

Mohammed ließ ein paar Sekunden verstreichen, ehe er wieder sprach: »Und wer hat Hamid bei der Polizei verraten?«

»Klaus nicht«, schwor Susanne. »Ihr habt die Zeitung nicht genau gelesen. Da stand etwas von einer Zeugin. Es war eine Frau. Und man kann Klaus...«

Mitten in ihrer Erklärung legte Mohammed wieder den Hörer auf. Gespannt warteten sie, ob er sich noch einmal melden würde.

»Der übertreibt es ein bißchen«, meinte Saale. »Nach jedem dritten Satz die Zelle wechseln. Wo sind wir denn?«

»In Deutschland«, sagte Susanne. »Ich wäre an seiner Stelle genauso.«

»Hör mal, wer wird denn unser Telefon...«

»Wenn ich ein paar Jahre in einem türkischen Knast gesessen hätte, würde ich auch kein Risiko mehr eingehen...«

Die zweite Gesprächspause dauerte besonders lange. Saale riß sich vor Ungeduld fast die Fingergelenke aus, und Susanne begann sogar, die Unordnung zu beseitigen, die der Zweikampf zwischen Mager und der Roten angerichtet hatte. Dabei verspürte sie zum erstenmal die vage Hoffnung, die Firma würde zu retten sein.

»Das mit der Frau kann auch ein Trick sein«, sagte Mohammed ohne Einleitung und Übergang. Er hatte für den Ortswechsel fast fünfzig Minuten gebraucht und stand jetzt vor einer Schule, in der gerade die Große Pause ablief.

»Das ist kein Trick. Klaus erzählt, ein Mann und eine Frau wären unten aus der Sauna gekommen, als ihr gerade an der Haustür wart. Möglich, daß sie euch gesehen hat.«

»Aber wer kennt uns?«

»Die Sprechstundenhilfe.«

Wieder vergingen einige Sekunden. Susanne glaubte erst, Mohammed würde sich mit jemandem beraten. Aber der Pausenlärm im Hintergrund verstummte nicht, und sie hörte keine Stimmen dicht am Apparat – Mohammed suchte allein nach einer Lösung.

»Wir müssen uns sehen. Ich gebe dir beim nächstenmal einen Treffpunkt an. Mager soll mitkommen...«

Während Susanne das Telefon bewachte, machte sich Saale auf den Weg, um Mager aus seinem Schmollwinkel zu locken. Aber das sollte schwerer sein, als er es erwartet hatte: Mager rührte sich nicht, obwohl seinem Kumpel schon der Finger schmerzte, mit dem er die Klingeltaste bearbeitete.

Schließlich trat Saale so weit in den Hof zurück, daß er zu Magers Fenster hinaufsehen konnte: »Klaus!«

Keine Reaktion.

»Klaus-Ulrich!«

Nichts.

»Ma-ger!«

Das Hinterhaus sah weiterhin verlassen aus, aber der Lada stand auf seinem angestammten Platz. Da Mager Fußmärsche haßte, mußte er zu Hause sein.

Ratlos blickte Saale sich um, aber er sah niemanden, der ihm helfen konnte: Gattin Mechthild reagierte ihre Muttergefühle im Kindergarten ab, und Sohn Kalle trieb gerade den nächsten Lehrer des Reinoldus-Gymnasiums einer Frühpensionierung aus Gesundheitsgründen entgegen.

Schließlich fand Saale zwischen den Visitenkarten, die in der Brusttasche seiner Jacke einer nun unsicheren Zukunft entgegenschlummerten, einen in Folie verpackten Zahnstocher. Er nahm den Spieß, steckte die Klingeltaste neben Magers Haustür fest und kehrte ins Büro zurück.

»Kommt er?«

Saale schüttelte den Kopf.

»Dann wartest du hier«, sagte Susanne. Sie ging in den Schneideraum und suchte den Reserveschlüssel, den Mager dort versteckt hatte. Kurz darauf überquerte sie den Hof, pflückte den Zahnstocher aus dem Klingelbrett und schloß auf.

Mager lag, über sich immer noch die Porträts von Karl Marx,

Humphry Bogart und Katharina Witt, im Bett und döste vor sich hin.

Das geschwollene rechte Auge war unter einem Eisbeutel verschwunden, den Riß in der Wange hatte er mit einem schmalen Pflaster überklebt, und die Bißwunden im Oberarm warteten unter Wundsalbe und Mullbinde auf ihre Heilung. Nur für die vierte, schwerste Verletzung wußte auch er keine passende Medizin. Wahrscheinlich war absolute Ruhe in diesem Fall die beste Lösung.

Als er die Schritte auf der Stiege hörte, schaute er verwundert auf seine Armbanduhr: Weder Mechthild noch Kalle konnten schon zurück sein. Dann ging ihm auf, daß er diese Schritte gar nicht kannte. Doch bevor er reagieren konnte, klopfte es schon.

»Du?« fragte er erstaunt. Er konnte sich nicht erinnern, daß die PEGASUS-Chefin jemals diesen Raum betreten hatte. Als sie vor zwei Jahren als Zeugin zuschaute, wie Hauptkommissar Lohkamp sein Revolutionsarchiv durchwühlte, saß er selbst eine Nacht im Knast ab. Und hinterher vergaßen alle, ihm dieses Detail zu erzählen.

»Ja, ich«, sagte Susanne Ledig und setzte sich in Magers Lieblingssessel. »Du mußt dich bei Karin entschuldigen. Du hast sie auf die blödeste Weise beleidigt, die in diesem Fall möglich war. Einverstanden?«

Mager wandte sein intaktes Auge ab und überlegte. Sein Blick glitt die Wand hoch und blieb bei den drei wichtigsten Heiligen seines Lebens hängen. Katharina Witt sah ihn erst gar nicht an, Humphry Bogart fand, ein Mann müsse das allein entscheiden, aber Charly nickte ihm zu.

»In Ordnung«, sagte Mager.

»Mohammed hat angerufen. Er glaubt, du hättest Pelster umgelegt und dann Hamid bei der Polizei verpfiffen.«

»Blödsinn«, sagte Mager.

»Habe ich ihm auch erklärt. Er ist immerhin bereit, sich mit uns zu treffen.«

»Wo?« fragte Mager.

»Das sagt er uns beim nächsten Anruf. Er ist nie länger als eine halbe Minute in der Leitung geblieben.«

»Kluger Kopf!«

Als Susanne mit Mager ins Büro zurückkehrte, notierte Saale gerade den Treffpunkt, den Mohammed durchgegeben hatte: »In einer Stunde. An dem gelben Verkehrsschild in der Mitte der Straße, an der ihr euch zum erstenmal gesehen habt. – Ich weiß wirklich nicht…«

»Ich aber«, meinte Mager. »Das ist die Stadtgrenze zwischen Bochum und Herne.«

Siebzig Minuten später ruderte Mager zwei Menschen über das trübe Wasser des Ententeichs, der am westlichen Ende des Gysenbergparks lag: Susanne und Mohammed. Geschickt bugsierte er den Kahn durch die enge Tunnelröhre unter einer Fußgängerbrücke hindurch und ließ ihn unter die tiefhängenden Zweige einer alten Trauerweide treiben. Mohammeds dunkle Augen suchten immer wieder voller Mißtrauen alle Ufer ab.

»Also gut«, sagte der Kurde, »es war Pech. Ein Mißverständnis. Tut mir leid.«

Sie nickten sich zu – für große Gesten war keine Zeit.

»Aber was machen wir nun?« wollte Mager wissen.

»Wir müssen Hamid holen und mit ihm zur Polizei. Und du mußt alles erzählen. Von Anfang an…«

Mager überlegte, sah Susanne an. Sie nickte.

»Gut. Und wo ist er?«

»Bei Karin…«

54.

»Rom!« rief Lohkamp und zeigte auf das Ortsschild, das vor dem Scorpio auftauchte. »Rom liegt in Mecklenburg! Das glaubt uns im Präsidium keiner!«

»Einer doch«, kicherte die Langer und ging auf 50 herunter: »Kollege Hänsel…«

Sie hatte das Steuer kurz nach Bremen übernommen, um dem Chef ein Stündchen Schlaf zu gönnen. Die Ausflüge an die Ems und ins Sauerland steckten ihm noch in den Knochen, und die aggressive Raserei in Richtung Norden hatte ihm den Rest gegeben.

»Langsam glaub' ich selber, daß ich bald fünfzig werde«, hatte

Lohkamp gemurmelt, ihr dankbar zugenickt und die Rückenlehne in Schlafposition gebracht. Sein Schnarchen war doppelt so laut gewesen wie der Motor.

An der alten Grenze war er aufgewacht, hatte sich die Augen gerieben, eine geraucht und die Landschaft beiderseits der Autobahn gemustert. Sie schien ihm weitflächiger und weniger zersiedelt als im Westen, aber die Investoren holten auf: Vor jeder Ansiedlung wurden Felder in Gewerbegebiete und Grünanlagen in Einkaufszentren umgewandelt...

Richtig begonnen hatte die Expedition ins Unbekannte erst an der Abfahrt Parchim. Felder, Wälder, Tempo 80. Und Lohkamp versuchte vergeblich, sich daran zu erinnern, wann er zuletzt durch Apfelbaumalleen gefahren war.

Parchim selbst war so häßlich wie der Name. Schon von weitem drohten drei, vier hohe Schornsteine und ein Hochhauskomplex herüber, am Ortseingang hatte Fiat eine Autohalde angelegt, gelb-rosa getünchte Plattenbauten beleidigten die Augen aller Sehenden.

»Gut, daß dieser Ulbricht uns gleich nach Plau bestellt hat«, fand Lohkamp und warf seine Zigarettenkippe aus dem Fenster. Damit hatte der Kollege ihnen nicht nur die diplomatischen Rituale in der Kriminalinspektion erspart, sondern auch die gefährliche Versuchung, vor der Wache zur Begrüßung den Parkplatzboden zu küssen: Die als Erholungsgebiet geltende Region war, wie ein Schild am nächsten Telegraphenmasten verriet, extrem tollwutgefährdet...

Fünf Minuten lang fuhren sie durch die Taiga – und dann kam dieses Rom. Aber außer den drei Buchstaben hatte das Dorf mit der Ewigen Stadt nichts gemein. Graue Einfamilienhäuser, vor der Kneipe »Zum Römer« drei Rehe aus Stein, eine Werbewand für Busreisen nach Paris – das war's auch schon...

Plau am See erreichten sie, als die Schatten schon deutlich länger wurden, und gerieten prompt in einen Stau: Die Stadt ließ alle wichtigen Straßen gleichzeitig erneuern – eine Methode, die Lohkamp bis dahin nur aus Bochum kannte.

Bis sie sich zur Polizeiwache durchgefragt hatten, war es halb sechs geworden. Dafür hatten sie drei Ehrenrunden durch die malerische Altstadt gedreht, zweimal die Hubbrücke an der Elde passiert und sämtliche Hinweistafeln der Stadt studiert. Von der Gründungskneipe der SED-Ortsgruppe Plau bis zum Gotteshaus der Sieben-ten-Tags-Adventisten hätte Lohkamp jetzt alle historischen Stätten auch im Dunkeln gefunden.

»Gott sei's getrommelt und so weiter«, stöhnte er, stieg aus und rieb sich das schmerzende Rückgrat. »Ich hab' Hunger wie drei Wölfe!«

Das zweistöckige Gebäude der Polizeistation Plau befand sich zu recht am äußersten Rande der Stadt: ein grauverputztes, schmuckloses Haus, das in der über 750 Jahre alten Stadt nicht auf der Denkmalliste landen würde. Zwei Mülltonnen bewachten den Eingang, stabile Gitter das Erdgeschoßfenster. Zumindest einem der Beamten ließ der Dienst Zeit genug, um regelmäßig die Rosen unter seinem Fenster zu gießen...

»Schön, daß Sie da sind«, sagte Kommissar Ulbricht, der im ersten Stock auf sie gewartet hatte. »Es gibt nämlich auch eine Stadt, die Plauen heißt. Diese Richtung vier Stunden...«

Sein Arm zeigte irgendwo nach Südosten, und er grinste.

»Kaffee?«

Die beiden Wessis nickten und sahen ihm bei der Arbeit zu. Er mußte im selben Alter wie Lohkamp sein, war zum Glück kaum länger, aber dafür deutlich breiter. Auch zweieinhalb Jahre nach der Wende trug er noch immer keinen Maßanzug mit Seidenkrawatte, sondern schien sein reduziertes Ost-Gehalt lieber beim Metzger und Bäcker auszugeben.

»Gut durchgekommen?« fragte er, während er die Tassen auf den Tisch stellte. Sie sahen reichlich antik aus, und Lohkamp ertappte sich bei dem Wunsch, unter dem Boden nach dem Inventarstempel der Volkspolizei zu suchen.

»Ja«, sagte er dann. »Von dem Umleitungschaos in Plau einmal abgesehen.«

Ulbricht nickte: »Die spinnen. Früher haben sie nach Plan Fähnchen geschwenkt, heute weigern sie sich sogar, nach Plan zu bauen. Wenn das hier an der falschen Stelle brennt...«

Er goß ihnen den Kaffee ein und nahm selbst Platz.

»Verraten Sie mir eins: Warum sind Sie so scharf darauf, den Mann persönlich zu interviewen?«

Lohkamp nickte der Langer zu, und sie berichtete, was sie am Vortag herausgefunden hatten.

»Spannend«, meinte Kollege Ulbricht. »Aber vielleicht sind wir alle in zwei Stunden klüger…«

»Und wie sind Sie fündig geworden?«

Der Kollege deutete auf eine lange Namensliste: »Alle Leute mit den Anfangsbuchstaben F. G. zu befragen, hätten wir gar nicht geschafft. Deshalb haben wir einfach das Foto dieses Herrn Nordhues genommen und die Hotels abgeklappert.«

Er schaute auf die Uhr: »Wenn ich einen Vorschlag machen darf, fahren wir gleich zum Seehotel. Ich habe mir erlaubt, Ihnen da ein Zimmer zu reservieren.«

Lohkamp und die Langer wechselten einen Blick, aber Kollege Ulbricht lachte: »Keine Bange. Die hatten nur noch einen Bungalow im Garten frei. Zwei Räume…«

Er trank seinen Kaffee aus und zog eine blaue, leicht zerknitterte Leinenjacke über.

»Im Seehotel treffen Sie auch die Kellnerin, die Nordhues und den Mann mit der neuen Niere dort beim Saufen bedient hat.«

»Und wo finden wir den?«

»Alles bestens«, sagte der Kommissar aus Parchim. »Falko Gottschlich wohnt ein paar Häuser weiter und ist Stammgast im Hotel-Restaurant. Deshalb konnte sich die Kellnerin auch so gut erinnern…«

Ulbricht bestieg einen grauen Passat mit einem Kennzeichen, das Lohkamp im Kreis Recklinghausen noch nie gesehen hatte: PCH für Parchim. Als die Langer den Scorpio gewendet hatte, raste der Kollege los, als wollte er den Gästen aus dem Westen beweisen, daß man von einem Wartburg ohne Probleme auf einen Volkswagen umsteigen konnte.

55.

Die gelb und rot getünchten Wohnhäuser am Südrand der Markstraße waren eines der letzten humanen Reservate von Bochum, die Normalmieter bezahlen konnten. Die Quartiere waren funktional aufgeteilt, die Kinderzimmer boten mehr Platz als für Schrank und

Bett, und der gesamte Komplex stand in einer Grünanlage, die den Kindern Platz zum Spielen und Schutz vor Autos bot.

Ursprünglich für Professoren der Ruhr-Universität gebaut, waren die Wohnungen spottbillig gewesen. Nachdem diese Mieter aus Steuergründen in Eigenheime emigriert waren, hatte die Stadt die Fehlbelegerabgabe entdeckt: Lehrern und Sozialarbeitern, Uni-Sekretärinnen und Polizisten zog man das Geld wieder aus der Tasche, das man den Professoren zuvor geschenkt hatte.

Die Attraktion des Geländes aber war der inzwischen 120 Jahre alte steinerne Förderturm der Zeche Julius-Philip, der hinter dem Block sein Rentnerdasein fristete. Von einst über hundert dieser protzig-schönen Malakowtürme hatten im Ruhrgebiet gerade dreizehn Exemplare der Abbruchwut der sechziger Jahre widerstanden.

Die letzten Angriffe auf das 35 Meter hohe Ungetüm hatten ein Nimmersatt von Makler und ein ruhmsüchtiger Stadtbaurat gestartet. Der erste wollte Luxuswohnungen in das Gemäuer setzen und versprach der neugierigen Schickeria bereits, die »Kinderreichen« von nebenan zu vertreiben; der zweite plante, im Umfeld alle Landkarten so zu ändern, daß die Stadt prominente Gäste im Benz am Turm vorüberfahren konnte.

Beiderlei Ehrgeiz scheiterte an der Solidarität der Anwohner, und nun nutzte die Universität den Koloß völlig unspektakulär für medizinische Forschungen, die niemanden belästigten...

Zu denen, die von all diesen Umständen profitierten, gehörte auch die PEGASUS-Frau Karin Jacobmayer: Bei guter Musik auf dem Bett ihres Wohngemeinschaftszimmers liegend, bot ihr der romantisch-wilde Anblick des Turms vor ihrem Fenster Anlaß zu manchem schönen Traum...

Mager keilte seinen Lada am Opel-Werk vorbei die Markstraße hoch. Zwischen den Betonburgen von Steinkuhl reduzierte er die Geschwindigkeit, um nicht in eine Radarfalle zu geraten, unterquerte die Dauerbaustelle Universitätsstraße und näherte sich, in ein deutlich teureres Wohnumfeld geraten, Karins Freund, dem Turm, in einem durchaus akzeptablen Tempo.

»Nervös?« fragte er Mohammed, der die Raserei äußerlich gelassen hingenommen hatte.

Der Kurde zog die Schultern hoch: »Ich habe schon den ganzen Tag so ein blödes Gefühl...«

»So etwas kann täuschen.«

»Schon«, sagte Mohammed, »aber beim letztenmal habe ich anschließend drei Jahre gesessen...«

»Arsch!« schrie Mager, in den Außenspiegel blickend, und ließ seine Bremslichter aufblitzen: »Der kriecht mir fast in den Kofferraum!«

Aufgeschreckt fuhr Mohammed herum, sank aber erleichtert in den Sitz zurück: Am Steuer des weißen Fiesta hinter ihnen saß eine harmlos wirkende junge Frau, die nur auf einen neuen Streckenrekord scharf war.

Vorsichtig näherte sich Mager nun der engen Zufahrt zum Turmgelände. Der Fiesta ging auf Sicherheitsabstand, und Mager zog im Schrittempo auf das Areal. Dicht unter den Fenstern eines vierstöckigen Wohnhauses vorbei tastete er sich auf den Parkplatz neben dem Malakowturm vor. Drei, vier Personenwagen, ein geschlossener Kastenwagen mit Michelin-Reklame, Kinder mit Mountain-Bikes. Auf dem Sportplatz hinter dem Maschendrahtzaun trainierte eine Schülermannschaft für die Bundesligasaison des Jahres 2007.

Mager stieg aus, fischte den riesigen Blumenstrauß von der Rückbank und starrte beklommen auf die Wohnblocks. Reuevoll zu erkennen, daß er Mist gebaut hatte, war schwer genug; aber offen Buße zu tun, grenzte an Selbstverleugnung. Doch es ging um die Firma, und er hoffte, Karin würde seinen Kniefall akzeptieren...

»Also dann«, sagte er, setzte sich in Bewegung und tauchte unter das grüne Dach, das den Pflasterweg hinter den Häusern beschirmte. Fahrradklingeln, Ballgeräusche, Kindergeschrei. Die Bewohner des Komplexes hatten eine Menge für Magers Rente getan...

Den ersten Eingang ließen sie links liegen und näherten sich dem Duell zweier Drachen. Eine fleischlose, flachbrüstige Blondine hatte sich, einen greinenden Zehnjährigen an der Hand, vor einer drallen Mutti mit Kupfertönung aufgebaut und sprühte ihr alles Gift dieser Welt ins Gesicht: »Ihre Katharina hat meinen Philip mißhandelt...«

Mager grinste, umkurvte die Furien und ging auf den Eingang

der Nummer 260 zu. Er schellte, bemerkte aber, daß die Tür nicht ins Schloß gefallen war, und stieß sie auf: »Komm…«

Auf der Treppe begegnete ihnen ein vierfacher Vater, der seine Nachkommen im Gänsemarsch zum gruppendynamischen Spielen ausführte. Sein Blick war so durchgeistigt, wie ihn nur Psychologen mit zehn Berufsjahren schafften. Als er den Tabakqualm roch, der Mager aus allen Poren drang, verzog er angewidert das Gesicht.

Karin erwartete sie auf dem Treppenabsatz im zweiten Stock. Gespannt schielte Mager zu ihr hoch. Sie sah auch aus diesem Blickwinkel ungeheuer scharf aus, aber ihre Miene verriet nichts über seine Chancen, die nächsten Minute zu überleben. Zur Sicherheit riß er die Blumen aus dem Papier, bevor er oben war: »Hier!«

»Mensch, Feuerlilien – toll!«

Sie sah ihn an, entdeckte den blauen Fleck an seinem rechten Auge und das Pflaster auf seiner linken Wange und steckte erschrokken den Zeigefinger zwischen die Zähne: »War ich das?«

»Kann sein«, grinste Mager. »Ist aber halb so wild…«

Eine Sekunde des Zögerns – dann lagen sie sich in den Armen. Es tat ihm ungeheuer gut.

»Kommt rein«, sagte sie, reichte Mohammed die Hand und gab den Durchgang frei. »Tee?«

Hamid Ghaeni saß zusammen mit Ramazan, einem Studenten aus dem Iran, in der Küche der Wohngemeinschaft und spielte die siebte Partie Backgammon. Als er Mager entdeckte, blieb seine Hand mit den Würfeln wie erstarrt in der Luft hängen.

Mohammed drängte sich vor und begann, auf ihn einzureden. Die anderen verstanden kein Wort, aber langsam lockerte sich der harte Gesichtsausdruck des unfreiwilligen Nierenspenders. Schließlich nickte er, warf drei Sechsen und streckte dem PEGASUS-Mann die freigewordene Hand entgegen: »Tach!«

Mager drückte ihm die Flosse und grinste: Hamid war auf dem besten Wege, den richtigen Dialekt zu lernen.

Er setzte sich, nahm das Teeglas entgegen und beobachtete, wie Karin geschickt mit dem Samowar hantierte. Das goldene Gesöff war heiß, stark und süß – eine echte Alternative zu Tchibos bester Bohne.

Nach dem dritten Glas schaute Mager erst auf die laut tickende

Wanduhr, dann in Mohammeds Gesicht: »Ich will ja nicht drängen, aber...«

Der Kurde nickte, warf einen knappen, aber bezeichnenden Blick auf Ramazan und sah die Rote an: »Können wir in dein Zimmer...«

»Ich geh' schon«, meinte der Iraner, doch Karin wehrte ab: »Bei mir ist sowieso mehr Platz.«

Mit Tee und Tassen zogen sie in Karins Reich um, das von der seitlich hereinfallenden Abendsonne in ein sanftes Licht getaucht wurde. Fünfzehn Meter vor dem Fenster schlief der schwarze Klotz von Turm, aber an ihm vorbei hatte man keinen schlechten Blick auf Bochum.

»Also«, sagte Mohammed, »ich erkläre Hamid zuerst, was wir beschlossen haben. Dann stimmen wir unsere Aussagen ab. Okay?«

Mager nickte und drehte sich wieder zum Fenster um. Obwohl es zum Lüften angekippt war, konnte er von dem Kindergeschrei, das vor einer halben Stunde den Spielplatz beherrscht hatte, nichts hören. Auch die keifenden Mütter hatten ihren Streit beendet oder setzten ihn in einem abhörsicheren Raum fort. Der Weg vor dem Haus, der Parkplatz mit dem Lada, der Garagenhof der Anwohner – kein Mensch mehr zu sehen. Und dabei war es gerade fünf.

»Karin, komm doch mal«, sagte Mager verwirrt und starrte wieder hinaus. Jetzt erkannte er unter den Bäumen vor dem Haus eine schnelle Bewegung. Ein Mann mit merkwürdig gewölbter Kopfbedeckung, grüner Kleidung und einem kompakten, mattschimmernden Gegenstand in der Hand. Ein zweiter...

»Was ist denn?« fragte die Rote.

In diesem Augenblick flog von oben ein Schatten heran, und die Fensterscheibe explodierte.

56.

Kommissar Ulbricht lotste sie über die Fernstraße 191 zwei, drei Kilometer in Richtung Süden, auf Pritzwalk zu – noch ein Ortsname, den es bisher in Lohkamps Bewußtsein nicht gegeben hatte.

Laubwald umfing den Wagen, zur Rechten flog eine wilde

Müllkippe vorbei, dann versicherte das Gemeinschaftswerk Ost: »Wir schaffen den Aufschwung.«

Lohkamp war weniger optimistisch. Doch bevor er darüber ins Grübeln geraten konnte, lockte von der anderen Seite das »Waldrestaurant« – eine schmerzliche Erinnerung an sein aktuelles Versorgungsdefizit.

Der Kollege aus Parchim fuhr erbarmungslos weiter, bog jedoch bald nach links ab. Dafür, daß sie den folgenden Waldweg angemessen würdigen konnten, sorgte das harte, löchrige Pflaster: Mehr als 30 Stundenkilometer hätten die Stoßdämpfer überfordert.

Die letzte Biegung führte erneut nach links. Rechts lag der blaue, von Wäldern eingerahmte See, links tauchten ein Imbiß, ein paar Villen, das Hotel »Waldheim« auf. Und endlich setzte Ulbricht seinen Passat so hart an den rechten Straßenrand, daß Lohkamp schon fürchtete, Wagen und Fahrer würden die steile Uferböschung hinabrutschen.

»Für heute reicht's mir«, stöhnte die Langer, ließ Lohkamp aussteigen und drückte den Scorpio dann genau so dicht ans Ufer wie der Kollege. Die Recklinghäuser fischten ihr Notgepäck aus dem Kofferraum und marschierten hinter dem Kollegen auf das gepflegte Hotel zu. Sehnsüchtig starrte Lohkamp auf die dem Haus vorgelagerte Terrasse mit Seeblick, auf der eine Busladung Rentner den warmen Spätnachmittag genoß – aber sie hatten noch zu tun.

Den Weg zur Rezeption hätten sie auch ohne die goldenen Lettern nicht verfehlt: Sie lag an der strategisch besten Stelle gegenüber dem Eingang neben den Türen, die ins Innere des Hauses führten. Hinter der weiß-grauen Theke taten zwei Frauen über 40 Dienst. Die Brillen waren neu, aber die weißen Blusen und dunkelblauen Röcke repräsentierten noch den seriösen Charme des besseren Teils der DDR-Gastronomie.

»Lohkamp«, sagte der Hauptkommissar. »Für uns ist reserviert worden…«

Während die eine Dame ihn auf der Liste suchte, legte die andere ihm bereits das Meldeformular und einen Kugelschreiber vor: »Wenn Sie so freundlich wären…«

Als die Formalitäten erledigt waren, erhielten sie den Schlüssel für Bungalow neun, die Zusicherung, daß er Toilette und Waschgelegenheit enthalte, sowie die Bitte, sich zum Duschen ins Hauptgebäude zu begeben.

»Ich besorge uns schon mal Plätze«, sagte der Parchimer Kollege und nickte zum Eingang des Restaurants hinüber. »Draußen oder drinnen?«

»Wo weniger Leute sind«, sagte die Langer.

Solange es hell war, bevorzugten die meisten Gäste einen Platz an der Fensterfront, so daß die hintere Hälfte des Saales fast leer war. Ulbricht hatte den Schutz des langen Raumteilers gesucht und saß in der letzten Nische neben dem Durchgang für das Bedienungspersonal.

»Hunger?«

»Jede Menge!«

Der Kommissar aus Parchim riskierte ein Gefecht mit den Forellengräten, die Langer probierte das Hechtfilet, während Lohkamp auf das Handfeste setzte und Hirschragout orderte – nichts Sensationelles, aber auch nichts, was er hinterher bereuen mußte. Den Preis fand er leicht übertrieben, aber das machte die freundliche und prompte Bedienung wieder wett. In DDR-Zeiten, versicherte Ulbricht, war es genau umgekehrt.

»Kaffee?«

»Wäre prima.«

Als das Kännchen kam, machte Lohkamp eine Entdeckung: Auf dem zarten, blütenförmigen Saugpapier auf der Untertasse prangte außer der Silhouette des Ost-Berliner Fernsehturms noch der Name des früheren Hausherrn: VEB Ingenieurhochbau Berlin.

Ulbricht grinste, als er Lohkamps Blick bemerkte: »Ich wußte ja immer: Irgendwo mußte das Papier geblieben sein, das im Laden fehlte…«

Als Lohkamps Verdauungszigarette brannte, kamen sie zur Sache. Eine der Kellnerinnen setzte sich, nachdem sie sich von irgendwem die Erlaubnis geholt hatte, zu ihnen an den Tisch. Die Langer kramte das Nordhues-Foto heraus, und das Mädchen mit den rotblonden Haaren nickte: »Das ist er. Mit ihm hat Herr Gottschlich dort gesessen…«

Sie sah hoch und zeigte die Wand entlang auf die Ecknische am anderen Ende.

»Wann ungefähr war das?«

»Lange her. Ein paar Tage vor Weihnachten...«

»Und daran können Sie sich so genau erinnern?« fragte die Langer.

Die Kellnerin nickte, und ihr Gesicht nahm die Farbe ihres Haars an: »Ich habe hier ja schon manches erlebt – aber so zudringlich wie dieser Mensch waren nur wenige...«

Dann sah sie den einheimischen Kollegen an: »Aber das habe ich schon alles...«

»Ist auch in Ordnung. Aber diese Kollegen bearbeiten den Fall direkt.«

Sie nickte, rutschte unbehaglich auf dem Stuhl herum und richtete ihren Blick auf Lohkamp: »Brauchen Sie mich noch?«

»Nein, danke... Sie haben uns sehr geholfen.«

Sie ging, sichtlich froh, daß sie den ungewohnten Platz verlassen durfte. Lohkamp sah ihr stumm hinterher. Dann trank er aus und blickte hoch: »Ist Gottschlich um diese Zeit zu Hause?«

Der Kommissar aus Parchim nickte: »Auf jeden Fall. Und wir kommen taktisch günstig: Wir holen ihn jetzt aus dem Schlaf.«

57.

Zwei riesige Springerstiefel erschienen vor Magers Gesicht, dann barst das Isolierglas. Die weichen Sohlen des Mannes, der sich durch den Splitterregen ins Zimmer katapultierte, trafen seine linke Schulter und schleuderten ihn ins Zimmer zurück. Er prallte gegen etwas Schweres, Nachgiebiges, hörte Karin schreien und Mohammed fluchen, fiel auf den Teppich, hörte das Krachen und Splittern an der Wohnungstür, und brüllte sich den Schmerz und das Entsetzen aus dem Leib...

Sekunden später war der Raum von den behelmten Männern mit den grünen Kampfanzügen überschwemmt. Einer von ihnen kniete über Magers Brust, packte ihn mit der Linken an die Kehle, preßte Hals und Kopf nach unten und drückte ihm mit der rechten Faust eine große Pistole an die Schläfe: »Keine Bewegung! Polizei!«

Von einer Sekunde zur nächsten erstarben alle äußeren Geräusche. Das Blut hämmerte in Magers Adern, er spürte ein Würgen im Hals, versuchte zu schlucken und schaffte es nicht, wollte atmen und konnte es nicht...

Panik.

Todesangst.

Und keine Chance.

Jäh ließ ihn der andere los.

Mager schnappte nach Luft, doch bevor er sie eingeatmet hatte, wurde er herumgeschleudert und auf den Bauch gedreht. Als sein Kopf auf den Boden knallte, hatte man ihm bereits die Arme nach hinten gerissen. Ein Ruck – dann klickte es matt, und Mager konnte seine Handgelenke nicht mehr bewegen. O, Scheiße, dachte er und schloß die Augen.

Eine Flut von Geräuschen riß ihn aus seiner Lethargie: Sprechfunkgeräte quakten, Kommandostimmen bellten dazwischen, Bücher knallten auf den Boden, Holz splitterte, Glas zerschellte – sie nahmen die Wohnung auseinander und taten es offenbar mit deutscher Gründlichkeit.

Als Mager vorsichtig den Kopf drehte und nach Karin und den Kurden sehen wollte, waren sie nicht mehr da. Und schon fühlte auch er sich angehoben, schwankte mehr, als daß er stand, und wurde aus dem Raum geschleift, durch den Korridor, in den Hausflur.

»Los, reiß dich zusammen!« schnauzte jemand und stieß ihn die Treppen hinab. Ohne die Fäuste an seinen Oberarmen wäre er kopfüber die Stufen hinuntergestürzt.

Draußen.

Ohne daß man ihm auch nur einen Lidschlag Zeit gelassen hätte, um zur Besinnung zu kommen, zerrten sie ihn durch die Büsche auf den Parkplatz. Eine Wagentür tat sich auf, er flog auf den Rücksitz, wurde in die andere Ecke gedrängt, und drei Mann rasten mit ihm los, bevor er den Kopf wieder oben hatte und erkennen konnte, wohin die Reise ging. Bloß nicht heulen, dachte er, bloß nicht heulen...

Eine halbe Stunde später hatten sie ihm zum zweitenmal in 24 Stunden die Fingerabdrücke abgenommen und ihn in eines der kalten Vernehmungszimmer des Bochumer Präsidiums geführt. Da saß er wieder auf einem harten Stuhl – allein gegen drei – und fühlte sich trotzdem besser: Er war der Gewalt des Einsatzkommandos, das Schmerzen zufügen konnte, entronnen.

Die Männer in den teuren Anzügen musterten ihn kühl und scheinbar ohne Emotionen. Aber dieses Spiel kannte Mager, diesen Figuren fühlte er sich gewachsen.

»Herr Mager«, sagte der Mittlere seinen Spruch auf, »Sie stehen im Verdacht der Unterstützung einer terroristischen Vereinigung, deren Tätigkeit sich gegen die Sicherheit und Ordnung unseres Landes und den Bestand einer befreundeten Macht richten. Wollen Sie sich zu diesem Vorwurf äußern?«

Rein routinemäßig sahen ihn die drei an, aber Mager hatte nicht den Eindruck, als ob sie seine Reaktion wirklich für wichtig hielten.

Entweder bin ich in einer Stunde wieder draußen, dachte er, oder es dauert ein halbes Jahr. Die erste Variante war ihm lieber.

»Sie haben ja einen Knall!« sagte er laut und bestimmt und versuchte, seine Beine übereinanderzuschlagen. Er mußte seine Hände zu Hilfe nehmen, aber es gelang.

»Wie bitte?«

»Ich sagte, Sie haben einen Knall.«

Die drei Vögel sahen sich überrascht an – auf die Idee waren sie offenbar noch nicht gekommen.

»Können Sie uns dann erklären, was Sie in der Wohnung Jacobmayer gewollt haben?« fragte der Mittlere. Ihm stand offenbar der größte Anteil an den Steuern zu, die Mager regelmäßig hinterzog.

»Klar«, sagte der Vize-Chef von PEGASUS so unbeeindruckt, als hätte man ihn nach dem Tabellenstand des VfL Bochum gefragt. Er verschränkte die Arme und hielt seine Nase so hoch, wie es eben ging: »Ich wollte meine Angestellte auffordern, wieder zum Dienst zu erscheinen…«

»Wie meinen?« fragte der Rechtsaußen überrascht. Er war der Jüngste, und sie hatten ihm noch nicht alles Menschliche austreiben können.

»Ich bin Stellvertretender Geschäftsführer eines Dortmunder Nachrichtenbüros. Frau Jacobmayer ist meine Angestellte. Sie hat heute nach einer Meinungsverschiedenheit eigenmächtig das Büro verlassen, und ich wollte sie persönlich zum Einlenken überreden, bevor ich arbeitsrechtliche Schritte einleitete. Daran haben mich Ihre Leute bislang gehindert.«

»Wie ist es dann zu erklären...«, versuchte es der Mann in der Mitte, doch Mager war jetzt überzeugt, auf dem richtigen Weg zu sein.

»Weitere Angaben mache ich nur in Gegenwart meines Anwalts«, erklärte Mager.

»Und das wäre?«

Mager stand auf und deutete auf das Telefon: »Sie gestatten doch?«

»Die Nummer!« beharrte der Mittlere.

Mager gab sie ihm und stellte befriedigt fest, daß der Typ mit dem Maßanzug den Namen kannte: Mohnkopf-Karwatzki blockierte seit drei Jahren den Weiterbau einer fast fertigen Autobahn, weil er die Bochumer Stadtverwaltung bei immer neuen Verfahrensfehlern ertappte.

Zum Ausgleich dafür, daß er bisher noch nicht zu Wort gekommen war, durfte der linke Flügelmann die Kanzlei anwählen.

»Falls er nicht da ist, sitzt er um diese Zeit im Café Tucholsky«, sagte Mager und suchte in seinen Taschen nach ein paar Krümeln Tabak. Er wurde fündig und bat um Feuer. Keiner von dem Trio kannte einen Grund, ihm den Wunsch abzuschlagen.

»Bitte«, sagte der Mann, der telefonieren konnte, und reichte Mager den Hörer.

»Guten Abend, Herr Doktor. Mager, von PEGASUS Dortmund. Ich sitze hier in Ihrem Präsidium und muß mir ein paar idiotische Vorwürfe anhören...«

Er hörte hinter sich ein Räuspern, ließ sich aber nicht vom Pfad der Tugend abbringen.

»Können Sie...«

Der Doktor konnte. Zufrieden legte Mager auf, trat ohne Erlaubnis an das vergitterte Fenster und rauchte schweigend weiter.

Er kannte Mohnkopf-Karwatzki seit 20 Jahren, und zwar aus ähnlichen Zusammenhängen wie den Mediziner namens Bein, der Hamid zusammengeflickt hatte. An diesem Abend hatte er den Juristen zum erstenmal in seinem Leben gesiezt. Aber das würde er den drei Arschlöchern nicht auf die Nase binden.

58.

Falko Gottschlich aus Duisburg war mit der Westmark nach Plau gekommen und besaß bereits ein Jahr später den gediegenen Walmdachbungalow mit Seeblick – keine hundert Meter hinter Lohkamps und Langers Hotel.

Der Weg war viel zu kurz, um das öde Herumsitzen im Wagen ausgleichen zu können, aber lang genug, um die Spannung des Hauptkommissars zu steigern. Wie ein Jagdhund, der endlich die Beute wittert, kaum noch an der Leine zu halten ist, so mußte Lohkamp in diesen zwei Minuten seine Ungeduld bremsen; am liebsten wäre er gerannt.

Ohne sich anzulächeln oder überhaupt eine Miene zu verziehen, tauschten die Recklinghäuser ein kurzen Blick. Die Langer schien ähnlich ungeduldig wie ihr Chef. Ihr Gesicht war deutlich blasser geworden, und sie kniff die Lippen zusammen. Beide wußten, worauf es ankam.

»Hier?« fragte Lohkamp und deutete mit den Augen auf das nächste Objekt: Mit dem neuen weißen Anstrich, dem roten Backsteinsockel und dem gut gedeckten Dach in derselben Farbe wirkte es wie eine Hommage an die Fahne Österreichs.

Ulbricht nickte knapp, und Lohkamp stieß entschlossen das kniehohe Törchen neben der Garageneinfahrt auf und ging auf das Haus zu.

Hinter dem schwarzen Schmiedezaun lag der typisch deutsche Vorgarten. Auf einem kurzgeschorenen Rasen langweilten sich zwei Büsche Rhododendron, die so stark gestutzt waren, daß sie den beiden Thermopane-Fenstern im Souterrain nicht das Licht und ihren drei Geschwistern im Erdgeschoß nicht die Aussicht raubten. In der neu hochgezogenen Garage stand ein gut gepflegter Benz. So gepflegt wie dieses war kein anderes Anwesen an der Uferstraße – hier hatte einer Geld.

»Nun, denn«, sagte Lohkamp leise, drückte auf die Klingel und sah Kommissar Ulbricht irritiert an: Hinter der Tür war kein Geräusch zu hören.

»Abgestellt«, vermutete der Mann aus Parchim.

Lohkamp hob die Faust, um sich auf diese Weise bemerkbar zu

machen, doch da öffnete sich die Tür, und eine kräftige, aber keineswegs korpulente Frau Ende der Dreißig musterte die Besucher.

»Mein Mann schläft«, sagte sie mit gesenkter Stimme. »Er hatte einen harten Tag und muß um zwölf wieder 'raus...«

»Sie müssen ihn trotzdem wecken«, sagte Lohkamp kaum lauter, während Ulbricht ihr seinen Dienstausweis zeigte – daß sie aus Recklinghausen kamen, wollten sie Gottschlich selbst mitteilen.

»Es ist dringend.«

Die Frau wurde blaß, rührte sich aber nicht vom Fleck.

»Bitte«, sagte die Langer, »wir sind den ganzen Tag gefahren. Wir kommen aus dem Ruhrgebiet...«

Im ersten Augenblick hätte Lohkamp die Kollegin erwürgen können, doch dann sah er, daß ihre Taktik besser war: Die Hausherrin schien ein wenig zu wanken, hielt sich am Türpfosten fest und schloß für einen Augenblick die Augen.

Dann atmete sie durch und sah der Langer direkt ins Gesicht: »Ist es wegen der Niere?«

Als Gottschlich zehn Minuten später mit schwerem Schritt die Treppe herunterkam, hatte er bereits verloren.

Er war ein kräftiger, breitschultriger Mann knapp über einsachtzig, mit einem wettergegerbten, aber jetzt müden Gesicht. Er ließ sich in einen hohen Sessel fallen, rauchte eine sehr leichte Zigarette an, nahm seiner Frau die Kaffeetasse ab, ohne zu trinken, und starrte die Beamten an. Als die Langer ihm das Foto zeigte, warf er nur einen knappen Blick darauf und nickte: »Thomas Nordhues. Was ist mit...«

»Was haben Sie mit ihm zu tun?« fragte Lohkamp – er legte Wert darauf, daß in diesem Quiz die Rollen richtig verteilt waren.

»Er hat mir die Niere besorgt.«

»Für 20.000?«

Gottschlich sah die Langer so verächtlich an, als hätte sie ihm etwas über den MSV Duisburg erzählen wollen: »Das war die Anzahlung. Der Vertrag. Alles in allem hat mich der Spaß das Zehnfache gekostet...«

»Und das haben Sie aus der Portokasse bezahlt?«

»Quatsch«, sagte Gottschlich und wurde deutlich munterer: »Seit der Währungsunion stehe ich zweimal die Woche in Plau auf dem Markt. Und an den anderen Wochentagen in den Orten der Umgebung…«

Er sog kurz an seiner Zigarette und drückte sie hart aus.

»Bis auf sonntags fahre ich jede Nacht um zwölf nach Hamburg, auf den Großmarkt. Hole frisches Obst und Gemüse. Morgens um sechs fange ich an, aufzubauen. Verkaufe bis mittags um zwei, mache eine Pause und helfe um sechs dem Jungen, wieder abzubauen. Dann fünf Stunden Schlaf und wieder los…«

»Wie kann man das durchhalten?«

»Wenn man will, kann man«, nickte er und machte eine weite Geste, die den gut eingerichteten Raum, die Fenster, das ganze Grundstück umfaßte. »Und schönes Geld kann man hier machen, wirklich schönes Geld. Die Maloche lohnt sich. Vor allem, wenn man schnell ist. Schneller als alle anderen…«

»Und gesund«, warf Ulbricht ein.

»Genau das war's ja…«

Gottschlich lachte bitter auf.

»Letzten Sommer begannen die Malessen mit der Niere. Mehrfach Ausfall. Ab ins Krankenhaus, Blutwäsche. Kaum war ich wieder auf dem Damm und hatte ein paar Tage malocht…«

Er seufzte, und sie wußten, was kam.

»Also habe ich mich eintragen lassen. Für eine Spenderniere. Aber wissen Sie, wie lange das dauert?«

»Drei Jahre«, sagte die Langer.

»Mindestens«, nickte er. »Und in der Zeit wäre das Geschäft kaputtgegangen.«

»Hätte nicht Ihre Frau…?«

»Die hat ihren eigenen Stand – jeweils in noch einer anderen Stadt. Und den Jungen wollte ich nicht von der Schule nehmen. Der macht nächstes Jahr Abitur.«

Erregt zündete er sich eine neue Zigarette an, nickte Lohkamp zu, als der seine eigene Sorte fragend hochhielt, hustete das kurze, trockene Husten der Kettenraucher und erzählte den Rest von allein.

»Im November war ich in Dortmund bei einem Spezialisten. Habe ihm meine Lage geschildert. Ihm gesagt, daß ich jeden Preis zahle…«

Er zeigte noch einmal auf das Haus – *sein* Haus: »So etwas gibt man doch nicht auf!«

Abermals schniefte er und übertönte damit das Geräusch, das die Langer mit Kugelschreiber und Notizblock produzierte.

»Kurz vor Weihnachten rief mich Thomas Nordhues an. Ich hätte ein Problem, meinte er, und er eine Lösung. Ich wußte gleich, wovon er redete. Wir haben uns dann getroffen und die Sache perfekt gemacht. Zwanzigtausend als Anzahlung bar auf die Hand.«

»Quittung?«

Gottschlich nickte.

»Aber da steht doch nicht drauf: ›Für eine Niere‹.«

»Natürlich nicht. Die Quittung war in Wirklichkeit ein Bon, ein Gutschein. Für eine eingehende medizinische Beratung…«

Er stand auf, stellte die Tasse weg, kam mit einem Glas Milch wieder und setzte sich auf seinen Stammplatz.

»Haben Sie keinen Vertrag gemacht?«

»Doch«, bestätigte der Gemüsehändler. »Aber den gab's nur in einem Exemplar. Für die Ärzte. Es war das Übliche: Belehrung über OP-Risiken, Ausschluß von Haftung und so weiter. Die Untersuchung fand im Januar statt, und Mitte März haben sie mir meine kaputten Nieren herausgenommen und eine neue eingepflanzt. Im April war ich zu Hause, seit zwei Wochen stehe ich wieder auf dem Markt…«

Er brach ab und sah sie an, als ob er einen Schlußpunkt setzen wollte: Das war's.

Doch das war es noch nicht – die wichtigste Information fehlte. Und Lohkamp vermied es, die Stimme zu heben oder sich vorzubeugen.

»Diese Operation«, fragte er. »Wo wurde die gemacht?«

Gottschlich schaute ihn verwundert an: »Habe ich das nicht gesagt?«

Lohkamp und Langer schüttelten einträchtig die Köpfe.

»In einer Privatklinik. In Haltern. Haus Julia…«

Martina Langer holte eine Reiseschreibmaschine aus dem Wagen und setzte gemeinsam mit Lohkamp und Gottschlich das Protokoll auf. Eine Stunde später hatten sie Gottschlichs Unterschrift.

»Kann sein, daß Sie alles noch einmal vor einem hiesigen Untersuchungsrichter wiederholen müssen«, sagte Lohkamp zum Abschluß. »Aber der sucht sich dann vielleicht eine bessere Zeit aus.«

»Für so etwas gibt es keine guten Zeiten«, sagte Gottschlich und brachte sie zur Tür. »Entweder muß ich malochen, oder ich liege im Bett.«

Sie waren schon drei Schritte gegangen, da fiel dem Mann die Frage wieder ein, die Lohkamp ihm noch nicht beantwortet hatte: »He, und Nordhues? Was ist mit ihm?«

»Tot«, sagte die Langer.

59.

In einer Stunde paukte ihn auch Dr. Mohnkopf-Karwatzki nicht heraus. Aber als sie Mager nachts um elf wegschlossen, legte er sich mit doppelter Zuversicht auf die Pritsche: Erstens hatte auch Karin einen guten Anwalt bekommen, und zweitens war nicht zu erwarten, daß er mehr als eine Nacht hinter den Gittern an der Krümmede verbringen mußte.

Am Donnerstag morgen hatte der Kameramann nach einem kargen Frühstück etwas noch Unangenehmeres zu bestehen: ein Gespräch mit zwei von den Kriminalbeamten, die nach Pelsters Mörder suchten. Da sie Mager aber ausgerechnet diese Tat nicht anhängen konnten, kamen ihnen die Kurden gerade recht – nicht trotz, sondern wegen der Niere...

»Endlich«, stöhnte Mager, als er gegen halb eins das Bochumer Präsidium verlassen durfte – ohne Handschellen, aber mit einem kochenden Anwalt an seiner Seite. Bis zur Brückstraße schwieg der Jurist, aber kaum hatten sie bei einem der teuersten Italiener der Stadt Platz genommen, legte der Advokat den von der Strafprozeßordnung verlangten Wortschatz in den Aktenkoffer.

»Du bist das blödeste Arschloch, das ich je herausgehauen habe!« versicherte er und hätte Mager mit seinem manikürten Zeigefinger fast aufgespießt. »Mancher Staatsanwalt kriegt schon einen Steifen, wenn er das Wort ›Kurden‹ bloß hört. Und du läßt die Jungs vom Tatort wegtauchen!«

Er kippte einen Grappa, schüttelte sich und bestellte gleich den nächsten.

»Hör mal, Alter, wenn du Kotzbrocken wie das Ekel aus Datteln abschießt – das finden die Herren Juristen ganz possierlich. Aber wenn sie die Worte Mord, Staatsschutz und Terroristen hören, verstehen sie keinen Spaß mehr. Und ich muß dir ehrlich sagen, mein Humor hat in dieser Hinsicht auch etwas gelitten...«

Grappa Nr. 2 verschwand in seiner Kanalisation, und dann ging es ihm merklich besser.

»Aber Hamid ist kein Terrorist«, widersprach Mager. »Oder glaubst du...«

»Ich glaube gar nichts«, sagte er. »Aber ich weiß, daß der Generalbundesanwalt, der ein sehr frommer Mensch sein soll, die Fernschreiben der türkischen Geheimpolizei ständig mit der Bibel verwechselt.«

Er schielte auf seine Armbanduhr, für deren Neupreis man einen nur drei Jahre alten Lada bekam, und nickte zufrieden.

»Sei froh, daß ich heute morgen keinen wichtigen Termin hatte. Ich hab' meinen Reffi hingeschickt...«

»Wen?«

»Meine Hilfskeule. Beim Landesamt für Besoldung ist er als Referendar gespeichert...«

Dieses Fremdwort hatte Mager schon einmal gehört. Beruhigt studierte er die Speisekarte und fand, daß ihm an diesem trüben Tag ein Seeteufel, Chefsalat und eine doppelte Portion Tiramisu zustanden.

»Was passiert nun weiter?«

»Mit dir?« fragte der Anwalt. »Möglicherweise gar nichts.«

»Aber ich habe ihnen doch die Hucke vollgelogen...«

»Na und? Als Beschuldigter darfst du lügen, bist du rot wirst – da kann dir niemand was. Aber bete zu Arafat, daß keiner von den Kurden diesen Medizinmann umgelegt hat. Dann können sie dich wegen Begünstigung drankriegen. Und das wird teuer...«

»Wann kommt Karin eigentlich 'raus?« erkundigte sich Mager, bevor dem Juristen zum Stichpunkt »teuer« noch etwas anderes einfiel.

Mohnkopf-Karwatzki zog mit den Schultern sein grünes Seidenjackett hoch, zupfte die gestärkten Manschetten zurecht und prüfte den Sitz der silbernen Krawattennadel.

»Müßte bald kommen. Braves Mädchen, sagt mein Kollege. Hat gegenüber den Bullen jede Aussage verweigert, bis er kam...«

Er dachte nach und begann zu grinsen: »Als sie von deiner Karin wissen wollten, ob sie im Libanon ausgebildet worden ist, hat sie ganz ernsthaft gesagt: Da nicht. Sondern im Bett...«

Der Kellner stellte ihnen ein Körbchen mit dampfenden Minibrötchen und eine Schale Kräuterbutter auf den Tisch. Gierig griff Mager zu.

»Auf jeden Fall erstmal vielen Dank«, sagte er, sich endlich an bestimmte Regeln der Höflichkeit erinnernd, doch der Genosse Anwalt schüttelte die mit Gel getränkte schwarze Bürste – Mager hatte sie deutlich heller in Erinnerung.

»Scheiß was auf dein Dankeschön«, sagte der Retter. »Du zahlst das Mittagessen und meine Rechnung. Und wenn du beide Beträge verdaut hast, wirst du dich vielleicht dazu entschließen, mich nie gekannt zu haben.«

Als Mager beim Dessert angelangt war, eilte der zweite Anwalt mit seiner Mandantin herein. Karin sah müde und abgespannt aus – als Freundin eines Verdächtigen, der noch dazu Kurde war, hatten sie ihr wesentlich stärker zugesetzt als ihrem Chef.

»Mensch, Mädchen«, sagte Mager und nahm sie in den Arm. Einen Augenblick lang sah es so aus, als würde sie losheulen, und auch Mager spürte ein peinliches Brennen in den Augen. Doch dann ließen sie sein, was sich in der Öffentlichkeit nicht schickte.

»Komm, iß was!«

Die Rote schüttelte den Kopf: »Nur einen Kaffee. Dann will ich nach Hause. Die Trümmer angucken...«

Der Ausdruck »Trümmer« war aber noch eine milde Umschreibung dessen, was die beiden eine halbe Stunde später besichtigen konnten. Karins Möbel bestanden nur noch aus Sägespänen, Glassplittern und zerfetztem Stoff.

»Bullen-Schweine!« schimpfte sie.

Ihre Mitbewohner hatten bereits alles auf die Kippe gebracht, was in ihren Räumen nicht mehr zu gebrauchen war, aber Karin ließ das Chaos unberührt liegen: »Das müßt ihr aufnehmen! Als Beweis...«

»Klar. Und du kannst solange meine Bude im Hinterhaus haben«, sagte Mager.

Überrascht sah sie auf: »Was willst du noch in Hattingen?«

»Weiß nicht. Aber wir sollten erst mal weiter recherchieren. Das sind wir Hamid schuldig...«

Schweigend fuhren sie nach Dortmund. Die Stippvisite im Büro war aber nicht dazu angetan, Magers Stimmung zu heben. Der Krach vom Vortag war zwar vergessen – dafür hatte das Sondereinsatzkommando gesorgt. Doch Susanne und Saale waren mehr als skeptisch, ob die Nieren-Recherche noch zu einem brauchbaren Ergebnis führte: Drei trostlose Interviews mit potentiellen Spendern und die Bilder einer zerstörten Wohnung waren noch keine Story, die man verkaufen konnte.

»Und dein Hattingen kannst du sowieso vergessen«, meinte Saale.

»Warum?«

»Pelster! Nachdem du die Leiche gefunden hast, sind die auf deine Niere bestimmt nicht mehr scharf.«

Susanne Ledig gab ihm recht, aber Mager blieb sich wie immer treu: »Stand mein Name etwa in der Zeitung?«

Kollege Saale überlegte und schüttelte den Kopf.

»Siehst du!«

Mager ging und packte seine Sachen.

60.

Nachmittags um drei trafen Lohkamp und Langer wieder in Recklinghausen ein – eine Minute später, und Staatsanwalt Sonnenbrille hätte sich mit seinem Surfbrett erfolgreich zum Halterner Stausee abgesetzt.

Der Hauptkommissar berichtete, was sie in Mecklenburg ermittelt hatten, und legte das von Falko Gottschlich unterschriebene Protokoll vor: »Ich brauche jetzt einen Durchsuchungsbefehl.«

»Wofür?« fragte Sonnenbrille erstaunt.

»Haus Julia. Diese Privatklinik...«

»Ach, Lohkamp«, sagte der Mann und legte seine langen Beine

auf der untersten Schublade seines Schreibtischs ab. »Was wollen Sie da finden?«

Der Polizist schwieg verdutzt.

»Erstens: Ob diese Nierengeschichte etwas mit dem Mord zu tun hat, den wir ermitteln – das ist noch gar nicht erwiesen.«

Lohkamp schluckte, aber widersprach nicht. Sonnenbrille hatte recht.

»Zweitens: Sie wollen ja offenbar an die Patientenkartei heran. Stimmt's?«

Stimmte.

»Ganz sensible Geschichte. Seit diesem Abtreibungsprozeß in Memmingen...«

Du Heuchler, dachte Lohkamp.

»Drittens ist keine Gefahr im Verzug, so daß ich Ihnen den nötigen Schein sowieso nicht geben dürfte.«

»Wer ist heute dran?« fragte Lohkamp.

»Papa Gnädig...«

Lohkamp kannte den Richter, der sich kurz vor der Pensionierung in der Kunst des Verzeihens übte: Bei ihm mußte einer das geklaute Auto schon eigenhändig in die Verhandlung kutschieren, wenn er unbedingt ein paar Tage sitzen wollte.

»Und viertens: Dieses Papier würde Ihnen auch kein anderer deutscher Richter geben, solange er nicht volltrunken ist.«

»Wie das?« platzte die Langer dazwischen.

»Ganz einfach, verehrte Kollegin: Nulla poena sine lege...«

Die Beamten erstarrten.

»Keine Strafe ohne Gesetz...«

»Ich kann Latein!« fauchte die Langer.

»Dann beherzigen Sie es auch«, sagte Sonnenbrille sanft. »So sehr ich es auch bedaure: Es gibt kein Gesetz, das den Organhandel verbietet – solange man sich an die allgemeinen Geschäftsbedingungen hält.«

Die Polizisten sahen sich sprachlos an.

»Und wenn Sie mich jetzt entschuldigen wollen...«

Vor Wut kochend stürmte Lohkamp im Präsidium die Treppen hoch – keine Chance für die Langer, mit ihm Schritt zu halten.

»Tag, Herr Lohkamp«, sagte eine höfliche Stimme.

Der Hauptkommissar stoppte ab und erwiderte den Gruß so beherrscht, wie es nötig war: Am Präsidenten Dampf ablassen, war ein Ding, das sich von selbst verbot.

»Was macht der Fall Nordhues? Etwas Neues?«

»Nichts von Belang«, erwiderte Lohkamp zu seiner eigenen Überraschung.

Siedhoff schien der Stand der Dinge nicht zu wundern. Er trat noch ein Schrittchen näher, so daß der Polizist gezwungen war, zu ihm aufzusehen: »Sind Sie in der letzten Zeit nicht ein bißchen viel unterwegs? Es liegt mir ja fern, mich in Ihre Arbeit zu mischen – aber man hört so manches...«

Lohkamp zog die Schultern hoch: Was sollte er darauf erwidern?

»Denken Sie mal drüber nach«, empfahl der Präsident und hob den Arm, als wollte er dem Beamten auf die Schulter klopfen. Doch dann ließ er es bei einer freundlichen Geste und verschwand.

Lohkamp unterdrückte einen Fluch und wandte sich zum Gehen. Sein Blick fiel auf die Langer. Sie lächelte.

»Nicht unser Tag«, sagte sie.

Der Plural tat ihm gut.

Lohkamp sah nach, was in der Zwischenzeit auf seinem Schreibtisch gelandet war, führte ein paar Telefongespräche und trommelte dann die Kommission zusammen – soweit sie im Hause weilte.

Als die Langer berichtete, was es mit der Nordhues-Liste auf sich hatte, schüttelten alle den Kopf: Der Nierenhandel war eine echte Novität.

Dann gab Lohkamp, nüchtern und emotionslos, wieder, was ihm der Staatsanwalt erzählt hatte, und erntete bitteres Gelächter: »Immer dasselbe. Wir machen die Knochenarbeit, und dann kommen die Juristen mit ihren Paragraphen...«

Allgemeine Zustimmung, aber Oberkommissar Hänsel schüttelte den Kopf: »Entschuldigt – aber der Staatsanwalt hat recht...«

Raunen im Rund, aber Hänsel ließ sich nicht beirren.

»Wir sind ein ganzes Stück weiter, unbestritten. Aber es gibt wirklich keinen Beweis dafür, daß der Nierendeal etwas mit dem Mord zu tun hat.«

Schweigen.

»So sehr wir uns bemüht haben: Wir haben bis jetzt herzlich wenig. Keine Mordwaffe. Keinen Hinweis auf den Täter. Die restlichen Namen auf der Liste sind nicht entschlüsselt.«

Die Bilanz war vernichtend, und keiner wußte es besser als Lohkamp. Doch Hänsel war noch nicht fertig.

»Und falls an Nordhues' Geschäften doch etwas kriminell war, fällt die Sache ans Zweite Kommissariat – oder gleich an die Sonderkommission für Wirtschaftsverbrechen. Wenn wir ehrlich sind – dann haben wir nichts.«

Bedrückende Stille breitete sich aus. Jeder starrte auf seine Unterlagen und Notizen, um ja nicht den Blicken der anderen zu begegnen. Alle warteten auf ein Wort von Lohkamp – aber der konnte weder hellsehen noch zaubern.

»Was schlägst du vor?« fragte er, bemüht, seine eigene Enttäuschung zu verbergen.

Hänsel lächelte: »Ich habe auch kein Geheimrezept. Vielleicht sollten wir einfach alle mal gründlich nachdenken...«

Lohkamp dachte nach.

Er hatte den Rest der Truppe pünktlich nach Hause entlassen und harrte selbst am Schreibtisch aus, um den Papierberg abzuarbeiten. Aber er schaffte es nicht, sich auf den verdammten Verwaltungskram zu konzentrieren, und kopierte schließlich Staatsanwalt Sonnenbrille: legte die Füße hoch, rauchte, schlürfte Kaffee, dachte nach. Doch die Erleuchtung kam nicht...

Als gegen sechs seine Tür aufgestoßen wurde, schrak er zusammen und fuhr herum. Kotte kam herein, den Anwärter John auf den Fersen: »Wieder da, Chef?«

Sie gossen sich Kaffee ein und nahmen Platz: verdreckt, verschwitzt und abgekämpft.

»Wie sieht es aus?« wollte Lohkamp schon fragen, aber dann entdeckte er das Grinsen in ihren Augen. Sein Herz machte einen Sprung.

»Gebt schon her, ihr Lumpen!«

Kotte lächelte und bewegte seinen Kopf in Richtung John: »Er war der Glückliche. – Komm, pack aus...«

Der Anwärter packte in seine Brusttasche und warf eine kleine, dünne Plastiktüte auf den Tisch. Als sie aufschlug, klang es metallen.

»Steckte hinten in der Böschung im Sand. 70 Zentimeter tief. Gleich neben einem abgesägten Stück von einem T-Träger. Gut, daß der nicht im Weg war...«

Lohkamp beugte sich vor, zog das Tütchen heran und hielt es gegen das Licht. Ein längliches Stückchen Blei. Keine acht Millimeter dick, keine zehn Gramm schwer. Aber es hatte ausgereicht, einen Mann von 75 Kilo zu töten.

»Danke«, sagte er. »Hast du gut gemacht.«

John wurde rot und durfte bis zur Wiedergenesung nach Hause gehen. Als seine Schritte sich auf dem Flur entfernt hatten, holte Lohkamp die Spezialflasche aus dem Schreibtisch. Beim Einschenken deutete er auf das Projektil: »Was ist das überhaupt?«

»Sieht wie 'ne Sieben zweiundsechziger aus...«

»Eine Tokarew?«

Die alte sowjetische Pistole war eine der wenigen Waffen mit dem genannten Kaliber; in dieser Preisklasse wurden meist 7,65 mm-Patronen geladen. Und eine Tokarew in Recklinghausen wäre eine kleine Sensation gewesen: Schon seit 1953 hatten die UdSSR und ihre Verbündeten ihre Armeen mit der stärkeren 9 mm-Pistole von Makarow ausgerüstet.

»Glaube ich nicht«, sagt Kotte. »Eher eine Mauser 96.«

Noch ein Grund, sich zu wundern: Diese deutsche Waffe wurde schon seit 1939 nicht mehr produziert. Mit dem extrem langen Lauf und dem eckigen Ladestreifenmagazin vor dem Abzug sah sie noch beeindruckender aus als die Fünfundvierziger, mit der Clint Eastwood seine Film-Gegner niedermähte. Offiziell hatte sie zwar das Kaliber 7,63 – aber auf diesen Unterschied kam es nicht an.

»Dieser Fall bringt wohl nur Abnormitäten«, meinte Lohkamp schließlich und stand auf: »Worauf wartest du noch?«

»Wir müssen überlegen, was wir zuerst machen: die chemische oder die Schußanalyse.«

Lohkamp blies die Backen auf: »Ist da denn genug dran, um zu beweisen, daß sie Nordhues getötet hat?«

Kotte zögerte: »Wäre ein Wunder. Aber du hast den Hut auf.«

»Also los!«

Die Kriminaltechnische Untersuchungsstelle lag im vierten Stock, und sie konnten sich den Aufzug sparen.

Kotte schloß auf und spannte das Projektil vorsichtig unter das Vergleichsmikroskop, um die Riefen zu zählen, die der Lauf mit seinen Zügen und Feldern auf dem Geschoß hinterlassen hatte. Dann nickte er: »Mauser. Ohne Zweifel.«

Er schloß einen Stahlschrank mit Karteikarten auf, wühlte sich durch die Registratur, suchte: »Wir haben übrigens eine im Keller. Wurde irgendwann in den Fünfzigern beschlagnahmt, ohne daß es je zum Prozeß gekommen wäre. Sonst läge die im Amtsgericht.«

Lohkamp grinste: »Mit dem, was bei denen lagert, kannst du Krieg führen.«

Er trat ans Fenster, spähte über Pfannen und Dachrinne nach unten, suchte seinen Wagen. Seit auf dem Hof umgebaut wurde, mußte auch er vorne auf der Straße parken und konnte froh sein, wenn er ein erlaubtes Plätzchen fand. Gestern morgen hatte er Glück gehabt – aber man wußte ja nie…

Kotte schrie auf, und Lohkamp wirbelte erschrocken herum, einen Herzinfarkt oder sonst etwas erwartend. Aber Kotte lebte und war gesund. Er stand mit einer Karteikarte neben dem Vergleichsmikroskop und sah zum erstenmal, seit Lohkamp ihn kannte, blaß aus.

»Was ist?«

»Ich werd' verrückt«, stöhnte Kotte. »Guck dir mal das Foto an. Ein Mauser-Projektil…«

»Und?« fragte Lohkamp. »Die Waffe war ein Verkaufsschlager.«

»Stimmt. Aber das Projektil vom Zechengelände – ich fresse 'nen Besen, wenn das nicht unsere Mauser war. Die aus dem Keller.«

Beide starrten sich lange an. Lohkamp hätte einen Hunderter gegeben, um Kottes Gedanken zu erfahren. Aber der Spurenmann sagte nichts.

»Okay«, sagte Lohkamp und zündete sich eine an. »Tu mir einen Gefallen: Halt die Schnauze. Auch in der Frühbesprechung. Ich muß das überschlafen…«

61.

Zwei Plastiktüten in der linken, einen zusammengerollten Stapel Zeitungen in der rechten Hand tragend, keuchte Mager die 80 Stufen zu Bothmers Wohnung hoch. Mit dem üblichen Seufzer der Erleichterung ließ er seine Last vor der Tür zu Boden sinken, angelte nach dem Schlüssel, öffnete und brachte das Gepäck in die Küche. Endlich zu Hause...

Es dauerte ein paar Sekunden, bis er merkte, daß an diesem Gedanken etwas nicht stimmte. Als er kapiert hatte, was es war, warf ihn die einzig mögliche Schlußfolgerung auf den nächsten Stuhl: Ein eigenes Zuhause, fern von Mechthild...

Bevor ihn diese Vorstellung völlig übermannte, packte er das Tiefgefrorene in den Kühlschrank und drehte das Badewasser an. Aschenbecher und Calvados wurden auf dem Toilettendeckel deponiert, die Zeitungen landeten auf den Fliesen neben der Wanne, dann stieg Mager aus seinen verschwitzten Klamotten.

Nackt lief er in die Küche, um sein Feuerzeug zu holen. Und rannte auf dem Rückweg ebenso nackt genau auf Bothmers mannshohen Garderobenspiegel zu. Blieb stehen, musterte sein Ebenbild. Dachte nach...

Eigentlich war der Typ im Spiegel ganz gut erhalten – es gab Vierzigjährige, die sahen schon wie Rentner aus. An den Armen fehlten zwar ein paar Muskeln, aber auf Bodybuilderfiguren stand sowieso nur jene Sorte Frauen, mit der er nicht klarkam. Blieben die acht bis zehn Kilo Ballast auf den Rippen – dagegen mußte er was unternehmen.

Dann fiel sein Blick auf die Bißwunde an seinem linken Oberarm: Die Abdrücke waren so deutlich, daß sie eine saubere kriminalistische Identifizierung ermöglicht hätten. Es würde Tage dauern, bis die blau-roten Spuren verschwunden waren...

Die Abdrücke des Stiefeltritts waren auch nicht schlecht. Aber die Färbung über dem rechten Auge war matter geworden, und von dem Riß auf der Wange war kaum noch etwas zu erkennen. Doch Karin hatte am Vortag noch einen Treffer gelandet – da, wo es am meisten schmerzte.

Mager senkte den Blick so tief, daß er seinen Hochsicherheitstrakt begutachten konnte. Nach dem bloßen Augenschein war alles noch da, wo es sein sollte. Aber jetzt war die Tastprobe an der Reihe, und dabei konnte man die bösesten Überraschungen erleben. Sollte er?

Er wagte es, und ihm wurde leichter ums Herz. Alles heil – er würde noch im Rennen sein!

Mit dieser optimistischen Prognose legte er sich in die Wanne und genoß den Abendfrieden. Zuerst holte er die Lektüre der Morgenzeitung nach, an der ihn höhere Gewalt gehindert hatte. Dann rang er mit dem kiloschweren, unhandlichen Wochenblatt aus Hamburg, bis er die Heiratsanzeigen gefunden hatte. Lange her, daß er so etwas zum letztenmal gelesen hatte.

Doch die Selbstanpreisungen ödeten ihn bald an: Die Inserentinnen waren allesamt nicht unvermögend, lebensklug, warmherzig, kulturvoll und sahen stets jünger aus, als es ihr Paß erlaubte. Tinneff!

Aber ganz am Schluß stand eine Annonce, die ihm gefiel: »Knakkige Alte sucht prallen Jungen…«

Er rollte sich derart lautstark ab, daß er fast das Telefon überhört hätte. Ob das Jutta war?

Aufgeregt schoß er aus der Wanne und raste, eine Schaumspur hinter sich herziehend, ins Wohnzimmer.

»Ja?«

»Herr Mager?«

Au, Scheiße. Ein Typ. Wahrscheinlich einer von diesen Bullen. Hatte eine Frage vergessen…

»Bin ich nicht mit Herrn Mager verbunden?«

»Doch«, bekannte der PEGASUS-Mann ohne Begeisterung.

»Von Ossowski«, sagte die Stimme. »Mein Name sagt Ihnen sicher nichts…«

Wie recht er hatte!

»Aber wir haben etwas Wichtiges zu besprechen.«

»Und das wäre?« fragte Mager.

»Nun, Herr Mager«, eierte der Typ herum, »Sie wollen, höre ich, etwas verkaufen. Eine Ware, die einen bedauernswerten Menschen sehr glücklich machen würde!«

Bingo, dachte Mager und war gleich ein anderer Mensch: »Ja, genau. Ich habe nur nicht erwartet…«

»Morgen früh um neun – würde Ihnen das passen?«

Mager schluckte.

»So früh?«

»Es eilt«, versicherte der Graf. »Ich komme zu Ihnen.«

»In Ordnung«, versicherte der Bürgerliche.

High wie lange nicht sank Mager in die Fluten zurück. Er ließ warmes Wasser nachlaufen, griff zur nächsten Zigarette: Das Leben war toll, und wenn er gleich in Dortmund anrief, würden die ewigen Nörgler staunen…

Eine Stunde später hatte er alle wichtigen Details mit Susanne abgeklärt.

»In Ordnung«, sagte sie schließlich. »Es ist knapp, aber wir werden es schaffen. Und noch etwas, Klaus…«

»Ja, Susanne?«

»Du rührst dich heute abend nicht mehr aus der Wohnung. Versprochen?«

»Ehrenwort«, sagte Mager und meinte es sogar ernst. »Ciao!«

Kaum hatte er aufgelegt und den Fernseher angeworfen, als es erneut klingelte. Diesmal im Korridor.

»Ach, du Schreck…«

Ein Augenblick des Zögerns: Hamids Entführung fiel ihm ein. Die Prügel, die Saale bezogen hatte. Die dramatische Zunahme an Wohnungsüberfällen. Aber es konnte ja auch Jutta sein…

Mutig betätigte er den elektrischen Öffner, zog einen Bademantel über und spähte, vorsichtig und gespannt zugleich, über das Treppengeländer…

Eindeutig: Es war nur eine Person. Leichte Schritte, viel zu leicht für einen Mann. Trotzdem konnte es Jutta nicht sein…

Als die Besucherin den Treppenabsatz unter ihm erreichte, erkannte Mager die Haarfarbe: Schwarz. Und bevor die Frau sich voll umgedreht hatte, um die letzten Stufen in Angriff zu nehmen, wußte er Bescheid: »Du?«

»Ich«, sagte Mechthild und sah ihn mit bebenden Lippen an. »Darf ich hereinkommen?«

Er zögerte, zuckte die Achseln und trat zur Seite. Neugierig streifte sie durch die Wohnung, sah sich alles an, nickte, setzte sich, musterte ihn: »Bekomme ich etwas zu trinken?«

Mager nickte und schleppte ein paar Säfte heran, doch sie wehrte ab: »Hast du nichts Härteres?«

Erstaunt holte er den Calvados und gönnte ihr einen Doppelten. Ihr Glas war schneller leer als seins.

»Ich finde das traurig«, begann sie. »Du bist losgefahren, ohne dich zu verabschieden. Hast mir nicht mal gesagt, daß dich die Polizei in der Mache hatte. Ich mache mir wirklich Sorgen um uns…«

Mager traute seinen Ohren nicht: Mechthild hatte vier ganze Sätze zu ihm gesagt, ohne daß einer von ihnen einen Befehl enthalten hätte. So etwas war seit Kalles Geburt nicht mehr vorgekommen.

»Hör mal«, sagte sie und lächelte diesmal sogar: »Sollten wir uns nicht mal aussprechen? Vernünftig? Wie Erwachsene?«

Mager fiel die Zigarette aus der Hand: »Wir?«

»Ja, wir beide.«

Entsetzt griff Mager wieder zur Flasche, aber der Rest reichte gerade noch, um einen Fingerhut zu füllen.

»Ich wüßte nicht, worüber«, erwiderte er schroff und holte die eiserne Reserve aus der Küche. Himmel und Hölle, dachte er, das darf doch nicht wahr sein! Was will die Alte bloß?

Die Antwort auf diese Frage erhielt er, als er ins Wohnzimmer zurückkehrte: Mechthild hatte die helle Deckenlampe gelöscht und ihre stärksten Argumente ausgepackt.

Es waren genau zwei.

Stunden später…

Schweißgebadet und völlig ausgelaugt lag Mager auf dem Rükken und versuchte, sich eine Zigarette anzuzünden. Seine Hände zitterten so stark, daß er es erst im vierten oder fünften Anlauf schaffte.

»Heilige Maria«, flüsterte er schließlich. »Und ich dachte immer, du wärst frigide.«

»Frigide? Ich?« Mechthild lachte. Sie stützte sich auf die Ellenbogen und sah ihm ins Gesicht: »Quatsch. Wenn ich mir's selbst mache, komme ich immer…«

Während er noch über den tieferen Sinn dieses Bekenntnisses nachdachte, wälzte sie sich herum und versuchte, seinem müden Freund neues Leben einzuhauchen.

»Sag mal«, fiel ihm ein, »nimmst du eigentlich wieder die Pille?«

»Mh-mh«, nuschelte sie.

»Was dann?«

»Gar nichts.«

»Wie bitte?« Mager schoß hoch, als hätte jemand das Bett unter Strom gesetzt. »Ist das nicht zu riskant?«

»Riskant?« fragte sie und setzte sich auf ihn, wie es schon die Troerin Andromache bei ihrem Gatten Hektor praktiziert hatte. »Ganz und gar nicht. In drei Tagen ist Vollmond – die beste Zeit, um zu empfangen!«

Für den Rest der Nacht schloß sich Mager im Wohnzimmer ein.

62.

Zu den vielen Parallelen zwischen Klaus-Ulrich Mager und Horst Lohkamp gehörte die Fähigkeit, Beruf und Privatleben fast hundertprozentig voneinander zu trennen.

Auch sonst teilten sie manche Vorlieben, über die sich, wären sie ihnen jemals aufgefallen, sehr gewundert hätten. Doch ihre Wege kreuzten sich nur äußerst selten, und wenn jeder wieder in seine Welt zurückgekehrt war, gab es nichts, was sie ohne die Gegenwart des anderen vermißten.

An diesem Abend bestand eine dieser Gemeinsamkeiten darin, daß sich auch Hauptkommissar Horst Lohkamp mit dem Gefühl, es redlich verdient zu haben, in seine Badewanne zurückzog, um alle Widrigkeiten des Tages für eine Weile zu vergessen.

Völlig anders war jedoch das Verhältnis der beiden Männer zu ihren Frauen: Lohkamp war nach wie vor fest davon überzeugt, daß er die einzig Richtige gefunden hatte, die es für ihn gab.

So fühlte er sich auch, als Gaby sich nach der guten Stunde, die er zum Abspannen brauchte, auf den Rand der Wanne setzte, durch den Besuch weder eingeschränkt noch gestört, sondern empfand ihn, ganz im Gegenteil, als sehr angenehm.

»Kaputt?«

Er nickte.

»Mußt du morgen wieder herumfahren?«

Er schüttelte den Kopf.

»Ich habe dir trotzdem den Notkoffer neu gepackt...«

»Schön«, sagte er, griff nach ihrer Hand und küßte sie: »Du bist ein Engel...«

»Unsinn«, lächelte sie, »ich tu nur, was ich kann.«

Lohkamp ließ ihre Hand wieder los, und Gaby schien einen Augenblick zu überlegen, was sie damit anfangen sollte. Dann ließ sie ihre Finger ins Wasser tauchen und kraulte die dichten Haare auf seiner Brust. Gespannt wartete er ab, wie sich die Dinge entwickeln würden.

»Sag mal«, begann sie, während ihre Hand in jene Richtung wanderte, die ihm nach aller Erfahrung die angenehmste war. »Gestern abend...«

Etwas an ihrer Stimme gefiel ihm nicht, und er öffnete wieder die Augen.

»Du warst doch die ganze Zeit mit der Langer unterwegs...«

Lohkamp schaute sie überrascht an und lachte los: »Stimmt. Wir haben sogar in einem Bungalow geschlafen...«

Den Blick auf ihre Augen gerichtet, ließ er sie mit Absicht auf die Pointe warten und steckte sich erst eine an.

»Sie im Schlafzimmer – und ich im Wohnraum auf der Couch.«

»Schwörst du?«

»Ich schwöre!« sagte er und hob die rechte Hand. »So wahr mir dieser und jener helfe!«

Sie kontrollierte, ob er nicht seine Linke den Blitzableiter spielen ließ, aber das ging nicht – wegen der Zigarette.

»Liebst du mich noch?«

Er richtete sich auf und betrachtete von ganz nahe ihr Gesicht: »Zweifelst du?«

»Ich bin eben eine eifersüchtige Frau...«

»Keine Ursache«, versicherte er ihr, küßte ihre Lippen und sagte sehr ernst: »Ich liebe dich.«

»Dann komm ’raus. Du mußt es beweisen.«

Anschließend lagen sie, er an ihren warmen Rücken gekuschelt, unter einer Decke. Schon im Einschlafen, fand Lohkamp erneut, daß er mit dieser Frau ein geradezu unglaubliches Glück hatte.

Aber bevor er endgültig wegsackte, fiel *ihm* noch eine Frage ein:

»Sag mal, Gaby. Die Frau vom Präsidenten. Woran ist die eigentlich gestorben?«

Sie reagierte nicht sogleich, und er dachte schon, sie wäre bereits eingeschlafen. Doch dann murmelte sie, kaum noch verständlich: »Isolde? Die hatte doch was an den Nieren...«

63.

Ossowski war lang und dünn und besaß einen Schädel, wie ihn eine Kreuzung zwischen Adler und Geier tragen würde. Aber er trug einen dunkelblauen Zweireiher mit modisch-bunter Krawatte, schwarze Socken und, in derselben Farbe, nagelneue Schuhe aus einem Leder, das sehr weich und teuer aussah. Für einen Staubsaugervertreter war sein Outfit zu elegant, für den Repräsentanten eines Pharmakonzerns sein Raubvogelblick nicht akzeptabel. Für Nieren war er goldrichtig.

Scheinbar ohne Formprobleme nahm er die Stufen 72 bis 80 und musterte den Wartenden mit wachen Augen: »Herr Mager?«

Der PEGASUS-Mann nickte.

»Von Ossowski«, sagte er und deutete ein Diener an – höflich, aber alles andere als devot.

Mager ließ ihn eintreten. Ein herbes After-shave eroberte die Diele und legte eine Duftspur bis ins Wohnzimmer.

»Bitte...«

Ossowski entschied sich für den Korbsessel. Dieser Platz ermöglichte es ihm, seine schwarze Ledertasche demonstrativ auf der Ikea-Platte zu plazieren und eine wunderschöne Sammlung von Formularen auszubreiten, die, je nach Text und Verwendungszweck sortiert, in fabrikneuen Klarsichthüllen schlummerten. Als er die weiße Vase mit dem bunten Sommerstrauß ein wenig zur Seite gerückt hatte, paßte auch tatsächlich alles auf den Tisch.

Mager grinste, setzte sich gegenüber auf das Sofa, steckte sich eine an und ließ ihn kommen.

»Herr Mager!« begann Ossowski. »Ich kann Ihnen gar nicht sagen, wie froh wir sind, daß es so hilfsbereite Menschen wie Sie gibt. Unsere Gesellschaft ist ja geprägt von Egoismus und Eigennutz...«

»Wer ist das: wir?« fragte Mager.

Ossowski blickte ihn ratlos an.

»Ich verstehe nicht...«

»Sie sagten: Wie froh wir sind...«

Ossowski hob seine Hände bis in Brusthöhe, spreizte sie und setzte die Fingerkuppen aufeinander. Nachdem er diese akrobatische Leistung ohne Zwischenfall hinter sich gebracht hatte, sah er seinen Kunden wieder an.

»Wir – das ist ein namhaftes Institut mit Sitz in Luzern, das sich die Aufgabe gestellt hat, Menschen in Not zu helfen. Wir sind spezialisiert auf Organtransplantationen...«

»Dann wollen Sie mich in die Schweiz bringen?«

Ossowski verzieh ihm die Naivität: »Natürlich würden wir Ihnen gerne einen Ausflug in die Schweiz gönnen, aber wir verlieren dadurch nur Zeit. Außerdem würde es die Kosten sowohl für den Nierenspender als auch für den Empfänger unnötig in die Höhe treiben. Wir arbeiten deshalb mit renommierten Kliniken in unmittelbarer Nähe zusammen...«

»Ach was!« sagte Mager, und sein Erstaunen war ausnahmsweise echt. »Und wo?«

»Wissen Sie, Herr Mager: Wir sollten zunächst einmal das Geschäftliche besprechen. Sind Sie denn nach wie vor zu einer Nierenentnahme bereit?«

»Natürlich!« sagte Mager und startete seinen nächsten Testballon: »Das habe ich auch schon Dr. Pelster gesagt!«

Er hätte auch zur Wand sprechen können: Ossowski reagierte auf den Namen nicht mal mit einem Schlag seiner viel zu kurzen Wimpern.

»Unser Institut ist selbstverständlich bereit, Ihnen für die Zeit der stationären Behandlung einen Verdienstausfall zu gewähren...«

Irgend jemand mußte Ossowski beigebracht haben, daß es bei Geldangelegenheiten auf den Blickkontakt ankam, denn er ließ den Satz so lange in der Luft schweben, bis Mager ihn ansah: »Wenn Sie mir diesen Betrag jetzt nennen könnten?«

Mager wich dem Blick nicht aus: »Siebzigtausend!«

»Siebzigtausend was?« fragte Ossowski.

»Keine Lire«, sagte Mager. »Harte deutsche Mark...«

»Ich bitte Sie, Herr Mager...« Wenn Ossowskis Gesicht jemals Blut enthalten hatte – jetzt waren auch die letzten Tropfen in den unteren Regionen seines Kapillarsystems verschwunden. Die grünen Augen starrten Mager an, als hätte er ein absolut unanständiges Wort gesagt – so etwas wie »verdammt« oder »Mist«.

»Ausgeschlossen!« sagte Ossowski und drehte seinen Geierhals mehrfach nach Luv und Lee. »Der stationäre Aufenthalt wird zehn Tage dauern. Sie haben doch keinen Monatsverdienst von 210.000 Mark!«

»Aber nur zwei Nieren!«

»Natürlich. Und wir sind auch durchaus bereit, Ihnen großzügig entgegenzukommen. Aber die Summe muß realistisch sein!«

»Was halten Sie denn für realistisch?« fragte Mager und suchte seinerseits Blickkontakt. Doch Ossowski senkte die Augen, und seine Atemorgane arbeiteten mit einer Heftigkeit, als hätte er mindestens zwei Heiratsanträge gleichzeitig zu bescheiden.

»Also, das Allerhöchste, Herr Mager, das absolute Maximum – das sind dreißigtausend!«

Jetzt war es an Mager, seine Schauspielkünste unter Beweis zu stellen: Jähes Entsetzen, Empörung, Fassungslosigkeit, bevor er all diese Empfindungen in schlichte Worte kleidete: »Nein. Wir sind nicht in Kairo!«

Ob die folgende Pause in Ossowskis Drehbuch vorgesehen war oder spontan entstand, blieb Mager unergründlich. Jedenfalls dauerte sie lang genug, um ihn an die Regeln deutscher Gastlichkeit zu erinnern: »Darf ich Ihnen etwas zu trinken anbieten?«

»Nein, danke! Aber sehr freundlich…«

Mager stand auf und holte sich einen Halblitertopf mit Kaffee aus der Küche. Dann zündete er sich eine an und holte tief Luft: »Sechzig. Weil es um ein Menschenleben geht…«

»Herr Mager«, widersprach Ossowski und machte ein Gesicht, als müßte er das Geld bei seiner Großmutter stehlen. Dann öffnete er die Tasche und starrte auf ein Stück Karton.

Mager reckte den Hals: Er hätte gerne gewußt, ob es sich um eine von Pelsters Karteikarten handelte. Doch Ossowski wußte seinerseits, daß man beim Pokern die Karten besser verdeckt hielt.

»In Anbetracht dessen, daß Blutgruppe A und ein negativer Rhesusfaktor nicht gerade häufig sind – fünfunddreißig. Aber ich sage Ihnen, wenn ich das öfter mache, riskiere ich meine Stellung…«

»Fünfzig«, sagte Mager. Er hatte das Gesicht seines Gegenübers genau studiert. »Sonst verkaufe ich woanders…«

Ossowski holte tief Luft. Sein Gesicht spiegelte eine Enttäuschung wider, als wäre er als Olympia-Favorit im Vorkampf ausgeschieden.

»Sie sind ein harter Geschäftspartner, Herr Mager!«

»Aber das ist mein letztes Wort.«

Ossowski seufzte und dachte lange nach. Dann blickte er Mager an: »Das liegt nicht in meiner Kompetenz. Darf ich mal Ihr Telefon benutzen?«

»Nur zu!«

Obwohl Ossowski den Apparat aus seiner Sitzposition bequem erreichen konnte, stand er auf und nahm äußerst umständlich den Hörer ab. Mit der rechten Hälfte seines Körpers versuchte er, Magers ungenierten Blick auf die Tastatur abzufangen.

»Bitte, Herr Mager«, sagte Ossowski.

Scheinbar überzeugt, wandte Mager seinen Blick ab. Aber innerlich triumphierte er. Das Telefon speicherte automatisch die letzte Nummer und würde sie auf den richtigen Tastendruck reaktivieren. Dann war es kein Geheimnis mehr, mit welchem Anschluß Ossowski verbunden war.

64.

In der Frühbesprechung des Ersten Kommissariats spielte das Wort »Projektil« nur so lange eine Rolle, wie Lohkamp brauchte, um den Suchtrupp und insbesondere den Anwärter John zu loben.

Anschließend wollte jemand von Kotte wissen, ob er schon etwas zur Tatwaffe sagen könne. Der Hauptkommissar nahm ihm die unangenehme Aufgabe ab: »Mauser oder Tokarew. Vermutlich. Sobald wir mehr wissen, informieren wir euch.«

Hänsel sah Lohkamp verwundert an, enthielt sich aber jeden Kommentars. Statt dessen schnitt die Langer ein anderes Thema an: »Was ist eigentlich mit der anderen Liste geschehen?«

Braves Mädchen, dachte Lohkamp, doch John hatte bei seinen archäologischen Unternehmungen die Akten ein wenig aus den Augen verloren: »Welche andere Liste?«

»Die mit den Hinweisen, die wir nach der Pressekonferenz aus der Bevölkerung bekommen haben«, sagte Hänsel und verstummte, aber Lohkamp starrte ausdruckslos vor sich hin. Die entscheidende Frage durfte nicht von ihm, sie mußte aus der Runde kommen.

Die Langer holte Luft: »Sollten wir nicht langsam anfangen, die restlichen Namen auf der Liste aufzuarbeiten? Und auch die absurdesten Angaben prüfen?«

»Was meinst... meinen Sie denn mit absurd?« fragte John.

Lohkamp hätte ihn dafür küssen können.

»Da war doch noch ein Hinweis aus Oer-Erkenschwick. Auf die Frau des Präsidenten«, sagte die Langer. Ihre Hände zitterten ein wenig, und sie verstummte, wartete auf Reaktionen.

Die erste kam von Hänsel. Er seufzte laut, starrte aber weiter auf den Schreibtisch. Die zweite Reaktion kam von John: Er schnappte ächzend nach Luft und blickte die Langer an, als hätte sie behauptet, der Papst wäre an AIDS erkrankt.

»Isolde Siedhoff«, beharrte die Kommissarin. Sie konnte ohnehin nicht mehr zurück. »In der Liste dürfte natürlich nicht I. S. stehen, sondern S. I. Haben wir so etwas dabei?« Hänsel nickte.

»Und wo?« fragte die Langer.

»In Oer-Erkenschwick«, sagte Hänsel trocken.

»Und warum unternehmen wir nichts?« stammelte John.

»Tun wir doch«, verriet Hänsel. »Ich war gestern morgen selbst draußen...«

Die Überraschung hätte kaum größer sein können.

»Entschuldigt, daß ich davon nicht selbst angefangen habe. Aber ich wollte ursprünglich erst mit Horst...«

»Was gab es denn?« beharrte die Langer.

»Eine Nachbarin will Nordhues gesehen haben. Anfang Dezember. Das Datum stimmt mit den Angaben in seinem Kalender überein.«

»Aber die Frau ist doch tot!« rief John. »Und wenn mich nicht alles täuscht – hier! S. I. hat gezahlt!«

Das war's, worauf Lohkamp gewartet hatte. Er stand auf, steuerte die Tür an.

»Wo gehst du denn hin?« wollte die Langer wissen. »Du kannst doch jetzt nicht abhauen?«

»Ich muß was erledigen. Macht schon mal weiter.«

65.

»Fünfzigtausend«, sagte Saale. »Wenn der Typ einverstanden ist, dann macht Mager den Deal. Der holt sich das Geld...«

»Du spinnst«, protestierte Susanne Ledig und streckte sich. »Mann, ist das unbequem...«

Seit einer Stunde hockten sie in einem grünen VW-Transporter. Der Wagen stand schräg gegenüber Magers Domizil in einer der auf dem Pflaster markierten Parkbuchten, und sie hatten beste Aussicht auf die Haustür. Daß sie zudem jedes Wort, das zwischen Mager und seinem Besucher gesprochen wurde, mithören konnten, verdankten sie zwei relativ einfachen, aber wirksamen Hilfsmitteln: der Wanze, die sie in den Blumenstrauß auf dem Wohnzimmertisch gepflanzt hatten, und dem Autoradio, das die Signale der Wanze empfing.

Der Wagen gehörte im übrigen Herbert Kreuzfeld, der seit der Verfilmung seiner Silberhochzeit bei PEGASUS mit 2000 DM in der Kreide stand. Notgedrungen hatte er zwecks Senkung der Restschuld seinen Bulli für diesen Freitag abtreten müssen und fuhr nun seine Blumen mit Magers Lada zum Markt.

Die Fenster waren mit hellgrünen Gardinen verhängt, aber für die Kameralinsen war eine winzige Öffnung freigehalten worden. Ersatzmann Sebus hatte den Anmarsch des Organhändlers in Bestqualität dokumentieren können...

Außerdem lief ein altes Uher-Tonband mit und zeichnete jedes Wort auf, das bei den Vertragsverhandlungen fiel.

»Eins muß man Mager lassen«, begann Peter Sebus, doch Susanne stieß ihm den Ellenbogen in die Rippen: »Scht!«

»Herr Mager«, beschwor Ossowski ihren Kumpel. »Fünfzigtausend sind absolut ausgeschlossen. Aber meine Vorgesetzten sind ausnahmsweise bereit, vierzig zu zahlen. Vierzigtausend – oder gar nichts.«

»Nun«, sagte Mager und legte die übliche Kunstpause ein. »Es geht um ein Menschenleben. Okay...«

Die VW-Besatzung konnte trotz aller atmosphärischen Störungen hören, wieviel Würde und Bescheidenheit in dieser Antwort lag.

»Allerdings gibt es eine Bedingung.«

»Ja?«

»Es muß heute sein.«

»Wie – heute?«

»Gleich. Genau gesagt: In einer guten halben Stunde. Sie werden abgeholt...«

Im Heckraum des VW-Transporters gab es einen enormen Temperatursturz. Damit hatte keiner gerechnet.

»Wenn er klug ist, redet er sich 'raus«, meinte Saale. »Damit wir Zeit gewinnen. Er müßte herauskriegen, wohin die Reise gehen soll.«

»Der ist so blöd und sagt ja!« knurrte Sebus.

»Mager ist Profi!« sagte Saale und drehte den Lautsprecherknopf auf Anschlag. »Vor allem ist er nicht lebensmüde!«

»Ich schwör's euch, der sagt ja!« beharrte Sebus. »Für vierzigtausend würde Mager sich ein Bein abhacken!«

»Scht!«

»Also, was ist, Herr Mager?«

Susanne zerbiß sich fast den Knöchel, und Saale ballte die Fäuste. Aber es hatte keinen Zweck. Mager war einverstanden.

66.

Ohne sichtbare Eile ging Hauptkommissar Lohkamp den Flur entlang zum Treppenhaus vor und verschwand in den unteren Regionen des Präsidiums. Der Raum, den er suchte, gehörte zu den Heiligtümern des Hauses – die Asservatenkammer. In langen Regalen ruhten Fund- und Beweisstücke aus mehreren Jahrzehnten.

»Morgen...«

»Guten Morgen«, betonte der ältere Kollege mit dem lichten Haar, der die unterirdische Schatzkammer betreute. Alle ein- und ausgehenden Stücke verzeichnete er sorgsam in einer schwarzen Kladde. Dann wurde jedes Einzelstück mit einem gelben Zettel versehen: In welchem Fall war es aufgetaucht? Wem hatte es gehört? Wer hatte es abgeliefert? Es war unmöglich, daß auch nur ein Staubkorn verschwand.

»Wir haben hier unten eine Mauser«, sagte Lohkamp und nannte die Registriernummer. Der Kollege nickte, zog die Brille aus der Stirn in die Augen und blätterte in einer Kartei. »Ich hole sie…«

Während er zwischen den Regalen verschwand, beugte sich Lohkamp über das Pult des Kollegen und drehte die schwarze Kladde um. Er suchte ein bestimmtes Datum, das jetzt fast fünf Monate zurücklag. Zwei Seiten, drei Seiten – aber wer hatte unterschrieben?

Als der Kollege die Mauser auf den Tisch legte, sah sein Arbeitsplatz wieder so aus wie eine Minute zuvor. Er nahm das schwarze Buch, trug die Waffe, das Datum und Lohkamps Namen ein und tippte auf eine freie Spalte: »Unterschreiben Sie bitte…«

Er ließ das Buch liegen, wie es lag, und auch Lohkamp mußte nichts ändern: Um den Benutzern das zeitraubende Wenden der Kladde zu ersparen, standen die Autogramme im Vergleich zu den Eintragungen, die der Asservatenwächter vornahm, alle auf dem Kopf.

»Danke«, sagte Lohkamp.

»Keine Ursache…«

Mit dem Aufzug fuhr der Hauptkommissar bis unter das Dach, in die KTU.

»Hier«, sagte er und legte Kotte die Mauser hin. »Ist damit in letzter Zeit geschossen worden?«

Kottes Augen flackerten, und dann musterte er die Waffe wie einen Feind. Schließlich steckte er einen metallenen Stift in den Lauf, hob die Pistole mittels dieses Hebels hoch, roch daran. Zuckte die Achseln, holte einen zweiten Mann hinzu. Dasselbe Spiel begann von vorn.

Schließlich traute sich Kotte: »Schwer zu sagen. Aber die letzte Ölung hat sie nicht erst vor 30 Jahren bekommen. Ich würde sagen – irgendwann in den letzten zwölf Monaten hat sie jemand sehr sorgfältig gereinigt…«

Dann sah er Lohkamp an: »Vergleichsprobe?«

Der Hauptkommissar nickte.

»Wie du willst«, sagte er und suchte zusammen mit seinem Kollegen im Stahlschrank nach der passenden Munition. Sie besaßen noch acht Schuß.

Lohkamp griff in die Schachtel, holte eine Patrone heraus und betrachtete sie: Hülse und Projektil waren zusammen keine dreieinhalb Zentimeter lang.

Kotte setzte Ohrenschützer auf, bedeutete Lohkamp, sich auch zu bedienen, und trat an den Schußkasten: einen gut drei Meter langen, rechteckigen Holzkanal, dicht gefüllt mit weichem Dämmstoff und mit Stahlblech ausgekleidet.

Er lud die Waffe, hielt sie am ausgestreckten Arm in die Öffnung, entsicherte sie und krümmte den Zeigefinger. Lohkamp sah das Mündungsfeuer, roch den Qualm, aber von dem Schußgeräusch kam unter den roten Plastikmuscheln nur ein leichtes »Plopp« an.

»Wie tief ungefähr?«

»Keine Ahnung. Anderthalb Meter, vielleicht zwei...«

Sie öffneten ein paar Klappen an der rechten Seite des Kastens und wühlten zu dritt in dem Dämmstoff herum, bis sie das Projektil fanden. Die Form war geblieben, aber die Spuren des Laufs hatten sich in den Stahlmantel eingraviert.

Wortlos spannte Kotte das soeben benutzte Projektil in das Vergleichsmikroskop und streckte fordernd die Hand aus.

Lohkamps Mund war knochentrocken. Er zog das Plastiktütchen mit dem Geschoß heraus, das John auf dem Zechengelände gefunden hatte. Gab es dem Kollegen und hielt den Atem an.

Kotte brauchte diesmal sehr lange. Schließlich trat er von dem Gerät zurück und ließ Lohkamp an das Okular. Seine Augen verrieten nichts.

Der Hauptkommissar schniefte und trat an Kottes Stelle. Seine Augen brauchten einen Augenblick, um sich auf die kurze Entfernung einzustellen. Mit Hilfe von Spiegeln waren die Konturen beider Projektile übereinander geschoben worden. Wären sie aus zwei verschiedenen Pistolen desselben Typs abgeschossen worden, hätte es trotz aller Gemeinsamkeiten zahlreiche unterschiedliche Spuren auf dem Stahlkörper gegeben. Weil es technisch unmöglich war, zwei verschiedene Läufe zu produzieren, die auf den tausendstel Millimeter identisch waren.

Lohkamp starrte durch das Mikroskop, bis seine Augen tränten. Aber es nützte nichts. Alle Kratzer, Risse und Riefen auf den beiden Projektilen waren völlig gleich.

67.

Mager zerrte die dunkelbraune Reisetasche unter dem Bett hervor. Behutsam legte er Unterhosen, T-Shirts und Socken ins untere Fach und hielt im Kleiderschrank nach geeigneten Hemden Ausschau. Er entschied sich für ein olivfarbenes mit kurzen Ärmeln und zwei schwarze.

Ossowski stand ungeduldig dabei und warf hin und wieder einen Blick auf seine Armbanduhr.

»Vielleicht möchten Sie noch jemand benachrichtigen, daß Sie ein paar Tage nicht erreichbar sind?« fragte er schließlich.

Mager fielen auf Anhieb zehn Leute ein, mit denen er gerne telefoniert hätte. Aber das nächste Gespräch würde die automatische Speicherung der Nummer, die Ossowski gewählt hatte, löschen. Und sie war die bislang einzige Verbindung zur Zentrale des Bösen.

»Nicht nötig«, sagte er, warf sein Wasch- und Rasierzeug in die Reisetasche, sah sich um und fischte schließlich zwei GRAFIT-Krimis aus Bothmers Regal. Wie sie aussahen, hatte Freund Frank sie noch nicht gelesen.

»Fertig?«

Mager nickte, und Ossowski reichte ihm drei Bögen Papier. Mit dem ersten verzichtete der Unterzeichner auf eine Niere. Auf dem zweiten versicherte er, über alle Risiken des Eingriffs belehrt worden zu sein. Und das dritte enthielt eine Garantieerklärung der »Gesellschaft zur Unterstützung Bedürftiger e.V.« mit Sitz in Passau. Sie garantierte Mager eine Schenkung in Höhe von 40.000 DM, auszahlbar in sieben Tagen. Auf irgendwelche Gegenleistungen des Empfängers wurde ausdrücklich verzichtet.

»Schön«, sagte Mager und las den Text laut vor – das Team im Observationswagen sollte mitbekommen, wie der Dreh lief.

»Wieso sind das eigentlich drei unterschiedliche Papiere?«

Ossowski reichte Mager seinen Kugelschreiber und lächelte: »Sie wissen doch, wie die Juristen sind…«

Mager zauberte drei Schriftzüge unter die Papiere, die alles heißen konnten – nur nicht Mager. Als er das Schreibzeug zurückgab, klingelte es.

Magers Herz machte einen Sprung: Jetzt ging es ums Ganze. Und wenn sich Saale abhängen ließ, dann...

Er verbannte die düsteren Visionen in seine Verdrängungsecke, öffnete die Wohnungstür und beugte sich erwartungsvoll über das Treppengeländer.

Zwei sportlich aussehende Männer in weißen Kitteln schickten sich gerade an, die letzten Stufen zu erklimmen; beide Ende zwanzig, Anfang dreißig, der dünnere dunkelblond, der kräftigere schwarz, mit einem schmalen Schnäuzer. Sie waren kein Stück außer Puste, obwohl sie außer sich selbst noch eine echte Krankentrage hochschleppten.

Als sie den Wartenden erblickten, lächelten sie freundlich zu ihm hoch: »Herr Mager?«

Mager konnte es nicht leugnen, aber der Aufzug der Männer erstaunte ihn doch: »Wollen Sie wirklich zu mir?«

»Wenn Sie gerade Besuch von Herrn von Ossowski haben...«

Verwirrt machte Mager ihnen Platz. Als ob sie hier zu Hause wären, zogen sie gleich bis ins Wohnzimmer durch, nickten Ossowski zu und legten ihr Gepäck vor den Schrank.

»Was wollen Sie denn damit?« fragte Mager und zeigte auf das Gestell.

»Für alle Fälle!« meinte der Dunkelblonde. »Manchmal haben wir Patienten, die nicht so rüstig sind wie Sie.«

Unschlüssig standen sie im Wohnzimmer herum und warteten darauf, daß Mager sie zum Sitzen nötigte. Aber Ossowski nahm ihm die Entscheidung ab: »Sind Sie fertig?«

Mager legte die Schenkungsurkunde über 40.000 Mark in den Schrank und nickte: »Alles klar...«

»Fein«, sagte der Geierkopf und wandte sich an den Blonden: »Haben Sie die Medizin mit?«

Entsetzt wich Mager zurück: »Wie bitte?«

»Herr Mager!« sagte Ossowski beruhigend und schenkte dem Patienten sein teuerstes Lächeln: »Der Eingriff wird in etwa vier bis sechs Stunden sein. Sie müssen jetzt ein Mittel einnehmen, das den Kreislauf stabilisiert und gleichzeitig die Muskeln entspannt. Es ist rein prophylaktisch. Die Klinik will doch alles Erdenkliche tun, um Risiken auszuschalten.«

Der blonde Träger zog eine kleine, braune Flasche aus seinem

Kittel: »Zehn Tropfen, mit einem Glas Wasser verrührt, reichen völlig…«

»Mein Kreislauf ist stabil!« protestierte Mager, aber Ossowski schüttelte den Kopf: »Es ist Vorschrift!«

Mager musterte die drei. Sein Kreislauf war plötzlich gar nicht mehr stabil. Aber sein Widerspruchsgeist lebte noch: »Und wenn ich die Tropfen nicht nehme?«

»Herr Mager! Es geht um Ihre Gesundheit. Außerdem haben Sie gerade unterschrieben, daß Sie den Anweisungen des Arztes Folge leisten werden…«

»Schon gut!« sagte Mager und streckte die Hand nach der Flasche aus. »Zehn Tropfen?«

»Ich mache das schon!« versicherte der Graf und verschwand in der Küche. Gleich darauf hörte Mager Gläser klirren und das Wasser laufen. Er setzte sich in den Korbsessel und gönnte sich eine letzte Zigarette: »Fahren wir lange?«

»Überhaupt nicht«, versicherte der Blonde. »Sie müssen uns vertrauen!«

Ossowski kam mit einem Wasserglas zurück und hielt es dem Patienten vors Gesicht: »Bitte. Wir dürfen keine Zeit mehr verlieren!«

Mager hatte keine andere Wahl: In einem Zug kippte er die Mixtur hinunter. Bitter. Sehr bitter…

Als er das Glas auf den Tisch setzte, nickten ihm die beiden Weißkittel freundlich zu.

Auch Ossowski war zufrieden und packte seine Tasche: »Herr Mager. Ich begleite Sie noch bis zum Auto. Dann trennen sich erst einmal unsere Wege. Ich werde Sie in einer Woche aufsuchen und Ihnen das Geld auszahlen. Sie können sich bis dahin schon mal Gedanken machen, was Sie damit anfangen werden.«

Mager warf einen Blick zurück in die Wohnung. Er würde stets mit Wehmut an sie denken – und nicht nur an die Stunden mit Jutta. Was Mechthild ihm gestern abend geboten hatte, war auch nichts für schwache Nerven gewesen…

Die vier Krankenpfleger lächelten ihn an, und Mager riß die Augen auf: Wo kamen denn die beiden anderen her?

Er wollte aufstehen – aber das machte sein Kreislauf wirklich nicht mehr mit. Hoffentlich drücken sie die Zigarette gut aus, dachte er noch. Wäre schade, wenn die Bude…

Dann hob er ab.

68.

»Tag, Herr Lohkamp!« nickte ihm die agile Fünfzigjährige an der Olivetti-Schreibmaschine zu. »Was kann ich für Sie tun?«

Der Hauptkommissar wollte ihr Lächeln erwidern, aber es gelang ihm nicht. Statt dessen richtete sich sein Blick auf die gut gepolsterte Tür zum Nebenraum: »Ist er da?«

»Schon lange«, bestätigte die Frau. »Aber…«

Sie sprang auf, eilte zum Schreibtisch und überflog den aufgeschlagenen Kalender: »Ich wußte gar nicht, daß Sie einen Termin haben…«

»Habe ich auch nicht«, bestätigte Lohkamp. »Aber es eilt…«

Als sie auf die Sprechtaste drücken wollte, hatte sich die schwere Tür bereits hinter Lohkamp geschlossen.

Siedhoff saß schon eine Stunde hinter seinem Schreibtisch und arbeitete Akten weg, als die Tür ging. Niemand außer seiner Sekretärin drang hier ein, ohne anzuklopfen, und so blickte er eher beiläufig von seiner Arbeit auf: »Was gibt's denn…«

Sein Lächeln gefror.

»Sie?«

Er machte eine Bewegung, als ob er dem Hauptkommissar die Tür weisen wollte – aber dazu reichte es nicht mehr. Die dünnen Lippen zusammengepreßt, umklammerte er mit beiden Händen die Armstützen seines gut gepolsterten Ledersessels.

»Also, was wollen Sie?« fragte er schließlich. Seine Stimme klang alt und brüchig, und er sprach so leise, daß Lohkamp ihn kaum verstehen konnte.

Der Hauptkommissar sah ihn an. Es mußte sein…

Er holte tief Luft, überbrückte die fünf Meter, die ihn von Siedhoffs Schreibtisch trennten, und blätterte dem Präsidenten hin, was er hatte.

Das Projektil aus dem Sand.

Die Spurenfotografie aus der KTU.

Eine Patrone vom Kaliber 7,63.

Die lange Pistole mit dem markanten Magazinschacht.

Die Kopie einer ganz bestimmten Seite aus dem Terminkalender des Nierenhändlers Thomas Nordhues.

Und die Kopie der Aussage, die Oberkommissar Hänsel am Vortag bei einer Nachbarin des Präsidenten hereingeholt hatte…

Keines der sechs Beweisstücke und Dokumente war für sich allein überzeugend. Aber alle zusammen waren vernichtend.

»Warum?« fragte Lohkamp.

Langes Schweigen.

Unten fuhr ein Streifenwagen vor, über den Vorplatz liefen Polizisten, die sich lachend ihre Pläne für das Wochenende erzählten, ein weiterer Wagen fuhr vor, Türen klappten.

Lohkamp hätte seinen Scheitel nur ein wenig zur Seite wenden müssen, um das alles nicht nur hören, sondern auch sehen zu können. Aber er wandte keinen Blick von dem alten Mann hinter dem Schreibtisch.

»Nordhues hatte Isolde auf dem Gewissen«, flüsterte Siedhoff plötzlich. Lohkamp hielt den Atem an, damit ihm keine Silbe entging.

»Sie brauchte eine Niere. Schnell. Und die offiziellen Stellen konnten ihr nicht helfen…«

Seine Augen lösten sich von den Gegenständen, die Lohkamp mitgebracht hatte, und blieben an dem Bilderrahmen mit dem Trauerflor hängen.

»Ihr Arzt sagte, es gäbe einen Ausweg. Und da haben wir ja gesagt. Eine Woche später stand dieser Kerl vor der Tür…«

Lohkamp rührte sich nicht. Bis auf ein paar unwesentliche Einzelheiten glich alles der Geschichte, die er vor weniger als 36 Stunden in Plau am See gehört hatte. Nur: Der Gemüsehändler Gottschlich hatte mit Nordhues gefeiert. Siedhoff hatte ihn umgebracht. Was war anders gewesen?

»Nordhues hat herausbekommen, welchen Posten ich habe. Und verlangte plötzlich außer der offiziellen Anzahlung noch eine besondere Provision für sich…«

Siedhoff seufzte und schloß die Augen. Aber da fehlt noch was, dachte Lohkamp. Das treibt einen Mann wie ihn noch nicht zum Mord.

Als hätte der Präsident seine Gedanken erraten, sah er den Hauptkommissar plötzlich an und nickte leicht. Er wollte es hinter sich bringen.

»Die offiziellen 200.000 haben wir schließlich flüssig gemacht. Eine Hypothek auf das Haus, Schmuck... Aber für die Sonderprämie mußte Isolde sich die Lebensversicherung auszahlen lassen. Vorzeitig. Und so etwas dauert.«

Er löste den Blick von dem Foto und blickte wieder auf die Mauser: »In diesem Fall dauerte es drei Wochen zu lange. Zwei Tage, nachdem dieser Mensch seine Prämie bekommen hatte, versagte Isoldes bessere Niere erneut. Sie starb auf dem Weg ins Krankenhaus. Wir waren vierzig Jahre verheiratet gewesen, und dieser Schweinehund...«

Das war's, dachte Lohkamp. Die innere Anspannung, die ihn in den letzten Tagen vorwärts getrieben hatte, ließ jäh nach. In den Knien spürte er es zuerst.

»Und nun?« fragte Siedhoff tonlos und sah ihn an. »Was werden Sie unternehmen?«

Die Frage war wirklich gut. Mit einem Male sah Lohkamp schon die Schlagzeilen vor sich: Polizeipräsident als Mörder enttarnt. – Neuer Skandal in Recklinghausen. – Gladbeck und kein Ende...

Verdammt, jetzt denke ich selbst schon so, durchfuhr es ihn, und er zwang sich, Siedhoff anzusehen. Was wird erst sein, wenn sie ihm den Prozeß machen? Wenn er wochenlang auf der Anklagebank sitzt und sich all diese Geier auf ihn stürzen? Wenn *diese* Schlagzeilen samt den Fotos erscheinen, dann können wir wirklich einpacken...

Hinter dem Präsidenten hingen zahlreiche Fotos an der Wand: die Innenminister des Landes Nordrhein-Westfalen, die Chefs der letzten fünfundvierzig Jahre. Eine lange, aber nicht unbedingt stolze Galerie. Nur der letzte, aktuelle, der hat uns aus dem Sumpf geholt. Der einzige, der wirklich Ahnung hat...

»Was wird jetzt?« wiederholte Siedhoff seine Frage.

Lohkamp schluckte, sah ihn an: »Weiß ich nicht. Das entscheiden Sie...«

Entschlossen sammelte er ein, was er zuvor auf dem Schreibtisch des Präsidenten ausgebreitet hatte.

Das Projektil aus dem Sand.

Die Spurenfotografie.

Die Kopie einer Seite aus dem Terminkalender des Thomas Nordhues.

Und die Kopie der Aussage, die Hänsel hereingeholt hatte.

Den Rest ließ er liegen und sah Siedhoff an, bevor er ging: »Ich warte draußen. Genau drei Minuten...«

»Machen Sie das bitte nicht noch mal, Herr Lohkamp«, sagte die Sekretärin, als er die schwere Polstertür hinter sich geschlossen hatte. »Ihnen sagt er vielleicht nichts. Aber mich staucht er hinterher immer zusammen...«

Schweigend steckte sich Lohkamp eine Zigarette an und wartete vor der Tür.

Siedhoff würde nie wieder jemanden zusammenstauchen.

69.

»Gustav, der nächste Raser!«

Obermeister Karl-Heinz Haggeney grapschte nach der rotweißen Kelle und wälzte sich aus ihrem Spezialfahrzeug. Wenn es sein mußte, konnte der Fahrer von »Ennepe 14/24« auch ohne Räder sehr schnell sein. Mit zwei Schritten hatte er den Fahrbahnrand erreicht und winkte den heranschießenden Wagen auf den Parkplatz vor der Gaststätte »Pilgrimshöhe«.

»So mein Freundchen!« sagte er und riß die Tür auf: »Das waren mindestens 60!«

»Stimmt!« nickte der Fahrer mit dem schwarzen Schnäuzer. »Und wir haben es wirklich eilig!«

Haggeney blies die Backen auf, doch der Verkehrssünder deutete mit dem Daumen nach hinten: »Wenn Sie uns lange aufhalten, stirbt der Mann!«

Der Obermeister spähte durch den schmalen Sichtschlitz in der Milchglasscheibe in den Heckraum. Tatsächlich: Unter dem weißen Tuch lag ein Patient, und der Mann auf der Trage sah ziemlich bewußtlos aus.

Ratlos richtete sich Haggeney wieder auf und blickte sich zu seinem Streifenführer um, der sich ohne besondere Eile heranwälzte.

»Eilige Sache!« rief ihm der Fahrer entgegen. »Geht um Leben und Tod!«

Lusebrink stoppte ab und studierte den Reklametext auf der Fahrertür: »Ru-dolf Schöps, Kran-ken-trans-por-te.«

»Laß ihn sausen, Kalla«, sagte er enttäuscht, und der Pilot legte den ersten Gang ein. Doch Lusebrink beugte sich noch einmal zu dem Mann hinab, sah ihn finster an und sagte: »Wenn's eilig ist, mach dein Blaulicht an, du Idiot!«

Der Wagen schoß davon, und Lusebrink kehrte seufzend zu seinem Platz auf dem Beifahrersitz des Streifenwagens zurück. Er riß mit den Zähnen eine neue Familienpackung Gummibärchen auf und schüttelte den Kopf. Manchmal war es mit Kalla Knallkopf nicht auszuhalten.

Wütend steckte er den Kopf aus dem Fenster und brüllte: »Schnapp dir den nächsten!«

»Den grünen?« fragte Haggeney. Er deutete die Straße hoch, wo sich gerade ein Lieferwagen in Bewegung gesetzt hatte. Gustav Lusebrink warf einen kurzen Blick in den Rückspiegel und grinste erwartungsvoll: »Jau! Der ist genau richtig...«

Eigentlich waren Lusebrink und Haggeney so unbestechlich wie alle anderen Beamten. Wenn's um den Verkehr ging, kannten sie keine Gnade. Im Prinzip.

Daß sich dennoch hin und wieder ein paar Stangen Zigaretten, tiefgefrorene Hammelkeulen oder eine Kiste Asti Spumante in den Kofferraum ihres Streifenwagens verirrten, hatte absolut nichts mit Korruption zu tun. Das waren freiwillige Gaben aus allen Teilen der Bevölkerung, die einen Hauch von Bürgernähe zu schätzen wußten: Wenn es nur um ein kaputtes Rücklicht, einen Defekt am Fahrtenschreiber oder ein Kleinkind auf dem Beifahrersitz ging – dann reichte manchmal ja schon eine höfliche Ermahnung...

An diesem Vormittag spielten die beiden ihr Lieblingsspiel. Es hieß »Brauchen Sie eine Quittung?« und drehte sich ausnahmslos um Bares. Denn beim letzten Kampfpoker hatten ihnen Augstein und Blazeizak von »Ennepe 14/23« derart die Hosen ausgezogen, daß die Sparkasse den Frauen des Superteams die Eurochecks sperren mußte…

»Gustav, komm!« schrie Haggeney und winkte den grünen VW-Bus von der Straße. Mit rauchenden Reifen hielt der Wagen vor der Kneipe.

»Scheiße, Scheiße, Scheiße!« schrie Saale und hämmerte auf das Lenkrad ein: Der weiße Krankenwagen mit dem RE auf dem Nummernschild verschwand gerade hinter der nächsten Kurve und düste unbehelligt bergab in Richtung Autobahn.

Während Saale nach den Fahrzeugpapieren suchte, hatte sich bereits Hauptmeister Lusebrink genähert. Er pirschte um den Transporter wie ein hungriger Kater um die Mülltonne.

»Wir haben es eilig!« sagte Saale und reichte seine Fleppen nach draußen. Der Krankenwagen mußte jetzt schon hinter der nächsten Ampel sein.

»Ja, ja, die Eile!« philosophierte Lusebrink. »Niemand findet mehr Ruhe in dieser hektischen Zeit…«

Er schaute von den Papieren auf und Haggeney ins Gesicht: »Und wozu führt das?«

»Zu überhöhter Geschwindigkeit!« antwortete Haggeney.

»Hören Sie mal!« sagte Saale. »Eins weiß ich genau: Ich habe die Schilder gesehen und bin brave 30 gefahren…«

»Er kapiert es nicht, Kalla«, seufzte Lusebrink und bückte sich, um den Reifen zu untersuchen, über dem sich der Fahrersitz befand. »Wieviel ist das, Kalla? Zwei Millimeter – oder noch weniger?«

»Los, zahl!« zischte Susanne vom Beifahrersitz. »Die wollen nur abzocken…«

Saale sah sie an und tippte sich an die Stirn: »Ich habe mein Geld nicht mit dem Arsch verdient!«

»Zahlen!« befahl Susanne. »Geschäftskosten!«

Lauernd sah Lusebrink den Piloten an, aber als die erwartete Reaktion ausblieb, wandte er sich enttäuscht ab: »Die Reifen sind es auch nicht, Kalla. Dann wollen wir doch mal Klartext reden…«

Mit einem Ruck riß er die Fahrertür auf, zog Saale aus dem Wagen und bohrte ihm seinen Säuferblick ins Gesicht: »Du kennst die einfachsten Verkehrsregeln nicht, mein Sohn. Was macht man, wenn man aus der Parkbucht auf die Straße fährt? Nun?«

Saale wußte es nicht.

»Den Blinker setzen, du Pfeife!«

»Habe ich doch!« protestierte Saale und zeigte in den Wagen: »Dafür gibt es zwei Zeugen!«

»Zwei?« fauchte Lusebrink zurück und starrte auf den Beifahrersitz. Er sah nur Susanne Ledig.

»Hinten!« erläuterte Saale und grinste.

»Ach«, machte Lusebrink, kletterte auf den Reifen und peilte die Lage im Laderaum, wo Kameramann Peter Sebus sich in psychosomatischen Magenkrämpfen wand.

»Wunderbar!« strahlte er. »Personenbeförderung ohne Sitzbank. Das dürfte aber reichen...«

»In Ordnung, Herr Oberkommissar«, säuselte Susanne, während der Nierenkutscher bereits irgendwo am Bochumer Kreuz im Stau stand. Sie öffnete ein Portemonnaie und holte einen Hunderter heraus: »Was kostet das?«

Lusebrink schwieg verblüfft. So viel hatten ihm Privatleute schon lange nicht mehr geboten.

»Hundertfuffzich«, sagte er. »Mit Quittung zweihundert...«

Susanne lächelte: »Ich brauche keine Quittung!«

Zornbebend knüppelte Saale den Bulli den Berg hinab. An der nächsten Kreuzung entdeckte er eine Tankstelle und fuhr die Karre direkt vor die Tür. Enterte den Laden in einem solchen Tempo, daß der Tankwart schon nach der Schublade mit der Gaspistole griff.

Doch Saale war schneller.

Er hielt dem Mann einen Zehnmarkschein vor die Brust und sagte: »Ich muß telefonieren. Aber sofort!«

70.

»Fürchterlich!« sagte Kotte und schaute sich den Präsidenten an.

Siedhoff war allem Anschein nach schon tot gewesen, als er neben seinen Sessel gesunken war. Jetzt lag er auf dem Teppich, die zerfetzten Halswirbel nach oben, das Gesicht in einer Blutlache, die sich immer noch verbreiterte. Einen Meter weiter lag die Mauser, und wo Siedhoff gesessen hatte, als er sich den Lauf der Waffe in den Mund schob, konnte man an der Fundstelle der Hülse und an der Galerie der Innenminister hinter seinem Schreibtisch ablesen: Das Porträt eines CDU-Mannes namens Dufhues war nicht mehr zu gebrauchen.

»War er's wirklich?« fragte Kotte.

Lohkamp nickte. Er hockte hinter dem Schreibtisch, paßte auf, daß er keine falschen Spuren legte, und wühlte sich durch die Fächer und Schubladen mit den Hinterlassenschaften des Präsidenten.

»Na, endlich!« stöhnte er und kam wieder hoch. Vorsichtig trat er über Blutlache und Waffe hinweg und winkte Kotte in die Sitzecke: »Guck mal!«

»Nordhues?« fragte Kotte, als er den schwarzen Lederkoffer sah.

»Kann sein…«

Lohkamp versuchte, den Koffer zu öffnen, aber die Zahlen standen falsch. Er überlegte noch, was er tun sollte, als Kotte seine Schulter packte: »Hör mal, Horst!«

Lohkamp sah auf. Kotte war bleich und nervös – keine Spur mehr von der alten Schnodderigkeit.

»Horst!« beschwor er ihn. »Noch können wir uns ein Motiv für den Selbstmord aussuchen…«

Der Hauptkommissar sah ihn ausdruckslos an, und Kotte brauchte für die nächsten Sätze viel Luft: »Sicher: Es war Selbstmord aus Scham. Wegen Nordhues. Aber es könnte doch auch Schwermut sein. Weil er über den Tod seiner Frau…«

Einen Augenblick lang schwankte Lohkamp: Jetzt konnten sie noch an der Sache drehen. Zusammen bekamen sie das Ding vielleicht hin…

»Horst! Entscheide dich!«

Lohkamp nickte. Er hatte sich schon entschieden. Denn ihm war wieder eingefallen, weswegen er beim BKA in den Sack gehauen hatte.

»Ausgeschlossen«, sagte er. »Das mache ich nicht mit.«

Kottes Augen verrieten ihm, daß er soeben einen Kumpel verloren hatte.

»Herr Lohkamp, Herr Lohkamp!«

Der Hauptkommissar spurtete ins Vorzimmer: »Was gibt es?«

Die Sekretärin, noch immer mit geröteten Augen, hielt ihm einen Hörer entgegen: »Ganz dringend. Für Sie. Nieren...«

Erregt griff Lohkamp zu. Aber als er die Stimme erkannte, hätte er am liebsten aufgelegt: »Ich habe wirklich keine Zeit, Herr Saale. Jetzt nicht.«

Die Stimme im Hörer wurde schneller. Und dann hörte Lohkamp das entscheidende Stichwort: »Eine Recklinghäuser Nummer?«

Er schnippste mit den Fingern.

»Okay. Wir kommen sofort. Wo das ist?«

Er sagte es.

71.

Die Luft war feucht und schwül. Träge floß das lehmige Wasser dahin. Das Bambusboot wiegte sich leise knarrend in den sanften Wellen. Ein paar Wasserbüffel tauchten auf und okkupierten die Flußmitte für ihre Badestunde. In den Baumkronen keiften diese nervigen Gibbons. Ein süßlicher, schwerer Duft lullte ihn ein.

Mit seltsam abgehackten Flügelschlägen sauste ein Vogel mit rötlich schimmerndem Gefieder heran. Nur wenige Meter über dem Boot bog er in eine Kreisbahn ein, suchte nach Beute. Plötzlich legte er die Flügel an und stürzte ins Wasser. Gischt schäumte auf, und Sekunden später flog der Rötliche davon, einen zappelnden Fisch im Schnabel.

Nun wurde der Fluß schmaler, und die Baumwipfel beider Ufer wuchsen zu einem grünen Dach zusammen. Von den bemoosten Teakbaumriesen tropfte Wasser auf seine Stirn. Lianen und Luftwurzeln streiften das Boot. Geschickt steuerte Rika es um einen Felsen, in dessen Spalten sich Dutzende von Orchideen festklammerten.

Die Eindrücke wechselten.

Jetzt spürte er eine kühle Flüssigkeit an seinem Mund: »Carabinieri«, eine wohltuende Mischung aus Galliano, Tequilla und Orangensaft. Er trank in vollen Zügen, leckte sich die Lippen und ließ ein paar Eissplitter auf der Zunge schmelzen.

»Yes, yes!« kicherte eine hohe Greisenstimme. Der alte Thai mit dem Paddel schenkte ihm ein zahnloses Grinsen und spuckte in elegantem Bogen roten Betelsaft in den Fluß.

Jetzt tauchte Rika wieder auf, lächelnd, eine Opiumpfeife in der Hand. Sie nahm ihm das Glas mit dem Drink ab und drückte ihm den Traumspender in die Hand. Gierig saugte er sich die Lungen voll...

»Meine Güte, der ist ja immer noch weg«, wunderte sich jemand. Eine Frau. Nicht unsympathisch, die Stimme, aber so fremd und – schrecklich laut.

Das Boot hatte aufgehört zu schaukeln, und er stieg an Land. Ließ den Blick schweifen. Der weiße, menschenleere Strand reichte bis zum Horizont. Teufel, war das schön!

Er legte sich in den weichen Sand und hielt sein Gesicht der gleißenden Sonne entgegen. Dehnte und streckte sich, genoß ihre heißen Strahlen...

»Ich weiß nicht«, mischte sich eine zweite Stimme ein. Viel tiefer. Ein Mann. »Der ist viel zu unruhig. Kreislauf?«

»Stabil«, sagte die Frau.

»Okay. Dann spritze ich ihm noch ein paar Milliliter. Wäre doch schade, wenn er jetzt aufwachen würde und keine Lust mehr hätte.«

»Sei vorsichtig.«

»Der hält was aus. Hast du seinen Körper nicht gesehen? Hämatome an der Schulter, blaues Auge. Und dann diese Kratzer auf dem Rücken. Das ist ein Prolet. Ein Tier...«

Von wem reden die eigentlich, dachte Mager. Und warum lassen die mich nicht weiterschlafen?

Er zuckte leicht, als er den Einstich am Unterarm spürte. Doch dann durchströmte ihn wieder dieses warme Gefühl. Eine wohltuende Mattheit. Wie nach einem langen, gepflegten Beischlaf...

Rika, der Strand und die Opiumpfeife kehrten zu ihm zurück.

72.

»Tempo«, drängte Lohkamp. »Gib Gas, sonst kommen wir zu spät...«

Mit kreischenden Reifen zog die Langer den Scorpio durch die Autobahnausfahrt, trat oben kurz auf die Bremse und fing das Schleudern mit einer knappen, sicheren Gegenbewegung ab. Für den Bruchteil einer Sekunde flog ihr Blick nach links.

»Frei«, schrie Lohkamp.

Sie gab Gas. Trieb einen grünen VW-Bus mit Blümchengardinen an die Seite, belegte mit aufgeblendeten Scheinwerfern die gestrichelte Mittellinie und zwang alles, was sie überholte oder was ihnen entgegenkam, halb auf den Randstreifen. Die empörten Blikke und Flüche nahm sie nicht wahr.

»Meine Fresse«, meldete sich Reinhold John von der Rückbank. Er war noch bleicher als sonst, seine Stimme zitterte, aber in seinen Augen war ein Leuchten, das Lohkamp noch nie gesehen hatte. »Das ist der geilste Fahrstil, den ich je erlebt habe, Martina...«

Erschrocken brach er ab, erwartete einen Anschiß. Aber als sie nun auf die Bremse stieg, um in den Waldweg einbiegen zu können, fing er im Innenspiegel ein kurzes Aufblitzen ihrer Augen auf: Er durfte. Er gehörte dazu. Das Projektil im Sand war seine Eintrittskarte.

»Der Krankenwagen!« schrie Lohkamp.

»Schon gesehen!«

Ein Tritt auf die Bremse, der Scorpio drehte sich, stand quer auf der Piste. Der weiße Mercedes kam rasend schnell auf sie zu, und einen Augenblick lang würgte Lohkamp die Angst: Er saß auf der Todesseite.

Doch dann bekam der Typ in dem Benz die Karre in den Griff. Die breite Schnauze des Wagens senkte sich, schon drehte der Fahrer seinen Kopf nach hinten...

»Der will türmen«, schrie Lohkamp, war schon draußen, stand neben dem Krankenwagen, als der schnauzbärtige Benzpilot gerade den Rückwärtsgang einlegte, riß die Tür auf, packte den Mann im Nacken und knallte seine Stirn hart gegen das Steuer: Der Knacki aus dem Schöps-Stall war lahmgelegt.

»Aufpassen!« schrie die Langer.

Lohkamps Blick flog hoch. Der dunkelblonde Beifahrer hatte das Handschuhfach aufgerissen und die Finger darin versenkt, Mordlust im Blick. Doch plötzlich erstarb seine Bewegung, ganz langsam zog er die Hände zurück, leer, und legte sie deutlich sichtbar auf das Armaturenbrett.

»Keine Bewegung!« flüsterte John. Er hatte ihm durch das geöffnete Fenster die Mündung seiner P 7 gegen die Stirn gedrückt. »Und jetzt ganz langsam!«

Mit Langers Hilfe holte er ihn aus dem Wagen, stellte ihn schräg und tastete ihn ab. Dann legten sie ihm eine Acht um die Gelenke und sahen im Handschuhfach nach.

Ein Arminius-Revolver.

Kaliber .38, Gesamtlänge 18 cm.

Sechs Kammern in der Trommel, fünf davon aufmunitioniert. Die Hülse in der letzten Kammer war leer. Das dazugehörige Geschoß hatte, wie sie noch am selben Abend erfahren sollten, in Hattingen einen Arzt namens Pelster getötet.

»Bravo«, sagte jemand hinter ihnen und applaudierte.

Lohkamp fuhr herum, griff in der Drehung automatisch an die Hüfte – und blickte direkt in das Objektiv einer Videokamera. PEGASUS war eingetroffen.

»Idioten! Ihr spielt mit eurem Leben!« schrie er. »Wie kann man sich in solch einer Situation von hinten anschleichen?«

Er tippte sich an die Stirn, lief zum Scorpio und riß den Piker ’raus, forderte mit Nachdruck Verstärkung an.

Saale hatte seinen Schock schnell überwunden.

»Komm, Peter«, sagte er und zeigte auf den Krankenwagen. »Ich habe Mager noch nie schlafend gefilmt...«

In großem Bogen umkurvten sie Langer, John und die beiden festgesetzten Weißkittel, und näherten sich dem Benz.

»Mach ’ne schöne Anfahrt auf die Hecktür – und dann ziehe ich sie auf!«

Sebus tat, wie geheißen, und er erledigte seinen Job wie immer perfekt. Dann pirschte sich Saale an die Hecktür, wickelte sich ein sauberes Taschentuch um die Hand, drehte den Griff und riß die Tür auf.

Die Krankentrage war leer!

»Wo ist Mager?« brüllte Saale. »Was habt ihr mit ihm gemacht?«

Der dunkelblonde Beifahrer hob vorsichtig den Kopf, sah ihn an und riskierte trotz seiner unvorteilhaften Situation ein Grinsen: »Der Typ aus Hattingen? Liegt schon unter dem Messer!«

73.

Vier Minuten später traf der erste Streifenwagen ein. Lohkamp wies sich aus und überließ die Weißkittel den Uniformierten. Dann warf er sich in den Scorpio, die Langer startete, schob sich an dem Krankenwagen vorbei und machte auf dem kurzen Stück bis zur Klinik soviel Dampf, daß der altersschwache Blumenbulli keine Chance hatte.

»Kommt!«

An der Zauberfee in der Rezeption vorbei stürmten sie direkt in Suermanns Büro – doch der Jurist war nicht da.

»Verdammte Hacke!« schrie Lohkamp und machte kehrt. In der Tür prallte er gegen das himmlische Wesen.

»Ich möchte doch sehr bitten!« fauchte sie. »Sie können doch nicht einfach…«

»Doch«, sagte Lohkamp. »Gefahr im Verzuge. Sie haben einen Patienten, dem gegen seinen Willen ein Organ entnommen werden soll. Bringen Sie uns dahin!«

»Sie können doch nicht in den OP-Bereich!«

Der Hauptkommissar musterte sie kurz: Ängstlich war sie nicht. Aber trotzdem…

»Entweder komme ich jetzt sofort in den OP, oder Sie sitzen heute noch im Bau. Wegen unterlassener Hilfeleistung!«

Das wirkte.

»Darf ich vorgehen?«

Als der grüne Bulli neben dem Ford stoppte, war von den Polizisten nichts mehr zu sehen. Enttäuscht ließ Saale den Kopf sinken, doch da übernahm Susanne Ledig wieder das Kommando: »Raus!«

Peter Sebus schulterte seine Kamera, Holger Saale packte die Akku-Leuchten, und dann stürmten sie das Foyer.

Nichts. Niemand. Die langen Flure lagen verlassen.

Wütend riß Susanne die erstbeste Tür auf. Erschreckt sah eine Büromaus von ihren Abrechnungen auf.

»Wie komme ich zum OP?«

»Ich zeig's Ihnen!« sagte das Mädchen verdattert und stand auf.

Durch den langen Hauptflur erreichten sie einen Quergang, der zur rechten Hausseite führte: Glastür, überdachter Gang, noch eine Glastür. Und da kamen sie gerade rechtzeitig, um zu sehen, wie Lohkamp samt seinen Leuten in einem langen Flur verschwand.

»Hinterher!«

Hinter der nächsten Biegung war eine Tür weit geöffnet, heftiges Stimmengewirr schlug ihnen entgegen: Irgendwer schien nicht damit einverstanden zu sein, daß sich Fremde in diesen Gefilden aufhielten.

Mit laufender Kamera stürmte PEGASUS den Raum. Lindgrüne Farbe an den Wänden, zwei Betten samt Nachtschrank und den üblichen Armaturen, das unvermeidliche Tischquadrat aus Resopal mit zwei Stühlen und einer geschmacklosen Vase aus Plastik. Und mittendrin die drei Polizisten, eine erlesen gekleidete, aber sichtlich ungehaltene Nymphe – und ein Arzt, der am liebsten alle vier gleichzeitig erschlagen hätte. Als auch noch der PEGASUS-Stoßtruppe auf der Bildfläche erschien, brach für ihn die Welt endgültig zusammen.

»Da!«

Susanne zeigte auf das Bett zur Linken, Saale schaltete die Akku-Leuchten ein, und Sebus nahm den Patienten ins Visier, der dem Wortwechsel in der Zimmermitte apathisch und verständnislos folgte. Doch kaum lief die Kamera, brachen sie die Aufnahme ab; der Mann im Bild war nicht Kollege Mager. Als Saale einen Schritt näher herantrat, erkannte er ihn. Es war ein alter Bekannter aus Datteln. Roggenkempers bester Freund: Landrat Schatulla…

»Wie kommt der denn hierhin?«

Lohkamp grinste: »Nierenpatient.«

Entsetzt riß Saale die Augen auf, doch Lohkamp schüttelte den Kopf: »So schnell schneiden die selbst hier nicht…«

Er trat beiseite und gab den Blick auf das Bett an der rechten Längswand des Raumes frei. Dort lag ein zweiter Patient. Und den erkannten sie auf Anhieb.

Das Team atmete auf. Doch dann grinste Saale und erklärte

Sebus, wie er sich die nächste Aufnahme vorstellte. Der Ersatzmann kapierte sofort, nickte und produzierte ein Stück Film, das in die PEGASUS-Geschichte einging.

Zuerst sah man ein bärtiges Gesicht – den PEGASUS-Vize Klaus-Ulrich Mager. Er hatte die Augen geschlossen, die spitze Nase in die Luft gesteckt und schnarchte leise vor sich hin. Dem Gesichtsausdruck nach war er so glücklich und zufrieden wie schon lange nicht mehr.

Dann kroch die Kamera anderthalb Meter die Wand hoch und zeigte, wer Magers Schlaf bewachte. Er war älter als Karl Marx, Humphry Bogart und Katharina Witt zusammen und hatte auch viel durchgemacht. Aber daß ausgerechnet der Vize-Chef von PEGASUS zu seinen Füßen lag, hatte dem Mann an dem Holzkreuz glatt die Socken ausgezogen.

Schönes NRW
Reiseführer
zu den historischen Stadt- und Ortskernen in Nordrhein-Westfalen

Malerische Altstädte, über Jahrhunderte gewachsen und von Generationen behutsam gepflegt: Dieser Reiseführer ist ein unentbehrlicher Begleiter für alle, die das historische Nordrhein-Westfalen entdecken möchten.

In übersichtlicher Gliederung wird der Weg zu Sehenswürdigkeiten, aber auch zu empfehlenswerten Restaurants, zu Geschäften und Stadtfesten gewiesen. Wissenswertes zur Geschichte sowie praktische Tipps und Anreise-Hinweise machen Lust auf Ausflüge ins Ruhrgebiet und ins Rheinland, nach Westfalen und ins Münsterland, ins Bergische Land und in die Eifel.

Die schönsten Biergärten im Revier

Biergartenführer Ruhrgebiet

In München und Umgebung sind Biergärten eine Weltanschauung. Bringt der Frühling die ersten wärmenden Sonnenstrahlen, dann schwärmen die Freunde dieser einzigartigen Freiluft-Kultur aus. Unter Schatten spendenden Kastanien sind alle gesellschaftlichen Schranken aufgehoben. Studenten und Schlipsträger hocken beieinander, um bei Maß und Brotzeit über Politik, Fußball oder das Wetter zu diskutieren.

Inzwischen findet diese Art des „Dolce Vita" aber auch nördlich des Weißwurst-Äquators eine hohe Akzeptanz, immer mehr Freiluft-Schänken nach bajuwarischem Vorbild wurden in den letzten Jahren eröffnet. Vor allem im Ballungsraum Ruhrgebiet, wo die Menschen danach dürsten, irgendwo im Grünen ihr Bier zu genießen. Statt eines süffigen Hellen wird hierzulande ein herbes Pils bevorzugt, statt einer Schweinshaxe darf's auch eine Currywurst sein.

Wir stellen die schönsten Biergärten des Reviers in einem handlichen Führer vor, geben Tipps und Hinweise zur Anreise, zu den Angeboten und zu Ausflugsmöglichkeiten.